LES ENFANTS DU CREPUSCULE

TOREY HAYDEN

LES ENFANTS DU CREPUSCULE

Document

Traduit de l'anglais (Etats-Unis)
par Danièle Darneau

FRANCE LOISIRS

Titre original : *TWILIGHT CHILDREN*

Edition du Club France Loisirs,
avec l'autorisation des Presses de la Cité

France Loisirs,
123, boulevard de Grenelle, Paris
www.franceloisirs.com

ISBN : 2-7441-8690-2

1

C'était une fillette de petite taille, d'ossature délicate, au menton pointu de lutin et aux pommettes curieusement saillantes. Ses cheveux presque noirs, lisses et mi-longs, avaient été coupés avec une certaine hardiesse, peut-être par des mains d'enfant. Mais c'étaient ses yeux que l'on remarquait le plus. Immenses, légèrement protubérants, liquides et noirs comme une eau sombre, ils dévoraient son visage. Elle n'était pas véritablement jolie, mais il émanait d'elle un parfum d'irréel, si bien que, lorsqu'elle leva la main pour relever une mèche de cheveux, je m'attendis plus ou moins à voir pointer les oreilles d'un elfe.

— Bonjour, dis-je en lui présentant une chaise.

Elle s'assit, le dos rond, les mains serrées entre ses genoux, le menton pratiquement posé sur la table. Mais ses yeux restèrent fixés sur moi. Elle me sourit, d'un sourire un peu contraint, mais plutôt aimable.

— Tu t'appelles comment ? demandai-je.

— Cassandra.

Ah ! Un prénom mythologique. Il allait bien avec son personnage de conte de fées.

— Tu as quel âge, Cassandra ?

— Neuf ans.

— Moi, je m'appelle Torey. On va se voir tous les jours pour travailler ensemble, expliquai-je en m'asseyant sur la chaise voisine de la sienne. Tu peux me dire pourquoi tu es ici, dans cette unité ?

Ses yeux sombres s'accrochèrent aux miens. Pendant quelques instants, elle les scruta attentivement, comme pour y chercher une réponse. Puis elle secoua légèrement la tête.

— Non.

— Et ta maman, qu'est-ce qu'elle t'a dit ? Elle t'a expliqué pourquoi tu venais ici ?

— Je sais plus.

— Bon, fis-je.

J'ouvris ma boîte de matériel. J'en sortis des feuilles vierges ainsi qu'une boîte en carton et je posai le tout sur la table.

— En général, les enfants avec qui je travaille viennent dans cette unité parce qu'ils ont des problèmes et qu'ils vont mal à cause de ça. Parfois, par exemple, ils ont des problèmes avec leur famille. Cela peut être parce qu'il y a quelqu'un dans la famille qui est très malheureux, et que ça le pousse à faire des choses qui font du mal aux autres. Cela peut être à cause d'un divorce. Cela peut être parce qu'il y a tout le temps des bagarres à la maison. Certains enfants viennent ici pour d'autres raisons. Cela peut être parce qu'ils ont eu un accident ou qu'ils ont vécu quelque chose qui leur a fait très, très peur, ou qu'ils ont été très malades. Il y en a qui n'ont pas été bien traités, ou qui ont été touchés comme il ne faut pas, ou alors on a essayé de leur faire garder des secrets qui font mal. Et parfois... il y a des enfants qui ne savent même pas pourquoi ils ne vont pas bien. Simplement, ils sont tout le temps en colère, ou inquiets, ou ils ont peur. Voilà quelques-unes des raisons qui font que les enfants viennent dans cette unité.

Cassandra me regardait avec une intensité extraordinaire, comme si elle s'efforçait d'intérioriser mes paroles, de les absorber. Pourtant, dans son regard, on décelait une sorte d'égarement étrange, comme si ce n'était pas leur contenu qu'elle écoutait avec tant d'attention, mais la langue dans laquelle je m'exprimais, une langue étrangère qu'elle ne comprenait pas tout à fait.

— Maintenant que tu sais pourquoi certains enfants entrent dans cette unité, poursuivis-je, est-ce que tu penses qu'il y a une raison qui s'applique à toi ?

— Je sais pas.

— Bon, je vais te répéter certaines choses que les gens m'ont dites à ton sujet. Tu me diras après si à ton avis c'est vrai ou non. Par exemple, ta maman me dit que quand tu avais cinq ans il t'est arrivé quelque chose qui t'a fait très peur. Elle dit qu'elle a divorcé d'avec ton papa et que le juge a décidé que toi et ta sœur, vous vivriez avec elle et que vous ne verriez plus ton papa. Mais un jour, ton papa est venu à l'école et il t'a fait monter dans sa voiture, alors qu'il n'en avait pas le droit. Il t'a emmenée avec lui et il ne t'a pas ramenée chez toi. Il n'a pas téléphoné à ta maman pour lui dire que tu étais saine et sauve, et il ne t'a pas laissée téléphoner à ta maman. Elle dit que tu es restée partie longtemps – presque deux ans – et que pendant la période où tu étais avec ton papa, il t'est arrivé des choses qui font très peur. Est-ce que c'est vrai ?

Cassandra hocha la tête, d'un air affable, presque joyeux, comme si mes paroles s'étaient résumées à : « Ta maman dit que tu es en CE2. »

— Ta maîtresse me dit que tu aimes l'école, et que tu es capable de très bien participer à la vie de la classe. Elle dit que tu es une fille très intelligente et que, quand tu veux, tu travailles très bien.

Cassandra sourit.

— Mais elle me dit aussi que, parfois, tu as de gros problèmes. Il t'arrive de te mettre très en colère et d'avoir du mal à obéir aux règles. De temps en temps, quand tu es à l'école, tu t'énerves très fort et, après, tu arrêtes de parler. Mme Baker dit que parfois tu ne parles plus à personne pendant des jours et des jours, et que, du coup, tu as des difficultés pour faire ton travail. Mais elle me dit que, même si ça c'est déjà assez grave, ce n'est pas le plus gros problème. Elle dit que le plus gros problème, c'est que, très souvent, tu ne dis pas la vérité. Tu inventes des histoires sur les gens, ce qui fait qu'après ils ont des ennuis ; et souvent, tu racontes des choses qui ne sont pas vraies du tout.

Je marquai un temps d'arrêt. Puis je repris :

— Et toi, qu'est-ce que tu en penses ? Est-ce que toi, tu penses que c'est à cause de cela que tu as des problèmes ?

La fillette haussa les épaules, mais avec une mimique qui rendait son geste presque comique. Elle remonta les épaules très haut, en levant les yeux au ciel dans un geste exagéré, teinté d'une sorte de bienveillante condescendance, comme pour dire : « Qu'est-ce qu'ils sont bêtes, ces adultes, toujours en train de faire des tempêtes dans un verre d'eau ! »

— Voilà, c'est ce que les adultes m'ont

donné comme raisons quand j'ai demandé : « Pourquoi Cassandra Ventura est-elle entrée dans l'unité ? »

A nouveau, Cassandra leva les yeux au ciel et les roula en tous sens.

— Et toi, qu'est-ce que tu en penses ? insistai-je. Est-ce que tout ça ce sont des problèmes, à ton avis ?

— Je sais pas.

— J'aimerais savoir ce que tu en penses. Il n'y a pas de bonne ou de mauvaise réponse à mes questions. On cherche, c'est tout.

— Je sais pas, répéta-t-elle.

— Tu ne sais pas ?

— Je me rappelle pas.

— Tu ne te rappelles pas quoi ? Si tu fais vraiment ce que les gens disent ? Si les gens pensent que ce sont des problèmes ? Ou alors, tu ne te rappelles pas ce que je viens de dire ?

A nouveau, elle haussa les épaules et leva les yeux au ciel.

Je tendis une feuille vierge à la fillette et j'ouvris ma petite boîte. A l'intérieur, j'avais mis un assortiment de feutres, de crayons à papier et de crayons de couleur.

— Je voudrais que tu me dessines ta famille.

Elle hésita.

— Je sais pas bien dessiner.

— Ce n'est pas grave. Si tu veux, tu peux faire des petits bonshommes. Tu fais ce qu'il y a de plus facile pour toi.

— Est-ce que je peux faire des bulles ? Et si je faisais des ronds, comme des bulles, au lieu de faire des bonshommes ?

— Bien sûr, si tu préfères.

— Des poissons ! s'exclama-t-elle en s'animant tout à coup. Je sais très bien dessiner les poissons. Voilà, c'est ça que je vais faire. Attends, je vais te montrer. (Elle prit un crayon orange.) Tu vois ? Tu fais un rond. Et après, tu fais un petit triangle à un bout, avec la pointe vers le rond, et ça, c'est la queue. Tu vois ?

Pour me montrer, elle dessina quelques poissons sur le côté de la feuille. Puis elle demanda :

— Je peux les faire en poissons ?

— C'est toi qui décides, répondis-je.

Mais elle changea d'idée. Elle ne fit ni des poissons, ni des bonshommes. Posant le crayon de couleur, elle sortit un crayon à papier et entreprit de dessiner des personnages, de très petits personnages, en prenant bien soin de respecter les proportions. D'abord un homme, puis une petite fille, puis une autre, mais plus petite, puis une femme.

Elle s'arrêta pour examiner son dessin. Elle ajouta un personnage à côté de la mère. C'était un deuxième homme. Puis elle en rajouta un troisième. Elle fit une nouvelle pause.

Jusqu'alors, elle s'était servie uniquement d'un crayon. Et comme elle avait choisi un crayon très aiguisé, à pointe dure, les dessins étaient très pâles. Elle examina alors le contenu de la boîte, en sortit une série de crayons de couleur et décida de placer sa famille dans un agréable décor d'herbe verte, de ciel bleu et de grand soleil. Elle travailla avec application, coloriant d'abord l'herbe après en avoir dessiné les contours, puis le ciel. Elle prit bien soin de ne pas déborder sur l'orange des poissons, de sorte qu'on avait l'impression que c'étaient des ballons qui volaient en l'air. Elle appuya très fort en coloriant le soleil, qui arbora bientôt un jaune cireux et darda largement ses rayons à travers le bleu du ciel.

Mais si elle avait veillé à ne pas déborder sur les poissons, elle eut moins de scrupules envers la famille. Au bout du compte, celle-ci disparut quasiment sous la couleur bleue.

— Ça y est ! annonça-t-elle enfin.

Elle s'arrêta un instant pour contempler son dessin, puis se ravisa :

— Non, attends !

Elle prit alors un feutre noir et, avec grand soin, plaqua un visage souriant sur le jaune du soleil.

— J'aime mieux comme ça. Il est gai, maintenant, mon dessin, hein ?

Toujours au feutre noir, elle rajouta une touche finale dans le ciel. Non loin du soleil, elle exécuta un petit pâté affecté de trois protubérances qui lui donnaient l'air d'une feuille de trèfle sans tige.

— Tu t'es donné beaucoup de mal ! Alors,

tu m'expliques qui sont tous ces gens, dans la famille ?

— Aloooors, fit-elle, ça, c'est mon papa. (Elle désigna le premier personnage à peine visible.) Ça, c'est ma sœur, Magdalena. Et ça, c'est ma sœur Mona. Et ça, c'est ma maman. Et ça, c'est papa David. Et ça, c'est oncle Beck.

— Et toi, tu es où, dans ce dessin ? interrogeai-je.

— Moi, j'y suis pas, dans ce dessin. Tu veux que j'y sois, dans ce dessin ? Je croyais que tu voulais avoir un dessin de ma famille.

Je hochai la tête.

— Tu voulais que je sois dans la famille ? insista-t-elle.

— Eh bien, si tu dessines toute ta famille, normalement, tu en fais partie, non ?... Mais bon... Peu importe comment tu le comprends, c'est très bien. Il n'y a pas de bonne ou de mauvaise façon de faire.

— Tout le monde ? Tu voulais tout le monde ? Je savais pas que tu avais dit tout le monde.

Cassandra prit alors un nouvel assortiment de crayons de couleur – rouge, jaune, bleu, vert. Au bas de la page, dans l'angle droit, elle dessina une série de petits serpents, tous dotés de visages souriants. Elle en fit une dizaine, de tailles différentes.

— Ah, ce dessin commence à se compliquer, observai-je. Tu peux m'expliquer qui sont ces personnes-là ?

— Alors ça, c'est maman Serpent, et ça, c'est papa Serpent, et ça, c'est les enfants Serpent. Et ça, c'est le pasteur Serpent. Et ça, c'est le cow-boy Serpent. Et ça, c'est la fée Serpent. Eux, c'est mes frères et sœurs. Lui, c'est mon frère, et lui, c'est mon frère, et là, c'est ma sœur.

— Ah bon, m'étonnai-je, ta maman ne m'a parlé que de tes sœurs Mona et Magdalena.

— C'est mes autres frères, dans mon autre famille. La famille de quand j'ai été enlevée. Parce que là, j'ai vécu dans une autre famille, et ça, c'est mes frères et sœurs de mon autre famille. Je les appelais « le pasteur », et « le cow-boy » et « la fée » parce que c'est comme ça qu'ils aimaient s'habiller. Enfin non, pas lui. Lui, c'était un vrai pasteur. Il était grand. Genre dix-sept ans, je crois. Mais le cow-boy et la fée, ils avaient mon âge. Enfin, la fée était plus petite. Elle avait trois ans. Moi, je faisais attention à elle.

— Je vois. Ta maman n'a pas parlé de ton autre famille.

Cassandra m'adressa alors un large sourire, accompagné d'une expression ouvertement narquoise.

— Peut-être qu'elle le sait pas, lança-t-elle.

D'accord, d'accord, me dis-je. Ce comportement était trop détaché, trop espiègle pour être honnête, il sentait la manipulation. Il y avait quelque chose chez Cassandra qui sentait le jeu de miroirs, l'écran de fumée, le souci de répondre à mes attentes supposées, pour mieux m'empêcher de voir ce qu'elle ne voulait pas me montrer.

— Et ça, là, c'est moi, conclut-elle en me désignant le pâté en forme de feuille de trèfle suspendu dans le ciel.

— Ah bon, constatai-je, finalement tu es quand même dans le dessin ?

— Ouais. (Elle leva les yeux vers moi et sourit.) Mais je suis là-haut parce que je suis une extraterrestre.

2

Il y avait près de deux ans que je travaillais dans cette unité. Frustrée par l'attitude de l'administration de Washington vis-à-vis de l'éducation spécialisée et sentant venir les inévitables réductions et pertes d'emploi qui résulteraient de son changement de politique, j'avais décidé de me mettre en congé de l'enseignement. Quelques années plus tôt, j'avais acquis ma qualification en psychologie, et il me semblait que c'était le bon moment pour me diriger dans cette voie. Mon projet était de rejoindre le personnel d'une petite clinique où travaillait l'un de mes amis. L'établissement était situé dans une ville que je connaissais bien, que j'aimais, et où j'avais déjà un bon réseau d'amis et connaissances pour y avoir vécu auparavant. Mais la perspective la plus intéressante était l'occasion qui m'était offerte de travailler avec le directeur de la clinique. Non seulement celui-ci jouissait d'une excellente réputation en pédopsychiatrie, ce qui était une raison suffisante pour me donner l'envie d'apprendre à ses côtés, mais c'était également un administrateur de talent, connu pour sa démarche créative. Rompant avec les attitudes souvent restrictives de la psychiatrie, il avait cherché à établir au sein de la clinique une approche plus globale en y réunissant des spécialistes de diverses disciplines du même ordre – psychologie enfantine, psychiatrie, pédiatrie, travail social –, avec le souci de les faire travailler main dans la main, dans un esprit d'ouverture et d'interdisciplinarité. Cette capacité à « sortir des sentiers battus » me plaisait beaucoup.

Moi qui quittais la petite ville où j'enseignais pour prendre un poste dans une clinique privée cossue, aux finances solides, à l'esprit ouvert, je finis par atterrir dans le monde fermé de l'unité de pédopsychiatrie d'un grand hôpital général, et ce par un tour de passe-passe que je n'ai pas encore compris. Il se produisit l'une de ces rencontres que l'on qualifie plus tard de « fatidiques », lorsque le collègue d'un collègue me contacta un dimanche en fin d'après-midi en déclarant qu'il connaissait bien mes travaux sur le mutisme électif et en me demandant si j'accepterais d'assurer quelques vacations pour étoffer le personnel de l'hôpital.

Au cours de ces vacations, je m'aperçus qu'ils recherchaient désespérément un spécialiste des problèmes de langage d'origine psychologique. Je n'avais pas la compétence recherchée, mais j'étais libre pendant quelques mois, la fin de l'année scolaire ne correspondant pas tout à fait avec le moment de mon entrée en fonction à la clinique. Je proposai donc mes services à l'hôpital. Il était intéressé, et moi aussi. Ensuite, les mois passèrent à toute vitesse. Le moment de prendre mon poste à la clinique arriva, puis passa, et je restai à l'hôpital.

Ce fut un bon choix. Certes, la clinique

elle aussi l'eût été, et je continuai à caresser parfois des rêves de changement, oui, plus tard... mais j'aimais l'hôpital et l'âpre griserie que l'on éprouvait à se trouver toujours en première ligne. Il s'agissait d'un établissement de séjour court destiné principalement au diagnostic, à l'évaluation et à l'intervention d'urgence. Cette institution étant financée par le comté, un grand nombre de nos patients étaient issus des couches les plus pauvres de la société. Nous menions une bagarre incessante pour obtenir assez de temps, assez d'argent, assez d'options, et ce sentiment d'être perpétuellement sur la corde raide unissait le personnel et le soudait dans une camaraderie de frères d'armes comparable à celle des unités médicales de campagne. Cette atmosphère survoltée me stimulait. J'aimais aussi la flexibilité de mon poste, qui me permettait de continuer à garder des liens avec les patients longtemps après leur départ et leurs retrouvailles avec la vie de tous les jours, tout comme j'aimais être une « spécialiste du langage » et voir les multiples variations déclinées par un problème en cours.

C'est ainsi que Cassandra croisa mon chemin.

Au départ, la vie de Cassandra Ventura se présentait sous de bons auspices. Son père était agent de sécurité. Sa mère avait exercé le métier de secrétaire, mais elle cessa de travailler à la naissance de la sœur aînée de Cassandra. Pendant ces années-là, cette famille fut la parfaite illustration du rêve américain. Les Ventura étaient travailleurs, ils fréquentaient assidûment leur église, participaient avec dévouement aux activités de la communauté. Papa était membre du club de bowling de sa société. Maman faisait des gâteaux qui remportaient des prix et excellait aux travaux de couture. Ses deux filles portaient de superbes déguisements à Halloween, des robes neuves à Pâques, de jolies tenues assorties pour les photos de classe.

Mais, derrière la façade, le décor était fort différent, sur fond de drogue et de violence domestique. M. Ventura affirma n'avoir jamais fait subir de sévices aux enfants avant l'incident final. Jusqu'alors, seule son épouse avait eu à supporter les humiliations, les coups, les assiettes lancées à la tête. Mais, ce soir-là, Magdalena, âgée de six ans, tenta d'intervenir en s'interposant entre ses parents. Son père se retourna et la poussa violemment de côté. Elle tomba et resta étendue sur le sol, inanimée. Pour sa mère, ce fut le point de non-retour. Elle refusa de continuer à jouer la comédie de la famille heureuse et sans histoires. Ses filles sous le bras, elle courut se réfugier dans un foyer pour femmes battues. Le lendemain, elle alla trouver la police.

Tout éclata alors au grand jour. Mme Ventura révéla que son mari, outre la violence domestique qu'il lui faisait subir, se droguait depuis des années et mettait à profit sa position d'agent de sécurité pour s'approvisionner régulièrement en cocaïne. Le procès qui suivit, acharné et haineux, fut d'autant plus pénible qu'il requit le témoignage non seulement de son épouse mais aussi de Magdalena. M. Ventura fut condamné à une peine de dix-huit mois d'incarcération.

Mme Ventura refit sa vie avec une rapidité déconcertante. Pendant l'emprisonnement de son mari, elle parvint à demander le divorce, à rencontrer un autre homme, du nom de David Navarro, à se mettre en ménage avec lui, à emménager dans une localité située à une heure de route de la grande ville, et à donner naissance à une troisième fille, Mona.

Cassandra était âgée de trois ans au moment de l'emprisonnement de son père. Deux ans plus tard, un jour qu'elle sortait du jardin d'enfants, elle fut hélée par un homme qui l'attendait dans une voiture. L'inconnu lui apprit qu'il était son papa, mais elle hésita : elle n'avait plus aucun souvenir des traits de son père naturel. Pour vaincre les réticences de la fillette, qui avait pour instructions d'attendre sa grande sœur, il prétendit lui avoir rapporté des jouets qui lui avaient appartenu autrefois. Elle s'approcha, pour voir.

Magdalena, en sortant de classe, ne vit nulle trace de sa petite sœur. On appela sa mère. On appela la police. Rien. Aucune piste. Cassandra avait disparu.

Tous les efforts de la famille Navarro pour retrouver la petite fille échouèrent. Les appels à témoin de la police, l'extension des recherches sur d'autres Etats, les articles des journaux, les affiches placardées dans les boutiques, les avis de recherche imprimés sur les cartons de lait, les tentatives pour contacter M. Ventura par l'intermédiaire de son contrôleur judiciaire, tous les efforts imaginables furent déployés pour tenter de découvrir ce qui s'était passé cet après-midi-là, mais en vain. Cassandra et son père semblaient s'être évanouis dans la nature.

Trente-six mois passèrent, au cours desquels on ignora tout du sort de Cassandra. Puis un soir, à des centaines de kilomètres, l'employé d'une supérette aperçut une petite fille errant parmi les poubelles derrière le magasin. Rattrapée, celle qu'il avait prise pour une petite voleuse observa un mutisme obstiné et refusa de donner son nom. Le directeur, appelé à la rescousse, comprit immédiatement que la présence à pareille heure de cette petite fille crasseuse et dépenaillée au milieu des immondices n'était pas normale. Il appela la police. C'était Cassandra.

Personne ne sut jamais avec précision ce qui s'était passé durant ces trente-six mois. Pendant les premières semaines qui suivirent son retour, Cassandra resta totalement muette. Son père, lorsqu'on le retrouva, était trop plongé dans l'hébétude de la drogue pour pouvoir donner la moindre indication. La seule information cohérente que l'on parvint à obtenir de lui fut la raison qui l'avait conduit à l'enlèvement, à savoir le désir de se venger de son ex-épouse : « J'ai voulu lui faire payer ce qu'elle avait fait », telle fut sa seule explication.

Cassandra, qui n'avait pas encore six ans au moment de son enlèvement, en avait un peu moins de huit lorsqu'on la retrouva. A en juger par son état lamentable, elle avait passé une partie de ce temps dans des conditions très dures. On ne sut pas si elle avait vécu en compagnie de son père ou avec d'autres personnes, car les indications du père étaient confuses et la fillette elle-même ne parlait pas. Lorsqu'elle recouvra l'usage de la parole, elle refusa d'aborder la question de l'enlèvement. Les bribes de renseignements qu'elle fournit se révélèrent des mensonges.

Pour la mère de Cassandra, qui avait tant espéré son retour, rien ne se passa comme elle l'avait rêvé. Au lieu de la petite fille joyeuse et aimante qui avait disparu un après-midi d'automne, ce fut une étrangère méfiante et muette qu'elle accueillit à la maison.

Il fut impossible à la fillette de se couler dans sa vie antérieure, qui, en réalité, n'était pas son « ancienne vie », mais une vie différente de celle qu'elle connaissait avant son enlèvement. Elle détestait son beau-père et ne tolérait pas sa présence. Elle refusait de lui parler, voire de le regarder. Elle ne cessait de se quereller avec Magdalena et se livrait à son encontre à d'innombrables petits actes de vengeance pleins de fiel. Avec sa nouvelle petite sœur Mona, elle se montrait si emportée et si malveillante que sa mère n'osait pas les laisser seules ensemble.

Cassandra sursautait facilement, était encline aux caprices soudains, faisait d'horribles cauchemars et alternait les cris et les invectives avec les épisodes de mutisme. Elle ne cessait de mentir, volait les membres de sa famille et avait un comportement alimentaire chaotique ; elle faisait des réserves de nourriture qu'elle cachait, ou entassait les aliments dans son assiette, les mangeait trop vite et les vomissait après, parfois à table. Elle souffrait également de problèmes digestifs et de nombreuses affections mineures dues à un système immunitaire chancelant.

De plus, il apparut que Cassandra n'avait pas fréquenté l'école durant toute la période de sa disparition. Au jardin d'enfants, Cassandra, à l'instar de sa sœur aînée, promettait d'être une élève douée. Mais, alors qu'elle était en âge d'entrer au CE1 à son retour, elle ne savait ni lire, ni écrire, ni compter.

Sa mère et son beau-père firent de leur

mieux pour appréhender la situation. Ils décidèrent de reprendre son instruction depuis le début et l'inscrivirent au CP. Ses lacunes étant malgré tout nombreuses, car l'année scolaire était déjà bien entamée, elle bénéficia d'un soutien scolaire. Pour surmonter le traumatisme, elle suivit une thérapie individuelle avec une psychologue pendant douze semaines, ce qui correspondait à la durée couverte par l'assurance de ses parents.

Et Cassandra commença à aller mieux. Elle se remit à parler correctement. D'abord à la maison, puis, plus lentement, à l'école, même si son comportement restait imprévisible, même si, parfois, elle gardait le silence pendant des heures, voire des jours entiers. Ses progrès scolaires étaient raisonnables et elle était généralement au niveau de sa classe. A la maison, elle se montrait toujours très difficile et sujette aux caprices, mais la famille trouvait qu'elle faisait, là aussi, des progrès.

Cependant…

Sa maîtresse de CE2, Earlene Baker, fit pression sur les parents pour qu'elle reprenne la thérapie. En effet, le comportement de Cassandra était déconcertant et difficile à accepter dans le cadre d'une classe. L'institutrice était préoccupée par ses tentatives de manipulation, dont la plupart prenaient la forme de mensonges et d'affabulations.

Beaucoup de mensonges semblaient gratuits. Par exemple, elle prétendait que les chaussures avec lesquelles elle venait quotidiennement à l'école avaient été achetées la veille. Par ailleurs, ses mensonges étaient souvent malveillants. Un jour, elle cacha son cahier d'exercices et prétendit qu'un camarade le lui avait volé. L'enfant accusé échappa à une injuste punition grâce à l'intervention d'une surveillante de récréation qui avait vu Cassandra placer délicatement un objet dans une poubelle à l'extérieur de l'école, et qui était allée vérifier plus tard. Mais la plupart de ses affabulations relataient des atrocités à caractère étrange. Dans l'une d'elles, elle racontait que sa petite sœur, tombée dans le canal et emportée dans le souterrain, avait été sauvée par un garçon non identifié qui, heureuse coïncidence, passait justement par là.

La maîtresse précisait qu'elle avait conscience de la terrible souffrance vécue vraisemblablement par la fillette durant sa disparition et qu'elle essayait d'en tenir compte. Mais, avec la meilleure volonté du monde, elle ne s'expliquait pas comment une petite fille de neuf ans pouvait passer sa récréation à aider gentiment le gardien de l'école à balayer les feuilles, et venir raconter ensuite qu'il avait essayé de la pousser au bas des escaliers.

Mme Baker se demandait également si Cassandra ne souffrait pas de crises de petit mal, une forme d'épilepsie. Il lui arrivait de se soustraire complètement à ce qui se passait autour d'elle et de n'avoir plus aucun souvenir de détails évidents. La maîtresse soupçonnait que ces pertes de mémoire, parfois soudaines, n'étaient qu'une forme de manipulation et une simple extension du mensonge. Il n'empêchait que la fillette paraissait incapable de se rappeler certains événements venant de se produire, et cela à une fréquence préjudiciable. Mme Baker en était donc arrivée à se demander s'il n'existait pas un problème neurologique sous-jacent.

Elle s'inquiétait aussi de son comportement anarchique au niveau de la parole. La plupart du temps, Cassandra était bavarde, voire difficile à faire taire. Mais il lui arrivait régulièrement de refuser de parler, et ce, parfois pendant plusieurs jours d'affilée. Mme Baker ne s'expliquait pas ces silences qui intervenaient sans raison particulière, et qui se produisaient également à la maison. La mère de Cassandra s'y était résignée, en les mettant sur le compte du traumatisme dû à son enlèvement, et en jugeant que le meilleur moyen de l'aider était de la laisser tranquille. Toutefois, l'institutrice ne pouvait se permettre une telle décontraction, car ce refus de parler avait des conséquences sur le processus d'apprentissage. Compte tenu du côté sporadique de ce comportement, Mme Baker se posait, là aussi, la question de l'origine neurologique.

Elle évoqua auprès de moi le problème de drogue du père de Cassandra en se demandant si la petite fille avait pu être amenée à absorber des substances toxiques pendant son séjour avec lui ou si elle avait pu être victime d'abus susceptibles d'avoir endommagé son cerveau. Ces curieuses manifestations neurologiques n'étaient-elles pas le symptôme d'une lésion ?

Enfin, Mme Baker était préoccupée par ce qu'elle appelait les comportements « étranges venus d'ailleurs » de Cassandra, qui, bien que n'étant pas répréhensibles en eux-mêmes, la mettaient mal à l'aise. Entre autres, la fillette avait une tendance à transformer une conversation ordinaire en propos idiots. Elle bavardait normalement, puis, sans crier gare, prenait ce que Mme Baker appelait son « mauvais regard ». Elle se mettait alors à répondre à côté, parfois sur le mode provocateur, et, souvent, ses paroles n'avaient ni queue ni tête. Ce comportement était très dérangeant, car selon Mme Baker on avait l'impression qu'elle « travaillait du chapeau », et, surtout, il éloignait d'elle les autres enfants, qui prenaient la fuite, déconcertés ou agacés.

Dans la série des comportements « étranges venus d'ailleurs », Cassandra avait une propension à se transformer en animal, en vautour ou en ours, par exemple, et à ne plus communiquer que par l'intermédiaire de cris perçants ou de grognements. Elle choisissait un animal violent et se servait du comportement normalement agressif de l'animal comme d'une excuse pour frapper, mordre, cracher ou blesser d'une façon quelconque. Le plus souvent, c'était par jeu, comme si elle maîtrisait parfaitement son comportement ; mais il lui arrivait de faire l'animal pendant plusieurs heures sans tenir compte des admonestations, voire des punitions.

Les investigations neurologiques se révélèrent négatives. Les médecins conclurent à des problèmes psychologiques qui, probablement, faisaient partie des troubles post-traumatiques consécutifs à l'enlèvement. Ce diagnostic avait déjà été posé antérieurement. On lui prescrivit des antidépresseurs et on la renvoya chez elle.

Mme Baker ne nota aucun changement

notable après la mise sous antidépresseurs et elle maintint sa pression sur les parents pour les inciter à faire traiter l'enfant. Elle leur exposa qu'en raison de la diversité de ses problèmes de comportement il serait bientôt impossible de la maintenir dans le système scolaire.

Cassandra fut donc confiée à l'un des pédopsychiatres attachés à notre unité. Il se déplaça à l'école, passa un certain temps à l'observer, puis la rencontra avec ses parents. A la fin, il décida d'admettre l'enfant dans l'unité aux fins d'observation et d'évaluation.

On me confia les séances de thérapie quotidienne individuelle avec Cassandra, sous la supervision du pédopsychiatre, Dave Menotti. L'idée de Dave était que mon expérience des problèmes de langage d'origine psychogénique pouvait être utile, même si le mutisme occasionnel n'était pas le problème. Il me la décrivit comme étant une enfant « chez qui il y a des choses qui ne s'ajustent pas », ce qui signifiait que nous en étions toujours à la phase du diagnostic. Alors que nous pensions connaître l'origine de ses problèmes – son enlèvement sur une période de trente-six mois –, nous ne parvenions pas à assembler les pièces du puzzle pour expliquer ses difficultés.

3

Assises côte à côte, nous examinions le dessin que Cassandra avait fait de sa famille.

— C'est un dessin très travaillé, dis-je. Tu peux m'expliquer un peu ?

— Moi, je suis là, là-haut dans le ciel. Je regarde tout le monde de là-haut. Comme ça, je vois tout le monde. Je peux tout voir du haut du ciel.

— C'est intéressant, ça, de pouvoir tout voir.

Elle hocha la tête.

— J'aime bien être une extraterrestre.

— Si j'étais une extraterrestre, moi, je crois que je me sentirais seule, objectai-je, parce que j'aurais l'impression de ne pas être comme tout le monde. J'aurais l'impression d'être à part.

— Non, pas moi. Moi, j'aime bien, répliqua-elle. Parce que comme ça je peux voler dans une fusée.

Cassandra était une petite fille plutôt agitée, toujours en train de se tortiller sur sa chaise. Elle se tenait la tête penchée, en la tournant de manière à pouvoir me regarder par en dessous pendant que j'étudiais son dessin. Son comportement avait quelque chose de faussement ingénu. Cela me conduisit à me demander si elle avait choisi de se dessiner en extraterrestre parce qu'elle se sentait différente ou si c'était pour m'engager dans une voie dont elle pensait que cela intéresserait une thérapeute.

— Et là, c'est ta famille, poursuivis-je. C'est bien ça ? Ta mère, ton beau-père, tes deux sœurs...

— Et les poissons, me coupa-t-elle en les désignant du doigt. Les poissons, aussi.

— Ah, je croyais qu'ils étaient restés là, que tu les avais dessinés quand tu cherchais des formes...

— Non, ils vivent dans le ciel comme si c'était un aquarium. C'est des poissons rouges. C'est une famille, aussi. Le gros, c'est le papa. Là, c'est la maman poisson rouge. Et ça, c'est les bébés. Ils font partie de mon autre famille.

— D'accord.

— Et là-bas, c'est mon autre famille. Tu te rappelles, je t'en ai déjà parlé. Ils sont pas dans l'aquarium, ils regardent dedans. C'est pour ça qu'ils sont petits. (Elle désigna les serpents.) En vrai, c'est pas des serpents, ils sont déguisés en serpents.

— Ce ne sont pas des serpents ?

Cassandra éclata de rire.

— T'es bête ! C'est des gens ! dit-elle avec un nouveau rire. C'est papa Serpent et maman Serpent et les enfants Serpent. Et là, c'est le pasteur Serpent. Et là, c'est le cow-boy Serpent. Et ça, c'est la fée Serpent.

— Mais tu viens de me dire que c'étaient des gens, répondis-je, un peu embrouillée.

— Mais oui ! s'exclama-t-elle. « Serpent », c'est leur nom de famille. C'est parce qu'ils sont toujours déguisés en serpents, c'est pour ça qu'on les appelle comme ça. Et moi, je suis Cassandra Serpent quand je vis avec eux.

— Et pourquoi sont-ils déguisés en serpents ?

Pour toute réponse, j'eus droit à une suite de mots chantés à tue-tête :

— Ding-dong, tu veux ou tu veux pas, Peter Pan !

Je me gardai de réagir.

Elle eut un rire aigu.

J'attendis tranquillement la suite.

— Ding-dong, tu veux ou tu veux pas, Peter Pan ! chanta-t-elle à nouveau.

Elle rit encore en se contorsionnant sur son siège et en agitant les mains. Puis elle prit un feutre noir et se mit à couvrir frénétiquement son dessin de grands traits tracés au hasard. Ce n'était pas pour compléter son dessin. Non, c'étaient des traits, des balafres, qui jaillissaient parce que son environnement intérieur devenait trop difficile à maîtriser, et ces traits signifiaient autant de coups portés pour se soulager.

Je m'abstins d'intervenir.

Cet accès de violence dura environ trois

minutes. Puis, lentement, la fillette se ressaisit et retrouva peu à peu son calme. Elle riait toujours, d'un rire un peu étrange. C'était un rire que je décrirais comme une sorte de rire émoustillé, malsain. Le caractère sexuel sous-jacent de ce rire ne faisait aucun doute à mes yeux. Ce qui, je suppose, compte tenu des « serpents » et du déchaînement accompagnant les « ding-dong », les « tu veux ou tu veux pas », était plausible.

Je restai imperturbable, conservant l'expression la plus neutre possible, de manière à éviter qu'elle n'interprète mon silence comme une désapprobation.

Enfin, elle se tut. L'intéressant, au cours de cet épisode, résidait dans le fait suivant : pas une seule fois elle ne m'avait quittée des yeux pendant tout son déroulement. C'était surprenant, mais cela signifiait également que ma réaction était un facteur très important dans tout ce petit drame. Je sentais qu'elle jouait la pièce pour moi, qu'elle attendait de moi que je me comporte d'une certaine manière, et qu'il était impératif pour elle de ne pas me quitter des yeux afin d'anticiper ma réaction ou d'adapter son comportement si nécessaire.

Pour l'heure, elle se tenait tranquille sur sa chaise, ses grands yeux sombres toujours fixés sur moi. Je lui déclarai alors :

— Tu sais, je crois que si tu as fait ça, c'était pour échapper au sujet dont nous parlions. C'est un truc de magicien, ça. Les magiciens disent : « Regardez bien par là ! » pour qu'on regarde là où ils le disent, ce qui fait que, pendant ce temps, ils peuvent cacher ce qu'ils ne veulent pas qu'on voie.

Il y eut un long, très long silence. Elle joignit les mains comme pour prier et les coinça entre ses jambes, dans une attitude raide qu'elle conserva tout en continuant à garder les yeux rivés aux miens.

Elle battit des paupières. Elle détourna les yeux un bref instant, puis me regarda à nouveau.

— Je peux partir, maintenant ? demanda-t-elle. Je suis fatiguée. J'ai fini mon dessin. J'ai envie de retourner au foyer.

L'unité de pédopsychiatrie se situait au sixième étage de l'hôpital. En sortant de l'ascenseur, à gauche, on tombait sur un long couloir qui abritait les bureaux administratifs, dont beaucoup n'appartenaient pas à notre unité. Tout au bout se trouvaient deux jeux de doubles portes verrouillées dont l'une menait à l'unité en soi. Tout de suite à gauche, c'était la salle de soins infirmiers, et, à droite, le foyer où les enfants étaient réunis pour se détendre et jouer quand ils n'étaient pas en classe, en séance de thérapie, ou qu'ils ne participaient pas à des activités. Les chambres se trouvaient au bout de deux petits couloirs qui bifurquaient de l'autre côté du foyer à partir de la salle de soins infirmiers. C'étaient pour la plupart des chambres de deux, mais il existait quatre chambres individuelles. Toutes verrouillées. En tout, l'unité pouvait accueillir vingt-huit enfants de trois à onze ans.

Derrière le foyer, à gauche de la salle de soins, on voyait un troisième petit couloir, et là se trouvaient les deux salles de thérapie, ainsi qu'une série de locaux : une salle d'examen, un cabinet pour les médecins, une lingerie et une drôle de petite pièce d'environ six mètres de long sur deux de large. Dans cette dernière, des équipements divers, tels des caméras vidéo, des magnétos et des écrans, étaient entreposés derrière la porte, tandis qu'à l'autre bout était installée une minuscule cuisine, étroite comme une cuisine de bateau.

C'était là, parmi ces pièces, que j'avais mon bureau, partagé avec Helen, une travailleuse sociale dont la tâche principale consistait à suivre les enfants après leur départ. Ses heures de présence dans l'unité étant réduites, j'avais souvent le bureau pour moi seule.

Le décor de cette pièce était celui d'une usine désaffectée, hantée de mauvais souvenirs.

Elle était traversée par une série de tuyaux en fonte, ornements qui eussent déjà amplement suffi à lui donner un charme douteux s'ils avaient été dissimulés dans un angle ou s'ils avaient été de taille ordinaire, comme les tuyaux de chauffage central, par exemple. Mais non. Mes tuyaux jaillissaient du mur de droite sur environ un mètre, et ils atteignaient quinze centimètres de diamètre. C'était comme si j'avais un bouquet d'arbres dans mon bureau. Des arbres de fer. Ou plutôt des troncs d'arbres. Au beau milieu de la pièce.

D'autre part, ce local était utilisé autrefois pour les électrochocs. Cette thérapie était abandonnée depuis longtemps, mais les témoignages de son existence subsistaient toujours sous la forme de curieuses protubérances, de fils débranchés, de traces de machines sur les murs. Le tout avait été peint et repeint plusieurs fois, et mon environnement s'en trouvait donc agrémenté d'emplâtres informes, indistincts.

Au milieu de cette usine à gaz, Helen et moi avions réussi à coincer deux bureaux, une grande table et deux bibliothèques d'une taille imposante. Comme toujours, le côté d'Helen était un modèle d'ordre et d'organisation. Mon côté, selon le verdict bref et sans appel de ma collègue, ressemblait à une zone sinistrée.

Je venais de retourner à mon bureau après la séance avec Cassandra lorsqu'on frappa à la porte, qui s'ouvrit en livrant le passage à Nancy Anderson, l'infirmière responsable de l'unité pendant les jours de semaine. Agée d'une cinquantaine d'années, cette grande femme noire solidement bâtie avait fait toute sa carrière en pédopsychiatrie. Elle aimait son travail ; elle aimait les enfants. Forte de ses dizaines d'années d'expérience, elle possédait une grande notion des absurdités de la vie, ce qui signifiait que sa réaction à la plupart des événements était un éclat de rire.

— Tiens, c'est pour toi, dit-elle en agitant une feuille de papier.

— Qu'est-ce que c'est ? m'enquis-je en tendant la main.

— Il t'a demandée, toi en particulier. Il a lu tes recherches sur le mutisme électif. Il a vu un article dans le journal. C'est toi qu'il veut avoir.

— Oh, chouette, marmonnai-je.

Je détestais cela, les parents qui exigeaient un thérapeute précis, car, souvent, ils arrivaient avec des attentes hautement irréalistes. Ils recherchaient des faiseurs de miracles, rien de moins, et il était rare que les miracles soient réalisables.

— Harry a jeté un œil dessus, poursuivit Nancy, et il a dit qu'il ne voyait pas d'inconvénient à arranger un rendez-vous pour voir l'enfant cette semaine. Il a un créneau libre vendredi prochain pour rencontrer les parents, si ça te va. S'ils ont envie d'entreprendre quelque chose, et si ça paraît faisable, il y a une place qui se libère vendredi prochain pour la semaine.

Je pris le papier des mains de Nancy.

— Ouh là ! Mais c'est à Quentin ! Il l'a vu, ça, Harry ?

Nancy haussa les sourcils pour signifier qu'elle n'en savait rien.

— C'est presque à trois cent cinquante kilomètres d'ici ! Il y a plus de trois heures de route rien que pour l'aller. Il faudra prévoir une journée complète juste pour passer trois quarts d'heure à observer le gamin...

— C'est sans doute pour ça qu'ils prévoient de le faire entrer pour la semaine.

— Ils ont sûrement ce qu'il faut à Quentin.

— Peut-être, mais c'est toi qu'ils veulent.

Je me plongeai dans la lecture de la lettre : une lettre personnelle, écrite par un homme du nom de Mason Sloane. Il s'agissait du grand-père du petit garçon en question et la lettre était écrite sur le papier à en-tête d'une banque régionale réputée.

Il me parut bizarre que la première chose mentionnée par M. Sloane fût l'historique de l'affaire familiale. La famille était l'actionnaire principal de la banque, fondée à la fin du dix-neuvième siècle par le grand-père du signataire. La propriété et la direction de la banque étaient passées de père en fils au fil des générations et l'établissement était dirigé à présent par le fils de M. Sloane, un homme d'affaires en vue à Quentin, petite ville d'environ trente mille habitants.

Ce qui amenait M. Sloane à s'adresser à moi était un article qu'il avait lu dans le journal local à propos de mes recherches sur le mutisme électif. Il avait un petit-fils de quatre ans prénommé Drake, fils unique de son fils unique. L'enfant ne parlait pas à l'extérieur de la maison. M. Sloane le décrivait comme un enfant exceptionnellement vivant et intelligent, mais qui avait toujours refusé de parler, sauf à quelques interlocuteurs privilégiés. La famille avait consulté différents spécialistes sur place, sans succès. M. Sloane avait eu connaissance de mes travaux et avait compris que c'était là que se situait le problème de Drake. Et que moi, j'étais la solution. Drake souffrait de mutisme électif, et, si je m'en occupais, il serait guéri.

La suite de la lettre soulignait que l'argent ne posait aucun problème, pas plus que la distance ou les efforts d'aucune sorte. Ils étaient prêts à tout pour que Drake obtienne l'aide dont il avait besoin. Il me suffisait d'indiquer mon prix et de prendre les dispositions nécessaires.

Je reculai au fond de mon siège en poussant un profond soupir. L'article qu'il évoquait faisait partie des idées que j'avais crues bonnes à l'époque. C'était avant que j'apprenne à mes dépens combien le sensationnalisme était important pour les journalistes, et le danger qu'il y avait à se laisser piéger à parler de son sujet de recherche favori à un journaliste brûlant de prouver à son patron qu'il était capable de faire mieux que la tournée des beaux mariages de la semaine. Cet article, destiné dans mon esprit à donner des informations générales sur ce problème singulièrement répandu chez les enfants, s'était métamorphosé en une série de déclarations fracassantes qui non seulement n'étaient jamais sorties de ma bouche, mais qui, de plus, minimisaient mes méthodes de traitement en les faisant paraître faciles, évidentes, insolemment efficaces et dénuées de toute marge d'erreur.

Il y avait encore plus préoccupant dans la lettre de M. Sloane. D'après son ton, il était clair qu'il avait déjà tiré quelques conclusions hâtives, à savoir que Drake était un enfant parfaitement normal qui attendait simplement d'être guéri, que pour obtenir cette « guérison », il suffisait de trouver une personne possédant la potion magique, et que l'argent était capable de remédier à tout si on mettait le prix.

La hiérarchie établie au sein de l'hôpital prévoyait que chaque enfant admis dans l'unité soit confié à sa propre équipe de spécialistes, qui incluait le personnel de soin et d'encadrement, les psychologues, les thérapeutes occupationnels ou les physiothérapeutes, les éducateurs de l'unité, ainsi que du personnel de liaison qui continuerait à travailler avec lui après sa sortie. Une telle équipe était toujours chapeautée par un pédopsychiatre. Même si celui qui avait été à l'origine de l'admission d'un enfant était un thérapeute désireux de travailler plus intensément sur un problème au sein de l'unité, c'était sous la responsabilité de l'un des psychiatres. Car l'unité était au premier chef un établissement médical. De ce fait, en vertu de leur statut de médecins, les pédopsychiatres étaient au sommet de la hiérarchie. De plus, eux seuls étaient habilités à prescrire un traitement médical en complément des autres formes de thérapie.

Je n'étais pas vraiment connue pour mon goût du travail d'équipe, particulièrement à l'époque de ma carrière d'enseignante, où, venant de l'éducation spécialisée, je profitais de mon statut « à part » ; j'inclinais plutôt à la rébellion. Mais j'estimais que cette approche hiérarchique fonctionnait bien dans le cadre étroit de l'hôpital. J'étais heureuse de ne pas avoir à prendre les décisions finales, qui étaient souvent lourdes de conséquences. Par-dessus tout, j'appréciais la stimulation intellectuelle que procurait la collaboration régulière avec des spécialistes dont le cursus et l'expérience étaient très différents des miens.

Nous étions sous la responsabilité de cinq pédopsychiatres, quatre hommes et une femme, tous les cinq de grande valeur. Mon préféré était Dave Menotti, un homme aimable, spirituel, enclin à descendre du « Septième Ciel » – notre terme pour désigner le couloir de l'étage supérieur, où se trouvaient les bureaux des psychiatres – pour fraterniser avec nous. Mais c'était sous la direction de Harry Patel que j'aimais le plus travailler. Cet homme silencieux se mêlait rarement aux autres, de sorte qu'il était difficile de nouer avec lui des liens personnels. Né à New Delhi, c'était un immigrant de fraîche date qui donnait l'impression de ne pas maîtriser tout à fait l'anglais, ce qui contribuait à lui donner un air distant. Ce n'était qu'une apparence. Simplement, Harry ne parlait pas quand ce n'était pas nécessaire. Et il était incroyablement compétent. Alors que je m'étais plutôt attendue au contraire, la différence de cultures ne travaillait pas contre lui. En fait, c'était peut-être justement de là qu'il tirait ce pouvoir d'observation si aigu. Car il voyait de la profondeur jusque dans les situations les plus ordinaires... de faibles nuances dans le comportement, des expressions fugitives, des soupirs, des silences. Il remarquait tout cela. Il travaillait avec une délicatesse extraordinaire, ne pressant jamais les enfants, ne guidant jamais, se contentant de suivre. J'aimais le voir à l'œuvre et j'appréciais encore plus les occasions de travailler sous sa direction.

Par conséquent, malgré mes inquiétudes concernant la lettre de M. Sloane à propos de son petit-fils, si Harry proposait d'observer l'enfant, je le ferais bien volontiers. Je pris donc les dispositions nécessaires, emballai ma « boîte à malices » et me mis en route vers la lointaine ville de Quentin.

4

Le trajet fut très agréable. J'étais heureuse d'échapper à la ville pour la journée. C'était la fin de l'hiver, le printemps s'annonçait. Le temps, superbe, avait cette beauté bouleversante qui annonçait la fin d'une saison. La neige avait fondu, le paysage était gris et brun, et pourtant il flottait dans l'air une attente, une joie de vivre naissante. De plus, j'aimais conduire, j'aimais la liberté et la solitude de la route qui s'ouvrait devant moi.

J'arrivai à la maternelle tout juste après onze heures, ce qui me laissait environ quarante-cinq minutes pour observer Drake dans sa classe. Martina, sa maîtresse, m'accueillit dans un bureau.

— Nous vous attendions avec impatience, dit-elle d'un ton enjoué. Nous avons reçu au moins cinq coups de fil ce matin.

De surprise, je haussai les sourcils.

— Ah bon ? De qui ?

— De M. Sloane. Il voulait savoir si vous étiez arrivée.

— Le père de Drake ?

— Non, Mason Sloane, le grand-père de Drake. Le père de Drake, tout le monde l'appelle « Walter ». M. Sloane, c'est son père. (Elle rit.) Et c'est encore plus compliqué, parce que M. Sloane appelle son fils « Watty », et la femme de Walter l'appelle « Skip ».

— Et il a appelé ? Ici ?

Martina leva les yeux au ciel avec fatalisme.

— Bienvenue à Sloaneville.

Drake ne ressemblait pas à l'idée que je m'en étais faite. Son prénom viril avait évoqué pour moi l'image du beau mâle tombeur de filles. Or, quand je l'aperçus dans la classe, je ne compris pas tout de suite que Drake était un garçon. Non seulement ses traits étaient doux et féminins, mais il était coiffé comme une fille. Il était blond, ses cheveux étaient épais, brillants et lisses. Et sa coupe était une coupe au carré, je ne voyais pas d'autre mot. Mais ce n'était pas un carré qui se contentait de lui recouvrir les oreilles, non, ses cheveux descendaient jusqu'à ses épaules ; de plus, il portait une frange soigneusement égalisée, comme sur les portraits des pages de l'époque médiévale. C'était bien la première fois que je voyais un garçon avec une coiffure pareille. Même dans les années soixante et soixante-dix, quand la mode des garçons à cheveux longs était répandue, on n'était pas coiffé ainsi, comme à la cour du roi Arthur.

La personnalité de Drake ne correspondait pas non plus au stéréotype du mutique électif. Dans mon expérience, la majorité des enfants atteints de ce trouble étaient timides, introvertis. Mais Drake participait avec entrain au jeu des enfants qui dansaient et chantaient au milieu d'un joyeux vacarme. Certes, il ne chantait pas, mais il prenait un plaisir évident à danser, avec des mouvements ouverts et non inhibés.

Enfin… ils étaient presque « ouverts et

non inhibés », car Drake présentait une autre particularité. Il ne dansait pas seul. Il était accompagné d'un énorme tigre en peluche qu'il serrait étroitement contre lui, un bras passé autour de son cou. L'animal en peluche, dont la tête à l'expression joyeuse paraissait sortie tout droit d'une bande dessinée, était strié d'éclatantes rayures orange et noir, sauf sur le ventre, qu'il avait gros, blanc et pelucheux. Il conservait en permanence la position assise. Et il atteignait presque la taille de Drake.

J'écarquillai des yeux stupéfaits sur cette apparition : ce télescopage entre Prince Vaillant et Calvin et Hobbes.

L'observer était un vrai plaisir. Cet enfant avait un charisme gigantesque. Ses camarades de classe étaient indifférents à son silence, à son drôle de prénom, à sa coiffure démente ou à son acolyte, le tigre en peluche à taille humaine. Ils recherchaient activement sa compagnie et l'incluaient dans tous leurs jeux. Drake répondait à chaque sollicitation avec un enthousiasme charmant. Et il répondait avec le même empressement aux enseignants. Sa concentration était bonne, il écoutait attentivement les instructions, il suivait les directives de bonne grâce. A en juger par tout ce que j'observai ce matin-là, Drake était un petit personnage heureux et bien adapté.

Après le départ des enfants, je rejoignis Martina pour le déjeuner dans la salle des professeurs.

— Il ne correspond pas du tout à ce que j'attendais, lui déclarai-je. J'avoue qu'en le voyant en classe j'ai été très surprise. Jamais je ne l'aurais identifié comme un enfant présentant de gros problèmes. Et vous, quel est votre point de vue ?

— Vous avez rencontré la famille ?

— Non.

Elle eut une mimique qui en disait long.

— Dans ce cas, je préfère m'abstenir. Je vous laisse juger par vous-même.

Je hochai la tête pour signifier que je comprenais.

Un bref silence s'installa, puis je repris :

— Bien, parlez-moi du mutisme.

— Il est total. Je ne l'ai jamais entendu

prononcer un seul mot. Je peux même dire qu'il n'émet aucun son. Il parle à la maison, mais il refuse de parler ici, devant les autres.

— Qu'est-ce que vous avez tenté ? m'enquis-je.

Martina haussa les épaules.

— Pour être honnête, pas grand-chose. Il n'a que quatre ans. J'ai déjà rencontré des enfants avec ce genre de problème. En général, ce sont des enfants uniques, comme lui. Ou les aînés d'une fratrie. Quand ils arrivent, ils sont timides, effrayés, ils se sentent un peu agressés par toutes ces nouveautés. En général, je leur laisse le temps, et ils finissent par s'adapter et par parler.

— Donc vous avez déjà rencontré des cas de mutisme électif ?

Elle hocha affirmativement la tête.

— Il y a bientôt vingt-cinq ans que j'enseigne en école maternelle. On voit toutes sortes d'enfants. Je me souviens d'une petite fille. Elle s'appelait Stormy[1], cherchez l'erreur ! Elle était minuscule, toute

1. *Storm* : tempête. *(N.d.T.)*

pâle, une vraie petite souris, et elle était muette comme une carpe. C'est à peine si elle respirait. Elle restait assise toute ratatinée sur sa chaise, on voyait qu'elle était complètement dépassée. Sa mère était très timide elle aussi, c'était sans doute de famille. Et elle était totalement mutique, exactement comme Drake. Ça a dû prendre six mois, peut-être même plus. Mais nous avons été patients et elle a fini par s'y mettre.

« C'est ce que j'ai dit à la famille de Drake, poursuivit Martina. Donnez-lui du temps. Il va s'adapter. Mais, mon Dieu ! Ce grand-père ! On peut faire ce qu'on veut, ce n'est jamais assez bien. On n'avance jamais assez vite. Il gère toute sa vie comme une affaire, la sienne et celle des autres, d'ailleurs. Je suis sûre qu'il fait pareil à la maison. Il est obnubilé par les « objectifs à atteindre », il faut que tout soit « dans la norme ». C'est pour cette seule raison qu'ils ont fait suivre notre programme à Drake. Pour qu'il soit "dans la norme". La norme, qu'est-ce que c'est, à la maison ? On a une énorme latitude quand on parle de "norme" à quatre ans ! Mais, quoi que nous fassions, nous ne le faisons pas assez bien, sinon vous ne seriez pas là. Il n'a même pas eu la courtoisie de nous prévenir, de nous laisser le temps de changer notre fusil d'épaule. Allez, hop ! Vous êtes virés ! C'est terminé pour vous !

— Vous ne pensez pas que le mutisme de Drake soit un gros problème ? insistai-je.

Martina haussa les épaules.

— Je n'en sais rien. Je préfère ne rien dire à ce stade. Je ne crois pas utile de lui coller cette sorte d'étiquette. Si c'était mon enfant, je le laisserais tranquille, parce que tout le reste marche très bien. Je lui laisserais le temps de grandir, tout simplement. Il est parmi les plus jeunes. Il est du mois d'août. Moi, personnellement, je ne l'inscrirais pas en grande section cette année, ce qu'ils ont l'intention de faire à l'automne. Oui, d'accord, il a toutes les capacités, c'est certain. Là n'est pas la question. Mais où est l'urgence ? Il a tout le temps d'entrer dans le système. Moi, je dirais : « Allez, mon poussin, tu as encore un an pour jouer. » A mon avis, c'est tout ce dont il a besoin.

— Et sa peluche, qu'est-ce que vous en pensez ?

— Ah ! C'est « Copain ». C'est nous qui l'avons appelé comme ça, parce que Drake ne l'appelle pas, bien sûr. Enfin, nous n'en savons rien. Mais si vous voulez le mettre dans tous ses états, vous n'avez qu'à essayer de lui enlever Copain.

— Il n'est pas un peu… grand, ce tigre ?

— Je ne vous le fais pas dire. Et il le traîne partout : à table, dehors, dans la cour, aux toilettes. Ah, c'est d'un pratique ! Quand j'ai le malheur de lui dire : « Allez, tu vas laisser Copain ici pour ne pas le salir pendant que tu fais pipi », c'est comme si je lui disais : « Je vais couper Copain en petits morceaux et je vais les jeter dans les cabinets. »

— Ce n'est pas l'envie qui vous en manque, je parie ! commentai-je avec un sourire.

Martina me rendit mon sourire et poursuivit :

— Un jour, nous sommes vraiment restés coincés dans les toilettes à cause de Copain, vous imaginez le tableau. C'est le genre d'endroit qui n'est pas prévu pour contenir un adulte, un gamin et un tigre d'un mètre de haut.

— A votre avis, quelle est la fonction de Copain ? demandai-je. C'est un doudou ?

— Oh non, Copain, c'est bien plus que ça. C'est un véritable ami, vous savez, le genre d'ami inséparable pour qui il faut toujours prévoir une place à table. Drake est un petit garçon plein d'imagination. Le fait qu'il ne dise pas un mot ne nous facilite pas la tâche, mais, quand on l'observe, on voit qu'il « parle » à Copain. Et il ne faut surtout pas oublier de donner à Copain son pinceau, ses crayons de couleur ou ses biscuits pour le goûter. Moi, je crois que cette peluche est plus qu'un simple doudou. A mon avis, nous avons affaire à un enfant très intelligent, très créatif, et Copain est le seul à avoir accès à son monde.

Après le déjeuner, il était prévu que je passe une demi-heure avec Drake pour une évaluation individuelle. On m'introduisit dans la classe des plus petits, les enfants de deux ans, qui ne venaient que le matin. La classe était donc libre l'après-midi. C'était une jolie pièce, lumineuse et spacieuse, peinte en vert pâle et blanc, pleine de jouets très tentants. Je craignais que Drake ne se laisse distraire et ne rechigne un peu à travailler en tête à tête avec moi. Mais mes craintes étaient vaines. Il accompagna Martina de bonne grâce, et, lorsqu'elle me présenta, il s'assit gentiment à côté de moi sur l'une des petites chaises. C'est-à-dire avec Copain.

C'était un enfant très mignon. Et même plus que mignon. Il était beau comme un chérubin. Une peau de porcelaine, une petite bouche délicatement arrondie, des yeux marron brillants ourlés de cils immenses, à se pâmer d'envie. Il ressemblait à une poupée pour adultes, à l'une de ces pièces de collection qui n'ont jamais été faites pour servir de jouet. Sa coiffure de fille accentuait encore son côté objet rare.

Et il était vraiment délicieux. Assis à côté de moi, il ouvrait de grands yeux souriants, pleins de joyeuse impatience, en se tortillant comme un jeune chiot. Du coup, je fus gagnée par son impatience.

— Bonjour, je m'appelle Torey, et tu sais quoi ? Je suis venue spécialement pour te voir ! On va faire des choses très intéressantes tous les deux.

Il se tortilla encore un peu plus, et son sourire radieux s'élargit encore.

— Et tu vois, avec ce qu'il y a dans cette boîte, on va faire plein de choses amusantes. Tu veux qu'on l'ouvre, pour voir ?

Drake ne fit pas mine de vouloir l'ouvrir lui-même, mais il regardait la boîte avec une joie anticipée. C'était le « sac à malices » que j'emportais toujours lorsque je me déplaçais pour effectuer des évaluations ou pour travailler avec les enfants dans les écoles. A l'origine, cette boîte basse et plate avait servi d'emballage cadeau pour des fruits destinés à être expédiés, et elle était donc très résistante. Elle était munie d'un couvercle qui se soulevait. A l'intérieur, je conservais un assortiment complet d'objets dont je pensais qu'ils pouvaient être utiles pour encourager les enfants à parler : des marionnettes, des poupées en carton, du papier blanc et du papier de couleur, une collection complète de crayons noirs et de crayons de couleur contenue dans une boîte plus petite, quelques stickers, deux livres d'images, un « Livre des Mots » de Richard Scarry, un livre d'histoires drôles, un livre de coloriages, un livre de jeux, deux petites voitures, une famille de poupées pour maison de poupée, un vieil appareil photo Instamatic cassé, quelques animaux et soldats en plastique, et d'autres objets « malins » qui avaient ma faveur du moment. A ce moment-là, c'était un poisson « devin », qui n'était autre qu'un morceau de plastique tournant à la chaleur de la main.

Je sortis le Richard Scarry. C'était l'un de mes livres préférés, parce qu'il contenait tant de dessins variés qu'il m'offrait une infinité de possibilités.

Je le feuilletai et m'arrêtai sur deux pages qui illustraient les chiffres. Une baleine. Deux morses. Trois tirelires en forme de cochon. Et ainsi de suite, avec des dessins adorables.

— Regarde. Ça, c'est pour compter. Tu sais compter ?

Drake hocha la tête avec fougue.

— Jusqu'où ?

Il leva les deux mains. Puis, un par un, il baissa les doigts comme s'il les comptait. Mais, naturellement, sans émettre le moindre son.

J'opinai du chef.

— Très bien, regarde ces dessins. Tiens, là, une baleine. Elle est grande, hein ? Tu vois comme elle remplit la page ? Tu as déjà vu une baleine ?

Il secoua la tête, puis leva les mains très loin au-dessus de la tête. Ce qu'il essayait d'exprimer était très clair.

— Et, tu vois, là, il y a deux morses. Tu ne trouves pas qu'ils sont drôles ?

Drake émit un petit gloussement muet en soufflant.

— Trois tirelires.

Drake, captivé, se penchait très bas sur le livre. Il avait attiré Copain tout contre lui, peut-être pour le faire participer. Il pointa du doigt la série d'images suivantes, qui représentaient quatre cloches : des cloches à poignées, comme les vieilles cloches d'école. Drake, ravi, donna quelques petits coups sur la page, puis me tapota l'épaule pour attirer mon attention. Je le regardai. Tout content, il bougea les mains de haut en bas pour montrer qu'il sonnait une cloche.

J'hésitai. Je ne dis rien.

Il recommença et fit mine de secouer une cloche de haut en bas. Il souriait, se réjouissant à l'avance de ma réaction lorsque je reconnaîtrais son geste.

J'hésitai encore. Mais cette hésitation était feinte. En réalité, je refusais de le conforter dans ses mimiques. Dans mes recherches, j'avais découvert que les enfants avaient beaucoup plus de difficultés à parler aux personnes avec lesquelles ils étaient déjà engagés dans une forme de relation non verbale, et je voulais éviter de prendre cette direction. Mais qu'il était dur de ne pas répondre à un petit garçon aussi mignon !

Je me dis alors que, peut-être, une bonne partie du problème résidait justement là. Il était tellement engageant, tellement vif et tellement sociable qu'il n'avait pas besoin de mots pour établir le contact avec les autres.

Puis je me demandai : Pourquoi ? La parole est naturelle et innée. Pourquoi ne s'en servait-il pas ? Quel avantage Drake retirait-il de son silence, lui qui désirait si clairement communiquer ?

5

Ma séance d'évaluation avec Drake fut suivie d'une rencontre avec ses parents. Sauf que ce ne furent pas ses parents. Je me retrouvai en face de sa mère et de Mason Sloane, son grand-père paternel. Aucune explication ne me fut fournie pour l'absence de Walter, le père de Drake.

Mason Sloane me donna une bonne poignée de main d'homme d'affaires. Il était petit, plus petit que moi, presque entièrement chauve, et rubicond. Bien qu'ayant dépassé la soixantaine il paraissait en forme, musclé, avec un physique de travailleur manuel. Mais on ne pouvait se méprendre sur sa véritable condition. Ses mains et ses ongles étaient si bien soignés qu'ils paraissaient avoir été manucurés par un professionnel. Ses vêtements étaient d'une élégance irréprochable, et il portait une montre de prix et deux bagues.

La mère de Drake, au contraire, était grande et très mince. C'était une femme d'une grande beauté, délicate et nerveuse comme un cheval de race. Son teint était celui d'une Méditerranéenne. Elle avait de longs cheveux bruns et les mêmes yeux de biche que Drake, mais en plus profond et en plus foncé. Elle s'appelait Lucia. En l'entendant parler, je compris qu'elle était italienne, non pas américaine d'origine italienne, non, une vraie Italienne. Elle parlait anglais avec un fort accent et relativement mal.

Personne ne m'avait signalé ce fait. Dès que j'entendis parler Lucia, je fis la relation avec le mutisme de Drake. Lucia parlait-elle italien avec son fils à la maison ? Le problème pouvait-il venir de là ? Le mutisme pouvait-il être dû à une confusion de langage ? Peut-être ne maîtrisait-il pas suffisamment l'anglais, tout simplement ? Voilà qui eût expliqué bien des choses.

Nous prîmes place tous trois sur les petites chaises d'enfant, autour de la non moins petite table.

— Vous avez rencontré Drake, dit Mason Sloane. Je suis sûr que vous avez vu que c'est un petit garçon très intelligent.

Je souris et confirmai d'un hochement de tête.

— Oui, je suis très impressionnée. Il est adorable.

— Alors, quel est votre diagnostic ? me pressa-t-il.

— Je ne suis pas en mesure de poser un diagnostic à ce stade, répondis-je.

— Mais vous l'avez examiné ?

— Oui. Mais il ne s'agit pas simplement de coller une étiquette, il faut aussi que l'étiquette soit exacte. De plus, on ne pose pas un diagnostic tout seul dans son coin.

— C'est votre spécialité, non ? Vous avez une grande expérience du mutisme électif. C'est ce que j'ai cru comprendre dans l'article…

— Oui, j'ai de l'expérience et j'ai beaucoup travaillé avec des mutiques électifs, mais, si je suis venue jusqu'ici, c'est en tant que membre d'une équipe. Il serait inapproprié de ma part de me présenter comme la seule responsable d'un diagnostic ou d'un traitement. L'unité où je travaille ne fonctionne pas de cette façon.

— Pourquoi ? C'est pourtant simple, non ? Il ne parle pas. Autrement, il va très bien. Il parle à la maison, mais pas à l'école. C'est du mutisme électif, non ? Dans l'article, vous dites que la grande majorité des enfants avec lesquels vous avez travaillé vous avaient parlé dès la première séance. J'en ai déduit qu'il suffisait que vous veniez le voir pour qu'il s'y mette. Donc vous n'avez pas réussi à le faire parler ?

— C'était une évaluation, monsieur Sloane. Il serait erroné de ma part de me mettre à travailler avec Drake sans procéder d'abord à l'évaluation du problème.

— Vous essayez de noyer le poisson. Ou alors vous essayez de nous soutirer de l'argent. Nous vous avons déjà dit où était le problème. Nous vous avons engagée pour venir le voir, diagnostiquer le mutisme électif et arranger ça.

— Oui, je sais. Mais ça ne marche pas de cette façon, répondis-je. On commence toujours par faire une évaluation.

— Donc vous n'avez pas réussi à le faire parler ?

— Non.

— Donc l'article ne disait pas la vérité ?

— L'article disait la vérité. Mais l'article concernait mes recherches. Ici, il s'agit d'une évaluation. Je suis venue pour évaluer Drake. Je travaille au sein d'une unité d'hôpital, je fais partie d'une équipe. Donc, avant de travailler avec un enfant, il me faut rentrer et parler au psychiatre qui chapeautera la thérapie. En supposant que nous décidions d'intervenir.

M. Sloane fronça les sourcils.

— C'est vous que nous voulions avoir, et personne d'autre. Nous n'avons pas besoin d'un psychiatre. Drake n'est pas un malade mental, bon sang ! C'est vous que nous voulions embaucher. Je croyais avoir été clair.

La moutarde commençait à me monter au nez. Je respirai à fond et me reculai au fond de ma chaise, autant que faire se pouvait sur une chaise prévue pour un enfant de trois ans.

— C'est vous que nous voulions avoir, et personne d'autre, répéta-t-il. Pour venir, pour l'examiner, pour le faire parler à l'école. J'ai dit que l'argent n'était pas un problème. Votre prix sera le nôtre, nous prenons en charge tous vos frais. Faites simplement ce que vous avez dit dans l'article.

Je soupirai.

— Je suis désolée, ce n'est pas comme ça que ça marche.

— Parfait ! s'exclama-t-il en tapant sur la table. Donc, tout ça, c'était du pipeau ! Et vous vous vantez d'être une spécialiste ! Si on dirigeait les banques comme vous travaillez, vous autres les docteurs, le pays tout entier serait en faillite !

Avant de comprendre ce qui se passait, je le vis jaillir de son siège et se ruer dehors en claquant violemment la porte derrière lui.

Ebahie, je regardai fixement la porte par laquelle il venait de disparaître. Puis je me tournai vers Lucia. La jeune femme resta assise, immobile, tête baissée. Puis elle leva les yeux et nos regards se croisèrent un bref instant. Mais le sien était dénué d'expression, et je ne pus y lire ce qu'elle pensait.

Elle me fit pitié. Vivre dans l'ombre d'un personnage aux idées si arrêtées, au comportement aussi tyrannique et aux accès de colère aussi subits ne devait pas être une partie de plaisir.

Un silence s'ensuivit. Il ne fut pas très long. Il dura quelques secondes, moins d'une minute, mais c'était un silence extrêmement embarrassé. Je ne savais si je devais lui exprimer ma sympathie, au risque de l'humilier, ou lui faire part de mon étonnement, au risque de la mettre sur la défensive. Finalement, je résolus de m'abstenir de tout commentaire et de continuer à creuser la question, comme si tout cela était mon pain quotidien :

— La maîtresse de Drake dit qu'il parle normalement à la maison.

Lucia hocha la tête. Elle conservait la même attitude fuyante, tordait nerveusement ses mains posées sur ses genoux. Je craignis qu'elle ne se mette à pleurer.

— Comment vous parle-t-il ?

Elle haussa les épaules, toujours sans lever les yeux.

— Il parle normalement. Comme tous les petits garçons. Il dit des choses normales.

— A quel âge a-t-il commencé à parler ?

Elle hésita.

— A... neuf mois ?

C'était plus une question qu'une réponse.

— Oui, neuf mois, répéta-t-elle. Je crois que c'est ça. Maintenant, je me rappelle.

— C'est très jeune, vous ne trouvez pas ? Surtout pour un garçon. Quel a été son premier mot ?

A nouveau, elle parut décontenancée. J'essayai de deviner si c'était dû à la timidité ou à ses problèmes en anglais.

— Minou, finit-elle par déclarer. Parce qu'il aime beaucoup notre chat.

Cela me sembla curieux. Généralement, à cet âge, la coordination des muscles de la bouche du bébé ne lui permet que l'articulation de mots commençant par d ou b. Combiné avec le babillage normal, cela produit da-da ou ba-ba. La maîtrise nécessaire pour produire « minou » vient plus tard.

— Est-ce que Drake parle italien avec vous ?

Elle rougit et détourna le regard. J'acquis aussitôt la conviction qu'on lui avait demandé de ne pas utiliser sa langue maternelle avec son fils et qu'elle était gênée de m'avouer qu'elle passait outre. Je n'avais aucun mal à imaginer que cette exigence venait du grand-père. A moins que d'autres personnes ne lui aient déjà laissé entendre que le bilinguisme était la cause des problèmes de Drake et qu'elle ne répugnât à l'admettre. Et qu'en dépit des mises en garde ils ne continuent à s'entretenir en italien.

Quelle que fût la raison, elle resta coite. J'attendis tranquillement sa réponse, laissant s'éterniser le silence. Enfin, elle hocha la tête et reconnut :

— Oui, quelquefois, je lui parle italien.

Mais elle se reprit et rectifia :

— Non. C'est-à-dire, non, lui, il ne parle pas.

— Ce que vous voulez dire, c'est que vous parlez à Drake en italien, mais que lui ne vous répond pas en italien ?

— De temps en temps. De temps en temps seulement. C'est-à-dire, je ne lui parle italien que de temps en temps. Moi aussi, je parle anglais. Souvent. Le plus souvent.

— Mais Drake ? Parle-t-il en italien quand il parle avec vous ? Ou parle-t-il en anglais ?

— Anglais. Anglais seulement.

Puis une hésitation.

— Mais il comprend l'italien, ajouta-t-elle.

Je hochai la tête en souriant.

— Il peut très bien parler italien à la maison, il n'y a aucun problème. Je ne veux pas vous culpabiliser parce que vous parlez à votre fils dans votre langue maternelle. J'ai souvent travaillé avec des enfants bilingues, et je trouve que les avantages que l'on retire à être élevé avec une deuxième langue sont bien supérieurs aux problèmes que cela pose pendant la petite enfance. Je sais par expérience que de petites confusions peuvent se produire quand les enfants commencent à parler, mais pratiquement tous s'en sortent vite et ils n'ont aucun problème sur la durée. Il n'empêche qu'il est important de savoir si c'est le cas pour Drake. Si c'est le bilinguisme qui est la cause de son mutisme, nous devons le savoir pour pouvoir l'aider. Parce que je le traiterais autrement que pour un mutisme d'origine psychologique.

Elle hocha la tête, toujours sans me regarder.

— Alors… ? insistai-je, attendant qu'elle reconnaisse la vérité.

Mais elle s'obstina à garder le silence, en conservant la même attitude de chien battu.

Je compris qu'il fallait passer à autre chose.

— Bien, dis-je. Est-ce que Drake parle à quelqu'un en dehors de la famille immédiate ? A ses oncles et tantes ? Ou à ses cousins ? Aux petits voisins ?

— Non. A personne.

— Donc il ne parle qu'à vous et à votre mari ? A vous deux seulement, et à la maison ?

— Non, dit-elle d'une voix à peine audible.

— Comment cela, non ?

— Il parle à moi seulement.

— A vous seulement ? m'étonnai-je. Vous voulez dire qu'il ne parle pas non plus à son père ?

Elle secoua la tête.

— Quel âge avait Drake quand c'est arrivé ? Quand a-t-il arrêté ?

— Il n'a jamais parlé à son père.

— Jamais ?

Je ne m'attendais pas à une sélectivité poussée à ce point. Ce n'était pas le premier cas que je rencontrais, mais cela restait très, très inhabituel, et c'était la manifestation d'un problème sensiblement plus grave que celui qui semblait affecter Drake.

— Mon mari travaille, il n'est pas beaucoup à la maison, expliqua-t-elle. Il est à la banque de son père. Et le week-end, il joue au golf. Et en été, il fait du bateau sur le lac avec son père. Tout ça, c'est important pour son travail. Donc il ne passe pas beaucoup de temps à la maison quand Drake est réveillé.

Notre conversation se poursuivit. Je posai d'autres questions, j'explorai quelques nouvelles pistes. Puis, en conclusion, je dis :

— Si vous souhaitez que je travaille avec

Drake, je le ferai avec plaisir. Malheureusement, il nous faudra tenir compte de la distance. Normalement, je vois les enfants atteints de mutisme électif dans leur école, puisque c'est là que le mutisme se produit en général, et je travaille avec eux deux ou trois fois par semaine jusqu'à ce que le problème soit réglé. Mais il n'est pas question que je vienne jusqu'ici, c'est trop loin. Le seul moyen pour moi de travailler avec Drake serait de l'admettre à l'hôpital, en tant que patient interne. J'ai le sentiment qu'il sera difficile d'obtenir l'accord de M. Sloane. Et à vrai dire, je ne suis pas sûre d'être d'accord moi-même. C'est une mesure vraiment drastique. Drake est jeune. Le mutisme électif chez les jeunes enfants a rarement besoin d'une intervention aussi lourde que l'hospitalisation. Je ne l'éloignerais de sa maison que si c'était vraiment, vraiment nécessaire. La solution serait peut-être de trouver quelqu'un sur place pour travailler avec lui, et, si vous le souhaitez, mon unité pourrait faire la liaison avec la personne qui le prendrait en charge.

Elle hocha la tête.

— C'était très gentil à vous d'être venue de si loin et je suis désolée que ce soit pour rien, mais je crois que vous avez raison. Nous allons laisser ça de côté. Je crois que Drake ira très bien.

Je sortis de cette entrevue d'assez méchante humeur. Cette visite n'avait pas été satisfaisante, pour une série de raisons. Les interventions de Mason Sloane, même si elles ne m'avaient pas affectée, avaient entravé toutes mes chances d'accomplir quoi que ce soit d'utile. Ses attentes étaient irréalistes et son attitude impossible. Mais à la fin de la journée, restait le fait qu'un enfant avait besoin d'être aidé.

A mon avis, le mutisme de Drake nécessitait une investigation plus poussée, pour la simple raison qu'il atteignait des proportions inusitées. Néanmoins, l'expérience me suggérait que, selon toute vraisemblance, le problème était mineur. Je soupçonnais Lucia de lui parler en italien beaucoup plus souvent qu'elle ne l'avouait ; son mutisme était influencé par son défaut de maîtrise de l'anglais. J'avais l'intuition que tout rentrerait dans l'ordre avec une petite thérapie très douce dans un environnement favorable, mais là était la clé : un « environnement favorable ». Des adultes compréhensifs, une atmosphère détendue et du temps pour permettre à Drake de maîtriser deux langues : telles étaient les conditions indispensables si on voulait éviter de voir s'éterniser les problèmes. Malheureusement, je craignais fort que Lucia et le grand-père ne fussent enfermés dans une sorte de bras de fer ou dans une spirale d'accusations et de dénégations à propos de l'usage de l'italien à la maison, engendrant un environnement détestable que Drake reflétait par son mutisme.

Telles étaient mes conclusions. Mais la longueur du trajet qui me ramenait en ville me permit de laisser vagabonder mes pensées, et quelques-unes revinrent à la charge pour me signaler certains éléments qui ne cadraient pas.

L'un de ces éléments était Drake lui-même : un petit garçon extraverti, charismatique, qui exprimait son désir de communiquer. Ce n'était pas là le profil type d'un mutique électif, ni celui d'un enfant en proie à des problèmes de bilinguisme. Par expérience, je savais que les jeunes bilingues extravertis, les enfants en confiance, se lançaient tête baissée dans un joyeux méli-mélo de langues sans se préoccuper des fautes. Dans tous les cas de mutisme électif dû au bilinguisme, il s'agissait d'enfants timides, secrets de nature, qui craignaient d'être humiliés s'ils commettaient des fautes. De plus, je croyais me souvenir qu'ils étaient tous issus de foyers où l'on ne parlait pas anglais et que leurs problèmes venaient de leur manque de pratique de cette langue en dehors de la scène publique de la classe.

L'autre élément troublant était le fait que Drake n'eût jamais parlé à son père. Cela n'entrait pas dans le cadre du bilinguisme. Jamais je n'avais rencontré d'enfant bilingue ne parlant pas aux membres de sa famille. De plus, le fait de ne pas parler à la famille immédiate était un schéma inhabituel, même lorsque le mutisme électif était dû à des causes émotionnelles. D'après mes recherches, il était lié de très près à de graves abus sexuels et à des dysfonctionnements familiaux sévères. Là encore, les manières de Drake, ouvertes, sociables, infirmaient l'hypothèse d'un traumatisme de cette sorte.

Malgré tout, je savais qu'il fallait se garder des conclusions hâtives.

6

Pour ma séance suivante avec Cassandra, j'apportai l'un de mes accessoires thérapeutiques favoris, une boîte de poupées. C'étaient des poupées appelées poupées Sacha, d'environ quarante centimètres de haut, à la peau claire, aux membres stylisés et à l'expression évanescente, énigmatique, ni clairement heureuse, ni triste. Ce simple détail en faisait des jouets à part, en une époque où pratiquement toutes les poupées arboraient des sourires ravis et vides.

J'étais à la tête de huit poupées, dont trois bébés, les cinq autres – deux garçons et trois filles – proportionnées comme des enfants de huit ans. Au cours des années, je les avais dotées d'une imposante garde-robe, ainsi que d'une bonne quantité d'accessoires. Je les rangeais dans un carton à pommes. Dans le souci d'assurer sa longévité et de lui donner un peu plus de classe, je l'avais recouvert d'un papier cadeau vert vif orné de petits lapins, trouvé dans un magasin au moment de Pâques.

Ce fut la première chose que remarqua Cassandra en entrant dans la salle. Elle regarda le carton, puis tourna vers moi des yeux intéressés, curieux. Enfin, elle s'approcha du carton.

— On dirait un cadeau, hein, avec ce joli papier autour, dis-je. Mais en fait, ce n'est pas un cadeau, alors ce n'est pas la peine d'enlever le papier. Mets tes mains en dessous et soulève le couvercle, tu verras, le haut et le bas sont enveloppés séparément.

Avec précaution, Cassandra souleva le couvercle.

— Ouah ! s'écria-t-elle. C'est trop bien ! Toutes ces poupées ! Et tous ces habits !

— Oui. Et on va se servir de tout ça pour travailler ensemble.

Je m'assis devant la table.

— Ouais, moi, j'aime travailler comme ça, se réjouit-elle en sortant une poupée aux cheveux roux vêtue d'une longue robe à motifs bleus.

— Oui, mais avant on va parler d'une ou deux petites choses. Hier, quand on s'est vues, je t'ai demandé si tu savais pourquoi on t'avait fait venir ici, dans cette unité, et tu n'avais pas l'air de savoir vraiment. Alors je voudrais faire en sorte que tu comprennes bien pourquoi.

Cassandra ne m'accordait pas beaucoup d'attention. Elle farfouillait fébrilement dans le carton, examinant les vêtements, les essayant contre la poupée aux cheveux roux.

— Quelquefois, quand les enfant viennent ici, ils croient que c'est parce qu'ils ont fait quelque chose de mal et que c'est pour les punir qu'on leur fait quitter leur famille et qu'on les fait entrer à l'hôpital. C'est important de comprendre que ce n'est pas vrai. Si tu es venue ici, ce n'est pas parce que tu as fait quelque chose de mal…

— Si ! m'interrompit-elle d'un ton désinvolte, à la limite de l'insolence, sans me regarder.

— Tu crois que si tu es venue ici, c'est parce que tu as fait quelque chose de mal ?

— J'ai mis une grenouille dans le mixeur ! Vrrr ! (Elle leva un doigt pour presser un bouton imaginaire.) Comme ça, tu vas voir, je vais faire pareil avec la poupée. Ça, c'est un mixeur, dit-elle en désignant un endroit sur la table. (Elle maintint la poupée tête en bas et la descendit dans le mixeur imaginaire.) Vrrr ! Voilà, elle est coupée en petits morceaux. Tu vois tout le sang ? Il y a du sang partout. Vrrr !

Elle leva les yeux, ravie.

— Et maintenant, je vais enlever le couvercle. Le mixeur marche, mais moi, j'enlève le couvercle. Vrrr ! Le sang gicle, tu en as partout sur toi ! Tu es toute pleine de sang ! Ha ha ha ha ha !

Ah, d'accord ! Maintenant, je comprenais beaucoup mieux ce qu'entendait Earlene Baker par les comportements « étranges venus d'ailleurs » de Cassandra.

— Je renlève le couvercle. C'est toujours

en route. Vrrr ! Il y a du sang et des boyaux partout. Tu en as partout sur toi ! Floc ! Floc !

Cassandra lançait la poupée en l'air et faisait de grands gestes des mains pour montrer que ça giclait.

Je la laissai faire sans mot dire. Je n'avais pas envie d'entrer dans son jeu en lui posant des questions sur son mixeur imaginaire. Je soupçonnais qu'il s'agissait simplement d'une illustration de la vieille blague : « Qu'est-ce qui est rouge et vert et qui fait du quatre cents à l'heure ? Une grenouille dans un mixeur. » Comme la veille, j'avais le vague sentiment qu'elle essayait de me manipuler ; je sentais que ses paroles étaient destinées à me choquer ou à m'entraîner là où elle le voulait, de manière à s'assurer le contrôle de la situation. Même si l'épisode était véridique et qu'elle avait réellement mis une grenouille dans un mixeur, je voulais avoir le temps de saisir pourquoi elle avait choisi d'introduire ce sujet dans notre conversation.

C'est pourquoi, au lieu de répondre, je sortis à mon tour une poupée de la boîte. C'était une poupée blonde, un garçon, en short et tee-shirt. Je la fis marcher sur le bord de la table.

— Moi, j'ai pas de poupée, déclara Cassandra, qui, pourtant, n'avait pas lâché sa poupée rousse. La mienne est coupée en morceaux. Allez, mets la tienne dans le mixeur.

— Tu sais ce qu'il est en train de se demander, ce garçon ? demandai-je en approchant ma poupée.

— Nan, nan. Et je m'en fous.

— Il se demande pourquoi cette fille a envie de jouer à ce jeu-là.

— Quel jeu ?

— Ce garçon dit : « Pourquoi est-ce que tu as envie de faire semblant de faire des choses qui ne sont pas vraies ? »

— Parce que j'ai envie.

— Il dit : « Pourquoi est-ce que tu fais ça ? »

— Parce que c'est drôle, répliqua-t-elle d'un ton de défi.

— Ce garçon dit : « Quelquefois, moi, quand je fais ça, c'est parce que je ne veux pas parler d'autre chose. Quand je commence à jouer à un jeu idiot, ça oblige les gens à penser à autre chose et ils arrêtent de me poser des questions. »

— Pas moi. Moi, je fais ça parce que c'est drôle, insista-t-elle. C'est drôle, c'est pour ça que je le fais. J'écrabouille les grenouilles. Et puis je fais aussi d'autres choses. Je marche sur tout ce que je vois et puis je regarde dégouliner les boyaux.

Je tenais toujours ma poupée debout, sur la table.

— Ce garçon dit : « Quelquefois, je ressens des choses dégoûtantes. Je ne sais pas ce que c'est. Je ne sais pas comment les expliquer. Quelquefois elles me font faire des choses que je n'avais pas envie de faire, et après, on me gronde. Mais si je joue à un jeu idiot, ça empêche les gens de me poser des questions sur ces choses dégoûtantes que je ressens. »

— Tu es bête, répliqua Cassandra. Moi, jamais ça m'arrive. Toi, ça t'arrive parce que tu es bête. Je vais te mettre dans le mixeur.

Elle tendit la main pour s'emparer de ma poupée.

— Je ne suis pas bête, j'ai peur, c'est tout, répondis-je à la place de la poupée. Si j'ai peur, ça ne veut pas dire que je suis bête. Ça veut simplement dire que j'ai du mal à réfléchir parce que parfois j'ai trop peur. Et quand j'ai peur comme ça, je ne veux pas que quelqu'un se mette en colère contre moi et me mette dans le mixeur.

— Toi, il faut te mettre dans le mixeur. Tu es vraiment méchant. Très, très, très, très méchant. Viens par là. Tu vas être puni.

Elle tendit la main vers la poupée.

M'y cramponnant non sans mal, je maintins la poupée à la verticale sur la table.

— Je ne suis pas méchant, répondis-je. Quand on a peur, ça ne veut pas dire qu'on est méchant.

— Si ! Tu es méchant et tu es bête. Tout le monde est méchant et bête. Tout, tout est méchant et bête, dans tout le monde entier. Toutes les choses du monde devraient être punies et on devrait toutes les passer au mixeur !

Cette bouffée de rage parut jaillir physiquement d'elle. Elle sauta en l'air en lançant sa poupée au loin. Le jouet tomba par terre ; elle alla le ramasser. L'attrapant par les jambes, elle se mit à taper frénétiquement sa tête contre le sol.

— Cassandra ! l'avertis-je.

Elle n'en tint aucun compte.

— Cassandra, je ne peux pas te permettre de faire ça. Tu vas casser la poupée.

Peine perdue. Elle continua à marteler violemment la tête de la poupée contre le sol, à grands mouvements circulaires incontrôlés.

Je m'approchai d'elle par-derrière et je lui bloquai les bras.

— Tu es très en colère, il n'y a rien de mal à cela, mais je ne peux pas te laisser exprimer ta colère par des actes si cela doit abîmer les objets. Il faut que tu t'arrêtes maintenant.

Je n'eus pas plus tôt ouvert la bouche qu'un magicien sembla jeter un sort dans la pièce. Cassandra se figea à l'instant même où je la touchai. Lorsque je lui retirai la poupée des mains, ses doigts vides gardèrent leur position.

Je reposai la poupée sur la table et retournai m'asseoir.

— Ce que tu viens de ressentir, tu l'as ressenti très fort, hein ?

Cassandra baissa la main. Elle était toujours assise par terre. Ses yeux étaient fixés au loin.

— Il n'y a pas de problème. Ici, on peut éprouver des sentiments très forts. Et si ça devient trop fort, je pourrai toujours l'arrêter.

Elle conservait la même attitude immobile, les yeux toujours dans le vide.

— Mais c'est plus facile de faire face aux sentiments très forts quand on a des mots pour eux. Et l'une des choses que nous allons essayer de faire, toutes les deux, c'est d'exprimer tes sentiments avec des mots. Après, ils seront moins effrayants.

Cassandra ne bougeait toujours pas.

L'intensité de ses émotions semblait l'avoir paralysée. Je jugeai donc préférable d'abandonner le sujet pour l'aider à recouvrer ses esprits. Je plongeai la main dans le carton et en sortis une poupée aux longs cheveux noirs.

— Je vais la changer, annonçai-je. Tu vois, elle est en pyjama, mais je crois qu'il est l'heure de lui mettre des vêtements de jour, tu ne trouves pas ?

Pour regarder ma poupée, Cassandra tourna la tête d'un mouvement lent, presque théâtral, comme si elle luttait contre une forte pression. Mais elle ne souffla mot.

— Et si on lui mettait cette robe longue ? Et en cherchant bien dans le carton, on découvrira un petit bonnet de soleil pour aller avec. Tu veux bien essayer de le trouver ?

La fillette ne disait toujours rien.

— La dame qui a cousu ces vêtements avait envie de faire une tenue à l'ancienne mode. Elle a imaginé qu'une des poupées était une dame d'autrefois qui voyageait dans l'Ouest dans un chariot. Tu vois, elle a fait cette robe longue avec une dentelle, comme à l'époque, et un bonnet de soleil, parce que souvent les femmes et les petites filles marchaient le long du chariot pendant le voyage et elles ne voulaient pas attraper de coups de soleil.

Cassandra regardait fixement la poupée que je tenais entre mes mains.

— Cassandra ?

Là encore, le lent mouvement de sa tête qui se tournait vers moi au ralenti.

— Pendant qu'on travaillera ensemble ici, je te garderai toujours en sécurité.

Elle me jeta un bref regard, puis détourna les yeux.

— Il nous arrivera de travailler sur des choses difficiles, mais c'est toi qui décideras de la vitesse à laquelle nous irons. Nous ne ferons rien de trop effrayant ou de trop dur. Et je suis forte. Si tes sentiments deviennent trop forts, je t'aiderai. Ils ne seront pas trop forts pour moi. Et moi, ils ne me feront pas peur.

Ses yeux restèrent vagues.

— Cassandra ?

Elle ne répondit pas.

Je pris son menton dans ma main et le tournai vers moi.

— Qu'est-ce que tu en penses ?

J'avais réorienté sa tête, mais elle ne croisa pas pour autant mon regard.

Une pause.

Je baissai la main. Je me penchai pour

fouiller dans le carton et en sortis le bonnet de soleil.

— Regarde. Le voilà. Tu vois, il est assorti à la robe.

Elle tourna les yeux vers le bonnet.

— Tu veux lui essayer ?

Je lui tendis la poupée brune.

Elle la prit. Elle la posa sur la table et lui mit le bonnet avec soin en le lui attachant sous le menton. Puis elle la releva.

Je souris.

— Comment tu trouves ?

Elle ne répondit pas. Et elle resta bouche cousue pendant le reste de la séance.

7

Le lendemain matin, lorsqu'elle arriva pour sa séance, Cassandra était redevenue égale à elle-même. Le carton de poupées était posé sur la table, mais elle n'y prêta aucune attention et se dirigea droit sur les étagères dans mon dos.

— Aujourd'hui, j'ai envie de dessiner, annonça-t-elle. Je peux faire ce que je veux ici, pas vrai ? C'est comme ça que ça marche ici, non ?

— Tu as envie de dessiner ?

— C'est comme ça que ça marchait chez la psychologue où j'allais avant. Parce que j'ai déjà été dans des endroits comme ici. Faut pas croire que tu es la première. Mon autre psychologue, elle s'appelait le docteur Marron, Adèle Marron. Mais elle était pas marron, elle était rose. Beurk, elle était toute rose et blanche, c'était moche. Elle était moche. Toi aussi t'es moche. Moi je te trouve très moche aussi.

— D'accord.

— Et chez elle, chez la moche, là, je pouvais faire tout ce que je voulais. C'est ce qu'elle disait, elle disait que je pouvais faire tout ce que je voulais. Alors ici, c'est pareil, je peux faire tout ce que je veux.

— Ce que tu veux dire, c'est que tu as envie de faire ce qui te plaît.

— Ouais, et toi, tu pourras pas m'empêcher.

— Tu peux faire ce qui te plaît, à condition de ne pas casser les objets ou de faire du mal, à toi ou à moi. Parce que moi, je t'en empêcherai. Parce que ici ce n'est pas permis.

Cassandra me regarda avec une lueur mauvaise dans les yeux.

— Tu pourras m'empêcher de rien, si je le veux vraiment.

— Si, je pourrai, s'il le faut, répondis-je calmement, parce que ici il y a des règles, et ces règles sont faites pour nous protéger. Et je ne te permettrai pas de rompre les règles. Mais je suis sûre que nous n'allons pas passer la séance à ça.

— Mon papa, tu pourrais pas l'empêcher. Il est plus grand et plus fort que toi.

— Pour toi, ton papa est très puissant et il peut faire ce qu'il veut. Mais s'il était ici, il faudrait qu'il suive les règles comme tout le monde. Ici, je ne permets à personne de casser les affaires ou de faire du mal aux gens.

— Mon papa c'est l'Incroyable Hulk ! Boum ! cria-t-elle en écartant les bras très loin. Personne ne peut l'arrêter quand il devient Hulk. Il te battrait en une seconde ! Boum ! Quand il se met en colère, c'est plus un homme ordinaire, il devient énorme, énorme comme un monstre vert, et ça fait éclater ses habits. (Elle sauta à bas de sa chaise en faisant semblant d'arracher ses vêtements.) Et même son slip, il éclate. Et alors, on voit son gros zizi tout vert. Et son zizi, il te le taperait sur la tête, et toi, tu tomberais par terre et tu serais morte.

— C'est ce qui se passerait, d'après toi ?

— Ouais ! s'écria-t-elle avec fougue en bondissant à travers dans la pièce. Voilà ce que je veux ! Je veux te voir morte.

Je souris sans répondre.

— Si, c'est ce qui se passerait ! insista-t-elle comme si je l'avais contredite. Mon papa, il te tuerait avec sa bite.

— Cette idée a l'air de te plaire beaucoup.

— Ouais ! Tu serais morte ! Mon papa, il est beaucoup plus fort que toi ! Et alors, moi, je te sauterais sur le ventre !

— Cassandra, assieds-toi, s'il te plaît.

Mais elle continua à faire des bonds sans m'écouter.

— Cassandra, assieds-toi, s'il te plaît, répétai-je.

Ce fut peine perdue, mais elle changea aussitôt sa manière de sauter. Ses bonds frénétiques se transformèrent en bonds de défi.

Je l'observai sans intervenir. Si je lui avais demandé de s'asseoir, c'était d'une part pour empêcher qu'elle ne se laisse submerger par l'intensité de ses émotions, que je devinais extrêmement angoissantes, et d'autre part pour vérifier dans quelle mesure elle contrôlait son comportement, quelle part était consciente.

Une assez grande part, visiblement. Elle s'amusa à faire encore quelques bonds provocateurs en me regardant droit dans les yeux, me mettant au défi de l'arrêter. Voyant que je me contentais de lui répéter de s'asseoir, elle fit deux ou trois bonds supplémentaires pour sauver la face, puis elle s'arrêta et obéit.

Un silence s'ensuivit. Cassandra me dévisagea. Une fois de plus, je notai l'intensité de son regard, qui me captait au point que j'en éprouvai presque un sentiment de viol.

Je résistai péniblement à mon envie de le fuir.

Etait-ce une technique de domination ? Avait-elle découvert que c'était un bon moyen pour prendre le pouvoir sur les autres ? Ou était-ce plutôt de l'autoprotection ? M'observait-elle avec tant d'attention parce qu'elle ressentait le besoin d'anticiper ce que j'allais faire ensuite ? Je m'interrogeais.

Le silence se prolongea. Cassandra ne me quittait pas des yeux.

— Tu sais quoi ? Je t'aime pas, décréta-t-elle finalement.

— Oui, tu me l'as déjà dit. Pourquoi ?

— J'aime pas ta figure. Je te trouve moche. Je vais pas travailler pour toi. Je vais rien faire du tout, je vais juste rester là comme ça.

— Eh bien, c'est dommage, parce que tu vas sans doute t'ennuyer à rester assise comme ça tous les jours, répondis-je.

— Et je vais le faire rien que pour te mettre en colère. Tout ce que tu me demanderas de faire, je le ferai pas. Je préfère te prévenir avant.

— Tu as l'air de tout faire pour contrôler la situation.

— Et je vais pas écouter non plus ce que tu me dis.

— Un jour, j'ai eu ici un petit garçon qui s'appelait Liam. L'une des premières choses qu'il m'ait dites, c'est que je n'arriverais pas à lui faire faire ce qu'il n'avait pas envie de faire. Il avait décidé qu'il ne travaillerait pas avec moi, et qu'il ne m'écouterait pas, pas un mot.

C'était une pure invention de ma part. Mais j'avais découvert que reporter sur quelqu'un d'autre les comportements difficiles était l'une des meilleures techniques pour aborder certains niveaux de problèmes.

— Liam pensait que s'il... poursuivis-je.

— Je t'écoute pas, m'interrompis Cassandra en se bouchant les oreilles.

— Liam pensait que s'il savait à l'avance tout ce qui allait se passer...

— Je t'écoute pas ! répéta-t-elle, les mains plaquées sur ses oreilles. La la la la la ! se mit-elle à chanter pour recouvrir mes paroles.

— C'est vrai, tu as raison. Si tu ne veux

pas écouter, je ne peux pas t'y forcer. Et je ne peux pas non plus te faire parler si tu as décidé que tu ne le voulais pas. Ce genre de choses, c'est toi qui en décides. Et comme je te l'ai dit hier, nous ne ferons rien qui te paraisse trop effrayant ou trop dur. Si tu as trop peur d'écouter, nous commencerons par ne pas écouter.

Cassandra laissa éclater sa joie en levant démonstrativement les mains en l'air.

— Ouais ! Alors tu vois bien que je peux faire ce que je veux ici ! C'est toi qui viens de le dire ! Je peux faire tout ce que je veux, et toi, tu peux pas m'empêcher !

Je me reculai au fond de mon siège avec un bon sourire très patient aux lèvres. Du moins, je l'espérais.

— Je vais dessiner, annonça Cassandra. C'est ça que je veux faire.

Aussitôt, elle se rua vers l'étagère où était posé le papier et prit une poignée de feuilles. Elle revint s'asseoir à la table, ouvrit ma boîte à malices et en sortit celle plus petite contenant les crayons de couleur et les feutres.

Puis elle fit glisser la première feuille de la pile vers moi.

— Tiens, je veux que ce soit toi qui commences. Fais un trait.

— Comment ça ?

— Fais un trait pour que je puisse dessiner. C'est comme ça qu'elle faisait, mon autre psychologue. Elle faisait toujours un trait, et moi, je dessinais à partir du trait.

— Je vois. Alors tu veux que je fasse la même chose ?

— C'est comme ça qu'elle faisait, le docteur Marron.

— Tu n'aimes pas les changements, hein ? Il faut refaire exactement la même chose, tu ne veux pas être prise par surprise.

— Allez, vas-y, insista Cassandra. C'est moi qui dis, et toi, tu fais tout ce que je dis.

— Tu veux que nos séances se passent exactement comme les séances du docteur Marron. Tu veux me dire ce que je dois faire.

— T'arrêtes de répéter ce que je dis ? Dessine !

Elle m'agita le feutre sous le nez.

Cette injonction, loin d'être un moyen de

se mettre en relation et de communiquer, me parut plutôt présenter toutes les caractéristiques de la bonne vieille lutte pour le pouvoir que j'avais beaucoup observée pendant mes années d'enseignement. En conséquence, je répondis :

— Non, merci.

— Si, je te dis.

— Non. Ici, chacun est responsable de ses propres actes. Tu as le droit de décider de ce que tu vas faire, mais tu n'as pas le droit de décider pour moi.

— Le docteur Marron, elle me laissait ! C'est comme ça chez les psychologues, vous laissez faire les enfants. Tu es vraiment bête. Tu sais rien du tout. Tu dois me laisser faire tout ce que je veux ici, et moi, je veux que tu fasses un trait.

— Tu sais ce que je t'entends dire ? Je t'entends dire que tu veux avoir le contrôle de la situation. Tu veux pouvoir dire à l'avance ce que tu feras, et tu veux pouvoir dire à l'avance ce que je ferai, moi.

— C'est comme ça qu'on fait. Ça fait combien de temps que tu es psychologue ? Tu connais rien à ton travail.

— Je vois.

— Non, tu vois pas, parce que sinon, tu le ferais. Tu vois rien du tout. Tu es bête. Tu connais rien du tout à ton travail.

Puis ce fut le cessez-le-feu. Il dura quelque temps. Elle braquait les yeux sur moi en me maintenant très fermement sous son regard.

— Je t'aime pas, finit-elle par dire d'un ton boudeur. Tu es très chiante. Je me plais pas ici. Je veux plus revenir.

Elle s'assit en face de moi, l'air très contrariée.

Un nouveau silence.

Elle poussa un profond soupir et se pencha vers moi.

— Ce que tu veux, c'est une fifille bien obéissante, chuchota-t-elle sur le ton de la confidence.

Une pause.

— Tu as dit que je pouvais venir avec toi, reprit-elle toujours à voix basse mais avec véhémence. Mais c'est pas moi que tu veux, c'est une fifille bien obéissante.

— Ce que je t'entends me dire, c'est que

tu ne peux pas être toi-même parce que tu ne peux pas me dire ce que je dois faire.

— Tais-toi !

— Moi, je crois que tu es inquiète, parce que tu veux bien venir ici, mais seulement si c'est toi qui as le contrôle sur tout.

Elle se boucha les oreilles des deux mains et se pencha en avant, si bas que son front toucha la table.

Plusieurs instants s'écoulèrent.

Puis, graduellement, elle leva la tête et baissa les mains. Elle resta penchée en avant et demeura ainsi sans bouger, les yeux fixés sur le plateau de la table, en suspens dans une sorte de pose méditative, muette, qui dura deux ou trois minutes. C'est un temps considérable lorsqu'il se passe dans le silence total. Je l'observais avec attention.

— Je peux te dire quelque chose, annonça-t-elle d'une voix à peine audible, la tête toujours baissée.

— Très bien.

— C'est un secret, alors il faudra le dire à personne. Mais je peux t'expliquer pourquoi j'ai eu tant de problèmes et pourquoi on m'a amenée ici.

Elle tourna légèrement la tête de côté et me décocha un regard de biais. Elle soutint le mien pendant quelques secondes. Puis elle dit :

— Tu connais ma maîtresse ?

— Mme Baker ? Oui.

— Eh ben… un jour… c'était le trimestre dernier. Avant Noël. J'étais assise à ma place en train de faire mon exercice, et alors, elle s'est penchée sur moi… et elle a mis sa main entre mes jambes et elle m'a tripotée.

Je ne la quittais pas des yeux.

— Elle a dit que si je venais la voir après la classe, elle me montrerait quelque chose. J'avais pas envie, et j'ai un peu secoué la tête, comme ça… tout doucement, parce que je voulais pas que les autres me voient. Je voulais pas qu'ils voient ce qu'elle était en train de me faire. J'avais pas envie de venir la voir après la classe, mais elle a dit que si je venais pas, elle dirait à mes parents que j'avais volé de l'argent, et c'était même pas vrai. Mais elle a dit qu'elle leur dirait ça et qu'ils la croiraient.

— Je comprends.

— Alors j'ai été la voir après la classe. Elle était là avec sa copine. Elle est lesbienne et elles faisaient l'amour ensemble. Elle m'a demandé si je voulais aussi. Moi, je voulais pas. Je sais que c'est pas bien et j'ai voulu partir, mais elle a dit qu'elle le dirait à ma maman et que ça barderait si je ne faisais pas ce qu'elle voulait. Elle a dit que personne me croirait si je disais des trucs sur une maîtresse. Alors elle m'a léchée et sa copine aussi, et j'ai été obligée de me laisser faire.

— Donc, ce que tu veux me dire, c'est que d'après toi, si tu as des problèmes et si tu es ici, c'est parce que Mme Baker a fait des choses sexuelles avec toi ?

Cassandra hocha la tête d'un air grave.

J'hésitai.

Mon doute ne put lui échapper. Aussitôt, elle s'écria avec une soudaine véhémence :

— C'est vrai ! C'est la vérité, et personne va vouloir me croire. C'est vrai, c'est ce qu'elle m'a dit. Tout le monde va la croire, elle, et pas moi. Et c'est moi qui dois casquer.

— Je pense que si les gens ont du mal à te croire, Cassandra, c'est parce que, avant, tu avais parfois du mal à dire la vérité. C'est pour ça qu'on a du mal à savoir si ce que tu dis est vrai ou non.

— Si, c'est vrai ! Et c'est de votre faute. Personne me croit. Personne me défend. Personne comprend rien à rien.

Sur ce, Cassandra éclata en sanglots déchirants.

8

Selon les lois en vigueur dans notre Etat, toutes les accusations d'agressions sexuelles exercées sur un enfant devaient obligatoirement être signalées, et je n'avais donc d'autre choix que de répercuter immédiatement à Dave Menotti les accusations de Cassandra concernant Mme Baker. J'étais tout à fait certaine qu'elle ne disait pas la vérité. Non seulement ses allégations paraissaient incongrues en termes de contenu, mais elles défiaient la logique. En effet, non seulement Mme Baker était dûment mariée, mais, de plus, son époux, une bonne pâte débonnaire, venait généralement la prendre à l'école en fin de journée, car ils ne possédaient qu'une seule voiture. Le jour de ma visite, je l'avais trouvé en train d'aider sa femme à modifier l'emplacement des meubles dans la classe. Il était donc difficile d'imaginer sa moitié en train de vivre un roman d'amour clandestin avec une lesbienne qui la rejoignait le soir après l'école pour abuser des enfants. Néanmoins, c'étaient des accusations graves. Sans preuve de leur caractère mensonger, les ignorer purement et simplement eût été de la négligence, une négligence impardonnable.

En début d'après-midi, je visionnai l'enregistrement de la séance en compagnie de Dave. Ce qui sautait aux yeux, beaucoup plus que cela ne m'était apparu pendant les séances, était l'étrangeté de Cassandra. Il n'y avait pas d'autre formulation possible.

En la regardant, on ne pouvait qu'être pris d'un sentiment de malaise devant ce petit personnage bizarre.

Je notai également autre chose, à savoir l'absence de schéma discernable dans son comportement. Hormis le désir de contrôler le déroulement de la séance, omniprésent dans toutes nos rencontres, le comportement de Cassandra était indéfini et imprévisible. Je fus frappée de voir qu'une grande partie de mon tâtonnement était dû au fait que je ne savais toujours pas sur quoi je travaillais. D'agressive, Cassandra devenait coquette, puis dominatrice, puis bébé et dépendante, sans révéler le moindre indice sur ce qui reliait ces différents états. De plus, elle passait d'un comportement à l'autre à une telle rapidité que je bataillais pour pouvoir la suivre. Je n'avais pas plus tôt tenté d'aborder un problème qu'elle était déjà loin, occupée à autre chose.

Dave déclara que cela indiquait une « personnalité insuffisamment organisée », et ajouta que, d'après lui, c'étaient les symptômes annonciateurs d'un trouble de la personnalité borderline. Chez les adultes, ces troubles psychologiques se signalent par un schéma de comportement qui inclut les difficultés relationnelles, l'hyperémotivité, les sautes d'humeur imprévisibles, les comportements impulsifs et manipulateurs. Réfléchissant à haute voix, il en déduisit que c'était sans doute ce qui était en train de se mettre en place.

Nous étions d'accord pour estimer que, chez Cassandra, de nombreux indicateurs signalaient qu'elle avait subi des sévices sexuels, en particulier ses commentaires sur le pénis de son père et la description précise de ce qu'elle prétendait avoir subi de la part de son institutrice. Cependant, à ce stade, nous n'avions aucune indication sur le moment, ou le lieu, ou la façon dont ces sévices s'étaient produits, ou ce en quoi ils avaient consisté. Comme moi, Dave avait le sentiment qu'il n'y avait pas lieu d'accorder beaucoup de crédibilité à ses allégations contre Mme Baker, mais le fait qu'elle l'eût choisie pour l'accuser l'intriguait. Pourquoi elle ? se demandait-il. Mme Baker représentait-elle une menace ?

Empêchait-elle Cassandra d'assouvir son puissant besoin de contrôle sur les événements ? La fillette tentait-elle de se débarrasser d'elle par ce truchement ? A moins que ce ne fût le contraire ? Etait-elle attachée à Mme Baker et se servait-elle de ce moyen pour apparaître importante à nos yeux pour son institutrice ? Ou le faisait-elle pour établir une sorte de connexion avec Mme Baker, estimant que les conséquences négatives de l'indignation soulevée par ses mensonges valaient mieux que l'absence d'attention ?

En réponse à ses interrogations, j'émis l'hypothèse qu'elle pouvait avoir simplement perdu le contact avec la réalité. Que, peut-être, ces choses s'étaient réellement produites dans son imagination et qu'elle n'était pas en mesure de faire le tri entre ce qui se passait dans sa tête et les actes réels.

Puis nous en revînmes à la difficulté de traiter une personne dont le comportement observable pouvait être interprété de tant de façons différentes. Je fis remarquer que la cassette reflétait bien le côté erratique des séances, le manque d'objectif, et confortait mon impression de passer mon temps à réagir au lieu d'agir. Il n'y avait pas davantage de ligne directrice dans mes actions que dans celles de Cassandra.

Dave me répliqua que nous avancions bel et bien avec un objectif. L'origine des difficultés de Cassandra étant son enlèvement, l'objectif de notre travail était de comprendre de quelle manière ce traumatisme l'avait affectée et de trouver un moyen de l'aider à surmonter ce vécu.

Je n'avais pas vraiment besoin qu'on me rappelle cela. Je lui répondis que ce n'était pour moi que la moitié du problème. J'avais passé beaucoup de temps à étudier les derniers travaux sur le traitement des enfants traumatisés et j'avais concocté des plans détaillés pour aborder les sujets entourant l'enlèvement. Le hic, c'était que, jusqu'à présent, je n'avais pas réussi à glisser dans nos rencontres ne serait-ce qu'un seul des exercices que j'avais prévus. Oui, me concentrer sur le traumatisme de l'enlèvement, c'était bien mon objectif, mais nous n'arrivions jamais jusque-là.

Dave eut un léger sourire.

— *Au contraire, mam'selle*[1], dit-il. Je pense que c'est exactement là que tu vas.

Et il se leva en me donnant une petite tape sur l'épaule.

— L'astuce, précisa-t-il, c'est d'adapter tes connaissances aux événements, et non pas d'adapter les événements à tes connaissances.

A mon retour de Quentin, je fis à Harry Patel mon compte rendu de visite concernant Drake Sloane. Je lui confirmai que Drake souffrait effectivement de mutisme électif et que son école avait tenté des interventions restées infructueuses à ce jour. J'évoquai l'éventualité du bilinguisme en tant que l'un des facteurs responsables tout en signalant les particularités qui m'avaient frappée, telles que la nature restrictive du mutisme de Drake. Je lui dis que mon impression générale était néanmoins celle d'un enfant relativement bien équilibré, tout à fait capable de surmonter ses difficultés sans autre traitement s'il évoluait

1. En français dans le texte. *(N.d.T.)*

dans un entourage sensible et à l'écoute de ses besoins.

J'ajoutai que, malheureusement, on ne pouvait pas considérer que son grand-père réunissait ces conditions. Je fis part à Harry de l'effet qu'avait produit sur moi le patriarche, celui d'un être difficile, exigeant et se mêlant de tout. Je précisai qu'à mon avis les problèmes sérieux, s'il y en avait, étaient à chercher dans la dynamique familiale et non chez le petit garçon. Puis je lui racontai comment j'avais provoqué involontairement l'antagonisme de Mason Sloane et son accès de fureur. Et je conclus que l'histoire se terminait donc là, quels que fussent les résultats de mes observations.

C'était ce que je croyais.

Mais peu après, alors que je me trouvais dans mon bureau avec Dave Menotti en train de visionner la vidéo de la séance avec Cassandra, quelqu'un vint frapper à la porte.

Le battant s'ouvrit sur Harry.

— Excusez-moi de vous interrompre, dit-il, mais je file au centre médical, et comme on ne se verra plus après, je voulais te prévenir, Torey, que Drake Sloane est admis dans l'unité à partir de dimanche.

J'écarquillai les yeux.

— J'ai reçu un appel de Mason Sloane. Ils ont eu une réunion de famille et les parents de Drake ont décidé de régler ce problème.

C'est-à-dire que Mason Sloane a décidé, rectifiai-je en pensée.

Je ne travaillais pas le week-end, et je n'étais donc pas présente lors de l'admission de Drake, mais, naturellement, je fus désignée pour assurer ses séances de thérapie individuelle. En arrivant le lundi, je trouvai le petit garçon blotti sur le canapé du foyer, en train de regarder des dessins animés. Copain, son énorme tigre, était assis à côté de lui.

— Salut, Drake ! lui criai-je de loin, en me dirigeant vers la salle de soins infirmiers. Tu te souviens de moi ?

Il hocha vigoureusement la tête en agitant la main, le visage fendu d'un sourire épanoui. Puis il voulut se glisser à bas du canapé pour venir me rejoindre. Mais je l'arrêtai :

— Tu m'attends ici une seconde pendant que je parle à Nancy, et après, je viens te prendre. On va faire des tas de choses amusantes. D'accord ?

Attrapant Copain par le cou avec tant d'ardeur qu'ils firent la culbute tous les deux, il fit oui de la tête en riant.

Avant de commencer la séance, je désirais savoir comment Drake s'était adapté à sa première journée et quelle était la première impression de Nancy.

J'entrai dans la petite pièce derrière la salle de soins infirmiers et fermai la porte.

— Quel amour ! s'exclama Nancy. Un vrai petit trésor ! Il a un peu pleuré cette nuit. C'est normal, ce pauvre petit chou ! Et sa maman a dû beaucoup pleurer, elle aussi. Elle ne se décidait pas à partir hier. Ça se voyait sur sa figure.

Je n'avais aucun mal à l'imaginer. J'avais eu le sentiment, pendant ma visite à Quentin, que non seulement Lucia aimait tendrement son fils, mais qu'il faisait peut-être office de tampon entre elle et le reste du monde. En fait, mon impression générale était que Mason Sloane et Lucia avaient plus de problèmes que Drake.

A vrai dire, je n'étais pas particulièrement ravie de la décision qu'avaient prise les Sloane. Selon moi, en l'absence de preuves de troubles majeurs, ce petit garçon était beaucoup trop jeune pour être séparé de sa mère et hospitalisé pendant de longs jours. Le mutisme électif en soi n'est pas une pathologie sérieuse. Hospitaliser un enfant de quatre ans parce qu'il ne parle pas à l'école, c'est écraser une mouche au rouleau compresseur. J'étais donc beaucoup plus inquiète des traumatismes psychologiques susceptibles d'être induits par nous, qui séparions cet enfant de sa famille et de son environnement pendant des jours entiers, voire des semaines, que de ceux qui risquaient de surgir du fait d'un mutisme électif non traité. Malheureusement, ce n'était pas mon enfant et ce n'était pas à moi de décider. Lorsque des parents prenaient ce genre de décision et qu'ils disposaient des moyens financiers adéquats, notre unité devait jouer son rôle, c'est-à-dire poser un diagnostic. La meilleure marche à suivre était donc de garder mon opinion pour moi et de commencer le travail aussitôt, afin qu'il puisse rentrer au plus vite.

Je ne pensais pas rencontrer de difficultés. Mon traitement consistait essentiellement à me présenter en étrangère – en personne avec laquelle l'enfant n'avait pas encore établi de relation de silence –, à déterminer ses attentes et les sujets dont il pourrait et souhaiterait me parler, puis à amener l'enfant à le faire en lui en tendant la perche. Chez les enfants ne présentant pas d'autres pathologies importantes, cette « méthode » avait très bien fonctionné jusque-là et mon taux de réussite était presque de cent pour cent dès la première séance. Je me fixai donc pour objectif personnel de faire en sorte que Drake soit prêt à rentrer chez lui le week-end suivant.

La salle de thérapie n'était pas grande et ses murs étaient enlaidis par un affreux gris d'hôpital, mais par ailleurs, c'était une pièce acceptable. Etroite et tout en longueur, elle était éclairée à un bout par une fenêtre exposée au sud qui donnait sur les arbres du jardin. Au mur de droite était fixé le miroir sans tain communiquant avec la salle d'observation. Les observateurs étaient rares, mais une caméra vidéo enregistrait toutes les séances. Au mur de gauche, une série d'étagères basses courait sur toute la longueur. Un petit assortiment de jouets communément utilisés en thérapie était posé dessus : des marionnettes, des petites voitures, des personnages et des animaux en plastique, du papier, des crayons de couleur, des stylos, plus une maison de poupée Playmobil, un garage Fisher Price et quelques bâtiments d'un hôpital Playmobil. Au-dessus des étagères se trouvaient une frise formée des lettres de l'alphabet Dick Bruna ainsi que quatre grands posters de Miffy, le lapin de Dick Bruna. Avec leurs couleurs vives et leur côté humoristique, ces affiches tranchaient sur le gris de cette longue pièce étroite. L'ensemble évoquait le décor « marrant et pas cher » d'un dortoir d'étudiants.

J'apportais toujours ma propre boîte de matériel, celle que j'avais prise avec moi à Quentin.

Je la posai sur la table. Drake s'installa

aussitôt devant et assit Copain sur la chaise voisine. Copain était si immense qu'il dépassait son propriétaire.

Le petit garçon se montra un compagnon enthousiaste. S'il souffrait d'être séparé de sa famille, il n'en montra rien. Ses yeux étaient pétillants. Il se tortillait d'impatience.

— Alors, qu'est-ce que tu penses de tout ça ? l'interrogeai-je. Tu es content d'être ici ?

Il hocha la tête avec conviction.

— Qu'est-ce qui te plaît le plus ?

Il fit de grands gestes avec les mains. En dépit de son ardeur, je ne comprenais goutte à ce qu'il cherchait à exprimer. Il leva sur moi des yeux pleins d'attente.

— Tu sais ce que je pense, Drake ? Je pense que ce serait beaucoup plus facile si tu utilisais des mots. J'aimerais bien comprendre ce que tu me dis. J'ai envie de tout savoir sur ce que tu aimes faire et sur ce qui se passe quand nous ne sommes pas ensemble. Ça m'intéresse vraiment beaucoup. Mais il nous faut des mots pour ça, tu ne crois pas ?

Drake hocha la tête.

— Ta maman m'a dit que tu te servais de

mots avec elle. Je crois que ce serait bien si tu utilisais des mots pour me parler à moi aussi. Et c'est donc ce que nous allons faire ici, tous les deux. Je vais t'aider à utiliser des mots. Tu comprends, c'est mon travail. Je travaille avec des petits garçons et des petites filles qui ont des problèmes pour parler. Comme toi. Exactement comme toi. Donc je m'y connais bien, je sais comment on fait pour aider les enfants à reparler.

Mes explications parurent enchanter Drake. Il hocha la tête avec enthousiasme, comme si je lui exposais la meilleure idée du monde.

Une fois de plus, je fus frappée par sa beauté. C'était un enfant absolument magnifique, avec des traits parfaitement symétriques et bien dessinés, des yeux pleins de vie... Je commençais même à m'habituer à sa curieuse coiffure. Elle faisait partie de son personnage, elle contribuait à lui donner cet air éthéré d'ange perdu.

— J'ai travaillé avec des tas d'autres petits garçons et petites filles qui avaient du mal à parler, comme toi, alors je sais que c'est très dur de s'y mettre. Je sais que ça peut faire peur quand on a pris l'habitude de se taire. Mais en général, c'est seulement la première fois que c'est si dur. On va travailler dessus tous les deux. Moi, je serai là pour t'aider. Et je sais que tu peux y arriver.

De nouveau, un hochement de tête convaincu.

Je sortis de ma boîte un jeu de cartes de ma propre fabrication. Les cartes mesuraient environ douze centimètres sur quinze et étaient composées de photos de magazines que j'avais découpées et collées, de jolies photos bien nettes, des sujets ordinaires : une voiture, un chat, un chien, un homme, un enfant, etc. J'en choisis une qui avait beaucoup de succès, un gros plan représentant un petit garçon roux et un chat noir. Le garçon tenait un cornet de glace et, pendant qu'il léchait un côté, le chat tendait une longue langue rose pour lécher l'autre. Les enfants ne résistaient pas à la drôlerie de cette photo, qui illustrait également le désir quasi universel de partage avec les animaux.

Drake rit sans bruit en montrant du doigt les deux personnages, puis il leva les yeux pour s'assurer que, moi aussi, je trouvais la photo très rigolote.

— Oui, c'est une belle photo, hein ? Qu'est-ce qui se passe sur cette photo ? Qu'est-ce que c'est que ça ? demandai-je en désignant le chat.

Il tapota démonstrativement la photo du bout du doigt.

— Oui, c'est quoi, ça ? C'est une photo de quoi ? Comment s'appelle cet animal ?

Il expirait, chassait l'air à grand bruit, mais on ne sentait poindre aucun mot à l'horizon. C'était du souffle, rien de plus.

— C'est quoi, ça ? Qu'est-ce que c'est, cet animal ?

J'insistais sur le chat. D'expérience, je savais que, pour aider les mutiques électifs à dépasser cette première difficulté de parole, je devais trouver un moyen de les inciter à parler dès le début de la séance, puis maintenir ma demande, avec douceur mais persévérance, sans tenir compte du silence qui y répondait, sans jamais permettre à ce silence de prendre le dessus.

Aussi persistai-je dans ma demande, reformulant la question de manière répétitive, tapotant la photo du doigt, la montrant, remettant sans relâche l'ouvrage sur le métier.

Dès le départ, Drake parut faire de sincères efforts. Il exhalait. Il haletait bruyamment, émettant des sons qui ne ressemblaient pas à des mots, mais qui, néanmoins, paraissaient d'authentiques tentatives.

Il était d'âge si tendre, et il semblait se donner tellement de mal que je ne voulus pas me montrer plus insistante, comme souvent avec d'autres enfants. Je changeai donc de tactique :

— C'est un chien ? Est-ce que ce garçon partage sa glace avec son chien ?

Drake sourit et fit non de la tête.

— C'est un dinosaure ? C'est le cheval qui mange sa glace ?

A nouveau, il secoua la tête avec conviction.

— C'est Copain ?

Drake rit sans bruit et secoua vigoureusement la tête.

J'énumérai une demi-douzaine d'éventualités absurdes, et Drake rit tellement qu'il fut pris d'un fou rire. Puis je lui demandai :

— Comment s'appelle cet animal ?

Il ouvrit largement la bouche et se pencha tout contre la photo.

— C'est quoi, cet animal ? Allez ! Dis le mot.

Il garda la bouche grande ouverte.

Tout à coup, je changeai de ton et devins très sérieuse :

— C'est quoi, cet animal ?

Dans ma voix, nulle irritation, mais le ton indiquait clairement qu'on arrêtait les bêtises.

Drake saisit immédiatement le message. Son rire s'éteignit tout net et il resta penaud, à regarder fixement la photo. Puis il attrapa Copain par la nuque et se mit à se balancer doucement d'avant en arrière sur sa chaise, les yeux toujours braqués sur la photo.

— C'est quoi, cet animal ? Allez, vas-y, Drake. C'est quoi, cet animal ?

Des halètements, bruyants et profonds.

— C'est quoi, cet animal ? (Je tapotai la carte avec plus d'insistance.) Dis-moi ce que tu vois là. Qu'est-ce que c'est ?

Il se mit à pleurer. Ses pleurs, eux aussi, étaient silencieux. Il ne gémissait même pas. De grosses larmes roulèrent sur ses joues.

— Je sais que c'est dur, dis-je. C'est dur et ça fait peur quand on n'est pas habitué à parler, mais c'est seulement la première fois que c'est si difficile. Après, ce sera plus facile. C'est quoi, c'est quoi, cet animal ?

Un long, un intense moment d'hésitation. Puis il posa sa tête sur la table et se mit à sangloter.

9

J'étais obligée d'arrêter.

Mais arrêter n'était pas une décision aussi évidente qu'il semblait à première vue. Car à la source de bien des mutismes électifs, on trouve un extraordinaire degré de manipulation. Dans la majorité des cas, c'est un comportement inconscient, mais ce n'en est pas moins de la manipulation. Une crise de larmes ne suffit donc généralement pas à me dissuader. Même avec un enfant qui ne paraît pas manipulateur, en arrêtant dès les premières larmes, on court le risque de renforcer le mutisme, qui fait ainsi la preuve de son efficacité comme moyen de défense.

Ce n'est donc pas d'un cœur léger que je pris la décision d'arrêter. Mais, compte tenu de l'âge de Drake, j'étais très soucieuse de ne pas le mettre sous une pression trop forte. De plus, pendant toute la séance, il avait paru faire sincèrement de son mieux. C'est pourquoi il me parut sage de suivre mon instinct et d'arrêter là.

Il fallait sécher ses larmes.

— Tu as travaillé très dur, lui dis-je. Ce n'est pas facile, je le sais.

Il serrait Copain contre lui et enfouissait son visage dans sa réconfortante fourrure synthétique.

Je pris un mouchoir en papier et lui essuyai la figure.

— Tu t'es donné beaucoup de mal, hein ?

Il hocha la tête.

— Allez, viens.

J'ouvris les bras. Il vint de bon cœur se blottir sur mes genoux avec Copain.

— Ne t'en fais pas pour ça, dis-je. Quand ce sera le moment, ça viendra.

Après avoir ramené Drake dans le service, je retournai rembobiner la cassette vidéo. Cette séance posait beaucoup de questions. Car Drake avait paru faire de gros efforts. D'emblée, dès l'évaluation à Quentin, il n'avait semblé ni craintif, ni obstiné, ni rétif, ni peu disposé à coopérer en général. Il avait toujours paru se concentrer sur ce qu'il faisait et agir avec un enthousiasme sincère. Pourquoi ma méthode n'avait-elle pas fonctionné immédiatement ?

Je sortis la cassette de l'appareil et l'emportai dans mon bureau pour la visionner au magnétoscope. Helen était là. C'était une grande femme mince et très élégante, âgée d'une petite cinquantaine. Elle avait une approche tendre et maternelle de son travail avec les enfants, qui tranchait avec ma méthode plus pragmatique.

J'introduisis la cassette en lui demandant si elle voulait bien la regarder avec moi.

— Qu'il est mignon ! s'écria-t-elle en voyant Drake apparaître sur l'écran. Il est absolument adorable ! Et son tigre en peluche, il est plus grand que lui !

Nous visionnâmes la cassette en silence.

L'enregistrement des séances présentait l'avantage de permettre le retour en arrière. Je voyais ainsi les détails qui m'avaient échappé sur le moment. Et ces détails pouvaient être très nombreux, car j'ai une capacité de concentration quasiment extraordinaire lorsque je suis focalisée sur mon travail. L'avantage est que je passe rarement à côté des signaux, même les plus subtils, émis par l'objet de ma concentration. L'inconvénient est que la totalité du reste peut fort bien m'échapper. Un épisode en particulier me valut les plaisanteries de mes collègues : une cassette me montrait si absorbée dans l'observation d'un enfant effectuant un travail de coordination yeux-mains que je n'avais pas remarqué qu'il avait quitté sa chaise pour grimper à quatre pattes sur la table pendant l'exercice. On me voyait adapter imperturbablement ma position pour suivre l'enfant pendant qu'il se déplaçait à travers la table à croupetons et revenait ensuite s'asseoir sur sa chaise, sans m'apercevoir à aucun moment qu'il avait quitté son siège. Mes collègues trouvaient que cela frisait l'hystérie.

Inutile de dire que j'étais très heureuse de pouvoir me servir des cassettes pour vérifier ce qui m'avait échappé ! Je me préparai donc à découvrir dans le comportement de Drake des détails auxquels je n'avais pas prêté attention au cours de la séance. Avec le point de vue d'Helen en prime, j'espérais arriver à comprendre pourquoi j'avais échoué à le faire parler et à trouver le moyen de rectifier mon approche pour notre séance suivante.

Mais ce que je vis se résuma à... rien du tout. Absolument rien de différent par rapport à ce que j'avais perçu au cours du travail lui-même. Drake était entré tout content. Le courant passait bien entre nous, il paraissait attentif et intéressé, motivé pour faire de son mieux et essayer de répondre à mon attente. Et il essayait. Encore et encore. Ce que la cassette mettait en évidence, c'était son application, d'emblée, puis son découragement et cette tristesse à fendre le cœur lorsqu'il échoua à accomplir ce que je demandais. Voyant cela, je fus soulagée d'avoir pris la décision d'arrêter.

Quand l'image disparut, je regardai Helen. Celle-ci me demanda :

— Et il arrive vraiment à parler ?

— Oui.

— Parce que ma première impression, c'est que cet enfant est incapable de parler. Tu es sûre qu'il parle ? Il n'est pas sourd, ou autre chose ?

— Non, pas du tout, il n'est pas sourd. Et, oui, je suis sûre qu'il parle. Il parle chez lui à sa mère. Le gros point d'interrogation pour moi reste le bilinguisme. Il ne lui parle peut-être qu'en italien.

— Tu as essayé de lui parler italien ?

Avec un sourire d'excuse, je répondis :

— Si je connaissais l'italien…

— Ouais, d'accord, concéda Helen. Mais

si c'était le bilinguisme, est-ce qu'il ne serait pas au moins capable de répéter les mots après toi, même s'il n'arrive pas à les prononcer lui-même ? Ou alors, il essaierait au moins d'utiliser le mot en italien, tu ne crois pas ?

— Non, pas si c'est un mutique électif.

Helen secoua lentement la tête.

— Dans ce cas, je ne peux pas t'être d'un grand secours. Je n'ai rien vu de plus que toi.

J'éteignis le magnétoscope et allai m'installer à mon bureau pour éplucher les messages téléphoniques qui s'étaient amoncelés. Il s'agissait surtout d'informations que m'adressaient mes collègues sur des enfants dont je m'occupais, mais j'avais également reçu un message du service de gériatrie de l'hôpital. La gériatrie ? Intriguée, je composai le numéro de téléphone indiqué dans le message.

La personne qui répondit était une travailleuse sociale spécialisée en gériatrie, du nom de Joy Hansen. D'une voix agréable et claire, elle me dit que le sujet qui l'amenait était « un peu particulier », mais qu'elle aimerait avoir mon opinion. Elle avait eu mon nom par Dave Menotti. Ils avaient discuté du cas d'une de ses patientes à la cafétéria, et Dave avait pensé que j'aurais peut-être une idée.

Je lui demandai d'être plus précise.

La patiente en question s'appelait Gerhardine Sharple, et elle était hospitalisée dans l'unité de rééducation abritée dans un complexe médical voisin, à la suite d'un accident vasculaire cérébral (AVC) massif. Gerhardine, que l'on appelait Gerda, était âgée de quatre-vingt-deux ans. Avant son attaque, trois semaines auparavant, elle était en bonne santé et autonome. Après son séjour à l'hôpital, elle avait été transférée dans l'unité de rééducation, et elle paraissait se rétablir correctement. Toutefois, elle souffrait d'un problème de langage persistant. Les accidents vasculaires cérébraux ont souvent des répercussions sur le centre du langage situé dans le cerveau et ont pour conséquence la perte de la capacité à communiquer par le langage, connue sous le nom d'aphasie post-AVC. Dans le cas de Gerda, elle avait recouvré certains éléments de langage presque immédiatement. En particulier, elle était capable de répondre correctement lorsqu'on lui posait des questions simples et concrètes. Mais, en dépit d'un travail de thérapie intensif, deux problèmes subsistaient. Premièrement, même si elle avait fourni la preuve de sa capacité à bien répondre à certaines questions, cela ne signifiait pas qu'elle répondait toujours lorsqu'on le lui demandait. Et deuxièmement, elle n'émettait jamais aucune parole spontanée.

Joy précisa que Gerda était veuve depuis de nombreuses années. Elle vivait seule dans une petite ferme isolée. Sa maison de bois, construite sur deux niveaux comme il était d'usage au début du XXe siècle, s'élevait au milieu d'une forêt de vieux peupliers moribonds et était entourée presque exclusivement de kilomètres d'armoise. Les services de secours avaient trouvé un intérieur propre et bien entretenu, mais la propriété était délabrée, comme souvent dans les milieux ruraux et pauvres. Une bonne dizaine de poulets s'ébattaient joyeusement dans la cour, une chèvre avait établi ses quartiers dans la grange à moitié effondrée, et pas moins de seize chats partageaient le toit de Gerda. Selon Joy, celle-ci semblait être l'archétype de la « mère à chats » coupée du monde. En conséquence, ses contacts avec les fermes avoisinantes étaient rares.

Elle avait des enfants, mais ils habitaient loin. Sa fille, mariée à un Espagnol, vivait en Espagne depuis des dizaines d'années, et son fils habitait à l'autre bout du continent, à Detroit. Joy avait contacté celui-ci, prénommé Edward, mais il lui avait paru distant et très peu concerné. Il avait accueilli la nouvelle de la maladie de sa mère par un grognement contrarié et décrit Gerda comme une personne « difficile ». Il avait expliqué à Joy qu'il avait essayé à plusieurs reprises de lui faire comprendre qu'il ne lui serait possible de s'occuper d'elle que si elle venait s'installer à Detroit, auprès de lui. La vieille dame avait refusé tout net. De même, elle refusait de vendre la maison, malgré le bon prix qu'il était possible d'en tirer, compte tenu de la situation de la propriété, qui avait toutes les qualités requises pour qu'on y implante une exploitation. Edward avait beaucoup insisté sur ce fait, en ajoutant qu'il ne comprenait pas pourquoi sa mère tenait tant à garder cette maison. Selon lui, cette baraque était beaucoup trop grande pour une personne seule et elle commençait à se délabrer sérieusement, car sa mère n'avait pas les moyens de l'entretenir et n'était plus capable de rien faire elle-même. Mais elle se montrait difficile. Elle ne faisait jamais aucun compromis, et on n'avait pas envie de l'aider. Lui, il s'était fait tout seul. Il avait réussi en partant de rien. Il avait suivi de bonnes études, il avait épousé une fille de bonne famille, il avait monté une affaire florissante, il était vraiment devenu quelqu'un. Mais ça n'avait pas été facile. Et il travaillait toujours beaucoup. Il ne pouvait pas tout laisser tomber pour être là quand sa mère le sifflait.

La fille était encore moins présente. Les travailleurs sociaux, après son attaque, avaient découvert chez Gerda des photos d'elle, de son mari espagnol et de leurs deux enfants, mais sans pouvoir déterminer leur ancienneté. Ils n'avaient pas davantage trouvé d'indications complémentaires, car Gerda ne paraissait pas du genre conservateur. En dépit de la présence des chats, sa maison était d'une propreté immaculée, mais elle était également spartiate, sans souvenirs. Joy avait obtenu le nom de la fille – Anna – par l'intermédiaire d'Edward, mais les liens familiaux ne semblaient pas étroits. Le frère et la sœur, qui n'était revenue aux Etats-Unis qu'à deux reprises depuis son mariage, trente-trois ans auparavant, n'avaient d'autre contact que les cartes de vœux de fin d'année.

Telle était la situation. Les services sociaux s'occupaient maintenant de l'avenir immédiat de Gerda. Elle ne pouvait rester en unité de rééducation que pendant la phase active de cette rééducation. Pour la plupart des patients ayant subi un AVC, cela s'étendait sur trois à six semaines. Les médecins étaient d'avis que, chez Gerda, cette période de rétablissement initiale était achevée. A présent, il s'agissait de prendre des décisions concernant son placement ultérieur, d'estimer la durée probable des soins infirmiers complets et de savoir si elle serait capable de reprendre une vie autonome au bout du compte. Serait-elle en mesure de s'occuper d'elle-même dans le lieu isolé où elle demeurait ? Pour le moment, la solution la plus appropriée paraissait l'assistance à domicile ou le placement à temps plein dans une maison de retraite médicalisée. Bien entendu, tout cela coûterait de l'argent. Une décision allait être prise et la vente de sa maison pour financer les mesures adoptées serait à coup sûr envisagée.

Joy soupira. En tant que travailleuse sociale, elle avait passé du temps à explorer ces différents scénarios avec Gerda, et elle avait la nette impression que le mal dont souffrait la vieille dame n'était pas seulement dû aux séquelles de l'AVC. Selon Joy, Gerda souffrait d'une dépression. C'était très fréquent chez les patients âgés qui avaient perdu leur indépendance et se retrouvaient du jour au lendemain couchés dans des lits qui n'étaient pas les leurs, devaient manger des aliments qui ne faisaient pas partie de leur régime habituel et se plier à des règles établies par des étrangers. Joy connaissait bien ce problème, mais, en l'occurrence, il était compliqué par l'aphasie de Gerda. Elle avait consulté le gérontologue responsable du dossier en lui soumettant l'idée que son mutisme était probablement d'origine psychologique, dû à une dépression. Le gérontologue avait mis Gerda sous un anti-dépresseur dont le seul effet certain avait été de renforcer son apathie.

Cette aphasie était de mauvais augure, selon Joy. Quelle qu'en fût l'origine, cela donnait à l'équipe médicale de grandes inquiétudes concernant la capacité de la vieille dame à recouvrer son autonomie. Joy avait essayé de lui expliquer cela, de souligner à quel point il était important de faire de gros efforts pour parler, sous peine d'un placement en maison de retraite.

— A-t-elle eu des problèmes psychiatriques dans le passé ? interrogeai-je.

— Non. Mais elle est de l'ancienne génération. Son fils dit que ses parents étaient des *homesteaders*[1]. Ils appartenaient aux immigrants allemands de la fin du XIXe siècle. Quand on souffrait de problèmes psychiatriques à cette époque, on ne s'en occupait pas. On ne se faisait pas aider.

— Et qu'est-ce qu'on a fait des bêtes de Gerda ? m'enquis-je.

— Pour les poulets et les autres, je ne sais pas, mais je suppose que les chats ont été piqués.

— Tous les seize ?

— Les services sociaux s'en sont occupés après le départ de l'ambulance. Il n'y avait pas d'autre solution.

— Ils étaient en mauvais état, ces chats ?

— Pas du tout. Tout était nickel, chez elle. Et à vrai dire, ils ont trouvé plus de nourriture pour chats que de provisions pour elle. Mais il y en avait trop. Placer seize chats pendant une hospitalisation aussi longue, d'autant plus qu'il n'était même pas sûr qu'elle rentre un jour, ce n'était pas possible. C'était la meilleure

1. *Homestead* : concession de 160 acres (environ 80 hectares) accordée par le gouvernement des Etats-Unis à un colon. *(N.d.T.)*

solution. C'était mieux à long terme, vous comprenez ? Trouver à caser seize chats, ce n'était pas possible.

Je ne répondis rien. Joy elle-même semblait déprimée par le cas de Gerda. C'était une histoire triste, par bien des aspects : l'absence de communication, le désintérêt de la famille, l'isolement, la perte de l'autonomie... l'une de ces petites histoires poignantes de gens qui n'intéressaient personne. Mais pour moi, le plus cruel, c'était la décision qui avait été prise de faire piquer ses chats sans le lui dire, sans chercher une autre solution. En l'apprenant à Gerda, je suis sûre qu'ils avaient dit quelque chose du genre : « Excusez-nous, mais on ne pouvait pas s'occuper de vos chats chéris pendant que vous étiez malade, c'était trop de boulot, alors on les a fait piquer. » Et maintenant, elle n'avait plus aucun lien avec ce monde. Et on s'étonnait qu'elle soit déprimée.

Joy poursuivit en disant que l'affaire en était là quand elle avait rencontré Dave Menotti. Celui-ci lui avait parlé de mon intérêt pour les troubles du langage et dit que j'étais peut-être susceptible de déterminer si l'origine des difficultés de Gerda était d'ordre physiologique ou psychologique. Joy me demanda si j'étais prête à accepter.

Ah ! Je dis que tout cela était très intéressant, et très triste aussi. J'étais disposée à proposer mon aide, mais, malheureusement, je n'avais jamais travaillé avec les personnes âgées en dehors de mon job d'aide-soignante pendant mes années d'université. Je n'avais jamais travaillé sur les problèmes de langage de personnes de plus de seize ans. En fait, si je me souvenais bien, on disposait de fort peu de littérature spécialisée en bibliothèque universitaire sur le sujet. Lorsque le mutisme électif se produisait à l'âge adulte, il était généralement associé à des problèmes psychiatriques beaucoup plus sérieux, comme la schizophrénie ou les autres psychoses, et il n'était pas traité comme un trouble en soi.

A l'autre bout du fil, j'entendis Joy émettre un petit claquement de langue, un léger bruit trahissant un certain découragement. Un bref silence s'ensuivit. Puis elle dit :

— Vous ne voudriez pas venir jeter un petit coup d'œil quand même ? Elle est au centre de rééducation Oakfield. Ce n'est qu'à trois rues de l'hôpital. Si on pouvait simplement réussir à l'atteindre, à lui faire comprendre qu'il faut absolument qu'elle coopère, que c'est crucial si elle veut avoir une chance de retrouver une vie indépendante... Dave a pensé qu'au moins vous pourriez avoir des idées.

Ce soir-là, je passai deux heures à la bibliothèque du campus universitaire voisin pour rechercher des informations sur le mutisme des adultes. Je ne trouvai rien en dehors de celles que je possédais déjà sur le mutisme psychotique et quelques autres sur la maladie d'Alzheimer avancée, les tumeurs ou les anomalies cérébrales. Mais la requête de Joy me touchait. Je décidai donc finalement d'aller faire un saut au centre, non pas parce que j'étais qualifiée pour cela, non, je ne l'étais pas et je le savais. Mais, tout au fond de ma tête, j'entendais ce que m'avait dit mon mentor quand j'avais déclaré que j'étais trop peu préparée pour travailler avec un enfant gravement perturbé :

« Quand la situation est déjà désespérée, tu ne risques plus de l'aggraver en agissant. Donc ça vaut toujours la peine de prendre le risque, uniquement pour voir si tu as une petite chance de l'améliorer. »

10

Je parcourus le long couloir du centre de rééducation, saturé de l'odeur du désinfectant et des effluves de la cuisine d'hôpital mêlés aux émanations corporelles. Il était encore tôt. On était en train de ramasser les plateaux du petit déjeuner. Dans certaines chambres, des aides-soignantes étaient encore occupées à donner la becquée à leurs patients.

La chambre de Gerda était la deuxième sur la droite. Je m'aperçus que j'étais nerveuse. Qu'allais-je bien pouvoir faire avec elle ? Pas question de faire sauter le couvercle de ma boîte à malices pour en extraire des marionnettes ou des crayons de couleur.

Je l'aperçus assise dans son lit. On avait débarrassé son plateau de petit déjeuner, mais la petite table de lit ajustable était encore devant elle.

Je ne sais ce que j'avais imaginé, mais je ne m'attendais pas à lui trouver un air aussi jeune. Ou, plutôt, un air « si peu vieux ». Ses cheveux entièrement blancs avaient un reflet jaune qui pouvait passer pour du blond pâle. Ils étaient détachés. Et longs. Plus longs que les miens. Je me dis que, sans doute, elle les relevait normalement en chignon et ressemblait davantage à une vieille dame, mais cette coiffure, cette raie au milieu, ces cheveux longs et raides lui donnaient un air de sculpture ancienne et sans âge. L'aspect de sa peau, fine et fragile, mais pratiquement sans une ride, accentuait encore cette image. Son front, surtout, était si lisse qu'il paraissait presque en cire. Son hérédité germanique était évidente. Elle avait des yeux clairs et des traits fortement dessinés. Sans être en surpoids, elle était solidement charpentée, et faisait l'effet d'une femme grande et robuste.

— Bonjour, dis-je. Je m'appelle Torey. C'est Joy Hansen qui m'a demandé de venir vous voir. Je travaille avec les personnes qui ont des difficultés à parler. Je ne suis pas orthophoniste, donc je ne vais pas vous demander de faire des exercices. Je m'occupe plutôt de personnes qui sont capables de parler mais qui ont du mal.

J'approchai la chaise en plastique placée près du mur et je m'assis à son chevet. La vieille dame me regardait. Son regard était direct mais indéchiffrable. Impossible de savoir si elle était contente de voir un nouveau visage, si elle me détaillait ou si elle me regardait simplement parce que je bougeais.

— Depuis quand êtes-vous à Oakfield ? poursuivis-je.

Elle me regardait toujours. Les secondes passèrent et s'éternisèrent. Elle ne répondit pas.

Je me dis que ma question n'était peut-être pas judicieuse, que l'âge, l'attaque et tout simplement la perte de sa routine habituelle pouvaient lui avoir fait perdre la notion du temps. Je changeai mon fusil d'épaule :

— Vous avez bien déjeuné ?

Elle m'adressa le même regard impassible, indéchiffrable.

Cet hermétisme ne me facilitait pas les choses. D'ordinaire, je parvenais à décrypter davantage d'informations non verbales. J'étais incapable de déterminer si elle refusait de parler ou si elle n'en était pas capable, voire si elle ne m'entendait pas correctement. Son regard n'était pas assez inexpressif pour être celui d'une personne qui avait perdu la tête.

— Qu'est-ce que vous avez eu à votre petit déjeuner ?

Elle détourna alors le regard. Et dans ce mouvement lent, je décelai une imperceptible détresse.

Est-ce qu'elle n'avait pas bien déjeuné ? Est-ce qu'elle n'avait pas aimé ce qu'on lui avait servi ? Ou alors, c'était qu'elle en avait simplement assez de voir débouler dans sa chambre une énième inconnue qui lui posait des questions idiotes !

— Vous devez en avoir assez de tout ça, risquai-je. De tout ce va-et-vient. De nous, de tous ces gens qui vous font subir leurs horaires et leurs activités... Quand j'étais à l'hôpital, je trouvais que c'était le plus difficile à supporter. C'était le matin qui était le plus pénible. La nuit, on ne dort pas parce qu'ils laissent presque toutes les lumières allumées et qu'ils font un bruit de tous les diables, et c'est quand on s'effondre de fatigue, à six heures et demie du matin, qu'ils viennent vous réveiller. Et pour rien, parce qu'il ne se passe plus rien après, pendant des heures. Ça me faisait râler.

Mon petit discours l'avait intéressée, car elle me regardait avec, dans les yeux, une expression sans équivoque. Je n'eus aucune difficulté à y lire un muet désespoir.

— Tous ces changements doivent être très pénibles, poursuivis-je. Est-ce que vous en avez déjà parlé avec quelqu'un ?

Gerda me dévisagea un long moment, d'un regard profond, scrutateur. Puis elle secoua lentement la tête, soupira. Ensuite, elle s'allongea dans son lit et se détourna de moi.

— C'est pour ça que je suis venue, expliquai-je. Parce que vous avez traversé une épreuve difficile et effrayante. Et si nous pouvons en parler ensemble, peut-être pourrons-nous arranger certaines choses.

Un silence.

Le silence se prolongea.

Ce n'était pas un silence « actif », c'est-à-dire le genre de silence que je pouvais manipuler pour faire sortir des mots de la bouche des patients rebelles à la parole, ni le genre de silence auquel j'étais rompue et que j'avais appris à traverser sans embarras. Non, c'était le silence, tout simplement. Total et inexorable.

— Comment souhaitez-vous que je m'adresse à vous ? demandai-je. Est-ce que je dois vous appeler madame Sharple ? Ou est-ce que je peux vous appeler Gerda ?

Pas de réponse.

— Ma grand-tante aussi s'appelait Gerda, continuai-je imperturbablement. Je ne l'ai jamais vue parce qu'elle vivait en Allemagne, mais je l'aimais beaucoup. Quand j'étais petite, tous les ans à Pâques, elle m'envoyait un œuf en papier mâché, avec des petits cadeaux à l'intérieur. A chaque fois, il y avait un minuscule lapin en bois. Il était en culotte de cuir et il jouait d'un instrument de musique. C'était tout le temps un lapin différent, avec un instrument différent. Maintenant, j'ai un orchestre complet de lapins, et il n'y en a pas un qui dépasse cinq centimètres. Quand j'ai entendu votre nom, j'ai pensé à ma tante. Je tenais beaucoup à elle. Alors, si cela ne vous fait rien, j'aimerais vous appeler Gerda.

La vieille dame, qui s'était retournée, me scrutait attentivement.

— Gerda, c'est un nom allemand. Votre famille venait de quelle région ?

Elle ne répondit pas.

— Ma famille est originaire d'Emden, poursuivis-je. C'est sur la mer du Nord, près de la frontière hollandaise. Mon grand-père a été élevé là-bas. Gerda était sa sœur, elle a vécu à Emden pendant toute sa vie.

Pas de réponse.

— Votre famille vient du nord de l'Allemagne ?

Elle hocha la tête.

— De quel endroit ?

Pas de réponse.

Cette conversation était difficile. Devais-je persister ? Continuer mon monologue ? Poser d'autres questions ? Utiliser les techniques directes, pressantes, qui marchaient si bien avec les enfants ? J'étais en proie à une petite crise de confiance. Et si elle avait perdu l'usage de la parole ? Et si je lui faisais subir une pression terrible en lui demandant de faire une chose dont elle était physiquement incapable ?

A quel titre étais-je là, à essayer d'extorquer des mots à une personne victime d'un AVC ? J'outrepassais mes responsabilités et je le savais.

Subrepticement, je jetai un coup d'œil à ma montre. J'avais déjà dépassé le temps que je m'étais fixé. On m'attendait chez les enfants cinq minutes plus tard.

— Il faut que j'y aille maintenant, parce que je travaille à l'hôpital, et je vois que je vais être en retard à mon prochain rendez-vous, annonçai-je.

Elle avait déjà détourné les yeux.

J'éprouvai un certain malaise après avoir

prononcé ces paroles, car cela risquait de passer pour une fuite. Aussi ajoutai-je :

— Je repasserai, d'accord ?

Elle ne répondit pas.

— D'accord, répondis-je à sa place.

Mon rendez-vous suivant était avec Drake, et je n'étais pas beaucoup plus sûre de moi. Le petit garçon ne cessait de me trotter dans la tête depuis le moment où j'étais sortie de notre séance infructueuse. Je ne voulais pas établir de relation non verbale avec lui, sous peine de rompre plus difficilement le cercle du mutisme. D'un autre côté, je n'avais pas non plus envie d'entrer dans une spirale négative qui le rendrait craintif et malheureux pendant nos séances. Dans ce cas, ce serait l'anxiété qui ferait barrière.

J'avais effectivement beaucoup réfléchi entre-temps à la question de l'anxiété, car c'est là que se trouve la source du mutisme électif chez beaucoup d'enfants. Pour certains, le mutisme est une manifestation de phobie sociale. En l'occurrence, l'enfant tend à avoir une personnalité excessivement timide, et il est souvent issu d'une famille où l'un des parents, ou les deux, présente lui aussi une histoire de timidité aiguë pendant son enfance. Cela indique la présence éventuelle d'un facteur génétique. Chez d'autres enfants, l'anxiété semble davantage en relation avec la peur de l'échec. Les parents de ces enfants peuvent être eux-mêmes parfaitement sûrs d'eux et extravertis. Déroutés par la timidité de leur enfant, ils exercent souvent une pression sur lui pour le rendre plus sociable, ce qui exacerbe le problème.

Pour la troisième grande catégorie d'enfants affectés de mutisme électif, ce n'est pas du côté de l'anxiété qu'il faut chercher. Chez eux, il s'agit d'un problème de contrôle de la parole, et la rétention est l'expression de problèmes psychologiques complexes similaires à ceux de l'anorexie ou de l'encoprésie. Ces enfants sont généralement dotés d'une personnalité à forte volonté et perfectionniste, et, souvent, ils nouent une relation tempétueuse mais symbiotique avec un parent ou un proche, avec lequel ils parlent normalement.

Mais Drake ne paraissait correspondre à

aucun de ces profils. Dans mon expérience, il ne restait plus qu'un groupe d'enfants : ceux qui étaient mutiques en réaction à un traumatisme. Dans ce groupe, on trouve les enfants ayant subi une grave blessure à la bouche, à un moment coïncidant souvent avec l'âge auquel ils commencent à parler. J'avais travaillé avec un petit garçon qui s'était ouvert la bouche sur une balançoire. A la suite de la frayeur de l'accident, il avait cessé complètement de parler. Puis, plus tard, il avait recommencé, mais uniquement dans l'univers rassurant de la maison familiale. Ce groupe comprend également des enfants témoins d'événements profondément traumatisants, rendus muets par le choc, comme ce petit garçon qui avait assisté au meurtre de sa sœur. Mais la plupart du temps, il concerne des enfants ayant subi de graves agressions sexuelles, affectés soit par le traumatisme de l'agression, soit par la menace et l'obligation de « ne rien dire ».

J'avais déjà pensé à la possibilité de graves abus dans le cas de Drake car, selon mes recherches, ce genre de mutisme était un signe de graves dysfonctionnements au sein de la famille ; et, naturellement, le dysfonctionnement grave va souvent de pair avec les abus graves. Le simple fait d'évoquer cette hypothèse m'attristait. Car Drake était un petit garçon si joyeux, si vivant, si intelligent, toujours prêt à faire plaisir… le genre de petit garçon que tout le monde rêve d'avoir. L'idée qu'il pût connaître un sort affreux dans le secret de sa maison me fendait le cœur. Et la perspective d'avoir à réfléchir au moyen de découvrir la vérité était accablante.

Si Drake m'en voulait du traitement que je lui avais fait subir la veille, il n'en montra rien. Lorsque je vins le chercher au foyer où il regardait des dessins animés en compagnie de Copain, il m'accueillit avec un grand sourire et se leva d'un bond.

— Aujourd'hui, on va faire des choses très amusantes, lui annonçai-je alors que nous nous dirigions vers la salle de thérapie.

Drake eut un sourire enjôleur. Je me dis que ce gamin avait un charme à faire fondre le pôle Nord.

Forte de l'expérience de la veille, j'avais jeté mon dévolu sur une activité différente. Je poussai la table et nous nous assîmes par terre devant le miroir sans tain, car je voulais pouvoir étudier le comportement de Drake sur la cassette après la séance. Puis je lui tendis un flacon.

— Tu sais ce que c'est ? lui demandai-je en dévissant le bouchon. Des bulles !

Je pris la petite baguette terminée par un cercle et je soufflai dedans. Une cascade de bulles s'envola.

Drake battit des mains, enchanté.

Je fis plusieurs séries de bulles. Puis je lui tendis la baguette et le liquide.

— Tiens, à toi, proposai-je.

Il m'adressa un sourire ravi.

— Tiens, regarde !

Je soufflai doucement et de nouvelles bulles s'échappèrent.

— Allez, vas-y, essaie.

Son sourire s'agrandit.

Je trempai la baguette dans le liquide et la lui tendis à nouveau.

Il sourit de plus belle, mais ne bougea pas.

Je me levai alors pour aller chercher une assiette plate ainsi qu'une immense baguette. Je versai un peu de solution dans l'assiette.

— Qu'est-ce qui va se passer si je trempe cette grande baguette dans le liquide ?

Je sortis la baguette de l'eau, avec une énorme bulle irisée.

Emerveillé, Drake se mit à sauter d'excitation. Je fis tournoyer la baguette et une bulle grosse comme un ballon de basket vint flotter dans sa direction. Il l'attrapa, enchanté.

— C'est facile à faire. Tiens, essaie, répétai-je en reposant la baguette dans l'assiette.

Il s'approcha et prit la baguette. Il ne réussit pas sa première bulle, mais, au deuxième essai, il parvint à faire une série de bulles de taille respectable. L'une d'elles atterrit sur la tête de Copain, ce qui plongea Drake dans une joie sans bornes.

Pendant plusieurs minutes, il fut absorbé par ses bulles géantes. Il jouait de manière désinhibée, courant derrière lorsqu'elles se mettaient à flotter, essayant de les rattraper à l'intérieur du cercle, leur donnant des coups de pied, les faisant éclater avec le poing. Il s'amusa à envoyer des bulles sur Copain et à les faire éclater sur lui.

Je l'observai pendant le jeu. Ses mouvements étaient assez saccadés, ce que je n'avais pas noté au cours de ses activités habituelles. Mais ce détail, si je le remarquai, était cependant assez subtil. Il ne me paraissait pas digne d'une attention particulière.

L'importance qu'il accordait à Copain était intéressante à observer. Il était manifestement plus engagé dans son jeu avec Copain qu'avec moi. Il n'émit aucun son pendant toute sa durée, ce qui donnait à la scène un caractère surnaturel. C'était comme si on avait coupé le son alentour, car le seul bruit audible dans la pièce était le léger claquement de ses baskets sur le sol. Toute cette scène était d'autant plus surréaliste qu'elle était d'une gaieté folle. Drake, en gambadant après les bulles, donnait l'impression de rire, de glousser, de pousser des cris de joie. Et pourtant, il ne respirait même pas de manière audible.

— Regarde, dis-je en plongeant la main

dans mon sac à malices. J'ai un autre jouet pour faire des bulles. C'est une paille. Tu vois ? Tu la trempes dans l'assiette et après tu souffles.

Je fis une démonstration. Des dizaines et des dizaines de petites bulles voletèrent autour de nous.

Drake les poursuivit en dansant et en les faisant éclater entre ses mains.

— Tiens, à toi.

Il me sourit.

J'aspirai le liquide dans la paille.

— Tiens.

Il continua à me sourire, mais sans un geste pour la prendre.

Je soufflai un peu dans la paille, formant une petite flottille de bulles, puis la lui tendis à nouveau.

— A toi.

Avec un sourire ravi, il fit éclater les bulles, mais ne répondit pas à ma requête.

A ce moment, cela fit tilt dans ma tête : quand on sait s'y prendre et qu'on met le paquet pour les enjôler, les autres renoncent à vous imposer leur volonté. Surtout quand on est petit et mignon par-dessus le marché.

La bonne humeur charismatique de Drake était une tactique d'esquive. Maintenant, la question était : pour éviter quoi ?

11

Pendant que j'étais en train de faire des bulles avec Drake, j'entendis à un moment un terrible vacarme dans le service. Les cris et les pleurs furent suivis d'un bruit de cavalcade, signe que du personnel supplémentaire accourait à la rescousse. Ma première réaction fut de craindre que tout ce tapage n'effraye Drake. Celui-ci n'interrompit son jeu que l'espace d'un instant pour tendre l'oreille. Mais ce fut tout. Hormis cela, il n'y prêta aucune attention. Ma seconde réaction, naturellement, fut de me demander ce qui se passait. J'étais curieuse de connaître les raisons de ce tumulte.

Je n'eus pas à attendre trop longtemps pour avoir la réponse, car, après la séance avec Drake, Nancy Anderson me fit signe d'approcher quand nous arrivâmes au foyer.

— Si tu cherches ta prochaine cliente, elle est en isolement. Cassandra.

« En isolement », cela signifiait qu'elle était enfermée dans la pièce où l'on plaçait les enfants lorsqu'ils avaient complètement perdu le contrôle. C'était une sorte de niveau ultime d'exclusion, sanction utilisée lorsque les enfants atteignaient un stade de violence qui présentait un danger sérieux pour eux-mêmes ou pour les autres. La chambre d'isolement était un petit cube – environ deux mètres sur deux – entièrement vide. Les murs, le plafond et le sol étaient tapissés avec un épais revêtement de toile tendu sur une fine couche de mousse, afin de permettre à l'enfant de se calmer et de retrouver la maîtrise de lui-même sans se blesser. Autrefois, ces pièces étaient connues sous le nom de cellules capitonnées.

Nancy me dit que Cassandra s'était

déchaînée pendant toute la matinée. Elle avait passé son temps à sauter partout et à provoquer les autres enfants, mettant constamment la patience du personnel à l'épreuve. Puis elle s'était mise à « jouer au ptérodactyle », jeu qui consistait à se jucher sur les bras des fauteuils en poussant des hurlements stridents, bras écartés, puis à sauter sur tous ceux qui passaient à sa portée en faisant semblant de leur arracher les vêtements et la peau avec.

C'était l'un des jeux favoris de Cassandra, qui adorait se transformer en méchant oiseau ou en méchant animal quelconque. Inutile de dire que c'était le genre de jeu vite interrompu, car il était bruyant, physique et souvent très agressif. La plupart du temps, elle s'arrêtait quand on le lui demandait avec suffisamment d'insistance. Mais, ce matin-là, elle s'était « réveillée remontée à bloc », selon Nancy. Avant l'isolement, elle avait déjà été punie à plusieurs reprises.

Nous avions remarqué que Cassandra avait tendance à s'en prendre à des enfants faibles et dépendants, et à s'acharner sur eux tant qu'on ne l'arrêtait pas. C'était sur une fillette du nom de Heather que Cassandra avait jeté son dévolu ce matin-là. Heather, âgée de dix ans, obèse et dotée d'un physique ingrat, avait un comportement extrêmement infantile, entre autres problèmes. Cassandra avait découvert que la fillette avait peur de oiseaux, et, si elle avait choisi de se transformer en ptérodactyle, ce détail y était peut-être pour quelque chose. Quelle qu'en fût la raison, elle avait entrepris de harceler Heather en poussant des cris et en battant des bras dès avant le petit déjeuner.

Au début, le comportement de Cassandra était resté dans les limites du pénible. Après avoir été sermonnée en vain à plusieurs reprises, elle avait été séparée des autres et envoyée en exclusion simple. A son retour, elle prétendit avoir compris la leçon et promit de se maîtriser, mais rien n'y fit. Elle redevint très vite ptérodactyle, et son jeu gagna en agressivité au fil des heures. Elle finit par se déchaîner tout à fait en grimpant sur les chaises et en sautant sur le dos des malheureux qui croisaient son chemin.

Lorsqu'elle eut réussi à jeter Heather par terre, elle fut priée de se rendre en exclusion pour se calmer. Mais elle fit la sourde oreille. Lorsque les infirmières l'attrapèrent pour la faire obéir, elle perdit la maîtrise d'elle-même et se mit à se débattre furieusement. Elle avait « pété les plombs », selon Nancy. Petite et filiforme comme elle l'était, il ne fallut pas moins de cinq adultes pour la maintenir et la conduire en chambre d'isolement.

Je fus déconcertée par cette nouvelle. A vrai dire, depuis son admission, le comportement de Cassandra allait en se détériorant. Elle devenait de plus en plus difficile et bizarre. Force était aussi de reconnaître que, par ailleurs, il nous était difficile d'éprouver de la sympathie pour elle. C'était une mercenaire du sentiment qui se liait uniquement pour servir ses intérêts, avant de passer à la victime suivante. Elle semblait indifférente aux autres, à leurs émotions, à leurs pensées ou à leurs désirs. Nous nous étions aperçus que c'était une fillette d'une vive intelligence et d'une grande perspicacité.

Malheureusement, elle se servait de ses facultés pour déceler les points faibles chez autrui. Elle avait un don particulier pour détecter les points sensibles de ses camarades, tels que, par exemple, les défauts physiques ou intellectuels, et elle exploitait froidement ces informations à coups de paroles blessantes pour tenter d'obtenir ce qu'elle voulait. Dans la vie quotidienne, elle était d'une humeur imprévisible, passant sans transition du bruit et de l'excitation au silence et au repli sur soi, ou de l'amabilité et de la prévenance au cynisme et à la malveillance. De plus, elle refusait d'assumer la responsabilité de ses actes. Lorsqu'on la confrontait à ces comportements, sa réponse était invariablement : « C'est pas vrai. » Ou : « C'est pas de ma faute. » Ou, si elle était poussée dans ses retranchements : « Je m'en rappelle pas. »

Malgré mon désir de rester ouverte vis-à-vis de Cassandra, il me fallait bien reconnaître que les mots « personnalité asociale » et « sociopathe » m'avaient traversé l'esprit plus d'une fois.

Je déposai mes affaires dans la salle de soins infirmiers et me dirigeai vers la chambre d'isolement. Sur la porte, une lucarne munie d'un grillage permettait d'observer ce qui se passait à l'intérieur. Je jetai un coup d'œil. Cassandra se tenait assise par terre dans un coin, ramassée sur elle-même, à l'autre bout de la pièce. Elle leva la tête en m'apercevant dans la lucarne.

Je déverrouillai la porte, entrai et refermai la porte derrière moi. J'y restai adossée le temps d'évaluer l'état de Cassandra, car je n'avais pas envie d'être enfermée à l'intérieur avec elle si ce n'était pas nécessaire.

— Ça ne s'est pas bien passé, ce matin ? m'enquis-je d'un ton doux.

Pour toute réponse, Cassandra poussa un cri strident. Ce fut un cri haut perché, bref, le genre de cri que l'on pousse quand on a été surpris par-derrière. Hormis le fait que, bien entendu, elle savait depuis le début que j'étais là.

Je m'assis sur le sol capitonné.

A nouveau, elle poussa un cri perçant.

— Tu es toujours un ptérodactyle ? risquai-je.

Elle hocha la tête.

Discuter avec les ptérodactyles ne faisant pas partie de mon répertoire normal, je marquai une longue pause, le temps de trouver la meilleure tactique à adopter. Cette hésitation parut contrarier Cassandra. Elle poussa un hurlement furieux droit vers moi.

— Les ptérodactyles, ce sont des animaux qui sont très en colère, dis-je enfin. Ils sont très puissants. Dangereux. Ils ont envie de tuer. D'après ce que m'ont dit les infirmières, tu étais très en colère ce matin.

Un nouveau cri de ptérodactyle, et Cassandra se leva en écartant les bras comme des ailes.

— Tu peux me dire ce qui met les ptérodactyles en colère ? demandai-je sans la regarder. J'aimerais bien le savoir, ça me rendrait service.

De nouveaux cris de ptérodactyle, accompagnés de battements d'ailes. Jusqu'alors, Cassandra n'avait pas bougé de son coin. Mais elle se mit alors à tourner en rond dans la petite pièce, à grand renfort de cris stridents et de battements de bras, en avançant et en reculant le cou comme un poulet excité.

Au commencement, elle se contenta de décrire une série de cercles étroits en évitant de s'approcher de moi, mais ses cercles s'élargirent peu à peu.

Je n'y avais pas vu d'inconvénient, au début. Je pensais que c'était pour elle un moyen d'évacuer un peu de sa rage, que cette activité physique lui permettrait de retrouver la maîtrise d'elle-même. Mais, au bout de quelques minutes d'observation, je changeai d'avis. Car le fait d'exprimer de manière plus physique son fantasme ptérodactylesque paraissait au contraire l'agiter, et non la calmer. Elle cessa de répondre directement à mes questions et se consacra entièrement à sa ronde folle, en hurlant et en battant des bras.

Les cercles s'élargirent de plus en plus et se rapprochèrent de moi. Je compris que j'allais me trouver bientôt à portée d'une attaque de ptérodactyle. L'air était devenu malsain !

— Non ! m'écriai-je.

Cette voix soudaine et coupante fit se figer Cassandra, les bras tendus.

— Non, répétai-je en baissant d'un ton. Tu peux jouer au ptérodactyle, pas de problème, mais là où il y a un problème, c'est quand tu fais du mal aux autres. Si tu te précipites sur moi, tu risques de me faire mal.

Cette perspective parut l'exciter encore davantage. Après cet arrêt momentané, elle se jeta en avant avec un cri furieux.

— Non ! fis-je encore.

Elle vint me heurter.

Je n'avais nulle envie d'entrer en confrontation physique avec Cassandra dans cet espace clos, mais elle m'y forçait.

Je fis apparaître la chaîne que je portais toujours autour du cou. C'était une médaille de saint Christophe, cadeau d'un ancien petit ami, que je gardais sous mes vêtements.

— Tu vois ça ?

Elle ne prit pas la peine de regarder.

— Cassandra ! Tu vois ça ? Cette

médaille ? C'est une médaille de saint Christophe. Je la porte pour me protéger.

Elle poussa un hurlement de défi.

— C'est ma médaille de protection contre les ptérodactyles, poursuivis-je. Les ptérodactyles sont autorisés à voler partout ailleurs dans la pièce, mais, dès que je sors ma médaille, je suis sous sa protection. Ici, c'est le périmètre de sécurité, ici, tout autour de moi.

Naturellement, la première chose que fit Cassandra fut de voler directement sur moi.

Je me levai d'un bond et lui attrapai les bras pour les lui baisser de force.

— Non, là où je suis, c'est une zone interdite aux ptérodactyles. J'ai sorti ma médaille.

Je la lâchai et la repoussai doucement en ajoutant :

— Il n'y a pas de problème, les ptérodactyles sont autorisés dans cette pièce. Mais ils volent là-bas. Pas ici. Ici, c'est le périmètre de sécurité.

Cassandra refit le tour de la pièce et revint m'attaquer. A nouveau, je lui attrapai les bras, les baissai de force, les maintins un instant et la libérai en la repoussant.

Ce processus – Cassandra qui volait vers moi, moi qui lui attrapais les bras, les baissais, lui disais qu'elle pouvait voler dans le reste de la pièce mais pas ici – semblait la fasciner. Elle ne se battait pas réellement avec moi. Je n'avais aucune difficulté à baisser ses bras, et elle ne se débattait pas. Mais elle recommençait infatigablement, en agissant de façon presque hypnotique, presque mécanique. Je ne réussis pas à jeter un coup d'œil à ma montre, mais ce « jeu » me sembla durer une éternité. Elle le répéta un nombre incalculable de fois, sans montrer aucun signe d'épuisement. Ou de lassitude.

Finalement, après l'avoir attrapée une fois de plus, je ne la laissai pas repartir. Je lui dis :

— Tu n'es pas fatiguée ? Tu devrais venir t'asseoir ici, à côté de moi. Si tu t'assieds là, la médaille te protégera aussi. Comme ça, on échappera toutes les deux aux ptérodactyles.

Peine perdue. Elle se dégagea et recommença à tourner en rond.

Et, à nouveau, je subis l'attaque du ptérodactyle. Et à nouveau, je lui proposai d'entrer dans le périmètre de sécurité de ma médaille de saint Christophe. Et à nouveau, elle se libéra.

Et encore.

Et encore.

Et encore.

Et encore, et encore. Et, à chaque fois, je prononçais les mêmes mots et elle me répondait de la même façon.

Ce jeu se poursuivit pendant dix bonnes minutes. Enfin, haletante et enrouée à force d'avoir crié, elle s'arrêta et ne se débattit plus.

— Viens, assieds-toi, proposai-je.

Elle hésita.

— Viens, assieds-toi à côté de moi. Ici, tu ne risques rien.

Je la lâchai et je m'assis par terre en lui indiquant une place à côté de moi.

Elle obéit. Et lorsqu'elle fut installée à côté de moi, elle tendit la main.

— Je veux voir cette médaille, dit-elle.

C'étaient ses premiers mots depuis que j'étais entrée.

Avec précaution, je soulevai ma médaille et la lui montrai en gardant une main sur la chaîne pour éviter qu'elle ne l'entortille. Elle passa le doigt sur les traits légèrement en relief de l'image.

— Je crois pas que ça marche pour de vrai, dit-elle.

— Si, répliquai-je. Elle a été bénie par le pape.

Elle haussa les sourcils, surprise, et me dévisagea.

— Tu es catholique ? demanda-t-elle.

— Non.

— Alors, ça marche pas pour toi.

— Si. Les bénédictions, ça marche pour tous ceux qui essaient de faire le bien.

Elle garda le silence un long moment, palpant toujours la médaille.

— Tu vois, ça marche déjà, dis-je. Les ptérodactyles sont tous partis, pas vrai ?

Elle hocha la tête de façon imperceptible.

Il y eut un nouveau silence, calme, las.

— Je veux m'asseoir sur tes genoux, finit-elle par déclarer.

— D'accord.

Elle grimpa sur mes jambes croisées. Agrippant mes poignets, elle enroula mes bras autour d'elle.

— Je veux que tu me tiennes.

Je m'exécutai.

— Je suis ton bébé. Tiens-moi comme si j'étais ton bébé.

— Tu veux être à l'abri et tu veux qu'on te serre comme un bébé, dis-je.

Elle hocha la tête.

— Tu te sens bien à l'abri, ici, non ? demandai-je.

Cassandra fit signe que oui.

— Tu es ma maman. Tu me protèges.

— Tu veux que ta maman te protège.

— Les mamans devraient toujours protéger leurs bébés, pas vrai ? répondit-elle. Comme ça, il peut rien leur arriver.

Il y eut alors un long silence.

— Parfois, on se met vraiment en colère quand il nous arrive des choses injustes, dis-je. Des choses qui n'auraient pas dû nous arriver. Des choses dont on aurait dû être protégées.

Elle ne répondit pas.

— Parfois, on se met tellement en colère que c'est comme si on avait des ptérodactyles à l'intérieur de nous. C'est à cause de l'injustice. Et pourtant, souvent, ce qu'on voudrait vraiment très, très fort, quand on est en colère comme ça, c'est simplement se sentir bien à l'abri, avoir des gens qui nous protègent quand nous, on ne peut pas y arriver toutes seules.

— Je suis ton bébé. Je suis sortie de ton pipi.

— Et quelquefois, quand on parle et que ce qu'on dit est trop effrayant, on a besoin de penser vite à autre chose, comme ça on ne pense pas à ce qui nous fait peur.

— Je veux téter tes seins.

— Tu veux être un tout petit bébé, c'est ça ? répondis-je. Un tout petit bébé dont sa maman va bien, bien s'occuper.

Cassandra hocha la tête et la blottit sous mon menton.

Un très long silence s'ensuivit. Il dura peut-être plus de six ou sept minutes. Je la tenais contre moi. Elle restait complètement immobile. Lentement, très lentement, ses muscles se détendirent.

— Bien, dis-je enfin, je crois que c'est la fin de la séance.

Cassandra hocha faiblement la tête.

— On retourne dans le service, maintenant ?

— D'accord.

12

A dater de ce jour, les ptérodactyles devinrent notre grand jeu. Dès l'instant où nous entrions dans la salle de thérapie, Cassandra annonçait :

— Je veux jouer au ptérodactyle.

La première fois, je lui demandai :

— Comment ça ?

— Je serais un ptérodactyle. Je monterais là-dessus, sur ce rocher, et je chercherais une proie. (Elle grimpa sur la table.) Et toi, tu passerais par là. Tu me verrais pas, et moi, hop, je sauterais et je t'attaquerais.

— OK. Tu peux me montrer comment on joue ?

Entre-temps, elle avait regagné le sol, mais elle remonta sur la table et écarta les bras, tout excitée.

— Ouais ! Je suis grand ! Je suis immense ! Mes ailes, elles ont une envergure de trois mètres ! Je suis le plus grand ptérodactyle de toute la vallée. De tout le continent, même, et je me bats avec tout le monde et c'est moi qui gagne. Et toi, tu passes par là. Tu ne me vois pas. Mais tu as très peur, parce que toi, tu es un lapin. Et moi, je plonge et je te tue !

Quelque peu attrayante que fût la perspective d'être sauvagement attaquée par un ptérodactyle, je m'en réjouis néanmoins, car c'était la première fois que Cassandra s'adressait à moi d'une manière constructive. C'était un point de départ qui en valait un autre pour lui permettre d'exprimer la rage qu'elle avait en elle. J'acquiesçai donc et acceptai d'être le lapin.

Je retournai vers la porte.

Cassandra se mit à battre frénétiquement des bras, puis elle les replia contre elle comme des ailes en poussant des cris stridents.

J'avançai dans la pièce en me dandinant et en tournant la tête dans tous les sens, tout en disant :

— J'aimerais bien trouver de la bonne herbe à manger. Je meurs de faim.

Cassandra s'élança du haut de la table avec une violence que je n'avais pas vraiment anticipée, et je me retrouvai par terre sous les serres du ptérodactyle sans avoir eu besoin de simuler ma chute.

— Je vais te tuer ! Je vais te réduire en bouillie ! Et maintenant, je t'arrache les yeux !

Elle plongea sur ma tête et fit mine de sortir mes yeux de leurs orbites. Ses doigts effleurèrent ma peau, mais sans franchir les limites du mime.

— Je te réduis en bouillie. Tu saignes de partout maintenant ! Il y a du sang et des boyaux partout ! Oh la la ! Tu as vu tout ce sang ! Je t'ai tuée ! Tu es morte.

Elle recula. Je restai étendue, « morte », sans bouger. Retournant se percher sur la table, Cassandra étendit ses ailes imaginaires en poussant des cris perçants. Puis elle replongea. Même si elle m'avait déjà tuée et démembrée, et si j'étais étendue raide morte par terre, elle ne m'en arracha pas moins les yeux, me tailla en pièces et répandit mon sang partout. Le sang paraissait tenir une grande place dans ce scénario.

Et elle recommença. Une fois, puis une autre. Elle replongea du haut de la table pour me « tuer encore un peu » et me réduire en « une énorme bouillie de sang et de boyaux ». Enfin, elle m'ordonna :

— Allez, lève-toi maintenant.

Je me redressai.

— Allez, recommence. Reviens depuis la porte.

— Qu'est-ce que je suis cette fois ? demandai-je.

— Tu es un lapin. Tu connais rien à rien. Les lapins sont vraiment très bêtes. Alors tu crois que tu peux sortir pour aller manger de l'herbe. Tu te dis pas du tout qu'il pourrait y avoir un grand danger qui te guette dehors. Saute pour faire voir que tu es un lapin.

J'interprétai donc mon rôle une deuxième fois, et le scénario fut presque identique. Le ptérodactyle s'envola de son perchoir en haut de la falaise pour sauter sur le lapin, lui arracher les yeux, le réduire en pièces et le faire saigner de partout, puis il s'envola en le laissant pour mort. Comme précédemment, le ptérodactyle continua à tuer le lapin plusieurs fois après sa triste fin.

— Bon, dit Cassandra, on va encore jouer.

— Qu'est-ce que je suis cette fois ?

— Tu es toujours un lapin.

— Un lapin ? Mais pourquoi ? m'étonnai-je.

— Parce que je te l'ai dit, les lapins sont vraiment bêtes.

— Tu trouves qu'ils sont bêtes ? Pourquoi donc ?

— Parce qu'ils sont très faibles.

— Comment le sais-tu ?

— Parce qu'ils laissent tout le monde leur faire ce qu'ils veulent et ils se défendent pas. Ils font même pas de bruit, expliqua-t-elle.

Et nous rejouâmes le scénario une fois de plus, exactement de la même manière, ou quasiment.

Après m'avoir encore tuée et mise en

pièces à plusieurs reprises, Cassandra répéta :

— Bon, lève-toi et retourne à la porte.

— Non, protestai-je. J'en ai assez. Je vais rester une personne. Je vais m'asseoir ici.

— Je peux quand même te tuer. Les ptérodactyles, ça peut tuer des gens. Ça peut tuer tout ce que ça veut. Tout le monde, tous les vivants, un ptérodactyle peut tout tuer. Leurs ailes, elles sont immenses, elles font trois mètres d'envergure.

Elle fondit sur moi.

— Mais j'ai ma médaille. Tu vois ?

Je sortis ma médaille de saint Christophe.

— Ça, ça veut dire que c'est une zone interdite aux ptérodactyles, tout ça, là, autour de moi. Ça veut dire que je suis à l'abri et qu'on ne peut pas m'attaquer.

— Pas du tout. Les ptérodactyles, ça peut tuer tout le monde.

Elle écarta les bras et me fonça dessus de toutes ses forces. Elle ne fit pas semblant.

Je l'attrapai, l'enserrant de mes bras en maintenant les siens sur les côtés.

— La règle, c'est que je ne te permets pas de faire du mal aux autres. Je ne te permets pas de faire du mal, ni à moi ni à toi. Tu comprends ?

Cassandra éclata aussitôt en sanglots.

Je la contins encore quelques instants, autant pour lui communiquer ma force que pour prévenir tout mouvement de sa part. Puis, lentement, je relâchai mon étreinte.

Cassandra mit ses bras autour de ma taille en enfouissant son visage dans mes vêtements. Je la tins serrée contre moi pendant quelque temps, jusqu'à ce qu'elle cesse de pleurer.

— Tu as eu peur, hein ? C'était un beau jeu, mais je crois que tu as eu très peur aussi, dis-je. Ici, on peut jouer à des jeux qui font peur, parce que je mets toujours des limites. Par exemple, quand je sors ma médaille de saint Christophe, c'est fini, on ne joue plus. Cette pièce devient une zone interdite aux ptérodactyles. Si le ptérodactyle continue à attaquer, je l'arrête.

Il fallut encore quelques instants à Cassandra pour retrouver son calme. Ensuite, je me dirigeai vers la table. Un certain désordre y régnait, les chaises avaient été renversées, des papiers avaient été éparpillés. Je relevai une chaise et lui demandai de s'asseoir. Puis je relevai les autres chaises, ramassai les papiers pour les poser sur la table, et me dirigeai vers ma boîte. J'en sortis un petit sac en tissu. J'allai m'asseoir en face de Cassandra.

— Maintenant, on va faire autre chose. (J'ouvris le sac et en déversai le contenu sur la table.) Tu sais ce que c'est ?

La fillette hocha faiblement la tête.

— Des jetons de poker.

— C'est ça. Tu sais ce que c'est, le poker ?

— Oui, c'est un jeu de cartes. On joue de l'argent avec.

— C'est ça. Les jetons représentent de l'argent. C'est pour ça qu'il y a quatre couleurs. Il y en a des blancs, des rouges, des verts et des bleus. Chaque couleur représente une somme d'argent différente.

Cassandra hocha la tête.

— On va faire un jeu à nous. On ne va pas jouer au poker, mais on va utiliser des jetons quand même.

Je l'observais attentivement en parlant. Disparue, l'hyperactivité qui avait caractérisé le jeu du ptérodactyle, disparue, aussi, la manipulatrice qui se tortillait en ricanant. Elle restait tranquillement assise en me suivant avec attention.

— Mais avant de commencer à jouer, on va préparer le jeu, annonçai-je.

Je pris une feuille de papier au bout de la table et la tournai horizontalement. Puis je traçai cinq lignes d'espacement égal au stylo, la divisant en six colonnes.

— Je vais écrire le nom de différents sentiments, c'est-à-dire comment on peut se sentir. Tu vois, en haut de cette colonne, je mets « contente ». En haut de celle-ci « triste ». En haut de celle-ci « en colère ». En haut de celle-ci…

Je m'interrompis pour l'interroger du regard. Puis je repris :

— Tu as une idée de ce que je pourrais écrire ici, comme sentiment ?

— Dégoûtée ? risqua Cassandra.

— D'accord. Je n'y avais pas pensé.

J'écrivis « dégoûtée ».

— Effrayée, proposa-t-elle.

— Bien. On va essayer de trouver le plus de sentiments possible.

— Mais il y a plus de place, objecta-t-elle.

— Pas de problème, je ferai une autre page. On peut faire autant de pages qu'il faut pour écrire tous les sentiments qu'on trouve.

Je divisai une autre feuille en colonnes.

— Seule.

— Bien. Et encore ?

— Excitée.

— D'accord. Et encore ?

— Malheureuse.

— On a déjà « triste ». Tu penses que ce n'est pas pareil que « malheureuse » ?

Cassandra réfléchit un instant.

— Non, c'est pas pareil. Parce qu'on peut être triste quand son chat s'est fait renverser, ou des trucs comme ça, et on est malheureuse en même temps parce qu'on n'a plus de chat. Mais des fois, quand on est triste, on ne sait pas pourquoi. On est triste, c'est tout. Mais quand on est malheureuse, on n'est plus heureuse.

Je ne comprenais pas tout à fait ce raisonnement, mais je savais qu'elle considérait les deux émotions comme étant de nature différente. Aussi les notai-je séparément.

— Tu as d'autre idées ? demandai-je après avoir écrit « malheureuse ».

— Euh... (Elle posa ses doigts sur ses lèvres et réfléchit.) Je sais ! Embrouillée.

— Bien.

— La joie. Parce que c'est pas pareil que « contente ». « Contente », c'est quelque chose de calme, mais la joie, c'est un grand sentiment.

Je souris.

— Bravo, c'est très intelligent comme distinction. Autre chose ?

— S'ennuyer. Et fatiguée.

— D'après toi, « fatiguée », c'est un sentiment ? demandai-je.

Elle hocha la tête.

J'écrivis le mot.

— Et quand on est vraiment, vraiment, vraiment en colère ? proposai-je. Tellement en colère qu'on ne peut pas le supporter ? Comme si on avait un ptérodactyle à l'intérieur de soi ? Est-ce que c'est pareil que simplement en colère ?

— Non, c'est la haine, sans doute. (Elle se tut.) Non. Je peux avoir la haine pour l'école, mais je suis pas vraiment super en colère. C'est pas pareil. Ecris « super en colère ».

Elle se tut, puis son visage s'éclaira.

— Non, je sais ! Ecris « ptérodactyle » dans cette colonne. Ecris « comme un ptérodactyle ». Et mets une fleur dans la « joie ». On va appeler ça « comme une fleur ».

Elle se tut quelques instants et réfléchit.

— L'amour, c'est un sentiment. On l'a pas mis. Ecris « amour ». Et dessine un bébé dessous. Appelle ça « comme un bébé ».

Tout à coup, elle était entièrement prise par le jeu. Elle attrapa la feuille.

— C'est moi qui fais les dessins, d'accord ? Et on va donner des noms à tous les sentiments. « Comme un bébé », « comme une fleur », « comme un ptérodactyle ».

Elle ouvrit la petite boîte de feutres et en sortit un noir à pointe fine.

— Et pour « seule », on va dessiner une extraterrestre et écrire « comme une extraterrestre ».

Elle écrivit ces mots en dessous et traça une petite forme indistincte semblable à celle qu'elle avait dessinée le premier jour.

— Et pour « s'ennuyer », je vais faire un

trait ondulé, comme ça. « Comme un trait ondulé ». Et « fatiguée », c'est « comme au lit ».

Cassandra dessina un petit bonhomme et un lit au-dessous.

— Et « la haine », c'est « comme un serpent ».

Le fait de donner des identités aux différents sentiments ne faisait pas partie du plan, mais je n'intervins pas. Malgré la fatigue de cette séance, c'était la première fois que j'avais l'impression que nous avions travaillé ensemble, et non l'une contre l'autre. Donc je ne bougeai pas. Elle passa le reste du temps à baptiser et à illustrer ses sentiments avec application.

13

L'après-midi, je visionnai la cassette vidéo de la dernière séance avec Drake. Je passai et repassai certaines séquences pour étudier avec attention ses réponses à mes sollicitations.

Ce qui me frappa le plus – et ce n'était pas la première fois – fut le fait qu'il n'émettait virtuellement aucun bruit, y compris lorsqu'il grognait et chassait l'air. Et, comme la première fois, je remarquai qu'il ne paraissait pas agir en se contrôlant. Rien n'indiquait qu'il se retenait délibérément de parler. Il ne paraissait pas se surveiller plus que n'importe quel autre enfant de quatre ans. Il agissait d'une manière ouverte et insouciante, comme tous les petits garçons pris par un jeu. La seule différence était son silence. J'eus beau chercher, je ne constatai aucune différence par rapport au premier visionnage.

Peut-être le fait le plus notable était-il le refus que m'opposa Drake, gentiment mais fermement, de souffler lui-même pour faire des bulles. Il n'avait même pas essayé. Pourquoi ?

Mon instinct profond me dictait qu'il existait quelque part un handicap physique. Drake ne refusait pas de faire des bulles, pas plus qu'il ne refusait de parler. Pour une raison quelconque, il en était tout simplement incapable. Ce sentiment s'imposa très fortement à moi à ce moment.

Certes, c'était exactement ce qu'avait dit Helen en le voyant sur la cassette. Et, à vrai dire, c'était également ce que j'avais senti instinctivement lors de ma première observation à Quentin, même si j'avais abordé le problème avec le postulat qu'il parlait à la maison. Mais nous étions trop nombreux à aboutir à la même conclusion pour qu'il n'y eût pas matière à réfléchir.

Mais… comment était-il possible qu'il parle à la maison ? De quelle manière parlait-il ? Souffrait-il éventuellement d'un handicap physique qui lui rendait la parole difficile et, par conséquent, craignait-il l'exercice de la parole à l'extérieur de la famille ? S'était-on moqué de lui, ou l'avait-on harcelé parce qu'il parlait trop lentement ou trop mal, ce qui l'avait conduit à refuser désormais de le faire ? Mais si la raison était là, pourquoi la famille ou l'école n'avaient-elles pas mentionné ce handicap ?

Je rembobinai la cassette. La recalant sur l'endroit où Drake jouait avec Copain, j'observai à nouveau le passage où il faisait participer son tigre en peluche. Il paraissait non inhibé et inconscient de ma présence. Toute son attention était concentrée sur les bulles et sur Copain. Et pas un bruit. Pas un traître bruit.

J'étudiai les légères saccades que j'avais remarquées dans ses mouvements pendant la séance. Elles n'étaient pas d'importance notable, et je ne les considérais pas comme hors normes chez un enfant de quatre ans qui venait d'atteindre la maîtrise complète de ses muscles. Etions-nous en présence d'un syndrome affectant certains muscles et pouvant inhiber le langage ? Pouvait-il s'agir de paralysie cérébrale ? D'une aphasie quelconque ? Ou s'agissait-il tout bonnement d'une perte de l'audition ? D'une perte mineure ayant pu être causée par des infections auriculaires contractées pendant qu'il était nourrisson, qui le gênait pour parler en dehors de chez lui parce qu'il n'entendait pas bien sa propre voix ?

Je me dis que l'insistance de ses parents à le faire entrer en observation à l'hôpital s'avérait bénéfique. Sur place, nous disposions de tous les moyens nécessaires pour creuser ces questions et je n'avais pas besoin d'autorisations spéciales. Aussi décrochai-je mon téléphone pour appeler le service d'audiologie afin de prendre rendez-vous pour un examen complet.

J'appelai ensuite au domicile de ses parents. Ce fut Lucia qui répondit. Nous bavardâmes un peu. Je lui appris que Drake s'était très bien acclimaté et qu'il se donnait beaucoup de mal, et je lui dis combien je le trouvais agréable. Puis je lui posai la question de la parole.

Harry Patel et moi-même avions déjà interrogé Lucia sur ce problème. Mais maintenant, je souhaitais connaître des détails précis. Je ne dis rien de mes soupçons grandissants concernant les éventuels problèmes physiques de Drake. Je souhaitais simplement entendre sa version, en espérant qu'elle serait plus détendue au téléphone, étant donné qu'elle était dispensée de me regarder en face ou de subir la présence de son beau-père.

Effectivement, Lucia fut plus avenante que face à face. Elle parla de bonne grâce de ses conversations avec Drake. Quand je lui demandai s'il lui parlait volontiers partout, au parc ou en voiture, par exemple, autant qu'à la maison, elle reconnut que non. Hors de la maison, il gardait le silence même lorsqu'ils étaient seuls, car « il ne veut pas que quelqu'un l'entende », précisa-t-elle. Elle précisa que, même avec elle, il se montrait parfois très timide pour parler. Le plus souvent, il y consentait à l'heure du coucher ou quand ils se faisaient des « mamours » pendant la journée.

Je lui demandai quels étaient leurs sujets de conversation. Elle me répondit qu'ils parlaient de choses simples, de ce qu'il avait fait à l'école, ou d'une activité amusante qu'ils avaient en projet. « De choses ordinaires, comme avec tous les petits enfants », dit-elle. Elle ajouta que parfois ils chantaient ensemble. Parfois, quand elle lui lisait une histoire, il lui commentait les images.

Je lui demandai si elle l'avait entendu parler à Copain. Elle répondit que non. Elle répéta qu'il parlait très peu, en fait. Même avec elle. Je lui demandai si elle avait une explication.

— Est-ce qu'il prononce les mots correctement ? m'enquis-je. Est-ce qu'il a des difficultés ?

Elle s'empressa de répondre qu'il était normal. Il était hésitant, c'était tout. C'était simplement qu'il n'osait pas parler.

— Mais est-ce qu'il articule bien ? insistai-je. Est-ce qu'il est capable de parler distinctement ? Est-ce que les sons du langage ordinaire sont corrects ?

— Oui, affirma-t-elle avec détermination. Il est normal. Il parle normalement. C'est juste qu'il ne parle pas souvent.

Et c'est alors qu'elle ajouta :

— Je peux vous le faire entendre, si vous voulez.

— Quoi ? m'exclamai-je, surprise.

— Je peux vous envoyer une cassette sur laquelle il parle. C'est l'école qui nous a demandé de la faire. C'était pour la lui passer à l'école et lui dire : « Tu entends, c'est toi. C'est la voix de Drake. » Ils espéraient que ça le ferait parler et qu'il n'aurait plus peur de parler devant les autres enfants.

Cette nouvelle inattendue me ravit, car, si nous pouvions l'entendre parler, cela nous permettrait, à l'audiologue et à moi-même, d'effectuer des évaluations complémentaires.

— Formidable, dis-je. Je serais très contente de recevoir une copie de cette cassette, merci d'avance.

Le lendemain matin, je fis un crochet par le centre de rééducation pour aller voir Gerda avant de me rendre à mon travail. Comme la veille, la vieille dame était assise dans son lit, ses longs cheveux blancs répandus sur ses épaules. Elle portait par-dessus sa chemise de nuit une liseuse rose, accessoire vestimentaire d'autrefois que je n'avais jamais vu que sur les photos des jeunes accouchées des années quarante.

— Bonjour, c'est encore moi, fis-je. Comment allez-vous ?

Elle avait des yeux très bleus, de cette couleur profonde et pure appelée « bleu porcelaine », en référence à la porcelaine de Chine, j'imagine. L'espace d'un instant, elle les tourna vers moi. J'y lus une expression que je ne saisis pas bien, un curieux mélange de curiosité et de pessimisme, qui disait : « Qu'est-ce qu'elle vient faire ici ? », et, en même temps : « A quoi bon ? » J'en conclus que Joy avait peut-être raison et que sa principale ennemie, c'était la dépression.

Lorsque je croisai à nouveau son regard, elle détourna les yeux. Elle les dirigea sur le mur et resta ainsi.

J'attira la chaise de plastique et je m'assis. Posant ma boîte à malices par terre, j'en sortis un vieux numéro du *Reader's Digest*. J'en transportais toujours quelques exemplaires, car les histoires étaient en général faciles à lire, et les adolescents affectés de problèmes de lecture étaient moins gênés quand on leur demandait de lire tout haut des passages d'un magazine pour adultes. De plus, on y trouvait des blagues et des histoires amusantes. Celles-ci s'avéraient souvent fort utiles lorsqu'il s'agissait de séduire un grand enfant ou un adolescent récalcitrant pour l'inciter à coopérer.

Repoussant le plateau du petit déjeuner qui se trouvait toujours là, je posai le magazine devant Gerda et m'installai de manière à pouvoir le voir moi aussi.

— J'aimerais que vous fassiez ce jeu pour moi, dis-je.

J'ouvris l'exemplaire à la rubrique « Vocabulaire ».

— Vous connaissez ce magazine ?

Au contraire des enfants avec lesquels je travaillais, Gerda refusa tout simplement de regarder ce que je lui montrais et continua à fixer le mur.

— J'aime bien cette rubrique. Vous voyez ? On va prendre ce mot. Vous allez trouver la bonne définition.

En vain.

— Gerda, regardez-moi.

Je touchai son menton du bout des doigts en essayant doucement de tourner son visage.

Visiblement, je la prenais par surprise. Elle sursauta. Je réussis très facilement à tourner sa tête. Nos regards se croisèrent très brièvement.

— On ne se débarrasse pas de moi aussi facilement, dis-je en souriant. Autant que vous le sachiez tout de suite. Je suis du genre à m'accrocher.

Elle ne se dégagea pas, mais détourna les yeux.

Je tapotai le magazine.

— On va faire ce jeu, d'accord ? Soyez gentille avec moi. Je sais que vous répondez aux autres soignants quand ils vous posent des questions. Alors soyez gentille de me répondre. Je vous lâcherai plus tôt, si vous participez.

Elle baissa les yeux sur la revue.

— Le premier mot, c'est « glousser », dis-je. Est-ce que « glousser », c'est : (A) crier ; (B) gémir doucement ; (C) rire en poussant des petits cris ; (D) grogner ?

D'une voix à peine audible, Gerda répondit :

— C.

— C'est ça. Exact.

Elle me regardait, à présent.

— Suivant. Le radar, c'est un système permettant de localiser les objets par : (A) radioactivité ; (B) ondes sonores ; (C) gravité ; (D) ondes radio.

A nouveau, très bas :

— B, répondit-elle.

Elle avait un vague accent allemand.

— Vous pouvez me lire le suivant, s'il vous plaît ?

Je poussai le magazine vers elle afin de lui permettre de mieux voir.

Elle baissa les yeux. Pas de réponse.

— Ici, vous voyez. On regarde la troisième.

Elle ne prit même pas la peine de lire.

— Allez, s'il vous plaît, insistai-je.

Silence.

J'étais en train de préparer ma prochaine tentative pour briser son opposition lorsqu'elle dit à voix basse :

— Il me faut mes lunettes.

Ah ! Oh !

Je la regardai, embarrassée.

— Excusez-moi, je n'avais pas pensé à ça. Vos lunettes sont dans la table de nuit ?

Il y eut un instant de silence durant lequel les bruits du centre déferlèrent dans la pièce par ondes fluides, comme les vagues sur les rochers. Finalement, elle secoua la tête.

— Non ? fis-je. Où sont vos lunettes ?

Elle secoua la tête.

— Vous ne savez pas ?

Elle secoua la tête.

Et je me dis alors qu'elle était là depuis six semaines, et que, pendant tout ce temps, pas un soignant ne s'était demandé si elle portait des lunettes et où elles pouvaient être.

— D'accord, dis-je.

Je refermai le magazine et le posai sur mes genoux.

Je me tus, réfléchissant à ce que j'allais faire ensuite. Je ne savais pas trop. Sans doute était-ce visible.

Je jetai un coup d'œil sur la revue.

Silence.

— Vous savez quoi ? dis-je enfin. Je vais vous faire la lecture. Installez-vous confortablement. (Je déplaçai la table où était posé le plateau du petit déjeuner, jusqu'au pied du lit.) Mettez-vous à l'aise. Vous voulez cet oreiller ?

Puis je repris ma place et ouvris le *Reader's Digest*.

— Qu'est-ce qu'on va lire ? Une histoire d'orchidées ? Ça parle de quelqu'un qui fait pousser des orchidées... Ou celle-ci : « Le lac qui passa par le trou d'écoulement » ?

Ou « Chantons avec les merles » ? Ça doit être sur l'observation des oiseaux.

Gerda me regardait avec un regard d'incompréhension totale. Son front était plissé, ses sourcils haussés dans une expression interrogative comme si je parlais une langue étrangère.

J'attendis une réponse quelconque, articulée ou non, mais je n'en reçus aucune. Finalement, je pris la décision moi-même :

— Très bien. Aujourd'hui, c'est moi qui choisis. On va voir ce que c'est que cette histoire de lac qui est passé par le trou d'écoulement, parce qu'il faut dire que ce n'est pas commun.

Je me calai au fond de la chaise de plastique orange et me mis à lire.

14

La cassette où était enregistrée la voix de Drake n'étant pas arrivée au moment de la séance suivante, j'avais imaginé d'employer une tactique différente.

— Aujourd'hui, on va faire un jeu, lui dis-je quand nous eûmes rejoint la salle de thérapie. Regarde, j'ai des bonbons. (J'ouvris un paquet de M&M's.) Tu aimes les bonbons ?

Il hocha vigoureusement la tête.

— J'en étais sûre. Tu aurais été un petit garçon pas ordinaire si tu n'avais pas aimé les bonbons, pas vrai ?

Cette idée amusa fort Drake, qui rit en silence.

— Je vais mettre les bonbons sur la table. Et je vais mettre cette poupée ici.

Je versai un petit tas de M&M's, puis je sortis un bébé Sasha et l'assis sur la table.

— Et on va mettre Copain ici, d'accord ? Ne t'inquiète pas, je ne vais pas l'enlever. Tu vas l'asseoir ici, sur cette chaise, de ce côté-ci de la table. Parce que, devine quoi ? Copain va nous aider !

Ravi, Drake battit des mains.

— Bien, on commence. C'est quoi, ça ? demandai-je en montrant les bonbons.

Drake eut un sourire enjôleur.

— Il y a des gens qui utilisent des mots pour dire ce que sont les choses, pas vrai ?

Si quelqu'un me demandait ce que c'est que ça, je répondrais : « Des bonbons. » Mais tu sais quoi ? Il y a une autre façon de le dire. Tu la connais, cette façon ?

Il secoua la tête.

— C'est comme ça.

Et je fis le signe « bonbon » en langage des signes.

— Ces gestes sont un langage spécial, expliquai-je. On parle seulement avec les mains et on n'utilise pas de mots du tout. Et dans ce langage, on utilise ce geste pour dire « bonbon ».

Une expression singulière traversa le visage de Drake, une sorte d'hésitation, presque un mouvement de recul. Puis, sans transition, il sourit.

— Tu as eu l'air un peu inquiet, à l'instant, observai-je.

L'expression hésitante avait disparu. Il arborait un sourire épanoui.

— Ce langage, ça s'appelle le « langage des signes », et ça, c'est un signe, dis-je en lui refaisant la démonstration. C'est le signe « bonbon ». Tu peux faire ce signe avec ta main ?

Il n'essaya même pas. Il ne fit pas la moindre tentative. Voyant que j'attendais patiemment une réaction, il détourna le regard, posa les yeux sur Copain, puis les baissa.

— Allez, essaie, dis-je d'un ton encourageant. Allez ! (Je soulevai sa main droite.) Et si tu fais le signe « bonbon », je saurai que tu en veux et je t'en donnerai un. C'est bien, non ?

Mais je n'eus pas plus tôt lâché sa main qu'il la laissa retomber.

Je fis le tour de la table et me dirigeai vers Copain. Je soulevai ses pattes avant et entrepris tant bien que mal de lui faire signifier « bonbon ».

— Tu vois, dis-je. Copain veut des bonbons, donc il fait le signe.

Je posai une pastille devant la peluche, puis je lui fis refaire le signe.

Tout à coup, je fus frappée par l'absurdité de cette scène. Ce tigre en peluche géant qui parlait le langage des signes – et il n'était vraiment pas doué –, c'était tellement cocasse que je fus prise d'un fou rire.

Le petit garçon, ravi, joignit son rire au mien.

— Oui, c'est drôle, hein ? Tu as vu comme Copain les fait mal, ses signes ? C'est normal, il n'a pas de doigts ! dis-je entre deux éclats de rire.

Il secoua la tête, hilare.

— Allez, essaie. Viens par là et fais voir si Copain travaille mieux avec toi.

Drake se leva pour venir à la rescousse de son tigre. Sa tentative fut encore pire que la mienne, mais le spectacle était désopilant.

— Non, non, comme ça ! dis-je en faisant le signe moi-même.

Et l'enfant l'imita.

— Bravo. C'est comme ça.

Et je lui donnai un bonbon.

Ce ne fut qu'à ce moment-là qu'il s'aperçut de ce qu'il avait fait : il avait fait le signe. Son rire mourut immédiatement. Il hésita une fraction de seconde, puis il arbora une curieuse expression, presque une expression d'attente.

— Tu peux le refaire ? demandai-je.

Il mit un certain temps à réagir. Puis il

fit le signe à toute vitesse, comme s'il voulait éviter d'être pris sur le fait.

— Bien ! Bravo ! Tiens.

Je lui donnai un autre bonbon.

Je retournai m'asseoir. Quand je fus assise, Drake me tapota le bras. Je le regardai et, aussitôt, il refit le signe « bonbon ». En riant, je lui en donnai un autre.

— Et maintenant, on va faire un autre signe. Qu'est-ce que c'est, ça, à ton avis ?

De l'index et du majeur, je dessinai deux bandes partant de mes yeux et allant vers l'arrière de ma tête.

Le petit garçon réfléchit quelques instants en fronçant les sourcils, puis secoua la tête.

— C'est un animal. Quel est l'animal qui a des traits comme ça, qui partent de ses yeux ?

Il ne devinait toujours pas.

— C'est un animal qui est ici, dans cette pièce. Ici ! dis-je.

Drake ne se sentit plus de joie. Bondissant de sa chaise, il fit le tour de la table en courant et prit Copain par le cou en le serrant très fort.

— Tu as trouvé ! C'est le signe « tigre ». Et il y a un tigre ici, pas vrai ? Tu peux faire le signe « tigre », toi aussi ?

Il s'empressa de s'exécuter.

— Mais on ne va pas l'appeler « tigre », non ? C'est comme si moi je t'appelais « garçon ». On va l'appeler par son nom : Copain. Alors tiens, regarde, voilà, le signe « copain ». On met les doigts ensemble comme ça, parce que les copains, ils aiment bien être ensemble.

Drake imita mon geste.

— Bravo ! Tu fais ça très bien ! Tu les apprends vite, ces signes, hein ? Et c'est drôlement bien de pouvoir dire son nom ! Alors maintenant, si je te demande : « Comment s'appelle ton tigre ? », tu peux me répondre, pas vrai ? Tout seul !

Drake, enchanté, se mit à sauter de joie et à tourner en rond tout en indiquant frénétiquement « Copain Tigre ». Ses longs cheveux se soulevaient et virevoltaient au rythme de sa course effrénée.

Ce fut une séance extrêmement agréable. Je lui appris le signe « poupée », et il retenait si bien que je lui enseignai également

« en haut », « en bas » et « sous ». Nous inventâmes des jeux avec ces signes et passâmes le reste de la séance à communiquer avec ardeur.

Lorsque l'heure de la fin arriva, Drake prit Copain par le cou et se rua hors de la pièce en le traînant derrière lui. Puis il stoppa à mi-chemin, fit demi-tour et revint enlacer mes jambes.

Je m'agenouillai à sa hauteur. Il porta ses doigts à ses lèvres et fit le signe « baiser ».

Du bout du couloir, je suivis des yeux le petit garçon et son tigre. J'étais à la fois encouragée et perplexe. La facilité avec laquelle il avait acquis et utilisé les signes était extrêmement intéressante. Je me dis que, si son refus de communiquer était dû à des raisons psychologiques, en toute logique il aurait fallu s'attendre aussi à une très forte réticence envers le langage des signes. Certes, il avait manifesté une réticence initiale, mais, après l'avoir surmontée, il avait utilisé ce langage avec enthousiasme. Cela indiquait soit que l'origine de son refus de parler n'était pas psychologique, soit qu'elle était à chercher très spécifiquement dans la parole et non dans la communication. Mais ma plus grande surprise avait été la suivante : Drake avait fait le signe « baiser ». Or je ne le lui avais pas appris.

Que se passait-il, au juste ? La conclusion qui s'imposait était que Drake avait appris le langage des signes avec quelqu'un d'autre. Si oui, avec qui ? Pourquoi personne ne me l'avait-il mentionné ? Et s'il connaissait ce langage, pourquoi Drake ne l'avait-il jamais utilisé pour communiquer avec nous ? Je me dis ensuite que je me posais peut-être trop de questions. Le langage des signes américain est très intuitif, il repose sur des mouvements facilement reliés à la signification du mot. Le signe du mot « baiser » consistait à porter la pointe des doigts aux lèvres, geste qu'il avait pu utiliser spontanément au cours de ses échanges avec sa mère. La deuxième partie du signe consistait à porter la main à sa joue, ce que, selon moi, il ne pouvait avoir trouvé tout seul. Mais il était fort possible que j'aie surinterprété le geste. Peut-être n'était-ce qu'un mouvement fortuit.

Ce même jour, j'eus une réunion avec Harry Patel, pour fixer l'emploi du temps de mes séances avec Drake. J'apportai au rendez-vous deux cassettes vidéo, après avoir repéré certains passages particuliers afin qu'il me fasse part de ses observations. Nous consacrâmes environ quarante-cinq minutes à ce dossier.

Je demandai à Harry s'il pensait que l'absence de parole de l'enfant pouvait être d'origine purement physique. Je pensais avant tout à l'aphasie, type de lésion cérébrale qui perturbe la parole au niveau neurologique avant d'affecter les parties du corps concernées par la production de la parole. Je n'avais décelé aucun indice particulier de problème neurologique hormis, peut-être, l'aspect légèrement saccadé de certains de ses mouvements. Mais, d'un autre côté, j'avais déjà eu affaire précédemment à des enfants qui m'avaient été présentés comme mutiques électifs et qui s'étaient révélés aphasiques. Cependant, il avait été relativement facile à chaque fois d'identifier les indicateurs de lésions cérébrales, soit via l'histoire de l'enfant, soit via les comportements observables. Par ailleurs, au cours de mes années d'enseignement, j'avais rencontré d'autres exemples d'aphasies beaucoup plus subtiles. Sans avoir été pour autant mal diagnostiquées et confondues avec un mutisme électif, ces aphasies, restées non détectées pendant de nombreuses années, avaient créé des dysfonctionnements insolites dans la fluidité de l'expression. N'était-il pas envisageable que, sous une forme extrême, elles imitent le mutisme électif ?

Harry me dit alors :

— J'en ai une bien bonne à t'apprendre. Mason Sloane a appelé ce matin. Il voulait absolument savoir où nous en étions. Je lui ai dit que nous avions pris rendez-vous avec l'audiologie. Ça ne lui a pas plu du tout, du tout. Il s'est mis en rogne et il nous a accusés de vouloir faire du fric sur leur dos et de les prendre pour des imbéciles. « Vous ne croyez pas que si Drake était sourd, on l'aurait remarqué ? On ne vous a pas attendus pour le faire examiner ! » Figure-toi qu'ils l'ont envoyé il y a deux ans à la Mayo Clinic, dans le Minnesota. La Mayo a fait des investigations poussées, mais ils n'ont trouvé absolument aucune anomalie physique qui pourrait expliquer pourquoi il ne parle pas normalement.

— C'est pas vrai ! soufflai-je, surprise.

Décidément, à tout instant il se passait quelque chose de nouveau avec ce gamin. Je fulminai intérieurement en me disant que, si la famille nous avait transmis toutes les informations en sa possession, elle nous aurait rendu un fier service car, contrairement à ce que pensait Sloane, nous n'étions pas mus par l'appât du gain. Nous mettions tout en œuvre pour aider ce petit garçon et, s'ils avaient déjà fait des choses dans leur coin, ce n'était pas notre faute si nous les répétions.

— Je lui ai réclamé le compte rendu, poursuivit Harry, en lui demandant pourquoi ils ne nous l'avaient jamais transmis. Et tu sais ce qu'il m'a répondu, ce gros con ?

Il m'a dit que ça ne nous regardait pas, que tout ce qu'il nous demandait, c'était de livrer la marchandise. Je te jure qu'il a dit ça. Comme s'il nous avait commandé une machine à laver. « Dites à votre thérapeute de se mettre au boulot et de faire ce qu'elle a raconté dans le journal ! »

Je levai les yeux au ciel.

Le lendemain, je reçus la cassette audio envoyée par Lucia. Je voulais entendre non seulement la voix, mais aussi la qualité du langage de Drake. Je voulais connaître la fluidité de son expression, savoir comment il formait les mots, comment il plaçait sa voix, connaître son niveau de vocabulaire et son niveau grammatical. Ces données seraient très précieuses pour savoir où nous en étions exactement, évaluer si le problème était d'ordre physique, neurologique ou psychologique.

J'introduisis sans attendre la cassette dans le magnétophone et je m'assis à mon bureau. Le son relativement mauvais était celui d'une cassette souvent passée et repassée, mais il était audible. D'abord on entendit la voix de Lucia, douce et maternelle, qui bavardait comme on bavarde avec un petit enfant. Elle parlait en anglais, mais ne paraissait pas très sûre d'elle. On sentait également une légère nervosité, ce qui me convainquit plus que jamais qu'elle ne parlait pas normalement en anglais avec son fils. Pendant deux ou trois minutes, elle l'entretint des animaux et de leur cri. Elle en imita plusieurs. J'entendais la présence d'une tierce personne, mais celle-ci ne parlait pas. Puis il y eut une hésitation qui se prolongea, me laissant avec pour seul bruit audible celui de la bande qui se déroulait. Puis Lucia commença à réciter une comptine :

Cot cot cot ma poule noire
Pond des œufs dans son nid.
Tantôt neuf, tantôt dix,
Cot cot cot ma poule noire.

Une petite voix s'était jointe à la sienne. Au commencement, c'était indistinct, car les deux voix se mélangeaient.

Drake et sa maman récitèrent ainsi trois ou quatre comptines ensemble.

Puis Lucia dit :

« Et maintenant : *Danse pour ton papa*. Tu la connais ? »

Et une petite voix récita, seule :

Danse pour ton papa,
Mon petit garçon.
Danse pour ton papa,
Mon petit chaton.
Il mettra un petit poisson
Dans ton petit plat,
Il mettra un petit poisson
Quand la barque rentrera.

Lucia le félicita.

« Tu la connais très bien ! dit-elle avec animation. Bravo ! Tu veux bien la chanter, maintenant ? Tu connais l'air. Je vais chanter avec toi. »

Ce n'était pas une comptine qui m'était familière et je n'avais jamais entendu le petit air un peu obsédant qui l'accompagnait. Lucia et Drake chantèrent en chœur, puis la jeune femme dit :

« Tu veux bien la chanter tout seul, maintenant ? »

Il chanta. Il avait une petite voix mélancolique, qui semblait plaider la cause du poisson de la chanson. Il chantait remarquablement bien pour un enfant de cet âge ; il restait bien dans le ton ; les mots étaient clairs.

Et la cassette s'arrêta.

C'était tout. Il n'avait récité tout seul, puis chanté, qu'une unique comptine. Pas de conversation. Pas d'interaction, hormis la récitation en commun des comptines et le fait de l'avoir amené à réciter seul la dernière.

Hum, hum.

Tout ce que je pouvais retirer avec certitude de cette cassette, c'était qu'il était effectivement capable de parler. Sa voix était claire et affirmée. Il parlait avec un accent américain. Ses mots étaient bien articulés et prononcés d'une manière qui leur donnait leur sens correct. Oui, y compris pendant la chanson, Drake donnait du sens aux mots. Cela indiquait que, contrairement aux enfants avec un spectre de troubles autistiques, non seulement il comprenait la valeur communicative des mots, mais il était également capable de les utiliser de manière appropriée. Cependant, cette cassette ne m'apprenait pas grand-chose d'autre.

Je la repassai.

Encore.

Et encore.

Soucieuse de glaner la moindre bribe d'information, je passai et repassai la bande si souvent que le petit air pénétra dans mon cerveau et me poursuivit pendant le reste de la journée.

Oui, il parlait. C'était une confirmation vitale. De plus, il parlait clairement, sans trace de trouble de la parole ni d'accent dû au bilinguisme. Il donnait un sens correct aux mots en les prononçant. Il ne paraissait pas intimidé. Il ne parlait pas sans y être invité, mais il n'hésitait pas à le faire quand on le lui demandait. Il obéissait immédiatement. Il n'y avait pas non plus de pauses ou de silences malencontreux.

Malgré tout, j'éprouvais une curieuse

insatisfaction. Peut-être parce que j'attendais une conversation, et, de ce fait, des informations beaucoup plus nombreuses, ou alors parce que la cassette me laissait en proie à plus d'interrogations que de réponses. Si Drake était capable de si bien parler, pourquoi ne le faisait-il pas spontanément ? Il ne semblait y avoir aucune parole spontanée, y compris sur cette cassette avec Lucia. Pourquoi ? Comment un enfant pouvait-il être si silencieux, surtout un enfant dont la personnalité n'était ni anxieuse ni introvertie, comme le sont normalement les personnalités associées avec un silence de cet ordre ? Drake était par ailleurs un petit garçon doté d'un tel charisme ! Toujours débordant d'entrain et prêt à aller vers les enfants de l'unité, vers le personnel, à venir vers moi. Que se passait-il ? S'il parlait sans hésitation quand sa mère le lui demandait, pourquoi refusait-il d'émettre le moindre son avec moi, à l'école, et même avec les autres membres de la famille ? Comment pouvait-il, d'un côté, être cet enfant extraverti qui interagissait avec tant d'enthousiasme et, d'un autre côté, rester obstinément silencieux au point qu'il ne laissait même pas échapper un rire audible ? Il y avait quelque chose qui ne collait pas.

15

J'avais préparé notre séance suivante en posant sur la table les feuilles où figuraient les colonnes que Cassandra avait complétées avec tant de soin. Mais, en entrant, la fillette annonça d'emblée la couleur en tapant dédaigneusement sur la table :

— J'ai pas envie de faire ça.

J'attirai une chaise pour m'asseoir.

— Je veux jouer au ptérodactyle, décréta-t-elle. Comme la dernière fois.

Sans me laisser le temps d'ouvrir la bouche, elle grimpa sur la table en venant démonstrativement taper des pieds à côté de mes doigts.

— Très bien, dis-je en rassemblant les feuilles pour les mettre hors d'atteinte.

Mais rappelle-toi qu'il y a des règles. Je ne te laisserai pas me faire du mal, et à toi non plus. Et quand je sortirai ma médaille, toute la zone qui m'entoure deviendra une zone interdite aux ptérodactyles.

— Ouais, ouais, fit-elle d'un ton négligent.

— Non, je veux que tu m'écoutes, Cassandra. Je ne veux pas que tu me dises plus tard : « Je me rappelle pas. »

— Mais je t'écoute ! répliqua-t-elle. Tu vois pas ? Je te regarde bien dans les yeux. Et mes oreilles aussi, elles t'écoutent. Je peux pas t'écouter plus. (Elle fit la grimace.) Oh la la, qu'est-ce que tu es coincée ! Tu veux toujours qu'on fasse comme tu as dit.

— D'accord. On joue comment ? Qu'est-ce que je fais, moi ?

Cassandra me regardait du coin de l'œil, la tête détournée.

— Tu as tout foutu en l'air, déclara-t-elle. J'ai plus envie de jouer maintenant. Tu veux que je te dise ? Je t'aime pas. Je veux pas faire des trucs avec toi. Tu es bête !

— Tu es en colère parce que je t'ai coupée dans ton élan en te rappelant les règles ?

— Et d'abord, tu crois que j'ai envie de jouer à des trucs idiots ? J'ai pas envie de jouer à faire semblant, c'est des jeux de bébé, ça. Tu peux pas m'obliger à jouer.

Ma première impulsion fut de protester du contraire. Ce n'était pas moi qui avais essayé de la faire jouer au ptérodactyle. Mais je me retins, non pas en vertu de quelque noble technique psychologique, mais plutôt par simple désarroi. Nous paraissions avoir interverti les rôles à la vitesse grand V, et je ne savais même pas comment c'était arrivé.

Il y eut un moment de silence.

— Bon, finis-je par dire, si tu ne veux pas jouer, on va travailler là-dessus.

Je pris les feuilles aux sentiments.

— Non, je ferai rien du tout. Tu peux pas m'obliger. Tu peux pas m'obliger à rester ici si moi je veux pas. Je peux appeler la police pour te dénoncer.

— Cassandra, il y a quelque chose qui ne va pas aujourd'hui. Tu peux me dire ce que c'est ?

— Je veux pas rester ici.

— Tu ne veux pas rester ici avec moi.

C'est ce que je t'entends dire. Aujourd'hui, tu es en colère parce que tu n'as pas du tout envie d'être avec moi. Tu aimerais pouvoir partir. Tu en as tellement envie que tu aimerais pouvoir appeler la police pour me forcer à te laisser partir. Oui, ce sont les choses que je t'entends dire. Mais tu veux bien m'aider à comprendre pourquoi tu es dans cet état d'esprit ? Parce que le problème, pour l'instant, c'est que nous sommes ici, en séance, et que, même si ça t'ennuie de rester, il faut quand même que tu restes.

— Tu essaies de me boucler !

— Tu peux me dire ce qui te contrarie ?

Pour toute réponse, elle poussa un hurlement. Ce fut un hurlement furieux, un hurlement de colère. Elle serrait les poings et une authentique expression de rage s'était peinte sur ses traits. Plantée à côté de la table, elle resta immobile, enracinée, tous muscles tendus, comme noués autour de ses os.

Je la regardai, déconcertée.

Un long moment passa. Je ne saurais l'évaluer en termes de minutes, mais il me parut interminable.

C'est alors qu'elle se mit à uriner debout.

Cela me prit par surprise et je ne réagis pas tout de suite.

Elle baissa la tête pour regarder ce qui se passait. Elle ne montra aucun embarras particulier, ni aucun étonnement. Elle ne fit rien non plus pour s'arrêter. Non, elle écarta les jambes et continua à uriner à travers ses vêtements.

Ma première pensée cohérente fut qu'elle était souffrante. Peut-être avait-elle contracté une infection urinaire, ou cette grippe assez mauvaise qui se répandait dans le service. Là était peut-être l'explication non seulement de cet accident, mais aussi de son humeur difficile.

Je m'approchai d'elle et lui posai un bras sur les épaules.

— Ça va ? m'inquiétai-je.

Elle me regarda avec une étrange expression d'incompréhension. Une lueur me traversa l'esprit : elle fait une crise d'absence. Il m'était arrivé d'avoir pour élèves des enfants épileptiques qui perdaient le contrôle de leurs sphincters pendant les crises de haut mal. Cassandra ne faisait visiblement pas une crise de haut mal, mais le vide fugace qui apparut dans ses yeux me rappelait le regard bizarre, déconnecté, qui accompagne certaines crises.

— Ça va ? répétai-je.

Cassandra reprit rapidement ses esprits. Elle me déclara, avec une voix de toute petite fille :

— Les bébés sortent par là où on fait pipi.

Une fois de plus, cette déclaration inattendue me prit par surprise. Moi aussi, j'eus mon moment d'absence.

Cassandra précisa ensuite :

— Les bébés sortent du pipi.

— Les bébés sortent d'un endroit prévu spécialement pour eux, rectifiai-je. Cet endroit spécial se trouve entre les jambes des femmes, mais ce n'est pas le même que celui d'où sort l'urine.

— Urine. Toi, tu-rines. Moi, je dis pipi. Tu-rine, pi-pi, toi, moi, on a des bébés qui sortent du pipi, dit-elle en nous désignant alternativement l'une et l'autre d'un petit air égrillard.

— Je pense qu'il faudrait aller chercher

de quoi nettoyer. On ne peut pas laisser cette flaque par terre. Quelqu'un pourrait glisser.

— C'est toi qui pourrais glisser. Tu pourrais tomber sur ma tu-rine et tu pourrais mourir. Toi, tu penses qu'il faudrait aller chercher de quoi nettoyer. Moi, je pense que tu pourrais avoir un bébé et qu'il sortira de ton pipi.

En toute honnêteté, à ce moment-là, ce que je pensais en réalité, c'était que Cassandra était particulièrement bien à sa place dans une unité psychiatrique.

Imprévisible comme l'était Cassandra, j'hésitais à l'emmener avec moi pour partir à la recherche d'un seau et d'une serpillière. Je n'étais pas sûre non plus de tenir à ce qu'elle m'aide à nettoyer les dégâts, car je craignais que cela ne la sur-stimule encore, étant donné qu'elle semblait faire une association sexuelle avec le pipi dans la culotte. Néanmoins, je conservais en moi une bonne dose d'esprit pratique, héritée de mon passé d'enseignante dans la vie réelle, et je résolus donc de lui faire assumer les conséquences naturelles de ses actes. Nous nous mîmes en route ensemble.

Nous étions dans un hôpital, et nous ne disposions pas de placard à balais comme à l'école. Ici, le nettoyage était effectué par des employés à plein temps, toujours prêts à intervenir avec leurs équipements spéciaux et leurs brosses antiseptiques. Il nous fallut déployer des trésors d'astuce pour parvenir à détecter des accessoires susceptibles d'être emportés en salle de thérapie par de simples mortelles comme nous.

Cassandra se montra étonnamment soumise. Elle ne prononça pas un mot, elle me suivit docilement dans le service et obéit sans discuter. Je l'emmenai d'abord dans sa chambre afin qu'elle puisse se changer. Ensuite, elle me suivit au foyer, où elle accepta de prendre des chiffons et du désinfectant, et de les porter pendant que je dénichais des gants de latex et un seau. Nous retournâmes ensuite en salle de thérapie.

— Tiens, tu as tout ce qu'il te faut pour nettoyer, dis-je.

Je m'attendais à une rébellion ou, au

moins, à une réponse insolente et négative. Mais non. Elle mit les gants, s'agenouilla avec les chiffons et entreprit aussitôt de nettoyer le sol.

Lorsqu'elle eut fini, elle se leva et laissa tomber les chiffons dans le seau avec un gros plouf. Puis, sans me regarder, elle me demanda :

— Est-ce que tu m'aimes bien ?

— Oui, je t'aime bien, répondis-je.

— Tu m'aimes vraiment bien ? insista-t-elle en levant la tête et en me regardant dans le blanc des yeux.

— Oui, je t'aime vraiment bien.

— Alors pourquoi tu m'obliges à faire ça ?

— Parce qu'il ne faut pas laisser de flaque de pipi par terre. Quelqu'un pourrait glisser et se faire mal. Comme tu n'as pas pu aller aux toilettes à temps et que tu as fait pipi dans ta culotte, il faut que tu nettoies.

Elle fronça les sourcils.

— Je n'ai pas fait pipi dans ma culotte, affirma-t-elle non pas d'un ton de défi, mais d'une voix claire, nette et sans réplique.

Je la regardai, interloquée.

— Et si c'était de la pisse, ajouta-t-elle, je vais dire à ma maman que tu m'as obligée à la toucher. Elle va te dénoncer à la police, parce que c'est sale. Tu ne devrais pas faire toucher des trucs comme ça à des enfants.

— Si, Cassandra, tu as fait pipi dans ta culotte. Je ne sais pas ce qui se passe et pourquoi tu dis que ce n'est pas vrai, mais moi j'étais là aussi. Et je te dis que tu as fait pipi dans ta culotte.

Cassandra regarda sa culotte, mais naturellement elle était sèche, puisqu'elle s'était changée. Elle me regarda ensuite avec une expression incrédule, comme si elle me soupçonnait d'avoir tout inventé. Et effectivement, l'espace d'un instant, cette scène me parut affreusement surréaliste, comme si sa version avait pu être envisageable, comme si nous étions entrées dans une sorte de monde inversé à mon insu.

— Cassandra, je ne suis pas contente, je ne comprends pas ce qui se passe. Tu viens de faire pipi dans ta culotte, il y a environ vingt minutes. Et nous sommes allées ensemble dans ta chambre pour que tu te changes. Voilà pourquoi tu es sèche maintenant. Nous avons pris de quoi nettoyer et nous sommes revenues ici ensuite. Je ne sais pas si tu es gênée de ce qui s'est passé, ou si tu as oublié, ou si, tout simplement, tu es encore en colère contre moi et que tu as envie de discuter. Mais on n'arrivera pas à se comprendre dans ces conditions.

Elle se mit à pleurer. Ses larmes étaient moins des larmes de colère que des larmes de désespoir.

— Tu m'aimes pas, se plaignit-elle entre deux sanglots. Personne ne m'aime. C'est horrible, ici. Tu es méchante avec moi et je veux rentrer chez moi.

Dire que j'étais déconcertée à la fin de cette séance serait une litote. D'un côté, Cassandra était une enfant notoirement manipulatrice, parfois de manière pathologique. L'interprétation la plus facile des événements était de les considérer comme une tentative pour échapper à toute responsabilité, un mensonge calculé pour rejeter le blâme sur moi. Il n'était pas non plus difficile de les interpréter comme un comportement sociopathique, consistant à provoquer les incidents dans une tentative de domination. Car, jugeant qu'il était important pour moi d'être compréhensive et tolérante, elle pouvait chercher à détourner les faits afin de me mettre dans une position dangereuse et humiliante en m'accusant d'abus de pouvoir.

Mais…

J'était incapable de mettre le doigt sur le « mais ». Il y avait quelque chose d'extrêmement bizarre. Les choses ne s'ajustaient pas de manière cohérente. Souvent, après une séance avec des enfants, j'en sortais la tête pleine de questions sans réponse, avec le sentiment que j'avais encore beaucoup de choses à comprendre avant de savoir comment agir. Cependant, c'était une façon « normale » de ne pas comprendre, je savais que c'était moi qui ne comprenais pas. Je savais qu'il me fallait simplement plus d'informations, plus de temps ou plus de perspicacité. C'était comme d'assembler un puzzle sans connaître l'image à former. Je savais dès le départ que je ne savais pas. Et je savais de même qu'il était irréaliste d'espérer savoir avant d'avoir trouvé un nombre suffisant de pièces et de les avoir mises en place. Cette façon de ne « pas savoir » était normale.

Mais avec Cassandra, ce n'était pas pareil. Travailler avec elle avait un côté étrange, un côté Alice au pays des merveilles. A chaque fois que j'ajoutais une nouvelle pièce à son puzzle particulier, celui-ci semblait se modifier et devenir un puzzle différent de celui auquel j'avais ajouté des pièces auparavant.

Je n'eus pas le temps d'y réfléchir aussitôt après la séance, car j'avais une réunion interne et deux évaluations à effectuer à l'extérieur en début d'après-midi.

Il était cinq heures passées lorsque je revins dans l'unité, et Dave Menotti avait déjà quitté l'hôpital. Je n'avais pas prévu de m'entretenir avec lui du cas de Cassandra à une heure aussi tardive, ni de m'y consacrer moi-même. Mais, en arrivant, j'eus la surprise de trouver la cassette vidéo de notre séance matinale sur mon bureau. Avec le remue-ménage qui avait suivi l'épisode du pipi dans la culotte, je n'avais plus pensé à sortir la cassette de l'appareil dans la salle d'observation. Sans doute était-ce l'utilisateur suivant qui l'avait déposée sur mon bureau.

Obéissant à une impulsion, je l'introduisis dans le magnétoscope, histoire de me donner un peu de grain à moudre pendant le trajet du retour. Mais je me pris au jeu et, au lieu de n'en visionner que quelques images, je la regardai jusqu'au bout.

Quelque chose de curieux attira mon attention.

Juste après s'être mouillé la culotte, Cassandra me dit : « Les bébés sortent du pipi. » Et lorsque j'avais utilisé le mot « urine », elle avait répondu : « Moi, je dis pipi. Pi-pi. Toi, moi, on a des bébés qui sortent du pipi. »

Et à la fin de la séance, pourtant, quand elle avait nié avoir mouillé sa culotte, elle avait dit : « Si c'était de la pisse, je vais dire à ma maman que tu m'as obligée à la toucher. »

Pourquoi utilisait-elle le mot « pipi » dans une occurrence et « pisse » dans une autre ?

Linguistiquement, il n'est pas habituel que les enfants varient ainsi le vocabulaire familier ou argotique. Ils connaissent inévitablement une quantité de mots désignant les fonctions naturelles, et, comme le savent tous les adultes en contact avec les enfants, ils sont souvent très fiers d'étaler leur science en la matière. Mais c'est dans le but de jouer ou de choquer, ou pour la connotation sexuelle des mots. Or, dans la conversation courante, on a tendance à utiliser un seul mot et on ne change généralement pas.

Il était possible que « pipi » fût le mot utilisé avec son père et que ce soit la raison de la connotation sexuelle additionnelle, tandis que « pisse » était le mot de la mère. De ce fait, Cassandra exprimait deux choses différentes par ce mot. A moins qu'elle ne fût habituée à utiliser deux expressions différentes pour le même acte, parce que ses parents utilisaient des mots différents. Pourtant, je m'étonnais qu'elle les emploie indifféremment dans le contexte de la conversation. Comme si c'étaient deux enfants différents qui s'exprimaient.

C'est alors que cela fit tilt dans ma tête.

Et si c'étaient *vraiment* deux enfants différents ? Comme dans les personnalités multiples. Et s'il y avait plusieurs Cassandra ? Et si elle disait la vérité ? Et si la deuxième petite fille ne s'était réellement pas aperçue que la première avait fait pipi dans sa culotte ?

16

Gerda ne s'avéra pas plus facile à décrypter que Cassandra ou Drake. Chaque matin, je faisais un crochet par le centre de rééducation pour passer une demi-heure à trois quarts d'heure avec elle. Mais elle ne paraissait pas prête à m'adresser la parole spontanément. En fait, elle ne montrait aucun intérêt pour la parole en général, et les questions directes ne récoltaient pour toute réponse qu'un bref grommellement.

Au bout de quelques jours de pénibles tentatives de conversation, je résolus de lui faire la lecture, de ne rien exiger d'elle, ni mots, ni sons, ni réponses d'aucune sorte. Je me contentais dorénavant de venir et de lui faire la lecture.

Dire que mes actes étaient dictés par une méthode quelconque serait exagéré, mais j'avais une petite idée en tête. Ma toute première rencontre avec le mutisme électif et avec l'éducation spécialisée en tant que telle s'était produite pendant mes années d'étude à l'université. Je travaillais comme assistante dans une classe de maternelle pour enfants défavorisés. On m'avait confié une petite Mary de quatre ans qui ne parlait pas. Elle passait la majeure partie de son temps cachée derrière un piano. J'avais entamé nos relations en me couchant à côté d'elle et en tenant de longs, très longs monologues pendant qu'elle se contentait de me regarder. Mes idées de conversation ayant fini par se tarir, j'avais commencé à lui faire la lecture. Il me fallut des mois pour nouer des liens avec elle et l'amener à reparler, mais cela avait fini par arriver. Je n'avais pas oublié le lien entre cette réussite et les longues heures que j'avais passées à lui faire simplement la lecture.

Pendant mes études en éducation spécialisée, j'avais conçu un petit projet de recherche sur les difficultés d'apprentissage. Cela se passait dans les années soixante-dix, à l'époque où ce thème était le nouveau sujet à la mode. Il était d'usage d'utiliser des tests pour déterminer les points les plus forts et les plus faibles dans les modalités d'apprentissage d'un enfant afin d'expliquer ses problèmes. Par exemple, certains disposaient d'une bonne mémoire visuelle et apprenaient grâce à la méthode visuelle, mais ils pouvaient avoir une faible capacité auditive, et rencontrer des difficultés à lire en utilisant la méthode phonique.

Toutes ces connaissances en étaient encore à leurs balbutiements à l'époque, mais l'orgueil étant ce qu'il est, il était entendu que le tour de la question avait été fait et qu'il ne restait plus rien à découvrir. En conséquence, ces tests de modalité devinrent une pratique en vogue. Convaincus de savoir grâce à eux pourquoi un enfant connaissait des difficultés d'apprentissage – il souffrait de différentes faiblesses visuelles, auditives ou de coordination –, nous pensions qu'il suffisait de mettre l'accent sur ses points forts. Ce qui, bien sûr, paraissait très bien en théorie, mais ne fonctionnait pas tout à fait de cette façon.

Dès le début, je résolus de creuser la question et d'effectuer des recherches pour déterminer si d'autres facteurs plus subtils n'étaient pas susceptibles d'exercer une influence positive sur la réussite de l'apprentissage. Pour mon mémoire de fin d'études, je conçus un petit projet de recherche dans lequel je séparais en trois groupes un certain nombre d'enfants présentant des difficultés d'apprentissage identifiées et des mauvais résultats en lecture. Dans le premier groupe, on affectait aux enfants un tuteur qui utilisait les dernières méthodes d'apprentissage par modalité pour les aider à lire. Dans le deuxième groupe, on affectait aux enfants un étudiant non formé qui avait reçu pour instruction de leur lire des livres, des magazines et des bandes dessinées. Le troisième groupe était un groupe témoin sans intervention spéciale.

Les tuteurs et étudiants s'occupaient de leurs élèves deux fois par semaine pendant une demi-heure, et le projet fut appliqué pendant six mois. Pendant le premier mois, on constata une amélioration du niveau de lecture dans les deux groupes, mais, statistiquement, le premier groupe progressa plus. Toutefois, au bout de six mois, ce n'était plus le cas. Car dans les deux groupes, les enfants avaient accompli des progrès statistiquement significatifs en lecture, même si le premier groupe, avec les tuteurs, obtenait toujours des résultats légèrement meilleurs. Or ces résultats n'étaient plus significatifs statistiquement. Les deux groupes avaient progressé, tant avec un enseignement actif qu'en écoutant simplement la lecture faite par un adulte.

En conclusion, je ne prétendais certes pas qu'il était inutile d'apprendre à lire aux enfants de manière active, ni qu'il était inutile d'accorder une aide spécialisée aux enfants à problèmes, mais je constatais que l'influence significative était due à l'interaction humaine plus qu'à la méthode utilisée. Pour moi, le résultat de l'étude montrait combien il était important pour l'être humain qu'un autre soit disposé à lui accorder du temps ; que ses problèmes avaient tendance à s'améliorer grâce à la simple compagnie de personnes qui lui accordaient une attention positive.

En venant passer une demi-heure tous les jours avec Gerda pour lui faire la lecture, non seulement je ne perdais pas mon temps, mais j'appliquais une méthode d'intervention qui me paraissait réalisable.

Or j'eus l'occasion de découvrir que cet avis n'était pas partagé par un certain docteur Jamieson.

— Et vous êtes qui, exactement ? m'apostropha ce dernier alors que je sortais de la chambre de Gerda un matin.

J'indiquai mon nom et expliquai brièvement que je venais sur la requête de Joy Hansen, qui m'avait contactée en vertu de mon expérience dans le domaine des problèmes de langage d'origine psychogénique.

— Vous êtes une parente ?

De peur de n'avoir pas été suffisamment

claire, je répétai une deuxième fois la raison de ma présence.

— Vous êtes psychologue pour enfants ?

C'était dit sur un ton qui ne laissait planer aucun doute sur son opinion et, comme cet homme n'aimait visiblement pas l'ambiguïté, il ajouta :

— Qu'est-ce que vous faites donc ici, *exactement* ?

Pour la troisième fois, j'expliquai que j'étais venue parce que Joy Hansen voulait connaître mon avis sur le cas de Gerda Sharple. *Parce que* j'avais de l'expérience dans le domaine des problèmes de langage d'origine psychogénique.

— Qu'est-ce que ça vient faire ici ? insista-t-il.

— C'est que, répondis-je très lentement, en articulant bien et avec une intonation qui confinait à celle que j'eusse utilisée avec un petit enfant obtus, c'est que Joy Hansen se pose des questions concernant la nature du mutisme de Gerda.

— Elle n'est pas mutique, répondit-il en s'adressant à moi avec une pronociation non moins lente. Elle a fait un AVC massif avec hémiplégie. Les AVC causent des lésions cérébrales. Les lésions cérébrales affectent le centre du langage. C'est pour ça qu'elle est mutique.

C'est curieux, me dis-je. On se connaît depuis deux minutes et déjà on est à couteaux tirés. C'est triste aussi, parce que ça ne fera pas avancer le problème de Gerda.

— Il n'y a pas d'inconvénient à ce que je vienne la voir ? demandai-je, pressentant qu'en réalité tout cela n'était une question de territoire et non de méthode de traitement.

— Il n'y a rien à voir, répliqua-t-il.

Il se tut une fraction de seconde et recula légèrement. Il parut se détendre un peu.

— Bien sûr, j'apprécie les efforts de Mme Hansen, reprit-il, mais elle est travailleuse sociale et c'est son boulot. J'apprécie aussi vos efforts à vous. C'est votre travail aussi. Mais il faut être réaliste et admettre que vous ne pouvez pas grand-chose. Ici, nous n'avons pas affaire à la même partie du continuum sur lequel vous travaillez habituellement. A votre extrémité de la chaîne, tout est neuf. Tout commence, tout se développe. A mon extrémité de la chaîne, c'est la décrépitude et la mort. Il y a donc une différence considérable dans l'approche du traitement. Vous aurez beau vous démener, il n'y a plus rien à faire. Mme Sharple a fait un AVC massif. Elle a quatre-vingt-deux ans. Elle ne sera plus la personne qu'elle a été, quoi qu'on fasse.

— Il n'y a pas d'inconvénient à ce que je vienne la voir ? répétai-je, imperturbable.

Il me regarda sans répondre. Puis, finalement, il hocha la tête.

— Comme vous voudrez.

Cette rencontre me déprima. D'ordinaire, je considère les gens étroits d'esprit comme des personnes incapables de réfléchir avec assez de profondeur, de créativité ou de persévérance pour percevoir les limites de leurs vues. Selon les cas, je les ignore ou je tente de leur montrer les autres solutions. Mais le fait de passer au fil de ma progression devant toutes ces chambres de patients âgés et décrépits me força à reconnaître le bien-fondé du raisonnement du docteur Jamieson à propos de l'issue finale. Nous étions placés aux extrémités opposées du spectre, et, effectivement, mon travail concernait le développement de l'individu. Il se consacrait au potentiel, il consistait à ouvrir les portes de l'avenir. J'étais habituée à raisonner ainsi. J'étais venue, stimulée par l'idée de donner peut-être à Gerda une chance de retourner auprès des peupliers et des chats qui avaient constitué son horizon pendant sa vie à la campagne.

Etait-ce réaliste ?

La puanteur du désinfectant, les gémissements, les « bonjour » incohérents d'un invisible patient atteint d'Alzheimer me suivirent le long du couloir. Qui étais-je donc pour venir ici ? Je voulais donner une chance à Gerda, mais c'était croire au père Noël, car cette chance était infime. Je n'étais pas magicienne, je ne savais pas opérer de miracles. Non seulement je n'avais jamais traité de cas de mutisme chez une personne âgée, mais, en dépit de tous les progrès que nous pourrions peut-être accomplir, c'étaient effectivement la décrépitude et, au final, la mort qui l'attendaient. Telle était la triste réalité.

Ce n'était pas une façon très gaie de commencer la journée.

J'ouvris la boîte et en sortis le sachet de M&M's. Je défis le nœud avec précaution et versai une demi-douzaine de bonbons multicolores sur la table.

— Tu te souviens de ce que tu as appris hier ?

Drake s'empressa de faire le signe « bonbon ».

— Oui, c'est bien.

Je fis le signe « oui » en prononçant le mot.

De lui-même, Drake fit le signe « tigre-copain » et tapota la tête de Copain.

Je souris.

« Copain mange des bonbons », me dit Drake par signes. Puis, d'un air malicieux, il prit un bonbon et le mit contre les lèvres du tigre en peluche avant de le fourrer dans sa propre bouche. Il rit sans bruit.

— Oh, pas bête ! « Copain mange des bonbons. » C'est bien ce que tu m'as dit avec tes mains, non ?

Drake hocha la tête en souriant jusqu'aux

oreilles. Puis il répéta la phrase par signes et donna un nouveau bonbon à Copain.

— Tu parles très bien avec tes mains. Je vois que ça te plaît.

Il attrapa Copain par les pattes et essaya de lui faire faire le signe « bonbon ».

— Copain et toi, ça vous plaît bien, hein, de faire des signes pour avoir des bonbons ?

Il me dédia un sourire espiègle.

— Mais moi je crois que tu as un secret. Je crois que si tu les fais si bien, c'est parce que tu connais déjà les signes.

Son sourire s'effaça instantanément. Vite, il plaqua ses mains sur ses flancs.

— Ça a l'air de t'inquiéter, ce que je dis.

Aussitôt, il sourit du sourire charmeur que je savais maintenant décrypter comme étant un geste de conciliation.

— Ce que je te dis, ce n'est pas : « Ne fais pas d'autres signes. » Moi, je trouve que c'est très bien que tu saches faire des signes que je ne t'ai pas appris. Mais personne ne m'a prévenue que tu savais déjà les faire. Alors, je me pose des questions.

L'attitude de Drake changea complètement. Il baissa la tête et évita de me regarder.

— Qu'est-ce qui se passe ?

Drake attrapa Copain et le serra contre lui en enfouissant sa figure dans sa fourrure.

— Je vois un petit garçon qui a quelque chose qui ne va pas, mais je ne sais pas ce que c'est. Tu peux me dire ce qui ne va pas ?

Il secoua la tête.

— Je ne suis pas en colère contre toi, Drake. Tu crois que je suis en colère parce que tu connais des choses que je ne t'ai pas apprises ? Ou alors, c'est peut-être parce que j'ai dit le mot « secret » ? Parce que j'ai dit que tu avais un secret ? C'est ça qui t'inquiète ?

Il leva la main et fit le signe « pleurer ».

— Tu as envie de pleurer ?

Il recommença le signe puis se serra contre Copain en refusant de me regarder.

Je continuai un peu à le cajoler, mais en pure perte. J'avais dit ou fait quelque chose qui l'avait rendu inquiet et triste. J'ignorais ce que c'était, mais il ne servait à rien d'insister si je ne voulais pas aggraver la situation.

Je plongeai donc la main dans ma boîte et lui proposai :

— Bon, on va faire autre chose. On va lire ensemble, tu veux ?

Je sortis un livre de comptines.

Mon projet, pendant cette séance, avait été de confronter Drake en douceur avec la cassette de conversation avec sa mère. J'espérais qu'en s'apercevant que j'étais au courant, et en entendant sa propre voix ainsi que la voix familière de sa mère, il serait encouragé à se lancer. J'avais apporté le livre de comptines dans l'idée qu'ainsi je pourrais peut-être l'amener doucement à parler, comme Lucia sur la cassette : en récitant les comptines avec moi. Mais il était trop contrarié, à présent. Le moment n'était pas bien choisi. Je lui demandai donc de venir s'asseoir sur mes genoux avec Copain pendant que je lui lirais quelques comptines.

Drake, ravi, écouta les vers familiers.

Je lus :

— « Bê, bê, mouton noir, as-tu de la laine ? Oui, monsieur, oui, monsieur, trois sacoches pleines. » Tu entends le rythme ?

Le petit garçon était assis sur mes genoux, le dos contre ma poitrine. Je pris ses mains dans les miennes et les tapai l'une contre l'autre en soulignant le rythme :

— « Bêê, *bêê*, mouton *noir*, as-tu de la *laine* ? Oui, mon*sieur*, oui mon*sieur*, trois sacoches *pleines*. »

Je me levai, déposant Copain sur une chaise vide et attirant l'enfant pour le mettre debout.

Je lui pris les mains et entrepris de rythmer les mots à grands gestes, en tirant sur ses mains comme pour actionner une marionnette vivante. C'étaient des mouvements pour rire, mais, par ce biais, je voulais faire pénétrer le son dans son corps tout entier.

Cela l'amusa beaucoup. Il se mit à rire de son rire silencieux.

Encouragée, je poursuivis :

Danse pour ton papa, mon petit garçon
Danse pour ton papa, mon petit chaton.

Cette comptine-là était plus facile à exprimer. Mes mouvements s'amplifièrent et je devins de plus de plus physique. Nous nous lançâmes dans une ronde, moi tenant mon petit cavalier par les bras, le poussant et le tirant. Puis je croisai ses bras autour de sa poitrine et le berçai en cadence. Ensuite, après avoir enchaîné sur une nouvelle danse, je le fis se baisser si bas qu'il se retrouva à quatre pattes comme un petit chat.

— « Tu vas avoir un petit poisson dans ton petit plat. »

A ce stade, je chantais quasiment les mots. J'avais écouté cette comptine tellement souvent que c'était devenu pour moi plus une chanson qu'un poème. Je le tirai de nouveau en dansant.

— Tu la connais, cette chanson, hein ?

Jusqu'alors, je m'étais toujours tenue derrière lui pendant que je l'actionnais comme une marionnette. A présent, je me penchais au-dessus de lui, approchant mon visage très près du sien.

— « Danse pour ton papa, mon petit garçon », repris-je en chantant. Toi aussi, tu la connais, cette chanson.

Drake hocha la tête en souriant.

Je le fis pivoter de manière à ce qu'il me fît face, et je chantai la chanson en entier.

— Tu veux bien la chanter, toi aussi ?

Il ouvrit la bouche. L'espace d'un instant — une fraction de seconde – je me dis : Ah, ah, ça y est ! Ce n'était pas plus compliqué. Il allait commencer par chanter, tout simplement.

Mais non.

Il referma la bouche.

Je le retournai de nouveau, de sorte qu'il me tournait le dos, et je repris ses mains pour refaire la marionnette.

— On va chanter pour Copain, d'accord ? Copain a envie d'entendre la chanson.

Et, une fois de plus :

— « Danse pour ton papa, mon petit garçon. »

Pas de chance. Il ne chanta pas.

— Allez, toi aussi, l'invitai-je en me penchant sur lui pour voir son visage. Tu la connais, cette chanson. Allez, on essaie encore. On va chanter pour Copain.

A nouveau, on n'entendit qu'une voix : la mienne.

J'avoue que j'étais un peu fâchée. Contrariée. Pourquoi ce gamin ne coopérait-il pas ? Après notre début de séance un peu difficile, il s'était bien repris. Il avait dansé et il avait ri. Il adorait jouer avec Copain ; il connaissait bien la chanson. L'atmosphère était détendue. Il n'était pas obligé de me faire face. Il n'était même pas obligé de se mettre à parler de lui-même ; ce que je lui demandais là, il l'avait déjà fait. A mon avis, tout était en place pour qu'il se mette à parler et que cela lui donne le déclic. Alors pourquoi cela ne marchait-il pas ?

Contrariée, j'allai chercher le magnéto et le posai sur la table.

— Comme ça, dis-je en mettant la cassette en marche.

La voix de Lucia emplit la pièce.

Drake se figea ; ses yeux s'écarquillèrent.

Je lui adressai un bon sourire.

— Qui c'est, ça ?

Pas de réponse.

— C'est ta maman, oui ? Et, écoute bien : qu'est-ce qu'elle dit ?

Il se trouvait toujours à l'autre bout de la petite pièce, à côté de Copain, assis par terre. Il resta immobile, l'expression indéchiffrable.

— C'est ta maman qui dit des comptines, hein ? Comme nous, tout à l'heure.

La cassette continua à tourner. Le petit garçon restait où il était. Les yeux dans le vide, il serrait Copain contre lui et écoutait la cassette.

Puis arriva la petite voix.

— Et ça, qui c'est ? demandai-je gentiment.

Ma contrariété s'était envolée. Je sentais que c'était un moment pénible pour lui, et je voulais lui faciliter les choses.

Drake caressait la fourrure de Copain d'un air absent. Il ne répondit pas.

— Qui est-ce qui parle, là ? C'est Drake, non ?

Il secoua la tête.

— C'est Drake. C'est la jolie petite voix de Drake qui chante. C'est toi.

Il se mit à pleurer.

17

— Aujourd'hui, j'aimerais qu'on parle, annonçai-je à Cassandra en pénétrant avec elle dans la salle de thérapie.

— Moi, je veux pas te parler, répliqua-t-elle. Je veux jouer au ptérodactyle.

— On va peut-être jouer après, mais d'abord je veux qu'on parle de certaines choses.

— Et moi, je veux qu'on fasse les sentiments, avec les pages et tes trucs de poker. Ils sont où ? Où tu les as mis ?

— Plus tard, peut-être, mais d'abord, je veux parler.

— Ils sont où ?

Sans autre cérémonie, Cassandra me passa devant pour aller vérifier sur les étagères. Effectivement, comme j'avais espéré en arriver à cette activité, elle trouva ce qu'elle cherchait.

D'un geste décidé, elle posa les feuilles qu'elle avait complétées pendant la séance précédente sur la table et plaça le sac de jetons dc poker à côté. Puis elle farfouilla dans ma boîte et y dénicha les feutres et les crayons de couleur. Satisfaite, elle s'assit.

— Je sais que tu aimes diriger des opérations, dis-je. Je sais que tu aimes que tout se passe exactement comme tu l'as décidé.

Mais pour l'instant, on ne s'occupe pas de ces feuilles.

— Si, répondit-elle sans s'émouvoir. Attends voir. « Comme un bébé », « comme une fleur », « comme un ptérodactyle ». Tout ça, je l'ai déjà fait. Maintenant, je vais faire les dessins pour…

Elle passa en revue les listes de sentiments que nous avions énumérés.

— « Dégoûtée ». Je vais faire un dessin pour « dégoûtée », et ça sera du dégueulis. « Comme du dégueulis ». Non, du dégueulis de chien. Ça, c'est vraiment dégueulasse, le dégueulis de chien. Je vais faire un dessin de dégueulis de chien pour aller avec. « Comme du dégueulis de chien ».

Le problème, avec cette petite fille, ce n'était pas tellement son côté manipulateur. Non, c'était sa vivacité. Elle bougeait si vite et changeait de direction avec une telle aisance qu'il fallait mettre toute la gomme pour pouvoir passer devant et l'arrêter. Au sens propre et au sens figuré. C'était une forme de manipulation en soi, bien sûr, car la vitesse lui assurait le contrôle de la situation, mais, à ma grande surprise, j'avais toutes les peines du monde à la suivre. A neuf ans, elle semblait capable de réfléchir aussi vite et aussi bien que moi.

Je m'assis en face d'elle et posai ma main sur la feuille qu'elle avait choisie.

— Non, pour l'instant, ce n'est pas ce qu'on fait.

— Ici, je peux faire ce que je veux. C'était comme ça avec le docteur Marron. C'est comme ça que j'ai été bien.

— Je ne suis pas le docteur Marron, Cassandra, répliquai-je.

— Toi, tu sais pas comment on fait pour que j'aille bien.

— Non, ce n'est pas ce que nous faisons maintenant. Nous ne travaillons pas sur les listes de sentiments. Et nous ne parlons pas du docteur Marron. (Je la regardai bien en face.) Nous allons parler d'autre chose.

Elle soutint mon regard. Nous nous tenions toutes deux penchées en avant, appuyées sur nos avant-bras, les yeux dans les yeux, comme deux personnes se préparant à un bras de fer.

— Tu sais pas comment on fait pour que

j'aille bien, répéta-t-elle d'un ton acerbe et dédaigneux à la fois.

— Et toi, tu as peur de me laisser faire.

Son expression était, à tout le moins, chargée de haine. Sans bouger d'un cil, elle me maintenait sous son regard furibond.

Elle se concentrait sur moi : c'était donc le moment d'en profiter. Vite, je tentai de récupérer les jetons de poker et les listes de sentiments. Mais, sentant le papier glisser sous sa main, elle essaya de le rattraper. Je fus pourtant plus rapide. Prestement, je posai les feuilles par terre à côté de ma chaise.

Puis je sortis bien vite un cahier de coloriages de ma boîte à malices. C'était un cahier de base contenant des dessins simples du niveau de la maternelle. Je l'ouvris et le posai devant elle.

— Aujourd'hui, nous allons commencer par des coloriages.

— Des coloriages ? Pour quoi faire, des coloriages ? T'as pas dit qu'on allait faire des coloriages. T'as dit qu'on allait parler. Là, tout à l'heure, quand on est entrées.

C'est pas parler, ça. C'est des conneries pour les bébés ! Je ferai pas des coloriages !

Elle était sincèrement indignée. D'un geste vif, elle balaya le cahier et le fit tomber de la table.

Je me penchai pour le ramasser, l'ouvris et le reposai devant elle.

— Si, Cassandra, tu vas le faire. Parce que c'est par ça qu'on va commencer.

Elle jeta le cahier par terre.

Je la regardai fixement.

— Bien sûr, on peut s'amuser à jeter ce cahier par terre et à le ramasser jusqu'à la fin de la séance. Mais ça ne changera rien, parce que c'est par ça qu'on va commencer.

— C'est ce que tu crois.

— Oui, c'est vrai. C'est ce que je crois. Parce que j'ai décidé que nous allions commencer par ça. C'est moi l'adulte ici. C'est moi la personne dont le métier est de t'aider. Et c'est comme ça que je vais commencer à t'aider.

— C'est ce que tu crois.

— Je sais que tu as peur…

— J'ai pas peur !

— Je sais que tu as peur parce que c'est moi qui dirige ici et pas toi…

— J'ai pas peur !

— … je sais que tu as peur parce que c'est moi qui dirige ici et pas toi, et que tu ne peux pas t'empêcher d'être inquiète, parce que tu penses qu'il va peut-être t'arriver quelque chose d'affreux. Tu penses que je vais peut-être te faire faire quelque chose de trop effrayant. Tu penses peut-être aussi que tu vas ressentir des sentiments que tu ne veux pas ressentir et que tu ne pourras pas arrêter. Je sais que tu as très peur de me faire confiance. Tu as même très peur d'avoir *envie* de me faire confiance. Mais mon travail, c'est de faire tout ce que je peux pour te rendre les choses plus faciles. Si nous voulons que ça change pour que tu puisses sortir d'ici et rentrer chez toi, retourner à l'école et avoir des copains, et grandir, il faut que nous nous mettions au travail pour que tu acquières cette confiance. Et on va commencer ici, et maintenant, avec ce cahier de coloriages.

Je ramassai le cahier, l'ouvris et le posai sur la table.

Elle me dévisagea haineusement en grinçant littéralement des dents.

— Je n'ai *pas* peur, siffla-t-elle d'une voix à peine audible. Et je te *déteste*.

Mais elle ne jeta pas le cahier par terre.

— Tu peux me détester. Pas de problème. Tu peux ressentir les choses très fort, il n'y a pas de problème, parce que je ne laisserai jamais tes sentiments devenir trop forts. Mais il n'empêche qu'il faut que tu fasses ce que je te demande.

J'ouvris le cahier sur un dessin représentant une poupée de chiffons. Puis je sortis un crayon de couleur rouge de la boîte.

— Le travail d'aujourd'hui, c'est de colorier ce dessin. Commence par colorier la jupe de la poupée en rouge.

— Non. Je veux pas.

Elle cassa le crayon en deux.

— D'accord, peu importe le temps que nous mettrons, mais nous allons le faire, parce que c'est par là que nous allons commencer, répondis-je. Et si tu ne veux pas prendre un grand crayon, tiens, prends ce bout de crayon, il est plus petit.

Je lui tendis un morceau du crayon qu'elle venait de casser.

— Non, je le ferai pas. Et tu peux pas me forcer.

Je suppose que, si j'avais été une bonne psychologue, j'aurais appliqué une théorie émise à la suite de recherches approfondies, et qui déconseillait de forcer un enfant à faire ce qu'il ne voulait pas. Certes, jamais au cours de ma formation il ne m'avait été recommandé d'exiger d'un enfant de m'obéir au doigt et à l'œil, mais, à ce moment-là, ce fut l'enseignante qui prit le dessus. Si ce métier m'avait appris une chose, c'était l'importance de fixer des limites et d'imposer son autorité avant de procéder à un changement, car c'était ce qui définissait la sécurité de l'environnement. Donner le sentiment de sécurité est la première de toutes les tâches. Sans le sentiment de sécurité, il n'y a pas de développement. Sans le sentiment de sécurité, toute l'énergie va à la défense.

Dans un cadre thérapeutique traditionnel,

on peut généralement prendre tout le temps nécessaire pour gagner la confiance d'un enfant. Dans un tel cadre, Cassandra eût peut-être mis quelques semaines, si ce n'est quelques mois, pour acquérir le niveau de confiance qui m'aurait permis de l'amener à procéder d'elle-même à un changement, et c'eût été l'idéal. J'aurais adoré pouvoir lui offrir ce genre d'interaction tout en douceur. Malheureusement, à l'hôpital, où le coût – humain et financier – des soins spécialisés était élevé, il nous fallait marcher à un rythme plus rapide.

Je me reculai au fond de ma chaise.

— Je le ferai pas, répéta-t-elle.

Je ne dis rien.

— Je le ferai pas.

Je ne bougeai pas.

— Je le ferai *pas* ! Tu entends, vieille sorcière ? Je le ferai PAS.

Cassandra attrapa le bout de crayon et me le lança à la tête. Puis elle repoussa le cahier et le jeta par terre d'un geste rageur.

Je ramassai le bout de crayon et le reposai sur la table. Puis je récupérai le cahier et le remis devant elle. Je le rouvris sur le dessin de la poupée de chiffons.

— JE LE FERAI PAS ! hurla Cassandra.

Repoussant brutalement le cahier, elle se leva pour sortir.

Je fus plus rapide. Je l'attrapai par les épaules et l'empêchai de passer. Elle se débattit violemment, à grands gestes furieux. Je tins bon.

Je pus finalement la reconduire vers la table et la faire asseoir sur sa chaise. Sur ce, elle se mit à pleurer en versant des larmes pitoyables.

Je retournai m'asseoir en face d'elle.

— Pourquoi tu me fais ça ? gémit-elle.

— Parce que c'est par là qu'on commence.

— Mais pourquoi ? Pourquoi tu veux que je fasse *ça* ?

— Parce que je suis ici pour t'aider, mais je ne peux pas faire tout le travail toute seule. Toi aussi, il faut que tu travailles. Et notre travail, il commence par ça.

— Mais moi, je ne veux pas ! hurla-t-elle dans un cri qui se termina par un gémissement aigu. Je veux rentrer chez moi. Je veux ma maman.

J'avais conscience de l'aspect terrifiant de cette situation pour la petite fille. En effet, comment savoir si j'étais meilleure que les personnes qui lui avaient fait subir des mauvais traitements ? Ou si ce séjour forcé à l'hôpital n'était pas un enlèvement ?

J'étais sur la corde raide, car, en imposant mon autorité pour pouvoir progresser, ce qui était crucial, je risquais de renforcer le traumatisme. En toute honnêteté, à ce moment précis, j'étais assez terrifiée moi-même.

— Cassandra, je veux que tu colories ce dessin. Tiens.

Je posai le morceau de crayon rouge devant elle.

— Je veux pas, protesta-t-elle une fois de plus.

— Tiens.

Enfin, elle prit le crayon. Elle barbouilla rageusement le dessin.

— Très bien. (Je sortis un crayon vert de la boîte.) Maintenant, tu vas colorier le corsage de la poupée en vert.

Elle cassa le crayon en deux.

— Je vois que tu n'aimes pas les grands crayons de couleur.

— C'est TOI que j'aime pas.

— S'il te plaît, colorie le corsage de la poupée en vert.

Elle coloria toute la page en vert, à grands coups de crayon furieux.

— Très bien. (Je sortis un crayon noir.) Colorie les cheveux de la poupée en noir.

Elle se mit à barbouiller la page en noir. Elle sembla y prendre plaisir, car elle crayonna avec un empressement rageur, couvrant toute la page de traits noirs en tenant le crayon haineusement, comme un couteau.

En tout cas, elle n'avait pas cassé le crayon noir en deux.

Je sortis un crayon jaune de la boîte.

— Tiens, colorie les chaussures de la poupée en jaune.

C'était une demande un peu ridicule, dans la mesure où Cassandra avait recouvert la page de tant de noir que les contours de la poupée avaient disparu.

Elle prit le crayon jaune et barbouilla le

bas de la page aux alentours de l'endroit où devaient se trouver les chaussures.

— Très bien, dis-je. Je crois que nous avons colorié cette page.

— Je te déteste, déclara-t-elle.

— Maintenant, tu peux choisir ce que nous faisons.

— Je veux partir.

— Ce n'est pas encore l'heure. Tu vois l'heure qu'il est ? Il reste dix minutes.

— Je m'en fiche. Je veux partir maintenant, répliqua-t-elle.

— Très bien, dis-je en me calant dans ma chaise. Si c'est ce que tu choisis, tu peux partir. Nous avons fait mon activité en premier, et maintenant, c'est à toi de choisir. Alors tu peux partir.

Elle me regarda fixement. Son expression était indéchiffrable. Je ne pus déceler si je l'avais prise par surprise en acquiesçant et si elle était perplexe, ou si elle me mesurait des yeux pour le prochain défi. Quoi qu'il en fût, elle ne se leva pas.

Au bout d'un moment, ses épaules retombèrent légèrement et elle regarda le cahier de coloriages toujours ouvert devant elle.

Elle semblait fatiguée. C'était compréhensible. Moi aussi, j'étais fatiguée.

Il ne subsistait plus rien de l'excitation antérieure. Cassandra gardait les yeux fixés sur le cahier. Elle ne fit pas mine de partir. Le silence s'éternisa.

Enfin, elle dit :

— C'est pas un beau coloriage.

Son ton était doux. C'était une simple constatation.

Je ne répondis pas.

— On dirait que c'est un petit qui a fait ça, ajouta-t-elle. Peut-être un petit de cinq ans. Peut-être le petit garçon qui est là. Les gens vont voir ça et ils sauront pas que c'est moi.

— Tu sais, souvent on a à l'intérieur de soi des parties où on se sent comme un petit enfant, expliquai-je. Même si notre corps est beaucoup plus grand.

— Je sais colorier beaucoup mieux que ça, affirmat-elle.

Il y eut un silence d'une seconde.

— Quand je veux, précisa-t-elle.

— Peut-être que c'est l'enfant de cinq ans qui est en toi qui a colorié ce dessin. C'est peut-être pour ça, quand je le regarde, que j'ai l'impression qu'il a été colorié par quelqu'un qui avait très peur et qui était très en colère.

— Ou alors, c'est seulement parce qu'il avait cinq ans, émit-elle. Peut-être que c'est comme ça qu'on voit les choses quand on a cinq ans.

— Peut-être.

Elle se leva.

— Je m'en vais maintenant.

— Très bien. A demain. Au revoir.

— Au revoir.

18

L'après-midi, j'avais quelques courses à effectuer à l'extérieur. Je demandai la permission d'emmener Drake. Mon souci concernant les effets d'une hospitalisation sur un enfant si jeune ne m'avait pas quittée, et il était clair maintenant qu'il ne rentrerait pas chez lui au bout d'une semaine.

L'atmosphère parfois stressante de nos séances me causait également de l'inquiétude. Profiter de l'occasion pour l'emmener dehors, pour échanger avec lui de manière plus détendue, pour faire quelque chose d'agréable et d'amusant, me paraissait une bonne idée.

Drake fut aux anges. Evidemment, Copain serait de la partie. Le tigre en peluche avait d'ailleurs son propre fan-club dans le service. Pendant que j'aidais Drake à enfiler son blouson, l'une des jeunes aides-soignantes vint nouer un foulard autour du cou de Copain « pour qu'il ne prenne pas froid ».

D'ailleurs, il ne faisait pas très froid. C'était la toute fin de l'hiver, la journée, claire et ensoleillée, apportait la promesse de la belle saison à venir. Dans la voiture, il faisait même chaud.

J'attachai Drake dans un siège enfant emprunté au service. Il était ravi, agitait la main et gesticulait, tournait la tête en tous sens. Mes connaissances en signes concernant l'extérieur étaient limitées, mais je connaissais « voiture » et je fis le signe correspondant.

Drake observa le signe et leva ensuite la tête pour me regarder. Ce fut un petit moment bizarre, car ce regard était un regard d'« observation ». Ce signe-là, il ne le connaissait pas. Mais ensuite, il croisa mon regard, et son expression était elle aussi d'« observation » pour juger de mon humeur.

— Tu te demandes si tu dois faire des signes, hein ?

Il me regarda d'un air grave.

— Est-ce que quelqu'un t'a dit que ce n'était pas bien de parler par signes ?

Car, tout à coup, je pensai à Mason Sloane. Avait-on essayé, à la maternelle ou ailleurs, de lui apprendre le langage des signes pour l'aider à communiquer, ce qui lui avait attiré la désapprobation de sa famille ? Peut-être même avait-il été puni pour avoir utilisé les signes ?

Drake ne répondit ni d'une manière ni d'une autre, mais sa gravité soudaine me convainquit que la réponse était oui. Tout se mit alors en place. Cela expliquait pourquoi il connaissait les signes, mais aussi pourquoi il avait mal réagi lorsque je lui avais fait remarquer qu'il savait les utiliser, même si mes commentaires n'avaient pas été négatifs. Pour lui, je l'avais surpris à faire quelque chose de mal.

Je compris alors combien mon propre comportement avait pu être perturbant pour ce petit garçon. D'un côté, je lui apprenais les signes, en lui indiquant clairement que c'était très bien, mais ensuite je lui faisais remarquer qu'il connaissait déjà les signes à cause desquels il avait été puni. Il vivait dans un monde bien déroutant, ce pauvre petit qui essayait de plaire à tous les adultes, même lorsqu'ils envoyaient des messages aussi contradictoires !

Je déposai quelques notes dans une clinique voisine et pris quelques photocopies. Puis je fis un saut pour remettre quelques dossiers dans un autre établissement, où l'un de nos anciens patients avait été transféré.

Ensuite, je m'arrêtai pour acheter une

glace à mon petit compagnon. Naturellement, il n'était pas question de laisser Copain dans la voiture pendant ce temps, et nous dûmes nous livrer à toute une série de manœuvres incommodes pour nous sortir de l'habitacle et franchir tous les trois le seuil de la boutique.

C'était une boutique franchisée Baskin Robbins proposant trente et un parfums, mais elle était petite, longue et étroite, pas plus grande que la salle de thérapie. Nous étions en milieu d'après-midi un jour de semaine, et seuls avec la vendeuse.

Drake se promena, tout content, le long des bacs remplis de glace, en soulevant Copain pour qu'il voie aussi et en lui montrant du doigt les différents parfums. La jeune vendeuse, sous le charme, lui tendait des cuillers de dégustation au fur et à mesure.

— Bien, on ne peut pas y passer la journée, intervins-je, il faut que tu choisisses. Qu'est-ce que tu veux comme parfum ?

Il passa encore quelques minutes à arpenter la vitrine. Enfin, il montra une glace éclatante de vert, de blanc et d'orange.

— D'accord. Un cornet à une boule, s'il vous plaît, demandai-je à la jeune fille.

Elle prit un cornet sur le présentoir. Soudain, Drake se mit à s'agiter. Attrapant mon bras, il indiqua la vendeuse. Il courut le long du comptoir jusqu'à elle, puis revint vers moi en faisant de grands gestes.

— Qu'est-ce que tu veux ? m'enquis-je.

De nouveaux gestes.

— Excuse-moi, mais je ne comprends pas, dis-je.

De nouveaux gestes, frénétiques, cette fois.

— Tu vois, là, les mots seraient vraiment utiles, fis-je remarquer, parce que je voudrais comprendre, mais je ne comprends pas, Drake. Je suis désolée.

La jeune fille se pencha en avant pour lui tendre sa glace.

— Tiens, dit-elle.

Mais il ne la prit pas. Il secoua la tête.

— Qu'est-ce qui se passe ? m'inquiétai-je. Ce n'est pas le parfum que tu voulais ?

Le petit garçon était sur le point de fondre en larmes. Avec une moue désespérée, il désigna quelque chose au bout du comptoir.

Je me mis à sa hauteur.

— Mon chéri, je suis désolée. Je ne comprends pas du tout ce qui se passe. Ce n'est pas le bon parfum ? Si c'est ça, pas de souci. Je prends cette glace, et toi, tu peux avoir le parfum que tu veux. Montre-moi celui que tu veux.

Il tendit le doigt, mais sans paraître désigner un parfum différent. C'était simplement dans la direction générale de la vendeuse.

Contrariée, j'essayai de le réconforter. La vendeuse, toujours penchée sur le comptoir, essaya elle aussi de venir à son secours. D'un ton rassurant, elle lui dit que nous n'étions obligés ni l'un ni l'autre de prendre ce parfum, qu'elle pouvait le mettre de côté si ce n'était pas le bon.

Drake refusa obstinément de prendre le cornet et plissa la figure. Les larmes jaillirent.

Je me relevai. En désespoir de cause, j'ouvris mon porte-monnaie, payai la vendeuse et pris la glace pour moi. Mais ce n'était pas la solution. Je me retrouvais avec une glace dont je n'avais pas envie, et Drake sans rien. Or c'était à lui que j'avais voulu faire plaisir, pas à moi.

Je léchai la glace. Elle avait un drôle de goût. Ah non, décidément, ce n'était pas le parfum que j'aurais choisi. J'attendis patiemment que Drake se calme. La jeune fille, derrière son comptoir, nous observait tous les deux avec nervosité.

— Bien, mon chou, dis-je doucement quand ses larmes furent un peu séchées, tu veux bien essayer encore pour me faire plaisir ? Tu nous montres ce que tu veux ?

Il hésita un instant, se demandant sans doute si c'était un moyen de pression pour le faire parler et jusqu'où allaient les limites de ma patience. Puis il s'approcha de l'extrémité du comptoir, près de la caisse, et désigna quelque chose.

Je suivis la ligne de son doigt. Celui-ci était dirigé vers le haut, et non pas réellement vers la glace. Je regardai les objets posés sur le comptoir – les pailles, les serviettes, les cuillers en plastique, les petites barquettes en carton – et, juste derrière, le présentoir avec les cornets.

— Tu veux une serviette ? risquai-je.

Tout ce foin pour une serviette ? Un bambin de quatre ans était rarement un obsédé de la propreté, mais on ne savait jamais… Après tout, je n'avais jamais vu Drake à table. Peut-être était-il très méticuleux…

Il secoua la tête, le doigt toujours tendu.

— Une paille ?

Cela semblait encore moins probable, puisque nous n'avions pas de boissons.

Je ne comprenais toujours pas, et il plissa à nouveau la bouche.

— Un cornet ? Tu ne veux pas un cornet ordinaire ? C'est ça ? Tu veux un cornet en gaufre ?

Il était de nouveau au bord des larmes.

La jeune fille passa en revue les objets du comptoir.

— Ça ? (Elle tapota les cuillers.) Ça ? (Elle tapota les serviettes.) Ça ? (Elle tapota les pailles.) Ça ?

Elle tapota les petites barquettes individuelles emboîtées à l'envers.

Eurêka ! Elle avait trouvé. Drake en fondit

presque de soulagement. Trop près des larmes pour pouvoir éprouver de la joie, il se contentait de hocher la tête de façon ininterrompue.

— Une barquette ? Tu ne veux pas de cornet ? Tu veux cette glace, mais dans une barquette ? insistai-je.

Il hochait toujours frénétiquement la tête.

C'est ainsi que nous finîmes par nous tirer victorieusement de ce mauvais pas.

Je quittai la boutique, perplexe et pensive. Pour un petit garçon agréable et accommodant, il avait été curieusement insistant à propos de la barquette. Pourquoi n'avait-il pas voulu de cornet ? C'était la première fois que je voyais un enfant refuser un cornet de glace.

Cet épisode soulignait également à quel point il était important d'obtenir de cet enfant qu'il communique efficacement avec son entourage, car cette scène avait été pénible non seulement pour lui, mais aussi pour la vendeuse et pour moi-même.

Par ailleurs, Drake avait certainement

des choses beaucoup plus importantes encore à communiquer que la manière dont il souhaitait déguster sa glace.

Mais plus que tout, peut-être, cet incident montrait l'ampleur de mon échec avec ma méthode habituelle d'intervention sur le mutisme électif. Cette méthode consistait à apparaître auprès de l'enfant comme une nouvelle venue n'ayant pas encore eu de relation non verbale avec lui. Ce n'était plus vrai maintenant. Moi aussi, j'avais sacrifié les mots en privilégiant la compréhension. Mes propres règles auraient exigé que je le laisse sans glace jusqu'à ce qu'il fasse l'effort de demander ce qu'il voulait. Au lieu de cela, je m'étais laissé aspirer par la spirale du drame et j'avais voulu à toute force découvrir ce qu'il réclamait.

A nouveau, l'idée de la manipulation me traversa l'esprit. Certes, avec son joyeux sourire et son charme, Drake ne paraissait pas être un enfant manipulateur. Mais peut-être était-ce là la méthode parfaite pour obtenir le contrôle de la situation. Enjôler son monde. Car comment résister à un petit ange si souriant et si mignon ?

Etait-ce possible ? Avait-il réussi à me duper à ce point ?

J'avais encore une halte à faire avant de retourner dans l'unité. Joy Hansen m'avait demandé des informations complémentaires sur le mutisme électif. J'avais oublié dans ma voiture les documents que j'avais prévu de lui laisser le matin. Le centre étant très près de l'hôpital, je pouvais y faire un saut. Et j'en profiterais pour aller dire un petit bonjour à Gerda et voir comment elle se portait à une heure du jour différente.

— On va s'arrêter là, mais on ne va pas rester longtemps, expliquai-je à Drake en le détachant de son siège. On va aller voir une dame qui a des problèmes pour parler. Comme toi. Elle est très vieille. Elle parlait avant, mais maintenant elle ne parle plus. Alors je vais la voir, comme je viens te voir toi.

Dès l'instant où il pénétra dans le hall, Drake devint le centre d'attraction. Il se fit héler par plusieurs personnes âgées assises dans leurs fauteuils. A cause de ses cheveux longs et de ses traits de chérubin, elles le prenaient pour une petite fille, mais Drake, fidèle à lui-même, leur répondit avec grâce et agita la main en direction d'une vieille dame et d'un vieux monsieur assis près de la fenêtre.

Et dans ce sanctuaire de la vieillesse, tous ceux que nous croisâmes se réjouirent devant sa jeunesse.

Une infirmière s'arrêta dans le couloir.

— C'est votre fille ? Qu'elle est mignonne !

Il va sans dire que je dus expliquer non seulement que ce n'était pas ma fille, mais que ce n'était pas une fille.

Pendant que je parlais à l'infirmière, une vieille dame s'était jointe à nous. Elle se pencha et caressa la joue de Drake. Il n'eut aucun geste de recul devant sa main parcheminée. Non, il lui répondit par un sourire épanoui.

— Tu es si mignon que ça me donne envie de te manger, dit la vieille dame.

Cela me sembla une remarque assez inquiétante pour un enfant de quatre ans, mais le petit garçon ne perdit pas sa bonne humeur.

Nous trouvâmes Gerda allongée dans son

lit. A notre entrée, elle tourna la tête et, pour la première fois, je la vis sourire.

— Voici Drake, dis-je en guise de présentation. C'est l'un des enfants avec qui je travaille à l'hôpital. Nous sommes sortis faire des courses cet après-midi. Nous sommes allés manger une glace, et maintenant, nous venons vous dire un petit bonjour.

Gerda se redressa à grand-peine et je lui prêtai main-forte pour lui permettre de s'asseoir. Elle tendit la main vers Drake, dans un geste qu'il était difficile d'interpréter. Voulait-elle le caresser, comme la vieille dame précédente, ou voulait-elle exprimer autre chose ? Le petit garçon lui sourit, mais il était hors de portée de sa main.

Grâce à sa présence, Gerda était beaucoup plus alerte et animée que d'ordinaire. Pour la première fois, elle parut vouloir communiquer. Elle eut un geste dans ma direction. Voyant que je ne comprenais pas, elle se recula et s'étira vers la table de chevet qui se trouvait derrière elle. J'ouvris le tiroir. A l'intérieur, je trouvai un petit sachet de bonbons à la menthe enveloppés de Cellophane. Elle hocha la tête avec ardeur et je lui tendis le sachet.

Elle l'ouvrit et sortit un bonbon. Cela lui demanda un effort considérable. J'eus conscience à ce moment de l'étendue des séquelles laissées par son attaque. Je fus tentée de venir à son secours, mais je me retins. Drake et moi attendîmes patiemment. Quand elle eut fini, elle tendit le bonbon à l'enfant.

Avec un sourire charmant, il le prit, enleva le papier et le fourra dans sa bouche. Je fus émue tout à coup de cette poignante rencontre entre deux silences, celui de cet enfant et celui de cette adulte luttant tous les deux pour franchir l'obstacle de leur mieux.

— Drake a des difficultés à parler, expliquai-je.

M'adressant au petit garçon, je lui demandai :

— Tu vas dire « merci » avec tes mains, d'accord ? Regarde, comme ça.

Je lui montrai le signe, et il l'imita.

— Et maintenant, tu vas dire : « Merci pour le bonbon » à Mme Sharple, d'accord ?

Drake fit le signe « merci », puis « bonbon ». Il dédia un grand sourire à la vieille dame.

Gerda lui rendit son sourire.

19

Comment procéder avec Cassandra ?

Quand je passais en revue nos séances passées, je ne pouvais que constater à quel point elles étaient chaotiques. Invariablement, mes plans soigneusement élaborés, cohérents, se terminaient par un fiasco, et le comportement de Cassandra n'était pas véritablement guidé par la logique. Dans les séances thérapeutiques classiques, les activités sont soit guidées par l'expérience du thérapeute et sa connaissance d'un problème spécifique, soit guidées par les besoins du patient. Dans notre cas, les séances étaient un méli-mélo mouvementé de péripéties qui variaient au hasard des jours et m'obligeaient à « faire face » au lieu de « guider ». Je ne savais si cette situation s'expliquait par le nombre de problèmes qui se bousculaient pour éclater au grand jour, tant et si bien qu'on ne voyait toujours pas émerger de schéma, ou si l'enfant était tellement terrorisée à l'idée d'affronter des problèmes plus profonds qu'elle avait évité sciemment de laisser paraître le moindre schéma.

Il était certain que la confiance était fondamentale, et je n'avais pas réussi à l'établir. Et ce n'était pas en forçant une enfant à colorier une poupée de chiffons que je serais en mesure d'y parvenir. Je n'étais pas fière de la dernière séance. C'était l'enseignante qui avait répondu aux tentatives répétées de Cassandra pour contrôler nos rencontres. Je n'étais plus convaincue après coup que ma réponse ait été appropriée en tant que psychologue. Peut-être cette confrontation avait-elle été nécessaire, compte tenu du fait que je ne souhaitais pas voir se prolonger son séjour à l'hôpital, mais je savais que je ne répéterais pas l'expérience. Et je ne souhaitais pas davantage que la lutte pour l'autorité reste le souvenir laissé par la séance. Non, je souhaitais que la petite fille la considère plutôt comme une définition de nos rôles, qu'elle comprenne qu'elle pouvait désormais explorer et affronter les traumatismes de son passé parce que j'étais assez forte pour la protéger pendant le processus.

Dans l'unité, sa propension à mentir outrageusement lui attirait constamment des ennuis. La plupart de ses mensonges avaient trait à des agressions sexuelles décrites en termes crus et ils étaient souvent tellement farfelus qu'ils auraient porté à rire s'ils n'avaient été aussi malsains. Ou si nous, le personnel, n'avions pas été aussi inquiets à l'idée qu'on puisse prendre au sérieux ses affabulations. De ce fait, pour notre propre sécurité, nous n'étions jamais autorisés à nous trouver en tête à tête avec elle. Nous étions tenus de travailler soit dans des lieux publics, soit à deux, soit avec une caméra vidéo pour nous enregistrer, et de préférence en réunissant les trois conditions.

Puis, un jour, arriva Selma, une petite fille de huit ans atteinte de problèmes très sérieux, dont des hallucinations auditives et une notion très faible de la réalité. Cela signifiait que Selma entendait fréquemment des voix. Au bout d'un ou deux jours de présence dans l'unité, Selma montra des signes d'agitation croissante. Ses voix se mirent soudain à lui souffler, par exemple, des choses du genre : « Nancy, l'infirmière, a mis son doigt dans le trou de ton derrière. Quand tu étais au lit, la nuit dernière, je l'ai entendue dire qu'elle voulait te tripoter. » Cela plongea dans l'angoisse une petite Selma, incapable de discerner si ces choses lui étaient réellement arrivées ou non. Et, naturellement, toute l'équipe soignante en fut terrifiée. Non seulement nous avions dans notre unité une enfant nous accusant d'abus sexuels, ce qui suffisait amplement à notre bonheur, mais voilà que nous en avions deux.

Il ne fallait pas être grand clerc pour savoir que les craintes de Selma étaient nourries par Cassandra, car, avant son arrivée dans le service, ses hallucinations étaient dénuées de toute teneur sexuelle. De plus, les paroles de Selma étaient toutes calquées mot pour mot sur les histoires racontées par Cassandra quant à ceux qui détenaient une autorité.

Toutefois, Cassandra avait été si discrète jusqu'alors dans ses manœuvres que personne n'avait pu la prendre sur le fait.

Jusqu'au matin qui suivit notre séance de coloriage. Quand je vins la chercher, Cassandra était en isolement.

Lorsqu'ils étaient punis aussi gravement, il était d'usage de laisser les enfants dans la chambre d'isolement et de reporter les cours et les séances de thérapie à un moment ultérieur. Or, avec ses mensonges malveillants et son comportement perpétuellement provocateur, Cassandra était devenue impopulaire dans le service, tant auprès des soignants qu'auprès des enfants. En conséquence, tout le monde aspirait à quelque répit. Et moi, je n'avais nulle envie de perdre une séance, ce qui serait le cas, mon emploi du temps ne me permettant pas de la rattraper plus tard dans la journée. Il semblait donc plus opportun de saisir l'occasion pour aborder le problème de front.

Lorsque je lui annonçai qu'elle pouvait venir avec moi, Cassandra accueillit la nouvelle par une expression renfrognée, voire avec humeur. Se levant de mauvais gré, claquant la porte de la chambre en sortant, elle paraissait plus contrariée que contente. Mais le temps d'arriver en salle de thérapie, elle était redevenue égale à elle-même. Mieux, elle parut très en forme une fois à l'intérieur.

— Je veux faire des dessins, décréta-t-elle.

— Peut-être plus tard. Tu peux me dire d'abord ce qui s'est passé là-bas ?

— Ce qui s'est passé là-bas ?

— Oui, là-bas. Dans le service. J'aimerais bien entendre ta version.

— Je me rappelle pas.

— Cassandra, on vient de sortir de l'isolement. Pourquoi étais-tu en isolement ?

Elle haussa les épaules et leva les yeux au ciel avec exagération.

— Pourquoi étais-tu en isolement ? répétai-je.

— Parce qu'ils me détestent.

Elle prononça cette phrase d'un ton négligent, presque enjoué, comme si c'était une évidence.

— Dans le service, on m'a dit que tu avais raconté à Selma des choses qui lui ont fait peur et que c'est pour ça qu'on t'a mise en exclusion. Et après, tu t'es tellement énervée qu'on t'a mise en isolement.

Cassandra haussa les épaules.

— C'est quoi, ta version ?

— Petit zizi, panpan cucul, pipi-caca, caca-boudin, tu pues-tu pètes, pouet-pouet, répondit-elle en souriant.

Un silence.

Je la regardai fixement.

Elle me rendit mon regard sans ciller.

— Qu'est-ce que ça veut dire ? demandai-je. Pourquoi réponds-tu comme tu viens de le faire quand je te pose une question ?

— Je sais pas, répondit-elle en haussant les épaules.

— A ton avis, pourquoi fais-tu ces choses-là ?

— Je sais pas.

— D'accord, peut-être que tu ne sais pas, mais c'est pourquoi, à ton avis ? Qu'est-ce que tu en penses, comment tu expliques ça ?

De nouveau, elle leva les épaules en amplifiant le mouvement. Cette fois, ce n'était pas un geste comique, mais un geste qui signifiait qu'elle ne se sentait pas vraiment concernée.

— Cassandra, tu sais, maintenant, ça commence à devenir sérieux. Tu es coincée dans cet hôpital. Tu ne vas pas à l'école. Tu ne peux pas jouer avec tes sœurs. Tu n'as pas tes affaires ici. Tu ne peux pas regarder tes émissions de télé. Tu ne peux pas jouer aux jeux qui te plaisent ou manger ce que tu aimes. Tu ne vois pas ta maman, ni tes copines, tu ne peux pas aller dehors. Ce n'est pas drôle du tout pour toi. Moi, je veux t'aider à t'en sortir. Mais pour que je puisse t'aider, il faut que tu m'aides, toi. Il faut que tu me parles. En me disant la vérité. Pas en me racontant des mensonges. Pas en inventant des histoires. Pas en me disant « Je sais pas », ou « Je me rappelle pas ».

Un silence.

— Tu comprends ce que je suis en train de te dire ? insistai-je.

Elle détourna les yeux et hocha légèrement la tête.

— Alors, à ton avis, pourquoi fais-tu ces choses-là ? répétai-je.

— Quelles choses ?

— Ces choses-là. Celles qui t'ont amenée ici. Les mensonges. Les réponses idiotes aux questions. Les problèmes dans le service. Tout. Toutes ces choses-là.

— Je sais pas, répondit-elle.

Je la regardai dans les yeux.

Elle soutint mon regard.

— Je sais pas ! répéta-t-elle.

— Je te crois. Mais est-ce que tu te poses la question ? Est-ce que tu te demandes pourquoi ça t'arrive ? Est-ce que tu te demandes pourquoi tu oublies tellement de choses ?

Elle ne répondit pas. Son regard devint pensif, le silence s'éternisa. Puis elle secoua imperceptiblement la tête, mais il était difficile de savoir si c'était en réponse à ma question ou si elle réagissait à quelque pensée intérieure.

— Cassandra, repris-je, est-ce que parfois les gens te disent que tu as fait certaines choses, et toi, tu crois que tu ne les as pas faites ?

Elle hocha la tête avec conviction. Elle plongea les yeux dans les miens et, pour une fois, ce n'était pas un regard de défi.

— Oui, répondit-elle. Tout le temps.

— Qu'est-ce que tu en penses ?

— Moi, je leur dis la vérité, dit-elle d'une voix douce. Je leur dis que je me rappelle pas avoir fait ça.

— Parfois... est-ce que tu fais des choses, mais en ayant l'impression que ce n'est pas tout à fait toi qui les fais ? Par exemple comme si tu te regardais toi en train de les faire ? Un peu comme quand tu regardes les autres en train de faire quelque chose ?

Elle hocha la tête.

— Tu peux me donner un exemple ? Tu peux me dire quand tu as ressenti ça pour la dernière fois ?

— Nancy est venue dans ma douche hier soir. Elle a posé la main sur moi. Elle a voulu me tripoter, mais moi, je l'ai poussée pour qu'elle parte.

— Je ne te crois pas, Cassandra. Pour la simple raison que Nancy n'est pas de service à l'heure où les enfants prennent leur douche.

— Ah oui, je me trompe. C'était pas Nancy, c'était Lyle, elle travaille le soir.

— Parfois, quand on n'a pas envie de penser à une chose précise, dis-je, on se met autre chose dans la tête.

— Pas moi ! protesta-t-elle.

Elle fut sur le point d'ajouter quelque chose, mais elle se tut. Elle hésita, assise sur le bord de sa chaise, comme si elle avait l'intention de poursuivre. Pendant quelques instants, nous restâmes l'une et l'autre dans une expectative palpable. Puis le moment passa. Cassandra se recula au fond de sa chaise et ne dit rien.

— Tu avais envie d'ajouter quelque chose ?

— Non.

Un silence.

— Si, se reprit-elle.

Un nouveau silence.

— Non, rectifia-t-elle.

Un silence. Je l'observais sans rien dire.

— Oui. Oui, je…

Elle s'interrompit. Rétrécissant les yeux

comme si elle me regardait de très loin, elle se jeta à l'eau :

— Est-ce que je peux te dire quelque chose ?

Je hochai la tête.

— Mais tu le diras pas à ma maman, d'accord ? Tu lui diras pas que je te l'ai dit, parce qu'elle m'a dit de le dire à personne.

Je me préparai à un nouveau mensonge nauséabond.

Il y eut une longue hésitation. Cassandra ouvrit la bouche pour parler, puis se ravisa et resta ainsi pendant quelques secondes. Finalement, elle referma la bouche. Quelques instants passèrent encore, et elle fit une nouvelle tentative :

— On va dire que je suis folle, dit-elle à voix basse. C'est pour ça que ma maman dit de pas le dire.

— Je suis sûre que ta maman croit bien faire, mais parfois les gens nous donnent des conseils qui ne sont pas bons. Celui-là n'est peut-être pas bon.

— Elle essaie de me protéger. Elle dit qu'on va m'emmener si je suis folle. Qu'on va m'enfermer.

Je ne relevai pas que cela s'était déjà produit, et que le fait de ne rien dire n'avait pas marché.

Peut-être la même pensée était-elle venue à Cassandra. Elle me regardait droit dans les yeux, mais pas à sa manière habituelle, effrontée, insolente. Elle semblait écouter une voix intérieure, comme si, d'une part, elle me regardait et, de l'autre, elle réfléchissait, soupesait…

Un silence.

— Ce qu'elle veut pas que je dise… prononça-t-elle doucement, c'est que j'ai des gens qui parlent dans ma tête. Comme Selma. Je suis folle, comme Selma, parce que j'entends des gens me dire des choses. Et je ne sais pas toujours si ce qu'ils disent est vrai ou pas.

— Quelle sorte de gens ?

— Je sais pas. Souvent j'entends juste leurs voix. Je les vois pas. Des fois, ils me parlent. Des fois, ils parlent entre eux. Comme le pasteur Serpent. C'est une des voix. C'est son nom. Quand j'étais en isolement, le pasteur Serpent, il me disait : « Maintenant, tu vas prier. T'as fait quelque chose de trop mal. T'as sucé sa bite, c'est trop pas bien. » Et le cow-boy Serpent, il aime une musique, tu sais, la musique de cow-boy où on fait : wow-wow-wow. Et quand le pasteur Serpent parle, le cow-boy Serpent chante très fort, et comme ça j'entends plus ce qu'il dit, le pasteur Serpent.

— Tu m'as déjà parlé du cow-boy et du pasteur Serpent. Et il y avait aussi d'autres Serpents, non ?

Cassandra hocha la tête.

— La fée Serpent. Elle est petite. Elle a, je sais pas, trois ans, et elle est très mignonne. Moi, je fais attention à elle. Je veux pas qu'on lui fasse du mal parce qu'elle est petite.

— Et ces voix ? Tu les entends dans ta tête ?

Elle opina du chef.

— Est-ce qu'elles ne sont pas vraiment vraies, d'après toi ? Est-ce qu'elles sont dans ton imagination ?

— Je sais pas, répondit-elle.

Elle se tut, puis reprit :

— C'est des amis. Mes amis. Ils sont à

l'intérieur de moi. Mais c'est pour de vrai. Enfin, c'est comme si c'était pour de vrai. Mais tu sais, il y a plusieurs sortes de vrai. Les gens, ils croient qu'il y a qu'une sorte de vrai, mais en fait, il y en a plusieurs. Il y a aussi quand on peut pas toucher les choses parce qu'elles sont dans votre tête. Mais elles sont vraies aussi.

J'acquiesçai.

— Oui, je sais ce que tu veux dire. Je comprends cette sorte de vrai.

Elle me regarda. C'était un regard doux et, pour la première fois, elle ne paraissait pas sur la défensive.

— Ça me rend service d'être au courant pour tes amis, dis-je. Je suis contente que tu m'en parles, parce que ça va me permettre de trouver des solutions pour t'aider.

— Ma maman m'a dit de jamais le dire. Je crois qu'elle serait en colère si tu le savais.

— Je ne crois pas. Ta maman se fait du souci pour toi. Simplement, elle ne sait pas quoi faire.

— Elle essaie de s'occuper de moi le

mieux qu'elle peut, déclara Cassandra d'un ton solennel.

Je hochai la tête.

Il y eut une petite pause et Cassandra pinça les lèvres.

— Ma maman, elle sait pas bien s'occuper de moi. Elle a laissé mon papa me prendre.

— Malheureusement, il peut nous arriver du mal même quand on fait de son mieux pour l'éviter. Tu as eu très peur, quand tout ça s'est passé, non ?

Cassandra hocha la tête.

Un long silence s'ensuivit. Les yeux de la fillette étaient vagues ; elle paraissait perdue dans ses pensées. La pièce s'emplit d'un profond silence, si absolu que j'entendais le léger bourdonnement de la caméra vidéo de l'autre côté du miroir sans tain.

Finalement, elle poussa un soupir. Elle baissa la tête et déclara :

— Je suis fatiguée.

— Je comprends.

— Est-ce que je peux retourner dans

l'unité maintenant ? Je ne peux plus penser à ça.

— D'accord.

20

Le lendemain, Harry Patel vint me voir dans mon bureau, muni d'une pile de documents qu'il déposa sur ma table.

— Tu en feras ce que tu voudras, dit-il.

Je tendis le cou pour voir. C'était le compte rendu de l'évaluation effectuée par la Mayo Clinic.

— Elle a l'air d'avoir été faite sérieusement, commenta Harry. Audiologie et ORL ; tout est parfaitement normal. Neurologie, EEG, IRM : tout est parfaitement normal. Donc je comprends que la famille n'ait pas voulu qu'on embête encore ce petit garçon. Oui, mais maintenant... c'est à nous qu'on a refilé le bébé.

Je le regardai, pensive.

— Et il nous reste à résoudre quelques

questions difficiles, poursuivit-il. Telles que : pourquoi cet enfant ne parle-t-il pas ? Qu'est-ce qui cloche ? Et pourquoi ne progressons-nous pas ?

Je baissai le nez sur la pile de papiers.

— Ils reviennent jeudi, m'annonça-t-il. Il va falloir qu'on leur dise quelque chose... Qu'on a trouvé quelque chose, ou qu'on fait quelque chose ou... (Il eut une grimace.) Ou... quelque chose, quoi.

Après le départ de Harry, je pris les documents pour les examiner. C'étaient des photocopies de l'évaluation officielle, effectuée avec le plus grand sérieux.

« Cet enfant de 3 ans et 9 mois a été examiné pour la première fois au Child Development Center par le docteur J.R. Penell et le docteur D. Beretti. Il nous a été adressé par le docteur Richard Davis, pédiatre, pour défaut de parole. »

Le compte rendu soulignait que Drake avait été examiné non seulement par l'équipe médicale, qui avait vérifié son audition, mais également par une équipe de neurologues pédiatriques et une équipe d'évaluation psychiatrique. Dans toutes les investigations, Drake avait été jugé en bonne santé et à un stade normal de développement. Des tests d'intelligence non verbaux avaient indiqué qu'il était au sommet de la courbe « brillant normal » avec un QI de 130.

Je lus tout cela avec une extrême attention. Cette lecture me conforta dans mon intime conviction, à savoir que le mutisme de Drake était dû à des causes physiques. Malgré mes doutes momentanés concernant le caractère manipulateur de son comportement chez le glacier, mon sentiment demeurait : Drake ne nous cachait rien, il ne refusait pas de parler. Il était véritablement incapable de parler. C'était ainsi, j'en étais convaincue, tout en ne sachant pas pourquoi.

Mais c'était écrit ici, noir sur blanc. Si la Mayo Clinic, avec tous ses moyens d'investigation, n'avait pas trouvé de raison physique, comment en trouverais-je moi-même ? Donc cela nous menait tout droit aux causes psychologiques.

Je compris qu'il me fallait revoir mon

attitude. Il était présomptueux de ma part de penser que Drake ne pouvait pas être atteint de mutisme électif tout simplement parce que je n'avais jamais rencontré de cas semblable au sien. De plus, il me fallait accepter une évidence très inconfortable : la responsabilité de la réussite reposait entièrement sur mes épaules.

Je me rendis à ma séance avec Drake pleine de détermination. Je l'installai sur une chaise à côté de Copain. Je posai le magnétophone sur la table. J'en fis le tour et j'allai m'asseoir en face de lui.

— Il est temps pour nous de passer aux choses sérieuses, annonçai-je d'une voix gentille mais ferme. On va travailler très dur maintenant. Tu as envie de rentrer à la maison, non ? Ta maman et ton papa viennent te chercher jeudi. Tu as envie de rentrer chez toi avec eux, non ?

Le petit garçon hocha la tête.

— Bon, alors aujourd'hui, on va travailler très, très dur, d'accord ? On va se débarrasser de ce gros problème une bonne fois pour toutes.

Il fit signe qu'il était d'accord.

Je mis la cassette de Lucia et Drake récitant les comptines.

Drake fondit en larmes.

— Oh, non ! Tu ne vas pas pleurer ! Je sais que c'est dur. Je sais que tu as peur, mais on va aller droit au but et on va se débarrasser de tout ça. Et moi, je vais t'aider.

Il attira Copain et enfouit son visage dans sa fourrure.

Je me levai et j'allai me placer derrière lui. Je le séparai de Copain. Je le pris par les poignets et je lui dis :

— J'ai fait une version spéciale de cette cassette. J'ai recopié cette partie plusieurs fois, comme ça, on pourra la passer et réciter la comptine en même temps. Tu vas voir comment j'ai fait. Je vais mettre la cassette en route et on va la réciter tous ensemble. Toi, moi, et ta maman et toi. Comme si on était à quatre. Comme une chorale !

J'avais réenregistré la cassette, de sorte

que la comptine de la poule noire passait en boucle pendant trente minutes.

Cot cot cot ma poule noire
Pond des œufs dans son nid.

Je récitai la comptine avec les voix de la cassette. Debout derrière Drake, le tenant par les mains, je leur faisais suivre le rythme des mots en les tapant l'une contre l'autre.

Drake pleurait, à sa manière curieuse, en haletant. Il ne faisait rien pour m'empêcher de lui tenir les mains, mais il ne faisait rien non plus pour arrêter de pleurer.

Cot cot cot ma poule noire
Pond des œufs dans son nid.

— Allez, dis-le, toi aussi. Tu as envie de t'en sortir, non ? Allez, on s'en débarrasse. C'est très difficile de commencer, je le sais. Mais dès que tu l'auras fait une fois... ce sera plus facile. C'est la première fois que c'est le plus dur.

Cot cot cot ma poule noire
Pond des œufs dans son nid.

Drake sanglotait.

Je refusai d'arrêter. Non, j'étais déterminée. Les choses étaient plus claires pour moi. J'avais compris à quel point Drake jouait de son charisme pour obtenir ce qu'il voulait. Et pour faire cesser ce qu'il ne voulait pas, il adoptait un comportement dépendant, il éveillait la pitié. Il m'en coûtait de me montrer aussi intraitable, mais il fallait à tout prix rompre ce mur de silence.

— Ça me fait de la peine de te voir pleurer, mais il faut le faire. On va faire exactement comme tu l'as fait sur la cassette, exactement comme avec ta maman. Parce que tu as envie de rentrer avec ta maman, jeudi. C'est vraiment important de réussir, cette fois.

Cot cot cot ma poule noire
Pond des œufs dans son nid.

Drake se mit à gigoter. Sans doute voulait-il Copain. Je soulevai donc l'énorme tigre et l'installai sur ses genoux.

— Tiens, Copain va nous aider. Prends ses mains et tape dans les tiennes avec lui.

Moi, je tiens tes mains à toi, et comme ça, on tapera tous ensemble en suivant le rythme.

La tâche n'était pas aisée avec un tigre d'un mètre de haut assis sur les genoux d'un enfant qui n'était pas plus grand. Surtout quand l'enfant n'avait qu'une idée, enfouir sa figure dans le dos du tigre.

Cot cot cot ma poule noire
Pond des œufs dans son nid.

Drake ne coopérait pas du tout. Il continuait à pleurer.

Je m'arrêtai et m'agenouillai à côté de lui pour essuyer ses larmes avec un mouchoir en papier. Il pleurait pratiquement depuis le début de la séance. Son visage était barbouillé et rouge, strié de longues mèches collées sur ses joues et prises dans sa bouche.

— Bon, on va se reposer un peu, dis-je d'une voix douce.

Je sortis un nouveau mouchoir en papier et continuai à l'essuyer.

— Je sais que c'est dur, et je sais que tu

as peur. Tu trouves que c'est beaucoup, hein, ce que je te demande ?

Drake hocha la tête avec ardeur.

— Mais je sais aussi que tu peux le faire. Il suffit que tu essaies vraiment, comme tu l'as fait avec ta maman sur la cassette. Je veux entendre ta voix, moi aussi, comme sur la cassette.

A ces mots, il recommença à pleurer.

— Non, non, non ! Je sais que tu n'as pas envie. Tu peux pleurer, d'accord, mais ça ne changera rien. Je vais t'aider. On va le faire ensemble. Et si on le fait à deux, toi et moi, je sais qu'on y arrivera.

J'attendis encore un peu, l'aidai à se moucher et à s'essuyer les yeux, puis nous reprîmes. Je continuai comme avant, debout derrière sa chaise, prenant ses mains qui tenaient les pattes de Copain pour scander le rythme de la comptine. Cela me semblait la meilleure manière de procéder, car cela évitait le contact visuel, tout en le maintenant à celui, rassurant, de Copain. En même temps, les gestes aidaient à évacuer un peu l'intensité du moment.

Cot cot cot ma poule noire
Pond des œufs dans son nid.

Cot cot cot ma poule noire
Pond des œufs dans son nid.

Cot cot cot ma poule noire
Pond des œufs dans son nid.

Sans relâche, je scandais le rythme, faisant taper les petites mains et les pattes du tigre, dans l'espoir que le rythme, le mouvement, la répétition exerceraient une influence apaisante et un encouragement à la parole. Vas-y, pensais-je ou, plutôt, suppliais-je. Vas-y, vas-y. Tu peux y arriver. Vas-y.

Cot cot cot ma poule noire
Pond des œufs dans son nid.

Il pleurait de nouveau. Il n'avait jamais complètement cessé, mais maintenant, c'étaient des pleurs mêlés de fatigue, de désespoir.

Cot cot cot ma poule noire
Pond des œufs dans son nid.

— Vas-y, récite. DIS-LE, Drake. Vas-y. S'il te plaît.

Cot cot cot ma poule noire
Pond des œufs dans son nid.

Il eut un hoquet, je l'entendis reprendre son souffle. Ah ? Est-ce qu'on y était ?

Cot cot cot ma poule noire
Pond des œufs dans son nid.

Non. Il vomit. Il avait mangé des spaghettis à midi, et ils étaient là, sur ses vêtements, sur le dos de Copain, partout.

Je le lâchai et je reculai.

La cassette continuait à caqueter.

Cot cot cot ma poule noire
Pond des œufs dans son nid.

D'un geste furieux, je lui clouai le bec.

Cette séance avait été tout sauf concluante. Après avoir effectué des tâches gratifiantes telles que laver Drake, prendre les mesures nécessaires pour le nettoyage de la salle de thérapie et éponger ce pauvre vieux Copain, je retournai dans le service et battis en retraite dans mon bureau, où je m'écroulai sur le fauteuil et enfouis la tête dans mes mains.

Helen n'eut aucun mal à deviner mon état.

— Tu veux que je visionne la cassette avec toi ? proposa-t-elle.

Non. Non, je ne voulais pas qu'on voie cette cassette. D'ailleurs, je ne voulais pas la regarder moi-même. J'étais allée trop loin. J'avais été trop dure. J'avais dépassé ce que je pouvais exiger de ce petit garçon et je le savais. Je l'avais fait en connaissance de cause, mais mon désir acharné d'obtenir un résultat m'avait privée de mon bon sens. Cette cassette allait être difficile à regarder. La montrer à quelqu'un me mortifierait trop.

Je déclinai donc sa proposition et restai plongée dans mes réflexions.

Et maintenant, que faire ? Nous ne pouvions garder Drake pendant des semaines et des mois. Il était trop jeune. La séparation et, pour parler sans fard, l'hospitalisation dans une unité psychiatrique ne serviraient qu'à créer des problèmes psychologiques plus importants à terme, sans parler du stress de séances comme celle d'aujourd'hui. Cependant, il était évident qu'il se passait quelque chose de grave. Mais quoi ? Comment le mutisme avait-il pu devenir aussi rebelle à un âge aussi tendre ? Pour quelle raison refusait-il de coopérer maintenant ? Pourquoi ?

En examinant la situation sans concession, force était de reconnaître que non seulement je n'avais fait strictement aucun progrès avec Drake, en dépit d'une thérapie quotidienne intensive, mais que, de plus, j'en étais toujours au même point sur l'origine de ses problèmes. Cette constatation me fit peur, non seulement parce que j'avais appris si peu de choses sur ce petit garçon malgré tout le temps que j'avais passé avec lui, mais aussi à cause de ce qu'elle révélait sur la nature des séances. Dans mon souci d'accomplir un travail, confiante dans la manière de le mener, j'avais laissé très peu de chances à l'enfant de donner la direction des séances. J'avais abordé l'affaire comme un mécanicien s'attaquant à la réparation d'un moteur de voiture défaillant.

Et pourtant... mon attitude n'avait pas été aussi inhumaine que cela. J'avais agi ainsi parce que je souhaitais que Drake ressorte de l'hôpital au plus vite, parce que je n'avais pas voulu perturber trop longuement le cours de sa vie, parce que je savais que, même s'il avait besoin d'une thérapie de longue durée, celle-ci devait être effectuée ailleurs et par un autre que moi. De ce fait, mon travail en devenait en grande partie mécanique. Il s'agissait de l'aider à parler pour permettre au reste de se mettre en place.

Et pourtant...

Arrivée à ce point de mes réflexions, je revins avec une grande hésitation à une question qui n'avait pas encore été abordée avec Drake. Devant un mutisme aussi réfractaire, on ne pouvait que conclure à l'existence probable d'un grave problème au sein de la famille. Et ce problème devait obligatoirement être abordé. Jusqu'alors, j'avais gardé l'espoir soit que Drake parlerait et que les recherches sur d'éventuels abus sexuels ou d'autres graves dysfonctionnements familiaux en seraient plus faciles à poursuivre, soit que certains indices sur la nature du problème deviendraient évidents à la lumière du comportement de Drake dans l'unité, et que nous aurions une idée sur la voie à suivre. Mais il ne parlait toujours pas et, dans l'unité, il était agréable, coopératif et sociable. Donc j'étais coincée. Il me fallait trouver le moyen d'agir sur un dysfonctionnement familial sans connaître la nature du problème, sans savoir qui en était la cause ni de quelle manière cela avait des répercussions sur Drake. Et tout ce beau monde habitait à trois cent cinquante kilomètres.

21

Le plateau du petit déjeuner avait été débarrassé dans la chambre de Gerda, et elle était déjà allongée, le dos tourné à la porte. Elle ne répondit pas immédiatement à ma présence, pensant sans doute que le nouveau venu appartenait à l'équipe du centre. Mais en m'entendant prononcer son nom, elle tourna la tête assez vite. Plus laborieusement, le reste de son corps suivit.

— Vous voulez que je vous aide à vous asseoir ? lui proposai-je.

Elle tendit la main dans un geste que je ne compris pas immédiatement. Elle semblait flatter le dos d'un chien invisible à côté du lit. Puis je saisis :

— Ah ! Le petit garçon ? Vous me demandez des nouvelles du petit garçon de l'autre jour ?

Elle hocha affirmativement la tête.

— C'est un patient de l'hôpital où je travaille. Je l'avais emmené faire quelques courses avec moi pour lui faire plaisir.

Ses sourcils se froncèrent comme pour dire : « Parlez-moi de lui. » Ou alors : « Pourquoi est-il là-bas ? »

— Il est à l'hôpital parce qu'il ne parle pas. Il parle à la maison mais seulement à sa mère. Sinon, il ne parle à personne, même pas à son père. Et cela lui cause des problèmes, bien sûr. C'est pour cela que j'essaie de l'aider.

Je me tus. Puis j'ajoutai :

— Malheureusement, j'ai bien peur de ne pas faire vraiment du bon travail. Il ne parle toujours pas.

Gerda prit un air triste, compatissant.

Je fus touchée de la voir participer ainsi, d'autant plus qu'elle n'avait jamais manifesté aucune émotion quelconque durant mes visites précédentes. Je m'installai sur la chaise à côté du lit.

— Je crois vous l'avoir dit, il s'appelle Drake. Je suis vraiment très triste pour lui. Il n'a que quatre ans. Il y a beaucoup d'attentes dans sa famille. Ce sont des gens très en vue dans leur ville. Le grand-père est un véritable patriarche, exigeant, dominateur, autoritaire. Il est complètement désespéré à l'idée que Drake ait quelque chose d'« anormal ». Alors que si on laissait simplement cet enfant être lui-même…

Gerda hocha faiblement la tête.

Je me tus. Je n'avais pas à parler d'un patient avec un autre. Même s'il était peu probable que Gerda répète les informations que je lui avais données, c'était contraire à l'éthique. Aussi cherchai-je un autre sujet de conversation.

— Un enfant du crépuscule, dit-elle d'une voix douce. Un enfant du crépuscule, un enfant du crépuscule.

J'ouvris sur elle des yeux surpris. On y était ! C'était bien pour l'amener à retrouver l'usage de la parole spontanée, comme elle venait de le faire, que Joy avait fait appel à moi !

Malheureusement, même si elles étaient très poétiques, je ne saisissais pas le sens de ses paroles. Elle me dévisageait de son intense regard bleu, si bleu, mais son expression restait indéchiffrable.

Je hochai lentement la tête en espérant que c'était une réponse adéquate.

Gerda détourna les yeux, comme pour chercher quelque chose ailleurs, sur le mur, puis revint à moi en disant tout bas :

— Tim, il est arrivé dans l'Ouest en wagon de marchandises, donc il était un peu pur-sang. Ç'aurait dû être un cheval de selle, mais papa il l'a attelé au chariot.

Je fis marcher mes méninges à toute

vitesse pour essayer de saisir de quoi il était question, pour comprendre comment, en partant de Drake, nous en étions arrivées aux wagons de marchandises et à Tim, qui devait être un cheval.

— Sont partis cueillir des cerises sauvages. Maman elle a mis tous les seaux dans le chariot avec un grand panier de pique-nique aussi. Papa il a attelé Tim et ils sont tous partis. Louisa et moi, on nous laissait toujours à la maison. Les garçons ils pouvaient y aller. « C'est pas un endroit pour les filles », elle disait, maman. Moi, je disais : « Maman, les garçons ils savent pas bien cueillir les cerises sauvages. Pourquoi on peut pas y aller, avec Louisa ? » Maman dit : « Vous allez salir vos robes. » Les garçons sont rentrés avec les mains, et la bouche, et la langue et puis les dents aussi tout ça rouge de jus de cerise. Ils pouvaient en manger tant qu'ils voulaient des cerises parce qu'on peut pas en manger beaucoup. Avec le jus, on s'étrangle. Après, fallait boire un coup d'eau. Mais n'empêche, on peut plus s'arrêter une fois qu'on a commencé.

J'étais encore abasourdie par ce flot de paroles inattendu. Mais en même temps, ce qu'elle racontait me transportait bien loin en arrière, dans mon enfance à la campagne, dans le Montana, dans le monde de la sauge, de l'herbe à bisons et des cerisiers de Virginie gris-vert chargés de lourdes grappes en début d'automne. Ma génération était probablement parmi les dernières à avoir participé à la traditionnelle cueillette d'automne, célébrée comme une fête dans tous les foyers. Je me souvenais parfaitement des sorties sous le chaud soleil d'automne, du goût de la cerise amère et de la sensation d'étranglement qui suivait. Ce monde et ces temps étaient bien lointains. Il y avait des siècles que je n'avais plus pensé aux cerisiers sauvages.

— Moi aussi, j'allais cueillir les cerises sauvages quand j'étais petite, renchéris-je. Ma grand-mère faisait du sirop pour les crêpes. Je préférais ça au sirop d'érable.

— Mon frère Willie un jour il est allé dans le pré aux vaches. Et voilà le taureau qui fonce sur lui. Et voilà mon Willie qui se sauve en courant et qui grimpe tout droit dans le pommier près du ruisseau. Et une fois qu'il a été coincé là-haut, voilà le taureau qu'arrive et qui lève la tête et qui lui lèche la joue. Mon Willie, il a braillé tellement fort qu'on l'a entendu jusque là-haut, à la maison. Moi, j'étais en haut avec Louisa en train de faire du raccommodage. Il croyait que le taureau il l'avait mordu. Il disait « Le taureau, il m'a goûté, maman ! » et il pleurait comme une Madeleine. Alfred, lui, il riait. Mais moi, quand maman elle m'a attrapée en train de regarder par la clôture, elle m'a donné la ceinture. Elle a dit : « C'est pas un endroit pour les filles. » Vraiment, c'est pas juste. Willie, il est bien plus petit que moi. Et moi, j'aime les vaches. Moi, le taureau, il me faisait pas peur.

Ce que disait Gerda n'avait pas vraiment de sens. Ou, plutôt, un sens limité à son propre petit univers, mais cela n'avait aucun rapport avec la réalité du centre. Sans doute égrenait-elle ses souvenirs, mais ils sortaient de façon anarchique et ne m'incluaient pas dans la conversation. Car lorsque j'essayais de me joindre à elle, elle ne répondait pas. Elle ne parlait à personne en particulier, même si je sentais parfaitement que c'était à moi qu'elle s'adressait. Mais ses mots n'avaient pas le caractère de partage d'une conversation, et je ne savais donc comment les interpréter.

Néanmoins, je quittai le centre de bonne humeur. Elle était capable de parler spontanément.

Il me fallait avoir un entretien approfondi avec Dave Menotti à propos de Cassandra. En dépit de la place de choix qu'ils occupent dans les médias, les troubles dissociatifs – et plus spécifiquement le trouble de la personnalité multiple – ne sont pas bien connus, particulièrement chez les enfants. Durant mes premières années d'exercice, le trouble de la personnalité multiple était considéré comme très rare et n'était pas censé apparaître chez les enfants. Aussi n'avais-je jamais rencontré d'enfant avec ce diagnostic. Puis, dans les années quatre-vingt, les personnalités multiples se multiplièrent. Mystérieux et fascinant, c'était un diagnostic en vogue, et même convoité. Et effectivement, tout le monde semblait être atteint de ce trouble. Il était toujours considéré comme peu commun chez l'enfant, mais certains avec lesquels j'avais travaillé, devenus adultes entre-temps, avaient été re-diagnostiqués dans ce sens.

La surexposition finit par émousser l'enthousiasme. Ce trouble fut relégué dans l'ombre par les médias populaires. Des recherches sérieuses furent entreprises et un faisceau de connaissances, basé sur des données objectives et non plus sur des histoires personnelles sensationnelles, put être réuni. On découvrit que ce trouble n'était pas aussi rare qu'on l'avait cru dans les années soixante-dix, mais qu'il n'en était pas pour autant commun. Et il demeurait un trouble psychologique complexe, énigmatique.

Le problème, avec ce trouble, est que la dissociation en soi est un continuum comportemental qui s'étend sur un spectre allant de léger à sévère, et que chacun d'entre nous se trouve à un stade de ce continuum. La dissociation est un phénomène normal, commun à tous. Chaque fois que nous sommes absorbés par une activité à un point tel que nous perdons la notion de ce qui se passe autour de nous, c'est de la dissociation. La conduite automobile est un bon exemple de ce phénomène. Pendant que nous conduisons, nous sommes en pensée à notre travail, auprès de nos enfants ou en train de faire la liste des courses. Nous n'avons pas conscience de conduire, mais nous n'en perdons pas pour autant le contrôle de notre véhicule. Nous cessons simplement d'apercevoir la route et l'environnement, pour ne voir que ce qui se trouve à l'intérieur de notre tête. Nous sommes capables de conduire en « pilotage automatique » et nous sortons de nos pensées à la première alerte, mais, pendant que nous sommes « perdus dans nos pensées », nous n'avons aucune conscience cognitive de la portion de route que nous venons d'accomplir. C'est un comportement normal. Et, comme pour tous les comportements, il existe d'énormes variations dans la notion de « normal ». Certains dissocient difficilement et peu fréquemment, d'autres facilement et souvent. Et tous peuvent être des adultes performants et parfaitement normaux.

Il est également normal de dissocier dans les situations de stress, d'essayer de détourner la douleur ou les situations négatives en « pensant à autre chose ». Et c'est généralement considéré comme une bonne chose. Les manuels d'aide nous montrent comment procéder efficacement. C'est un conseil que donnent les parents à leurs enfants. Les gens qui y parviennent sont souvent considérés comme des gens créatifs, à bonne faculté d'adaptation, ou intelligents. La question n'est donc pas : dissociez-vous ou ne dissociez-vous pas ? Voire : dissociez-vous souvent ? Non, la question est plutôt : à quel moment du continuum la dissociation cesse-t-elle d'être une ressource et une aide pour devenir une cause d'inadaptation et de trouble ? La réponse à cette question est difficile, l'une des raisons, et non des moindres, étant que ce point n'est pas situé à la même place pour tout le monde et que tous les états de dissociation, même à l'autre bout du spectre, ne sont pas mauvais.

Le trouble de la personnalité multiple chez l'enfant est un problème encore plus compliqué. Lorsqu'ils jouent, les enfants dissocient facilement et complètement pour endosser des identités différentes. Ils deviennent policiers, astronautes, cowboys, parents. De même, beaucoup d'enfants en bonne santé, bien adaptés, ont des compagnons imaginaires dotés d'une personnalité différente de la leur. Certains construisent des mondes entièrement imaginaires, détaillés de manière élaborée et peuplés de personnages d'une grande diversité de caractère. Ces créations peuvent durer pendant toute l'enfance, l'adolescence et même l'âge adulte sans impliquer de perturbations psychologiques.

Par ailleurs, il existe des facteurs organiques sans rapport – la drogue, les allergies, la maladie physique – pouvant causer des changements spectaculaires de comportement imitant la dissociation, telles l'incapacité à se souvenir des événements récents, l'altération brutale de la capacité de concentration ou de réflexion.

Le trouble de la personnalité multiple

n'est donc pas un diagnostic simple à poser. En conséquence, il me fallait le point de vue de Dave Menotti, car je n'avais pas la formation nécessaire.

Dave visionna la cassette avec grand intérêt. C'était une fin d'après-midi maussade, et le ciel bas qui déversait une pluie glaciale accélérait l'arrivée de la nuit. Notre caméra vidéo ne filmait qu'en noir et blanc, et la cassette que j'utilisais pour filmer les séances était vieille, très usagée, tremblotante et pleine de neige. Tout cela accentuait encore le côté sinistre de l'ambiance.

Dave suivait le film, les bras croisés sur le ventre, en se mordillant la lèvre inférieure d'un air absent. Il fronça les sourcils lorsque Cassandra se mit à parler du pasteur Serpent et du cow-boy Serpent.

— Même quand un enfant a été diagnostiqué personnalité multiple, c'est rare de voir des alter ego clairement définis, commenta-t-il. C'est plutôt un phénomène d'adulte. Les alter ego ont tendance à devenir plus complexes et plus significatifs à mesure que l'individu avance en âge. Je ne sais pas exactement pourquoi. Je ne sais pas si c'est simplement dû au fait que le processus d'évolution permet d'atteindre le niveau de la pensée abstraite, ou si c'est parce que le comportement s'enracine davantage. Mais dans mon expérience, je n'ai vu que des alter ego assez nébuleux chez les enfants. Ce ne sont pas vraiment des « personnalités » en soi, ce qui les rend plus durs à traquer, plus durs à reconnaître. Mais cela les rend aussi plus faciles à réintégrer dans la personnalité principale, parce qu'ils ne sont pas aussi indépendants. Mais, hélas, j'ai bel et bien l'impression que c'est ce qui se passe ici.

— Il y a une très grande corrélation entre une personnalité multiple et un trauma sévère, non ?

Dave hocha la tête.

— Plus qu'un trauma sévère. Cela implique généralement la répétition d'un trauma sévère. Un trauma que l'enfant perçoit comme un danger mortel. Et auquel il ne peut pas échapper. Un trauma qui se reproduit sans cesse et qui ne peut pas vraiment cicatriser entre deux. Oui. Il me semble que c'était dans les années quatre-vingt-dix…

96,8 % des enfants à personnalité multiple avaient souffert de ce genre d'abus.

Il soupira.

— Même si elle ne révèle jamais ce qui s'est passé pendant son enlèvement, nous devons partir du fait que Cassandra a subi de graves abus, et ce de manière répétitive.

22

Nous y voyions désormais un peu plus clair dans le comportement déconcertant de Cassandra et nous avions accompli un progrès en termes de diagnostic. Mais ce progrès, hélas, ne concernait que notre perception d'elle, et non celle de ses actes. J'espérais que nous avions au moins commencé à construire une relation positive et qu'à la suite de notre conversation, et du fait de ma meilleure compréhension du problème, nous avions établi la connexion indispensable et que nous pourrions aller de l'avant. Mais non. Cassandra resta aussi provocatrice et difficile à aimer qu'avant.

Conformément à ce qui semblait être devenu la norme, elle était en isolement quand je vins la chercher pour notre séance. Une fois de plus, cela concernait Selma. La vulnérabilité de cette dernière attirait Cassandra comme un aimant. D'un côté, Cassandra paraissait éprouver une sympathie sincère pour Selma, et de l'autre elle semblait incapable de s'empêcher de la tourmenter. La tourmenter était d'autant plus facile que Selma n'était pas très intelligente et que sa crédulité extrême lui faisait prendre tout ce qu'on lui disait pour argent comptant. Cassandra, fascinée par cette crédulité, se mit à mentir de plus en plus outrageusement, comme pour vérifier jusqu'où elle pouvait aller dans le ridicule avant que Selma ne se rebiffe.

Mais le plus fascinant, pour Cassandra, c'étaient les hallucinations de Selma. J'étais convaincue que Cassandra s'identifiait à tout cela. Elle identifiait non seulement les hallucinations de son souffre-douleur comme étant le même genre de voix qu'elle entendait elle-même avec le pasteur Serpent ou le cow-boy Serpent, mais aussi le comportement notoirement psychotique de Selma comme la preuve que lorsqu'on entendait des voix dans sa tête, on était fou. Elle en concluait qu'elle entrait dans cette catégorie elle aussi.

En réalité, les hallucinations de Selma étaient d'une tout autre nature. Elles se concentraient presque exclusivement sur les démons, les vampires, les esprits et les êtres maléfiques du paranormal. Quand on se trouvait dans les parages de la fillette, on entrait dans l'univers de *Buffy contre les vampires*. Selma voyait et entendait tout ce monde-là en toute sincérité. Pour couronner le tout, les voix lui chuchotaient continuellement à l'oreille, lui signalant ceux qui, parmi nous, étaient des démons ou des vampires déguisés. La pauvre petite en était réduite à observer d'innombrables rituels pour préserver le monde des agissements de ces créatures maléfiques qui se dissimulaient sous nos apparences. Tous ses faits et gestes tournaient exclusivement autour du paranormal. Cela faisait d'elle une interlocutrice assez déconcertante, car elle avait tendance à introduire des syllogismes complets sur les vampires et les sorcières dans toutes les conversations, y compris les plus banales.

Avant sa rencontre avec Cassandra, l'obsession vampirique de Selma était restée dénuée de tout contenu sexuel. Il fut donc très facile au début de déterminer quelles étaient les images semées par Cassandra, car la fillette se contentait de répéter mot à mot ses histoires sexuelles à caractère abusif et sadique, à cette nuance près qu'elle insérait des « fantômes » ou des « vampires » à la place des personnes nommément désignées. Mais, peu à peu, les choses prirent une tournure plus grave. Sentant que l'agression sexuelle était une chose vilaine, Selma se mit à l'incorporer dans sa conception générale des fantômes et des vampires, bien qu'elle ne parût pas avoir une idée réelle de la signification des mots en dehors du fait que c'était « quelque chose qui fait peur ». Désormais, les vampires qui vous sautaient dessus, vous mordaient et vous transformaient en morts-vivants pouvaient aussi vous pénétrer analement ou vous « sucer ». Selma se mit à répandre ce genre de détails avec le plus grand sérieux auprès de tout un chacun, à tout moment et en toutes circonstances.

Naturellement, ce nouveau développement était loin d'amuser les parents de Selma. Ceux-ci nous rendirent responsables de l'avoir exposée à ce genre de contacts dangereux. Et ils n'étaient pas moins terrifiés que nous à l'idée qu'une personne extérieure puisse prendre au sérieux les affirmations de leur fille sous prétexte qu'il n'y avait pas de fumée sans feu, et qu'un adulte innocent se retrouve accusé d'agression sexuelle.

L'unité était donc en effervescence. Cassandra se vit formellement interdire tout contact avec Selma et on mit tout en œuvre pour séparer les deux fillettes. Pour éviter que Cassandra ne puisse enfreindre la règle, on s'ingénia à créer le plus de distance possible entre elles. Ce n'était pas facile. L'unité n'était pas gigantesque et, pour assurer cette séparation, il fallut instaurer une surveillance étroite des déplacements de Cassandra. En raison de ses incessantes accusations d'abus sexuels, nous avions déjà établi une « surveillance couplée », c'est-à-dire que toute interaction avait lieu sous l'attention de deux adultes.

Toutes ces restrictions rendaient virtuellement impossibles les rapports normaux avec Cassandra dans l'unité. Nous la contenions plus que nous ne la traitions, et il était difficile de faire autrement. Cela nuisait à mes efforts pour traiter ses problèmes psychologiques. Alors que j'avais maintenant un cadre de travail conceptuel – elle présentait des signes de trouble de personnalité multiple précoces –, il était pratiquement impossible d'assurer une continuité entre les séances, car tous les jours, en arrivant, je me trouvais devant une nouvelle crise à affronter et à résoudre, et cela nous prenait la majeure partie de notre temps, quand ce n'était pas la totalité.

Et nous en étions là une fois de plus, ce matin-là. Cassandra était en isolement, car elle avait été surprise dans la chambre de Selma, en train de la tourmenter.

Je m'arrêtai quelques instants devant la chambre d'isolement. Je regardai à l'intérieur par la petite vitre. Cassandra était assise par terre, jambes croisées, le dos à la porte. J'ouvris et entrai.

Elle ne se retourna pas.

— Je préférerais te trouver dans le service et non pas en isolement, quand je viens te chercher.

Elle conserva la même position et garda le silence.

— Je n'ai pas envie de perdre une séance, mais si, chaque fois qu'on te met en isolement, j'arrive par-derrière et je te fais sortir, ce n'est pas bien du tout.

— C'est pas ma faute, grommela-t-elle. Moi, j'ai rien fait. J'ai même pas le droit de respirer là-dedans. C'est dégueulasse.

— Bon, allez, viens.

Elle se leva de mauvaise grâce et nous sortîmes.

Comme la dernière fois, dès son arrivée

en salle de thérapie, Cassandra recouvra sa bonne humeur.

— Je veux faire les sentiments, annonça-t-elle d'un ton gai, comme si elle avait oublié les derniers événements. Tu sais, ce truc où on donne des noms aux sentiments. Tu l'as apporté ? C'est où ?

— Tu as l'air bien plus contente quand tu es ici. Dans l'unité, tu as toujours l'air en colère. Mais dès qu'on arrive ici, j'ai l'impression que tu oublies tout ce qui s'est passé avant.

— Ouais, c'est vrai. Tu ferais pas pareil ? demanda-t-elle d'une voix condescendante, avant d'aller fouiller partout à la recherche de ses dessins. L'isolement, c'est chiant. Evidemment que je suis contente d'en sortir.

— Moi, quand je suis très en colère ou très énervée, je n'arrive pas à me débarrasser de ces sentiments simplement en changeant de pièce.

— Moi si.

— Tu fais comment ?

Elle haussa les épaules.

— Je sais pas. C'est comme ça.

— Qu'est-ce que tu éprouves comme sentiments quand tu es en isolement ?

A nouveau, elle haussa les épaules. Elle me tournait le dos, toujours en train de farfouiller sur les étagères, et son geste désinvolte était aussi un geste de rejet.

— Qu'est-ce que tu as éprouvé comme sentiments tout à l'heure ? répétai-je.

— J'en sais rien.

— Cassandra, retourne-toi. Viens t'asseoir ici.

— Je veux faire le truc des sentiments. Je le trouve pas.

— Moi aussi, c'est ce que je veux. Et on va le faire. Mais avant, on va faire autre chose. Retourne-toi, s'il te plaît, et assieds-toi.

— Je veux faire le truc des sentiments.

— OK, c'est très bien. Je l'ai mis là, dans ma boîte. Mais assieds-toi d'abord, s'il te plaît.

Sans m'écouter, elle se retourna et tendit la main vers ma boîte.

Je mis mon bras dessus.

— Assieds-toi, s'il te plaît.

Il y eut une longue hésitation, puis elle se

laissa tomber sur sa chaise d'assez mauvais gré.

J'ouvris la boîte et en sortis la liste des sentiments qu'elle avait baptisés et illustrés. Je la posai sur la table en gardant la main posée dessus, car il était clair qu'elle entendait diriger les opérations elle-même.

— Bon, je vais te montrer comment on joue, annonçai-je.

— J'ai pas envie de jouer. Je veux dessiner. Je veux donner des noms aux autres sentiments. C'est ça qu'il faut qu'on fasse. C'est de la bonne psychologie, ça, non ?

Je fus à deux doigts d'éclater de rire. Si je ne ris pas, c'est qu'elle avait attrapé les feuilles en m'ordonnant d'une voix irritée :

— Alors donne-moi ça.

— Non.

— Je veux dessiner.

— Non, ce n'est pas ce que nous faisons aujourd'hui. Aujourd'hui, on fait autre chose. Aujourd'hui, on se sert de la liste comme d'une liste, on ne fait pas de création artistique. Tu te souviens des jetons de poker ? Ils sont là.

Je déversai un petit tas de jetons rouges.

— Moi, je veux dessiner !

Pourquoi, POURQUOI, ne pouvions-nous pas faire tout simplement ce que nous avions à faire ? J'étais fatiguée de me battre pour le moindre pouce de terrain.

— OK, tiens, voilà la liste des sentiments, dis-je.

Il y avait trois feuilles, chacune divisée en cinq colonnes, dont douze contenaient un mot décrivant un sentiment – colère, amour, dégoût, etc. La plupart avaient déjà été illustrés et rebaptisés en « sentiment de bébé », « sentiment de dégueulis de chien » et ainsi de suite. Je les posai côte à côte et appuyai mon bras dessus pour l'empêcher de les bouger.

— Bon, je vais prendre mon tour d'abord et je vais te montrer comment on joue, dis-je. Mon cousin est venu me rendre visite. Je ne l'ai pas vu depuis très, très longtemps. Depuis qu'il avait douze ans et moi onze. Alors voilà comment on joue. Je vais mettre des jetons sous les différentes colonnes qui montrent ce que je ressens en recevant la visite de mon cousin. Par exemple, je suis contente qu'il vienne, parce que, même si ça fait très longtemps, on s'est bien amusés la dernière fois que je l'ai vu et que j'aime bien mon cousin. Donc je vais mettre quelques jetons sous « contente ». Peut-être cinq. Mais, en même temps, je suis inquiète, parce qu'il y a longtemps qu'on ne s'est pas vus. Peut-être qu'il a changé et que je ne l'aimerai plus comme avant. Mais je ne suis pas trop inquiète, donc je ne vais mettre que trois jetons sous « inquiète ».

— Et « excitée » ? intervint Cassandra. Je suis sûre que tu es excitée aussi qu'il vienne, parce que peut-être que vous allez faire quelque chose d'excitant ensemble.

Charmée de constater que la fillette comprenait parfaitement l'exercice et qu'elle commençait à participer, j'acceptai de bonne grâce et tendis la main pour mettre des jetons sur « excitée ».

— Ouais, parce que peut-être il va te sauter ! ajouta-t-elle en éclatant de rire.

Je fis mine de ne pas avoir entendu.

— Bien, maintenant, c'est à toi. Tu vas te servir de ce système pour me montrer ce que tu ressentais tout à l'heure, pendant que tu étais en isolement.

Cassandra examina la liste.

— Je vois pas « la haine ».

— Ah, non ? Bon, on l'écrit.

J'écrivis le mot en tête d'une colonne vide.

— Bon, mais ils sont où, les autres jetons ? demanda-t-elle. Parce qu'ils valent plus cher, hein ?

Visiblement, elle avait bien compris le concept du jeu. Au point que je me demandai si quelqu'un d'autre n'avait pas déjà utilisé une variante de cet exercice avec elle. Je pris le sac de jetons bleus et le posai sur la table.

— Pourquoi on prend pas les jetons blancs ? proposa-t-elle.

— Les jetons blancs, ils valent moins, pas plus.

— Ça fait rien, j'en ai besoin aussi.

Et voilà ! Une fois de plus, cet exercice allait tourner à la prise de contrôle et à la manipulation. J'attrapai le sac de jetons blancs et le jetai sur la table sans parvenir à cacher mon exaspération autant qu'il l'eût fallu.

— Tiens, voilà, tu as tous les jetons. Et là, tu as tous les sentiments. Montre-moi comment tu te sentais en isolement tout à l'heure.

Elle prit une poignée de jetons bleus, ceux qui avaient la plus grande valeur, et les entassa sur le mot « haine ».

— Il y a beaucoup de haine, remarquai-je.

— Ouais, j'avais la haine.

— Autre chose ?

— Nan, dit-elle en secouant la tête. Y a rien que ça.

— Parce que, très souvent, on éprouve beaucoup de sentiments en même temps. Il y a un sentiment qui peut très bien dominer les autres. On a l'impression que c'est le seul sentiment qu'on éprouve, mais très souvent il y en a d'autres aussi.

— Nan ! La haine. Je déteste cet hôpital. Je déteste tout le monde ici. Je les déteste tellement que j'ai envie de les enculer. J'ai envie d'enculer tout l'hôpital.

— D'accord. C'est clair.

Cassandra attrapa d'autres jetons bleus et les ajouta au tas déjà posé sur le mot « haine ». La pile atteignait maintenant les six centimètres de haut.

— Oui, effectivement, je vois que tu étais vraiment pleine de haine quand tu étais en isolement, observai-je.

— Si j'avais un million de ces trucs, ça me suffirait pas !

— Oui, c'est ce que je vois.

Mon inquiétude, à présent, était qu'elle ne tente de prendre le contrôle de l'exercice de cette manière, en empilant les jetons bleus sur le papier, en insistant pour empiler *tous* les jetons bleus sur le papier. Le contrôle, le contrôle, le contrôle. Quoi que nous fassions, l'enjeu central était la bataille pour le contrôle.

— D'accord. Toi, tu ne ressentais rien d'autre que de la haine, repris-je. Mais on va recommencer. On va se demander cette fois : et le pasteur Serpent ? Comment il se sentait en isolement, le pasteur Serpent ?

Elle me regarda en rétrécissant les yeux.

— Hier, tu m'as dit que le pasteur Serpent te parlait en isolement. Et aujourd'hui, tu le sentais, le pasteur Serpent, quand tu étais en chambre d'isolement ? Est-ce qu'il était là aussi ?

Elle hésita. Ses yeux étaient toujours deux fentes braquées sur moi comme si elle me jaugeait. Que jaugeait-elle ? Essayait-elle d'estimer si je comprenais ce qui lui arrivait quand elle parlait du pasteur Serpent et des autres ? Vérifiait-elle si j'étais prête à accepter leur point de vue aussi ? Ou essayait-elle simplement d'évaluer si c'était une nouvelle technique de manipulation efficace et si elle pouvait relancer l'attaque contre moi ? Impossible de le savoir.

— Tu peux faire la même chose pour le pasteur Serpent ? demandai-je. Mettre les jetons sur ce que ressentait le pasteur Serpent ?

Lentement, elle hocha la tête. Puis elle ajouta :

— Mais il y a un autre sentiment qui est pas là. Elle est pas très complète, cette liste.

— Pas de problème. On va les ajouter au fur et à mesure. C'est dur de penser à tout en même temps. Eh bien, qu'est-ce qui manque encore ?

— Avoir honte. Parce que le pasteur Serpent, il avait honte de ce que je faisais. Et il était furieux. Et…

Elle semblait sur le point d'ajouter quelque chose, mais elle se ravisa.

J'écrivis « honteuse » sur l'une des feuilles. Alors que je m'étais dépêchée d'écrire « haine », je pris mon temps, car je ne craignais plus qu'elle m'arrache la feuille pour détourner l'activité en dessinant ou en rebaptisant les sentiments. Car, dès lors que nous commencions à faire participer ces autres « amis », ces autres composantes de sa personnalité, Cassandra se calmait. Elle cessait de faire tout son possible pour obtenir le contrôle et répondait avec beaucoup plus de sérieux. Ce phénomène était très intéressant.

— Alors, quels jetons ? demandai-je. Qu'est-ce que tu prends pour le pasteur Serpent ?

Elle posa un jeton bleu sur « honteuse » et un rouge sur « furieuse ». Puis, prenant un jeton blanc, elle étudia la liste un long moment. Enfin, elle le posa sous « haine ». Ensuite, elle ajouta un deuxième jeton blanc à la colonne « haine », sous la pile de jetons bleus. Et elle en rajouta un troisième dans la même colonne.

— C'est parce qu'il me déteste quand je fais ça.

— Et le cow-boy Serpent ? Tu peux faire voir ce qu'il ressentait en isolement ?

Cassandra voulut balayer tous les jetons déjà posés sur le papier, mais je l'arrêtai d'un geste de la main.

— Tu peux les laisser. On peut mettre tous les sentiments en même temps.

— Non, je veux recommencer.

— D'accord.

Elle prit trois jetons bleus et les posa sous « inquiète ». Un autre jeton bleu fut posé sous « triste ». Un troisième sur « seule ». Deux furent placés sous « avoir peur ».

— Et la fée Serpent, poursuivis-je. Comment elle se sentait en isolement ?

— Elle était pas là. Elle est trop petite.

— Je comprends.

— Parce qu'elle aurait eu peur. Ç'aurait été ça, son sentiment. Elle aurait eu très peur si elle avait été en isolement, parce qu'elle aurait pas compris ce qui se passait.

Elle est petite. Et moi, je fais attention à elle. Je laisse personne lui faire du mal. Alors elle était pas là.

Je hochai la tête.

— Il y avait quelqu'un d'autre ? demandai-je doucement. A part toi, et le pasteur Serpent, et le cow-boy Serpent, et la fée Serpent ?

— Il y a les sœurs Serpent. C'est des jumelles. Elles ont treize ans, mais elles n'étaient pas là. Elles s'appellent Becky et Bicky. Mais souvent elles sont pas là. Il faut qu'elles aillent à l'école pour avoir des diplômes.

— Je comprends. Il y a quelqu'un d'autre encore ?

— Non, dit-elle d'une voix douce. On est tous là.

23

Le lundi après-midi eut lieu une réunion sur les progrès de Drake. Sa mère et son grand-père y participèrent. Mais, une fois de plus, le père de Drake était absent. Aucun de nous n'avait eu le loisir de faire sa connaissance.

C'était ma première rencontre avec Lucia et Mason Sloane depuis le fameux après-midi à Quentin. Je l'appréhendais fort car je n'avais fait strictement aucun progrès avec l'enfant et je savais d'avance que Mason Sloane n'en serait pas ravi. Car si moi, de mon côté, je craignais d'avoir été trop dure avec Drake, d'avoir montré trop d'acharnement pour atteindre mon objectif, Mason Sloane, en revanche, estimerait quant à lui que je n'avais pas été assez combative. A vrai dire, il me faisait un peu peur, d'autant plus que j'avais attendu moi-même des résultats beaucoup plus convaincants, et que, même sans la pression de Sloane, je sentais déjà que j'allais laisser tomber.

Mais il existait une différence de taille entre cette réunion et celle qui avait eu lieu à Quentin : je n'étais pas jetée seule dans l'arène. En effet, même si c'était sur moi que reposait la responsabilité de la thérapie, Harry décida de présider la réunion lui-même car il était d'avis que le comportement agressif de Sloane n'était en partie qu'une simple affaire de pouvoir. Il espérait donc que le patriarche serait plus coopératif avec un homme qu'il jugeait placé plus haut dans la hiérarchie.

Harry exposa ce que nous avions mis en œuvre, y compris les tests d'évaluation, un test de QI et divers examens médicaux qui étaient venus s'ajouter à ma thérapie. Il précisa que tout indiquait que Drake était un enfant intelligent, qui s'adaptait bien, qui était bien équilibré. La seule exception était la parole.

— C'est le gros mystère, expliqua Harry en posant le compte rendu de la Mayo Clinic au sommet de la pile de documents. J'aimerais pouvoir vous dire que nous avons fait de bons progrès dans le traitement de Drake, mais c'est un cas qui sort de l'ordinaire. Rencontrer un problème aussi difficile à traiter, à un âge aussi jeune, chez un enfant par ailleurs émotionnellement stable et bien équilibré… j'aimerais beaucoup pouvoir vous donner un diagnostic et, encore plus, une solution, mais à vrai dire, à ce stade…

Harry reprit le compte rendu de la Mayo.

— J'ai un immense respect pour cette clinique. Ils sont excellents, parmi les meilleurs, sinon les meilleurs de tout le pays, donc je trouve également très respectable votre choix de chercher une solution à leur niveau pour Drake. Et je reconnais que leurs investigations paraissent avoir été effectuées avec le plus grand sérieux. Mais... et c'est un très grand « mais », ce qu'ils disent ici ne correspond pas à ce que nous constatons. C'est bien simple, la réponse de cet enfant n'est pas en phase avec ces résultats. Donc, avant d'aller plus loin, je voudrais faire appel à nos propres ressources, y compris celles du service de médecine de l'hôpital, pour nous aider à trouver une solution. Dans ce cadre, il nous faudra refaire certains examens déjà effectués par la Mayo Clinic.

La réaction de Mason Sloane ne se fit pas attendre :

— Comment ? Tous les mêmes, vous, les médecins ! explosa-t-il. Tout ce qui vous intéresse, c'est de faire du fric. Et allons-y ! Et que je te fais des examens en veux-tu en voilà ! Ils ont déjà été faits, mais c'est pas grave, vous les recommencez sous prétexte que c'est indispensable ! Et tout ça pour rien ! Zéro ! Il n'y en a pas un qui a été capable de soigner mon petit-fils !

Il ne s'arrêta pas là.

Rouge de colère, il se lança dans une longue tirade pour nous rappeler qu'il nous avait bien dit que Drake n'avait aucun problème psychologique. Il le savait, lui ! Qu'est-ce que nous nous imaginions ? Que les Sloane auraient été capables de faire tout ce qu'ils avaient fait, d'arriver dans l'Ouest avec les pionniers, de traverser les prairies en chariot, de fonder le groupe bancaire le plus puissant de la région, et même de fonder la ville de Quentin, oui, vous m'entendez, parce que sans nous, jamais elle n'aurait pu devenir une ville régionale de cette importance s'il n'y avait pas eu le bon sang des Sloane ? Comment pouvions-nous insinuer que leur sang était taré ? Son petit-fils ne pouvait pas être un débile mental, bon Dieu ! Lui qui avait été major de sa promotion ! Et son fils aussi avait été major de sa promotion ! Et en plus, son fils sortait de Harvard, il avait été reçu premier à ses examens ! Est-ce que par hasard nous insinuions que le fils de son fils n'était pas capable d'en faire autant ?

Pendant cette diatribe, Harry me lança un petit regard. Ce fut un échange très bref, muet, mais qui en disait des tonnes.

Harry n'était pas homme à se laisser décontenancer par quelques hurlements. D'une voix calme et imperturbable, il répondit en articulant lentement, comme s'il s'adressait à un enfant particulièrement arriéré, qu'il ne voulait jeter aucun doute sur la santé mentale des Sloane. Que ce qui le préoccupait, c'était de savoir s'il n'existait pas des causes physiques sous-jacentes. Pour tenter d'étayer ses paroles, il exposa que j'avais utilisé la langue des signes avec Drake, et que celui-ci avait répondu en faisant preuve d'une aptitude remarquable, tant dans l'apprentissage des signes que dans leur utilisation à bon escient pour communiquer. Il poursuivit en précisant que le mutisme d'origine psychologique inhibait généralement toutes les formes de communication. Or, au contraire, Drake semblait vivement désireux de communiquer mais en était incapable, ce qui semblait indiquer une origine physique. En conséquence, nous nous trouvions devant la nécessité cruciale de déceler des dysfonctionnements éventuels, tels que les troubles de l'expression d'origine neurologique. Il conclut en disant que, même s'il paraissait extraordinaire que la Mayo fût passée à côté lors de ses investigations, continuer à traiter Drake en se trompant de problème serait bien pire.

J'écoutais Harry avec la plus grande attention. Entendre la présentation du cas de l'un de mes patients au lieu d'y procéder moi-même présentait l'avantage, entre autres, d'instaurer une petite distance qui me permettait de réfléchir à la situation avec plus d'objectivité.

Pendant son exposé, une idée s'imposa à moi, celle de la phobie. La véritable phobie, dans sa vraie acception psychologique, opposée à l'utilisation habituelle du mot en tant que description comportementale occasionnelle. Et si Drake était phobique du son de sa propre voix ? De la sensation de vocalisation ? Du fait de prononcer des mots ? Je connaissais très bien le lien existant entre le traumatisme, qu'il s'agisse d'un traumatisme physique de la bouche ou d'un traumatisme psychologique insurmontable, et le mutisme électif. En effet, nous faisions communément référence à certains types de mutisme électif comme étant une « réaction phobique à la parole ». Mais pouvait-il s'agir d'une réelle, d'une véritable phobie qui rendait l'acte physique de parler si terrifiant que Drake ne pouvait s'y résoudre, tout en trouvant la ressource nécessaire pour communiquer par d'autres moyens tant que la vocalisation n'entrait pas en jeu ? Je n'avais jamais rencontré de cas aussi extrêmes au cours de ma carrière, mais cela semblait possible. Je savais également que les phobies pouvaient se créer autour des objets les plus inhabituels et que, pour ceux qui en souffraient, elles pouvaient être paralysantes.

Mon esprit s'était envolé bien loin de la réunion. Le cours de mes pensées m'amena à réfléchir à la désensibilisation et aux autres approches communément utilisées dans le traitement des phobies. Si le problème était là, comment procéder pour désensibiliser Drake au son de sa voix ? Bien entendu, cela m'amena tout droit à la cassette qu'il avait enregistrée avec sa mère.

Hum… pensai-je. Il avait parlé avec elle. S'il était phobique au point de refuser de produire le moindre son avec d'autres, comment pouvait-il parler à la maison ? Cela ne concordait pas avec ce que je connaissais par ailleurs des phobies. Dans les vraies phobies, même avec l'environnement le plus encourageant du monde, il ne suffisait pas d'appuyer sur un bouton pour les mettre en route et les arrêter.

Je jetai un coup d'œil à Lucia et c'est alors que j'eus un petit éclair de lucidité. Tout à coup, je la *vis*, assise à côté de Mason Sloane. Assise *dans l'ombre* de Mason Sloane au sens littéral. Elle se tenait en retrait de la table, les bras croisés autour de la taille. Dans cette position, elle donnait l'impression d'être placée derrière son beau-père, alors que ce n'était pas possible. J'examinai la scène plus attentivement et je vis qu'en réalité elle ne pouvait se trouver à plus de trente ou quarante centimètres du bord de la table. Cependant, elle paraissait en retrait car lui se penchait pour débattre, tandis qu'elle s'inclinait légèrement vers lui, recroquevillée sur elle-même. Une fois de plus, je fus frappée par sa beauté. Ses cheveux noirs et mi-longs avaient une coupe très classe. Ses yeux étaient immenses et sombres. C'étaient des yeux mélancoliques, des yeux de biche. Ce cliché lui convenait parfaitement, car on y lisait également la prudence toujours présente dans les yeux des animaux sauvages, même lorsqu'ils sont au calme.

Lucia était anorexique, c'était certain. Elle avait dépassé le stade de la simple minceur. A la lueur du tube fluorescent, sa peau avait un aspect cireux, et elle paraissait un peu décharnée, fragile, en pleine détresse.

J'en étais à ce stade de mes réflexions lorsque je fus brutalement extraite de mes pensées par un Mason Sloane qui sortait de ses gonds.

— Le langage des signes ! explosa-t-il,

aussi horrifié que si Harry lui avait annoncé que nous administrions de la cocaïne à Drake ou que nous lui mettions les fers rouges avec de très bons résultats. Je m'oppose absolument à ce qu'on apprenne le langage des signes à cet enfant. Il n'est pas sourd ! Je vous interdis de lui apprendre à faire le singe avec vos mimes, de le faire passer pour l'idiot du village ! Il n'est pas venu ici pour qu'on lui apprenne à faire le débile !

Ah, voilà l'explication, me dis-je. Je comprends maintenant pourquoi Drake avait si peur d'utiliser le langage des signes. Je voyais très bien le petit garçon montrer tout fier les signes qu'il avait appris à l'école, et s'attirer une explosion de colère de son grand-père parce qu'il faisait « le débile ».

Mais cette crise à propos du langage des signes n'était qu'un prétexte. En réalité, ce qui faisait hurler Sloane, c'était l'éventualité que Drake ait quelque chose au cerveau. Car c'était bien ce que ça voulait dire, « un trouble de l'expression d'origine neurologique », non ? Mason Sloane n'allait pas tolérer qu'on insulte ainsi le nom sacré de sa famille.

Il s'ensuivit une confrontation déplaisante entre les deux hommes, car, si ses manières étaient douces, Harry n'était pas homme à se laisser intimider. Il fit remarquer que Drake nous avait été adressé pour une évaluation et une intervention, et que, dans ce cadre, notre devoir de spécialistes était de faire ce qu'il nous semblait bon pour l'enfant. Cela impliquait pour nous d'évaluer sa capacité à communiquer, tant physiologiquement que psychologiquement, sous peine de nous rendre coupables de négligence. Et s'il existait effectivement un trouble neurologique, toutes les interventions psychologiques du monde étaient vouées à l'échec.

Naturellement, ce langage n'était pas le langage direct que Mason Sloane attendait de la part de gens qu'il avait « embauchés », comme il le disait. Sa réaction ne me surprit pas.

Slam ! Bang ! Il balança tous les papiers à travers la table. Puis il se leva en repoussant bruyamment sa chaise, ordonna à Lucia de le suivre et se rua dehors.

Harry, l'équipe de l'unité et moi-même restâmes assis en échangeant des regards exaspérés.

Puis Nancy Anderson secoua la tête et eut un petit rire forcé.

— A mon avis, maman a dû fauter. C'est pas possible, un gentil petit garçon comme Drake ne peut pas avoir les gènes de ce connard.

Mais il s'était passé pire encore. Notre réunion s'était tenue dans la salle de réunion du « Septième Ciel », à l'étage où se trouvaient les bureaux des psychiatres. Lorsque nous redescendîmes dans l'unité, nous trouvâmes le service en effervescence. Mason Sloane, hors de lui, était descendu tout droit de la salle de réunion en clamant qu'il ne laisserait pas son petit-fils là-dedans une seconde de plus et en exigeant qu'on le lui envoie séance tenante. Drake étant en admission volontaire et Lucia étant présente, il était dans son droit. Le temps de redescendre, Drake était déjà parti.

J'en restai pétrifiée. Plantée au milieu du foyer désert, je poussai un gémissement de peine et de colère. Comment avait-il pu ? Comment était-ce possible ? Il y avait sûrement un moyen de l'arrêter, d'exiger de continuer le traitement de Drake. Il fallait tout faire pour empêcher ce petit garçon de se trouver dans une situation terrible, muré dans son silence, pris au piège avec un tyran interdisant la langue des signes, ne tolérant pas la moindre imperfection.

Les autres membres de l'équipe étaient dans le même état de détresse que moi. Nous nous réunîmes à plusieurs dans la salle de soins infirmiers pour exprimer notre colère et chercher désespérément des solutions. Peu à peu, les conversations se tarirent et laissèrent la place à l'abattement. La vérité toute nue, c'était que la place des enfants était auprès de leurs parents. Même si nous étions en désaccord complet avec la décision de Sloane, la seule chose en notre pouvoir était de consigner ces faits dans le dossier de Drake. Nous n'étions pas habilités à demander un changement. Drake ne parlait pas. Mais par ailleurs, il était bien équilibré. Nous aurions du mal à prouver qu'il était plus à sa place chez nous, en hôpital psychiatrique, et que nous lui prodiguions des soins cruciaux qu'il ne recevrait pas ailleurs. Avec amertume, je me souvins que, peu avant, je me trouvais de l'autre côté de la barrière, me battant pour le maintenir en dehors de l'unité, répétant à qui voulait l'entendre qu'il n'avait pas besoin d'une intervention aussi importante et qu'il était mieux chez lui.

J'étais toujours dans le même état d'esprit quand je rejoignis mon bureau. Helen n'étant pas présente ce jour-là, j'étais seule. Je fermai la porte derrière moi et lançai mes affaires sur le bureau avant de me laisser tomber sur la chaise. Les yeux fixés sur le fatras de notes qui encombraient mon tableau d'affichage, je laissai courir mes pensées.

Je n'étais pas prête à laisser tomber Drake. La question n'était pas tant l'échec de mon intervention ; j'avais surtout échoué à comprendre sur quoi j'intervenais. Il y avait quelque chose qui ne tournait pas rond. C'était un enfant intelligent, sociable, qui, selon tous les rapports, était normal, en bonne santé physique, qui était généralement bien équilibré, et *il ne parlait pas*. Ce n'était *pas* normal. On ne restait pas muet sans raison.

Et il parlait à la maison avec sa mère. Donc, même s'il apparaissait bien équilibré selon les observations de Harry et selon ses tests, il faisait quelque chose qui révélait une inadaptation. Il parlait là-bas. Il ne parlait jamais ici. Il ne parlait jamais à l'école. Il ne parlait même pas à son père. Mais il parlait à sa mère. Cette pauvre Lucia apeurée, vaincue. Il lui parlait. Etait-ce parce qu'elle était la seule personne avec laquelle il se sentait en sécurité ? Elle et lui formaient-ils un îlot dans cette famille qui était effectivement une famille très dysfonctionnelle, abusive, et était-ce là que se trouvait la source de son mutisme ?

Ces réflexions n'étaient pas nouvelles. La question de la famille abusive et dysfonctionnelle me trottait dans la tête, car c'était un schéma que je connaissais bien et c'était le seul qui paraissait correspondre vaguement à tout cela. Mais Drake ne parlant pas, je n'avais eu aucun moyen de faire des investigations. Je n'avais aucune preuve.

Assise à mon bureau, je remâchai des pensées lugubres, sachant que Drake était parti, qu'il était de nouveau livré aux agissements des adultes dans le secret de leur maison, et tout cela sans que nous ayons découvert le plus petit indice nous permettant de lui lancer plus tard une bouée de sauvetage.

24

— J'ai perdu le petit garçon, annonçai-je à Gerda, le petit garçon que j'ai amené ici l'autre jour.

La vieille dame fronça les sourcils.

— Dans sa famille, ils lui font subir une grande pression pour qu'il soit absolument parfait. Il ne parle pas, et ce qu'ils attendaient de moi, c'était que j'appuie sur un bouton pour le mettre en route et qu'on en finisse. Ils ont été très fâchés quand nous leur avons dit que c'était plus compliqué et ils sont partis furieux en l'emmenant. Ça me rend vraiment triste.

Gerda tendit le bras en tapotant dans le vide, comme pour tapoter la tête d'un enfant invisible. Elle fronça démonstrativement les sourcils.

J'opinai du chef.

— Ouais. C'est affreux. Il se passe quelque chose et personne ne veut rien savoir. Personne ne se demande pourquoi il a ce problème.

Je réfléchis quelques instants, puis je repris :

— Je ne dis pas ça méchamment. Je ne veux pas insinuer qu'ils négligent ses problèmes, parce qu'ils se sont donné beaucoup de mal pour lui. C'est simplement qu'ils ont leurs propres priorités. Ce qui compte avant tout, c'est l'image qu'ils donnent d'eux. Pour eux, c'est le plus important. Il faut obligatoirement qu'il soit conforme, pour qu'ils puissent présenter un visage parfait au monde. Il n'y en a pas un qui ait l'air de considérer les choses sous un autre angle, de s'interroger pour savoir comment c'est arrivé, quel sera l'impact sur sa vie et ce que nous pouvons faire pour lui donner les armes qui lui permettront d'affronter son problème.

— Moi, je voulais avoir des lames pour Noël, dit-elle d'une voix douce.

Je lui jetai un regard interrogateur.

Elle avait les yeux fixés sur le mur.

— Pour mes patins. Le gauche, il était fendu. Quatorze ans, j'avais. Louisa et moi on allait patiner tous les soirs. Une fois la besogne finie. On sortait à la tombée de la nuit. Au crépuscule. Dans l'obscurité, parce que la nuit elle tombait tellement vite en cette saison. Il faisait tellement froid. Le ruisseau, il était gelé. C'était comme un ruban à travers les collines. Et moi je mettais mes patins et j'étais un oiseau. Tellement libre. A glisser si vite sur la glace. Sur le ruisseau. A travers les collines. Rapide comme une hirondelle. Mais ma lame elle était fendue. La gauche. Elle m'empêchait d'aller vite. J'ai dit : « Pour Noël, je veux des lames. »

Elle se tut, puis reprit doucement, à voix basse, d'un ton presque méditatif :

— Les lames, c'est pas cher. Karl il pouvait fabriquer une paire de patins pour moi à la fabrique. J'en avais tellement envie. Je pouvais pas aller vite avec une lame fendue, sinon je tombais. Et quatorze ans, j'avais. Aller vite, ça comptait.

Gerda tourna la tête et croisa mon regard, le soutint un moment, puis détourna à nouveau les yeux.

— Arrive Noël et je vois un long paquet étroit pour moi. Des lames, j'en étais sûre. Je les avais vues sous le sapin et j'étais tellement contente. Contente pendant des jours. Et alors arrive Noël et je l'ouvre…

Elle soupira. Elle se tut. Poussa un nouveau soupir.

— Du parfum. Dans un flacon fantaisie. Un joli flacon en verre tout étroit et haut comme ça. (Elle montra la hauteur avec sa main.) Avec un bouchon en verre long et pointu. Pas des lames. Du parfum dans un flacon fantaisie. Maman me regarde. Elle dit : « Tu croyais que c'étaient des patins, hein » ? Elle a dit ça. Et après, elle s'est mise très fort en colère parce que je n'étais pas reconnaissante. J'ai gâché le Noël de tout le monde. Détruit la joie de tout le monde, parce qu'il y a eu une grosse bagarre. Parce que j'ai pleuré au lieu d'être reconnaissante. « Qu'est-ce que tu as ? » ils ont dit. Ce flacon de parfum, il vient de la ville. C'est spécial. Un cadeau que toutes les filles de ton âge auraient voulu. Et maman et papa se sont donné tellement de mal pour l'avoir.

Gerda fit une nouvelle pause.

— Mais pourquoi ils m'ont acheté du parfum ? s'interrogea-t-elle d'une voix encore chargée d'incompréhension au bout de toutes ces années. J'ai demandé à ma sœur Louisa. J'ai dit que si maman savait que j'avais tellement envie de lames, que si elle voyait le regard de mes yeux, pourquoi elle m'a acheté du parfum ? Le parfum, c'est tellement plus cher. Pourquoi ils ont dépensé tant d'argent pour une chose que j'avais jamais voulue ? Pourquoi ils ont fait ça, s'ils savaient depuis le début ce que je voulais ? Pourquoi ils m'ont pas offert des lames ? Louisa a dit que j'aurais pas dû gâcher le Noël de tout le monde. Que maman et papa ont fait un effort spécial en achetant ça. Que je devrais être reconnaissante. C'est ce qu'une fille normale a envie d'avoir.

L'un des aspects les plus difficiles du travail avec des individus hautement manipulateurs comme Cassandra est l'influence qu'ils exercent sur ce que nous ressentons à leur contact. La motivation de la plupart des gens qui choisissent d'exercer la psychologie, la psychiatrie et les autres professions tournées vers les autres, c'est l'espoir d'alléger un peu de souffrance dans le monde, d'aider ceux qui sont moins favorisés à vivre mieux. Lorsque l'objet de leurs soins ne répond pas aux efforts, cela tend à provoquer chez le thérapeute, l'enseignant, le médecin, l'éducateur une insatisfaction bien compréhensible. Le professionnel en arrive souvent à éprouver une sorte d'appréhension à travailler avec l'individu en question, une sorte de frustration impuissante l'empêchant d'éprouver de la sympathie pour ce patient qui le met dans cette situation. Mais, en même temps, il craint que n'empire son état s'il renonce. Il imagine alors tous les horribles et néanmoins réalistes scénarios possibles, tels l'internement, la prison ou le suicide, en cas d'échec de son traitement, tout en s'attribuant la responsabilité de l'échec.

Bien souvent, le manipulateur nourrit les sentiments complexes éprouvés par le soignant en lui donnant la sensation d'être unique. Le soignant déduit peu à peu des paroles et des actes du patient qu'il est la seule personne capable de le sauver. Car c'est lui qui est en première ligne, c'est lui qui connaît l'état critique de la situation, et il est le seul rempart pouvant éviter au patient les graves conséquences possibles.

Il arrive que le soignant ressente ce rôle particulier comme une mission, et qu'il acquière la conviction qu'en intensifiant les efforts il finira par réussir. Et « intensifier les efforts » signifie généralement franchir les limites précédemment mises en place, limites de temps, de contact ou de distance par rapport à la situation. Le soignant a la certitude qu'ainsi il prouvera à la personne son désir de l'aider, lui montrera qu'il veut être présent en s'impliquant tellement que cela fera toute la différence. Il pense qu'il lui suffira de ce petit plus pour établir finalement avec la personne une connexion qui sera le point de départ de l'amélioration.

Cette réponse est une réponse normale de sollicitude. Elle n'est pas malsaine en elle-même, et dans les relations avec les individus normaux et sains, ces réponses de « sollicitude », qui consistent à ressentir de l'inquiétude ou de la culpabilité lorsqu'on n'aide pas, à être prêt à faire le pas de plus, font effectivement la différence. La personne dans le besoin y répond en allant mieux. Et *là* est la distinction importante.

Car l'individu hautement manipulateur a une réaction différente. Au lieu de progresser, il utilise ces réponses pour perpétuer un cycle de comportement destructeur et, en fait, manipule les autres pour provoquer ce genre de réaction chez eux afin d'alimenter ce cycle. En conséquence, la réponse normale de sollicitude produit l'effet inverse chez ces individus malades mentaux et perpétue le problème au lieu de l'arrêter.

Dans la plupart des cas, le malade mental

ne procède pas de manière consciente à cette manipulation. Ce n'est pas délibérément qu'il cherche à prendre le contrôle sur les autres. Bien souvent, il est réellement pris au piège dans un cycle où il recrée les relations à problèmes qu'il a eues dans le passé et il n'a pas conscience d'utiliser la manipulation pour pousser son interlocuteur présent à lui répondre de la même manière que dans ces relations antérieures.

Compte tenu de cette tendance connue et des sentiments qu'elle engendre chez le soignant – un phénomène appelé contre-transfert en terminologie psychiatrique –, il importe que celui-ci soit très vigilant lorsqu'il travaille avec des individus manipulateurs. C'est la seule façon d'éviter d'être pris dans l'engrenage et la seule manière de les aider à reconnaître ce qui se passe pour pouvoir briser le cycle destructeur.

Avec les enfants, ce n'est pas aussi tranché. En termes de développement, ils sont encore très égocentriques, ce qui signifie qu'ils ne sont pas aptes à réfléchir sur eux-mêmes aussi objectivement que plus tard, pendant l'adolescence et la vie d'adulte. De plus, dans le cas de Cassandra, le problème de la personnalité multiple compliquait encore les choses. Souvent manipulatrice dans le service ou en début de séance de thérapie, elle paraissait en revanche très sérieuse à d'autres moments. Etions-nous dans ce cas en connexion avec une nouvelle personnalité naissante qui ne manipulait pas ? A moins que toute cette histoire de personnalité multiple ne soit elle-même qu'une manipulation ? C'était improbable, compte tenu de l'âge de Cassandra, et cela aurait indiqué un degré de pathologie effrayant. Néanmoins, cette possibilité ne pouvait être exclue. Aussi me fallait-il rester particulièrement en alerte et garder l'esprit ouvert. Ces personnalités pouvaient être un moyen utile d'atteindre Cassandra. Et en même temps, elles étaient peut-être là pour prendre le contrôle sur moi.

Cassandra était une fois de plus en isolement quand je vins la chercher. J'ouvris la porte et j'entrai. Je m'assis à côté d'elle. Elle ne leva pas les yeux.

— A chaque fois que je viens te chercher, maintenant, tu es en isolement.

— C'est parce qu'ils me détestent, grommela-t-elle.

— Non, je crois que c'est parce que tu n'observes pas les règles.

Pour toute réponse, elle se contenta de donner quelques coups de talon rageurs sur le sol.

— Il y a certaines choses que nous ne pouvons pas te laisser faire, dis-je. Cela nous embête beaucoup pour toi de te faire passer ton temps en isolement, mais voilà ce qui arrive quand tu n'observes pas les règles.

— C'est pas juste !

— Tu trouves que ce n'est pas juste ?

— Non ! Parce que j'y peux rien, marmonna-t-elle.

— Tu ne crois pas que tu pourrais essayer de t'empêcher d'agir comme ça ?

— Non ! Je serais pas là sinon, tu crois pas ? Sois pas bête. (Elle martela de nouveau le sol avec ses pieds.) J'aimerais être morte.

— Tu es vraiment en colère.

— Je te déteste. Tu sais rien faire. Tu me soignes pas du tout.

— Ce serait plus facile de t'aider si tu n'étais pas en isolement, tu ne crois pas ?

— Le docteur Marron, elle, elle m'aidait. Quand je la voyais, elle faisait pas tout un tas de règles comme toi. Elle avait même pas de chambre d'isolement. J'allais mieux quand j'étais avec elle.

— Tu aimerais que je sois le docteur Marron. Et tu aimerais pouvoir faire ce dont tu as envie. Mais malheureusement, ce n'est pas toujours possible parce que nous ne pouvons pas te permettre de te faire du mal ou de faire mal aux autres.

— Ouais, mais toi, tu veux toujours qu'on fasse ce que toi, tu veux. Tout, tu veux qu'on fasse tout comme tu veux. Et ça, c'est pas juste.

— Je suis plus âgée et j'ai plus d'expérience. On m'a appris un tas de choses importantes qu'il faut savoir. Alors quand je te demande de faire comme je le veux, c'est parce que je sais que c'est comme ça qu'on aide les enfants à aller mieux.

— Le docteur Marron, elle connaissait plus de trucs que toi, dit-elle avec dédain.

— Cassandra, je sais que tu aimais bien la docteur Marron…

— Non, je l'aimais pas. J'étais obligée d'y aller. Mais elle, elle savait ce qu'elle faisait.

— D'accord. Ce que je veux te dire, c'est que ça ne sert à rien de ramener toujours le docteur Marron sur le tapis. Elle n'est pas là. On va donc arrêter de parler d'elle. Et à partir de maintenant, quand tu commenceras à vouloir discuter d'elle, je ne participerai pas.

— J'aimerais mieux que ce soit elle qui soit là.

Je me levai.

Cassandra tourna vivement la tête vers moi.

— Bon, je m'en vais, annonçai-je.

— Hein ?

Je me dirigeai vers la porte.

Elle se leva d'un bond.

— Hé, attends ! C'est ma séance, hein !

— Oui, je sais. Mais, malheureusement, tu es en isolement.

— Ouais, mais toi, tu dois travailler avec

moi. C'est l'heure à laquelle je viens toujours avec toi, protesta-t-elle en criant.

— Oui, je sais. Mais tu n'es pas prête aujourd'hui.

— Si, je suis prête. J'ai jamais dit que j'étais pas prête ! Pourquoi tu es toujours aussi chiante ?

— Tu n'es pas prête parce que tu es en isolement. Et pourquoi es-tu en isolement ?

Cassandra haussa les épaules.

— Je sais pas.

Je la regardai fixement.

— Je m'en rappelle plus, précisa-t-elle.

— OK, dans ce cas, je vais t'aider à te rappeler, lui dis-je. La première raison, c'est qu'une fois de plus on t'a retrouvée dans la chambre de Selma. La deuxième raison, c'est que tu n'es pas sortie de sa chambre quand on te l'a demandé, alors que tu sais très bien que tu n'as pas le droit d'y aller. La troisième raison, c'est que tu as frappé Larry et que tu t'es battue avec lui quand il a essayé de te faire sortir. La quatrième raison, c'est que tu as hurlé que Larry t'a fait subir des attouchements alors que ce n'était pas vrai. Voilà pourquoi tu es ici. Et quand on est en isolement, on doit y rester jusqu'à l'heure prévue et jusqu'à ce qu'on se maîtrise un peu mieux.

— Je me maîtrise bien, déclara Cassandra.

— Oui, c'est ce que tu dis, mais les faits prouvent le contraire. Ça fait quatre jours que je te retrouve en isolement à l'heure de notre séance. A chaque fois, je t'ai permis de venir avec moi, mais le lendemain matin, je te retrouve en isolement. Ça, ça veut dire que les mêmes choses se reproduisent encore et encore, et pas du tout que tu te maîtrises mieux. En te voyant reproduire les mêmes choses encore et encore, je finis par m'inquiéter et me dire que je ne t'aide pas en te faisant sortir d'ici pour nos séances. Donc, à partir de maintenant, si tu veux venir en séance avec moi, il faut que tu sois dans le service et non pas en isolement. Quand tu seras ici, tu y resteras jusqu'à l'heure d'en sortir ; et si tu rates notre séance, j'en serai désolée, mais ça ne changera rien.

— C'est dégueulasse ! hurla-t-elle, le visage rouge d'indignation. C'est pas juste !

T'inventes des règles au fur et à mesure ! Juste pour faire ta chef !

— Je regrettes que tu le prennes comme ça. Mais mon travail, c'est de t'aider à aller mieux pour que tu puisses rentrer, et quand je vois que ce que je fais ne t'aide pas, alors je change.

— C'est pas juste ! Tu me détestes ! Tu veux pas m'aider ! Tu veux pas que j'aille bien !

Je sortis et refermai la porte derrière moi.

Cassandra fut prise d'une terrible crise de fureur. Criant, braillant, hurlant comme un animal blessé, elle se jeta contre les murs capitonnés, contre la porte capitonnée.

Le pire moment de tous ceux que j'avais connus avec elle fut celui où je m'éloignai.

25

La perte de Drake continuait à me ronger. Le week-end passa et on entama la semaine suivante, mais je ne cessais de penser à lui, rejouant dans ma tête nos séances de thérapie, essayant de glaner dans ma mémoire ce que je n'avais pas encore réussi à voir dans la vie réelle.

Je ne pouvais imaginer que trois scénarios possibles pour expliquer son mutisme. Dans le premier, Drake était comme il m'était apparu en observation : un mutique électif, qui, par ailleurs, se trouvait également être un enfant sociable et bien équilibré. Si tel était le cas, je n'étais pas trop inquiète sur son pronostic à long terme. A mon sens, il était adaptable et mentalement stable. De ce fait, le mutisme se résoudrait probablement dans le processus du développement, que nous sortions la grosse artillerie ou non.

Dans le deuxième scénario, Drake ne parlait pas parce que, en fait, il n'en avait pas la capacité. Il existait une cause physique à son silence. La cassette audio et le compte rendu de la Mayo rendaient cette thèse improbable, mais, si c'était le cas, laisser le problème en l'état ne ferait que créer des problèmes plus importants à long terme. Nous étions en train de perdre un temps précieux à chasser des problèmes imaginaires au lieu de nous occuper du vrai problème.

Dans le troisième scénario, Drake était un enfant en danger réel. Avec un mutisme aussi sévère à un âge aussi précoce, tous les clignotants étaient au rouge, signalant un environnement gravement perturbé. Curieusement, il n'avait donné aucun autre signe de détresse. Mais force était de reconnaître qu'il savait jouer à merveille de son charme pour détourner l'attention des sujets qu'il ne voulait pas aborder. Peut-être usait-il de la même remarquable maestria pour ne pas parler afin de faire barrière aux sentiments traumatisants. Si tel était le cas, nous étions passés à côté.

Sans répit, je réfléchissais à ces différentes interprétations. Toutes comportaient un vice irréfutable. S'il allait bien et que ce n'était qu'une affaire de caprice d'enfant, pourquoi l'intervention n'avait-elle pas marché ? Si c'était une incapacité physique, comment pouvait-il parler sur la cassette ? Pourquoi n'avait-on rien trouvé à la Mayo ? Si c'était le résultat d'un traumatisme, pourquoi n'y avait-il pas d'autres indicateurs ? Pourquoi n'avions-nous pas vu sa résistance vaciller d'un iota pendant le traitement ?

Le seul élément flou était la famille. En dépit de la respectabilité et de la réussite sociale qui en faisaient des notables de la bonne ville de Quentin, il ne fallait pas être grand clerc pour déceler des dysfonctionnements sous la surface. Le pire de tous était, naturellement, Mason Sloane. Avec son comportement tyrannique et son caractère irascible, c'était un despote perfectionniste. Jamais nous n'avions eu ni les uns ni les autres la moindre occasion de parler aux parents de Drake sans la présence de son grand-père, hormis la brève conversation que j'avais eue avec Lucia à Quentin après sa sortie tonitruante. En dehors de cela, le patriarche avait eu la mainmise sur tout.

Je me posais de plus en plus de questions sur le rôle de Lucia dans tout cela. Sloane concentrait toute l'attention sur lui avec son comportement outrancier, mais Lucia, en réalité, était dans une position beaucoup plus stratégique vis-à-vis de Drake. Je n'avais pas eu assez de contacts avec elle pour savoir si le fait d'être entrée dans une famille aussi difficile était la source de ses problèmes ou si elle avait des problèmes par elle-même. Mais l'anxiété et la tristesse suintaient par tous les pores de sa peau.

Et le père de Drake ? On nous disait que Drake avait un père, mais personne parmi nous n'en avait eu de preuve concrète. Lorsque l'enfant avait été amené dans l'unité, il l'avait été par son grand-père et par sa mère. Ce jour-là aussi, Walter « travaillait ».

Avec un tel groupe d'adultes en présence, le dysfonctionnement était une supposition rationnelle, mais était-ce suffisant pour en conclure à l'existence d'abus sexuels graves ? De plus, des suppositions, même logiques, ne sont pas des preuves. C'est là une distinction très importante, et nécessaire.

Néanmoins, c'était cette dernière interprétation du mutisme qui pesait le plus lourd dans mon esprit.

A la fin, ne pouvant me décider à abandonner cette affaire, je résolus d'appeler la famille Sloane. C'était une procédure autorisée. Comme nous étions en partie une unité de diagnostic, les soins de longue durée étaient presque toujours effectués sur le lieu de résidence de l'enfant. Nous procédions donc à un suivi normal immédiatement après la sortie d'un enfant afin de continuer les programmes initiés dans l'unité. Avec Drake, ce ne serait pas le cas, compte tenu de la manière dont il avait été enlevé. Mais un appel téléphonique de suivi entrait dans le cadre du protocole.

J'espérais avoir la chance de tomber sur un moment où Lucia serait seule. Je décidai d'appeler en début d'après-midi, car c'était l'heure de la sieste, tant pour Drake que, peut-être, pour le tyran, où qu'il se trouvât.

Ce fut Lucia qui répondit. Je crus noter un léger sursaut quand elle entendit mon nom. Je lui dis combien je regrettais que les choses aient fini de cette façon, et lui appris que je me préoccupais toujours de son fils. J'expliquai que mes fonctions exigeaient d'assurer le suivi de notre travail dans l'unité, et que j'appelais pour prendre de ses nouvelles.

— Il va bien, me répondit-elle d'une voix qui sonnait faux. Il est retourné à la maternelle lundi. Tout le monde était content de le revoir. Il était content d'être de retour.

— Tant mieux. Et qu'est-ce qui va se passer maintenant, selon vous, pour son mutisme ?

Je l'entendis prendre une inspiration, comme si elle s'apprêter à parler, mais rien ne vint.

— Vous envisagez de continuer à chercher une solution pour l'aider ? insistai-je.

— Père dit qu'il y a un programme en Californie, répondit-elle d'une toute petite voix.

— « Père », c'est M. Sloane père ?

De petits bruits se produisirent à l'autre bout du fil. J'imaginai qu'elle hochait la tête, mais elle ne dit rien.

— De quel programme s'agit-il ? D'un programme spécial pour traiter le mutisme électif ?

Les seuls programmes de Californie connus au niveau national étaient destinés aux enfants autistes, et cette nouvelle me consterna. J'eus l'horrible vision d'un Mason Sloane, mû par des espoirs irréalistes, traînant Drake de spécialiste en spécialiste à travers tout le pays.

Lucia n'avait toujours pas répondu. J'entendais des froissements et des bruits divers à l'autre bout de la ligne, mais elle gardait le silence.

— Lucia ? interrogeai-je.

C'est alors que je compris qu'elle était en train de pleurer.

J'hésitai à en tenir compte, de peur de l'embarrasser, mais, finalement, je me lançai :

— Ça ne va pas ?

Elle n'avait pas simplement la voix nouée. Elle sanglotait et semblait incapable de parler.

— Est-ce que je peux vous aider en quoi que ce soit ?

— Excusez-moi, finit-elle par prononcer.

— Non, non, ne vous excusez pas. Ne vous faites pas de souci. Je sais que tout cela est très démoralisant.

— Oui, avoua-t-elle au milieu des larmes.

— Ne vous inquiétez pas. Je ne suis pas pressée. Prenez votre temps.

Mais mes paroles parurent aggraver les choses au lieu de les améliorer.

— Est-ce que je peux faire quelque chose pour vous aider ?

— Non.

Ses sanglots redoublèrent.

— Vous êtes sûre ?

Elle me répondit par des pleurs.

— Peut-être devrions-nous nous rencontrer. En tête à tête. Nous pourrions parler de tout cela. Vous pensez que ce serait bien ?

— C'est trop loin, répondit-elle en sanglotant.

— Le trajet est long, mais ce n'est pas trop loin. Si vous le souhaitez, je viendrai. Vous et moi toutes seules. Qu'est-ce que vous en pensez ?

Elle émit quelques petits sons plaintifs que je pris pour un accord.

Je sortis mon agenda.

— Je pourrais venir mercredi, mercredi après-midi. C'est possible ?

— Non, dit-elle d'une voix faible. Ce n'est

pas possible. Ça ne peut pas être ici. Il sera là.

Et ses pleurs redoublèrent. Pendant une ou deux minutes, elle fut incapable de parler.

— Quelle date proposez-vous ? insistai-je.

— Jeudi après-midi. Au Starbucks. Au centre commercial, à l'angle, parvint-elle à articuler.

Je parcourus mon agenda, en faisant travailler mon cerveau à toute vitesse pour trouver des solutions.

— Il faut que je vous parle, dit-elle d'une voix plaintive, ses pleurs reprenant de plus belle.

— Oui, bien sûr. Naturellement. Parfait. Jeudi, ça ira. Disons deux heures et demie ?

Je n'entendis pas la confirmation, car la communication s'interrompit là.

26

Je retournai au foyer en fin d'après-midi pour aller voir Cassandra. Comme nous n'avions pu avoir notre séance ce jour-là, puisque je l'avais laissée en chambre d'isolement, je souhaitais régler quelques points avant notre prochaine rencontre.

Elle regardait la télé, affalée sur un fauteuil.

— Salut, dis-je. Je peux te parler, s'il te plaît ?

— Ouais, bien sûr, répondit-elle avec empressement en se levant d'un bond.

Elle était habillée comme pour aller à un cours de danse – un caleçon noir, un long tee-shirt rose à manches longues par-dessus lequel elle avait passé un tee-shirt noir à manches courtes – et cela soulignait sa silhouette gracile, son côté arachnéen. L'espace d'une seconde, je vis une Audrey Hepburn enfant, ses mouvements gracieux, ses immenses yeux sombres et sa coupe à la garçonne.

Je l'entraînai à l'autre bout de la salle, loin de la télé et des oreilles indiscrètes.

Cassandra grimpa sur le dos d'un fauteuil de plastique orange et se laissa glisser sur le siège.

— Tu veux me parler de quoi ? s'enquit-elle.

Je m'assis dans le fauteuil voisin du sien.

— Je veux qu'on tire quelques petites choses au clair avant la prochaine séance.

— Quoi ? demanda-t-elle d'un petit ton gai, enjoué, comme si elle s'attendait à apprendre quelque nouveauté très intéressante.

Comme toujours quand j'étais avec elle, mon cerveau travaillait à toute vitesse, essayant d'interpréter ce qui se passait. Cet optimisme désinvolte était-il une manifestation de la dissociation ? Agissait-elle à présent comme une personne différente parce qu'elle était littéralement une personne différente ? Ou cela faisait-il partie de sa tactique de manipulation défensive ? Espérait-elle qu'en agissant comme si rien ne s'était passé – en « faisant semblant d'oublier » – je ferais de même ?

— A partir de maintenant, annonçai-je, nous allons aborder les choses un peu différemment, parce que pour l'instant, la manière dont nous nous y prenons ne nous fait pas beaucoup avancer.

— Tu stresses beaucoup, toi, non ?

commenta-t-elle le plus sérieusement du monde.

— Ce serait bien si tu écoutais ce que j'ai à te dire, Cassandra.

— J'écoute, répondit-elle avec amabilité.

— Voici comment ça va se passer maintenant. Quant tu seras en isolement à l'heure de nos séances, tu resteras en isolement.

— C'est pas ça qui m'aidera beaucoup. Je croyais que tu voulais que j'aille mieux.

— C'est la grosse erreur que nous avons commise. La question n'est pas que moi, je veuille que tu ailles mieux, c'est que toi, tu veuilles aller mieux. Je ne peux pas te faire aller mieux toute seule. De plus, et ça, c'est encore plus important, ce n'est pas moi qui suis responsable, c'est toi. Donc, si je te trouve en isolement, je me dirai : « Aujourd'hui, Cassandra n'a pas envie de travailler à aller mieux », et je partirai faire autre chose.

Elle me regarda d'un air pensif, mais toujours assez détaché. Elle dégageait une assurance presque palpable. Elle ne répondit rien.

— Et si, en entrant en salle de thérapie, je dis : « Aujourd'hui, on va faire ceci », et que toi, tu me réponds : « Je ne veux pas », ou « Moi, je vais faire autre chose », ou « Je veux qu'on fasse comme je veux », ou que tu nous empêches d'une façon ou d'une autre de faire ce que nous devons, là encore, je me dirai : « Aujourd'hui, Cassandra ne veut pas travailler à aller mieux », nous arrêterons de travailler et je te ramènerai dans le service.

— C'est pas ce que tu devrais te dire, répliqua-t-elle. Tu devrais te dire : « Aujourd'hui, Cassandra ne veut pas travailler à aller mieux avec moi. » Parce que peut-être je veux travailler à aller mieux, mais que je veux pas le faire avec toi.

— Oui, tu as raison. Ce serait une autre manière de le dire. Le résultat est le même, c'est que nous ne travaillerons pas ensemble parce que tu ne voudras pas travailler ce jour-là.

— Moi, ça m'est égal, dit-elle d'un ton détaché. J'aime mieux être dans le service qu'avec toi. J'ai horreur d'être avec toi.

Sa voix restait agréable.

— C'est toi qui décides. Ce que je te dis, c'est que, plutôt que de m'inquiéter et d'essayer de te faire coopérer si tu ne le veux pas, j'irai dans le sens de ta décision. Si tu décides de travailler avec moi, tu viens en salle de thérapie avec moi et nous travaillons. Si tu décides que tu ne veux pas travailler avec moi, tu peux rester ici, au foyer, pendant la durée normale de notre séance. Ou si tu es en isolement, tu peux rester en isolement.

Silence.

Mes paroles avaient fait mouche. Envolés, le détachement et la désinvolture. Nous entrions dans la phase des regards agressifs. Cassandra se pencha en avant comme pour mieux me fusiller des yeux.

— Pourquoi tu me dis ça ? jeta-t-elle.

— Parce que ce sont les nouvelles règles.

Elle se recula sur son siège et entoura de ses bras les bras métalliques du fauteuil. Ses yeux ne quittaient toujours pas les miens.

— Tu me détestes, hein ? dit-elle.

Ce n'était pas une question. Sa voix était dénuée d'émotion. Elle avait prononcé ces paroles comme si elle avait constaté : « Tu as les yeux bleus, hein ? »

— Non, je ne te déteste pas, répondis-je. Au contraire, je t'aime bien. C'est simplement que mon boulot est de t'aider et que, tant que tu ne veux pas travailler avec moi, je ne peux pas.

— Tout le monde me déteste.

C'était dit du même ton indifférent.

— Si c'est ce que tu ressens, j'en suis désolée.

— C'est injuste.

— Tu as l'impression que la vie n'est pas juste envers toi, c'est ça ?

Elle hocha vigoureusement la tête.

— Qu'est-ce que tu vas faire pour arranger ça ? poursuivis-je.

Elle haussa les épaules.

— La vérité, Cassandra, c'est qu'en ce moment tout va très mal pour toi, pas vrai ?

Elle leva comiquement les yeux au ciel.

— Tu es punie dans le service, tu es tout le temps envoyée en isolement, tous tes privilèges sont sucrés, tu as des problèmes avec moi tous les jours, tu ne peux pas rentrer chez toi, tu dois te battre pour échapper à des pensées affreuses. Tout va très mal pour toi.

A nouveau, elle haussa les épaules.

— Tu essaies de faire comme si tout allait bien, repris-je. Là, en ce moment. Tu veux faire comme si ce n'était pas grave. Et je comprends très bien. Je suis sûre que ça fait très, très peur d'être obligée d'affronter cette vie en permanence. Tes problèmes sont partout. Ils affectent tout. Ils incluent tout le monde. Tu ne peux pas y échapper, même pas une seconde. Donc j'imagine qu'en faisant comme si ce n'était pas grave, tu as l'impression, au moins pendant quelque temps, qu'ils ne te font pas trop mal. Je comprends très bien. Je comprends pourquoi tu agis comme tu le fais.

Mes paroles parurent avoir pris la fillette par surprise. Elle qui soutenait mon regard depuis le début de la conversation se détourna, mal à l'aise. Elle fronça les sourcils. Je m'attendis à la voir nier toute responsabilité, rejeter la faute sur moi, sur les gens de l'unité qui étaient incapables de l'aider à aller mieux, mais non. Elle resta assise, immobile, les yeux dans le vague.

— Mais le véritable problème que nous avons, toutes les deux, dis-je, ce n'est pas le fait que tu aies peur. Je sais que tu as très peur. Je sais que tout ça, c'est grave pour toi et je sais que tu prends ces choses très au sérieux. Je sais aussi que c'est très, très difficile pour toi à supporter. Le vrai problème, c'est que tu n'as pas encore décidé de quel côté tu es. La vérité vraie, Cassandra, c'est que moi, je ne peux pas te faire aller mieux. Ta maman non plus. Le docteur Marron non plus. Même si on t'a enlevée de là où on te faisait du mal, comme quand tu étais avec ton père, et si on t'a ramenée dans des endroits où tu es bien en sécurité, ce n'est pas pour autant que tu iras mieux. Tu sais pourquoi ?

Elle baissa la tête. Elle ne répondit pas.

— C'est parce que ce qui ne va pas ne se trouve pas là où sont ta maman, et le docteur Marron, et moi. C'est là-dedans que ça se trouve. (Je lui tapotai la poitrine.) C'est à l'intérieur de toi. Et partout où tu vas, tes soucis viennent avec toi. Le problème, c'est celui-ci : cet endroit plein de soucis à l'intérieur de toi te fait très mal. Je le sais,

Cassandra. Il t'est arrivé des choses terribles, des choses qui ne devraient jamais arriver aux enfants. Mais toi, elles te sont arrivées et elles te font très mal. Je le comprends très bien. Je comprends aussi qu'il soit naturel d'essayer de protéger une chose à laquelle on a fait un mal terrible. Je comprends que c'est ce que tu fais, que tu ne veux pas vraiment être insupportable et difficile pour tout le monde. Tu essaies simplement de protéger cet endroit agité à l'intérieur de toi, parce qu'il a très mal, et que tu ne veux pas qu'on lui fasse mal de nouveau.

« Malheureusement, il y a un très gros problème : tu as tellement bien protégé cet endroit agité que tu as fini par te mettre de son côté. Tu as fini par dire : Je vais veiller sur toi, Endroit agité, quoi qu'il arrive. Jamais je ne laisserai personne te faire du mal. Mais ce qui se passe, c'est que maintenant, c'est à toi qu'il fait du mal, Endroit agité, parce qu'il te fait faire toutes ces mauvaises choses pour le protéger.

« Il faut que nous changions cela. Pour que nous puissions faire en sorte que tu ailles mieux, Cassandra, il faut que tu te mettes de *notre* côté. Du côté qui essaie de réparer cet Endroit agité, pour qu'il guérisse, pour qu'il s'en aille et te laisse tranquille.

« Nous *pouvons* y arriver. Nous pouvons gagner. Mais nous ne pouvons y arriver que si nous, tous ensemble, nous sommes du même côté, parce que c'est trop difficile pour une personne seule de gagner, quelle que soit cette personne, toi, ou ta maman, ou la docteur Marron. Nous devons apprendre à nous battre ensemble comme une équipe, parce que c'est le seul moyen d'être assez forts pour faire en sorte que ce qui s'est passé arrête de te faire mal.

Les lèvres de Cassandra se mirent à trembler. Les larmes jaillirent au coin de ses yeux.

Je posai la main sur son épaule.

Elle se pencha en avant, très bas, si bas que son front toucha ses genoux. Elle sanglotait.

C'était la première fois que je la voyais pleurer réellement et elle pleura abondamment.

On était en fin d'après-midi, il était environ quatre heures et demie. L'épaisse couche de nuages rendait le ciel plus sombre que d'ordinaire à cette époque de l'année. Partout ailleurs, dans l'hôpital, les néons brillaient, mais le foyer était doté de lampes bizarres, de petites ampoules ordinaires alignées au plafond, pour permettre de tamiser la zone de la télévision sans plonger toute la grande pièce dans l'obscurité. Et c'était une grande pièce, qui tenait plus du hall de gare que de la pièce à vivre. L'heure tardive, le temps et la télévision la plongeaient dans une atmosphère nocturne. En dehors des lumières crues qui brillaient dans la salle de soins infirmiers, c'était la pénombre.

Pour une raison inconnue, toute cette ambiance me fit une forte impression, au même titre que les meubles, un ensemble de fauteuils durs à bras métalliques, lavables, résistants à l'eau – des meubles d'hôpital –, qui, peut-être dans un effort raté pour les faire paraître moins marqués « hôpital », étaient d'une couleur impossible à supporter dans la vie courante, un orange vif alterné avec un turquoise non moins criard.

Cassandra pleurait, et je restais assise sans mot dire, sans penser, me contentant d'exister, laissant l'éclairage et les meubles marquer leur empreinte sur moi.

Je me levai à un moment donné pour partir à la recherche d'une boîte de mouchoirs en papier dans la salle de soins infirmiers. Munie de la boîte, je revins m'asseoir.

Je gardais la main sur le dos de Cassandra, en lui frottant les épaules de temps en temps. Mais le reste du temps, je laissais ma main posée dessus. On nous déconseillait de toucher les enfants au-delà de la main sur l'épaule, pour notre propre sécurité en cet âge critique, et aussi parce que la plupart des enfants avaient un problème avec le contact physique. Dans le cas d'une enfant comme Cassandra, il était indispensable d'observer ces limites du fait de ses mensonges. Néanmoins, je sentais qu'il était crucial de la toucher maintenant, de rompre l'isolement physique et de répondre par un contact approprié exprimant la sympathie et la sollicitude.

Ses larmes étaient intarissables. Elle pleura à gros sanglots pendant plus de dix minutes, le corps plié en deux, le visage enfoui dans ses mains, isolée des autres. Puis, écrasée sous le fardeau de tant de larmes, elle faiblit. Le souffle lui manqua, elle se releva pour respirer.

Je sortis des mouchoirs en papier et les lui tendis. Elle les prit, toute une poignée, et les appuya sur sa figure. Ses pleurs reprirent de plus belle.

Le temps passa. Je ne parlais pas. Cassandra continuait à pleurer. Comme de petits flocons de neige, les mouchoirs utilisés s'amoncelèrent sur ses genoux et autour du fauteuil. Le temps passa encore.

Les enfants abandonnèrent la télévision et quittèrent la pièce pour le repas du soir. Un infirmier s'approcha de nous, mais s'arrêta à quelque distance. Il nous observa un moment, se demandant s'il devait emmener Cassandra à la salle à manger. Mais il ne dit rien. Je ne soufflai mot, moi non plus. Nous nous contentâmes d'échanger un regard, et je secouai la tête. Il tourna les talons. A présent, Cassandra et moi étions seules dans l'immense salle plongée dans la pénombre.

Enfin, les larmes cédèrent la place au hoquet. La fillette était affalée sur la droite, la tête quasi posée sur le bras du fauteuil. Son visage était gonflé et rouge ; elle ne respirait que par la bouche.

— Je suis fatiguée, murmura-t-elle.

— Oui, bien sûr.

— Je déteste pleurer.

Je me contentai d'un hochement de tête.

Puis, à nouveau, le silence. Cassandra demeurait recroquevillée sur le côté, tamponnant ses joues cramoisies et son nez qui coulait.

Les bruits communs à tous les hôpitaux nous arrivaient par afflux, faits surtout de sons métalliques, de claquements, de grincements, de bourdonnements assourdis par les murs et les couloirs. Mais il y avait aussi les bruits de voix, toujours lointaines, toujours estompées, un simple bruit humain.

Cassandra me fixa, d'un regard calme,

pénétrant, et soutint un instant mon regard qui croisait le sien, avant de détourner les yeux.

— Je peux te dire quelque chose ? demanda-t-elle enfin.

— Bien sûr, répondis-je.

— Quand j'étais petite, oncle Beck venait dans ma chambre quand je dormais.

Je hochai la tête.

— C'était quand j'étais chez mon papa. C'était tout le temps oncle Beck qui me gardait. Je sais pas où il allait, mon papa. Mon papa, il n'était pas souvent là, mais oncle Beck, il était là tout le temps.

Je me reculai dans mon fauteuil.

— Quand j'étais couchée, il venait et il se mettait sous les couvertures avec moi. Il me touchait. Il mettait ses mains partout sur moi.

— Moi, je n'aurais pas aimé que quelqu'un me fasse ça, commentai-je.

— Je pouvais rien faire. Quand j'essayais de lui dire de partir, il mettait ses mains sur ma bouche. Une sur ma bouche et l'autre autour de mon cou. Il disait : « Je pourrais te casser le cou comme une allumette, petite salope. » Je crois que c'était vrai.

J'acquiesçai d'un mouvement de tête.

— Il pouvait pas mettre sa bite dans mon con, parce qu'il fallait qu'il me tienne, qu'il garde sa main sur ma bouche et une main autour de mon cou. Alors il mettait sa bite dans le trou de mes fesses.

Elle se tut un instant. Elle ne me regardait pas. Elle détournait la tête, les yeux dirigés vers le bas, vers le sol.

— Ça fait tellement mal, dit-elle dans un souffle. Ça fait tellement mal. J'avais envie de pleurer, de pleurer, de pleurer.

Je hochai la tête.

— Mais je pouvais pas. Il voulait pas que je lui dise que j'aimais pas ça, que je voulais pas qu'il fasse ça. Il se mettait très en colère quand je lui disais ça. Il disait : « Petite salope, tu en as envie, tu le sais très bien. Tu penses qu'à ça. Alors arrête de dire des conneries. » Mais quand je pleurais, il détestait encore plus. Là, il était vraiment, vraiment en colère contre moi. Des fois, il mettait un morceau de papier journal par terre et il chiait dessus. Et il prenait la merde et il me la mettait dans la bouche. Il disait que puisque je le faisais chier, j'avais qu'à bouffer sa merde. (Un silence.) Maintenant, quand je pleure, dans ma bouche, je sens la merde.

Silence.

Cassandra conservait sa position, penchée sur le bras du fauteuil. Son expression était lointaine, tournée vers l'intérieur.

— C'est horrible, Cassandra. Il s'est passé des choses absolument terrifiantes quand tu étais avec ton père. Tu as vécu des choses épouvantables.

Elle hocha imperceptiblement la tête.

— Ça me fait beaucoup de peine pour toi. C'est très mal, ce que t'a fait oncle Beck. Ces choses-là ne devraient jamais arriver à une petite fille.

Une larme coula du coin de son œil. Elle n'eut pas un geste pour l'essuyer.

— Mais c'est du passé, maintenant, Cassandra. C'est fini. Tu es avec ta maman, tu es de nouveau en sécurité.

— Mais ma maman, elle m'a pas protégée.

— Ta maman, elle ne savait pas ce

que ton père allait te faire, mais maintenant, elle le sait. Ce n'est plus pareil maintenant. Ce n'est pas parce que ça s'est passé une fois que ça veut dire que ça se reproduira. Tu es en sécurité avec ta maman, maintenant. Oncle Beck n'est plus là.

— Si, il est là, rétorqua-t-elle à voix basse, avant de me regarder, brièvement, d'un regard qui en disait long.

Je lui rendis son regard.

— Parce que c'est vrai, ce que tu as dit.

Elle souffla longuement.

— Tu as dit que j'avais un Endroit agité dans moi. Et c'est vrai. Et c'est là qu'il vit maintenant, oncle Beck. C'est exactement comme tu l'as dit. Mon Endroit agité va partout où je vais. Même quand je veux pas, je le vois, oncle Beck. Même ici. Quand tout est trop calme, quand je fais pas attention, je le vois. Il recommence à me faire ces trucs.

— Alors il est temps de te débarrasser d'oncle Beck, Cassandra. Il n'a rien à faire dans ta tête. Ta tête, c'est un endroit personnel, privé, rien que pour toi.

Les grands yeux sombres de Cassandra cherchèrent les miens.

— Peut-être que tu crois qu'oncle Beck est trop fort, dis-je. Tu as dû vivre avec lui pendant toutes ces années. Tu as sans doute du mal à imaginer que tu pourras te débarrasser de lui, parce qu'il était très fort.

Elle hocha faiblement la tête.

— Mais c'est ce que je voulais dire quand je disais que nous devions être du même côté. Si nous travaillons ensemble, si toi et moi, et les infirmières et les médecins et ta maman et ton beau-père, nous nous unissons tous ensemble et que nous formons une équipe, on sera plus nombreux que lui. On sera plus forts. On pourra le battre. On pourra le faire partir.

Elle continua à me regarder avec une expression indéfinissable.

— Tu comprends ? Tu vois comment ça marche ? Nous tous ensemble, du même côté, dis-je en levant la main et en écartant les doigts, et oncle Beck tout seul de son côté. (Je levai un doigt de l'autre main.) Tu vois ? Nous, on sera plus forts, d'accord ?

Une personne seule ne peut pas se battre contre tous ceux-là.

Elle acquiesça.

— Mais comme ça, c'est moins fort, hein ? dis-je en levant quatre doigts d'une main et deux de l'autre. Parce que ça, c'est oncle Beck et toi de ce côté, et nous autres là. Ce serait plus dur.

— Je suis pas du côté d'oncle Beck. Je veux pas être de son côté.

— C'est bien pour ça que tu dois arrêter de protéger cet Endroit agité, parce que c'est là que vit oncle Beck. Si tu le protèges, tu le protèges, là où il est. Il faut que tu passes de notre côté pour que nous puissions le chasser de là. Mais ça restera une grande bataille. Et parfois tu auras mal, parce qu'il faudra qu'on y aille et qu'on fouille dans cet Endroit agité pour trouver oncle Beck et ensuite le chasser. Mais c'est possible, Cassandra. Nous pourrons le chasser. C'est tout à fait possible.

Elle ne réagit pas. Elle restait dans la même position, effondrée sur le côté droit, la tête sur le bras du fauteuil, l'œil vague.

— Tu comprends ce que je t'ai dit ? lui demandai-je.

Il y eut un long silence, puis elle hocha lentement la tête.

— Alors, on essaie ?

Un nouveau silence, mais qui s'éternisa. Ses yeux étaient vides, comme morts. Puis, enfin, elle les leva sur moi. Elle acquiesça avec un hochement de tête imperceptible.

— OK.

27

Il était difficile de retourner à la vie ordinaire après cette conversation, non seulement parce qu'elle avait été d'une intensité incroyable, mais aussi parce qu'elle s'était produite à une heure tardive. Le matin, plus fraîche et prise ensuite par d'autres activités, j'aurais été moins sensible à son impact. Mais cette séance déchirante avait été mon dernier travail de la journée. Aussi son ombre pesa-t-elle sur moi, inexorable et implacable.

J'avais prévu de retrouver une amie après mon travail. Nous avions l'intention d'aller tester le dernier restaurant végétarien à la mode, et je devais ensuite l'aider à dénicher les rideaux de ses rêves. Mais ce soir-là, ce n'était pas possible. Je ne pouvais passer directement de Cassandra à une activité aussi frivole que le shopping. Je n'avais pas envie de gâcher le plaisir innocent de mon amie par des allusions à la vanité de son entreprise comparée aux souffrances du monde. Mais je n'avais pas davantage envie de nier mes propres sentiments ni l'horreur de la vie de Cassandra. Aussi téléphonai-je de vagues excuses et reportai-je la soirée.

Mais s'il était entendu qu'une soirée insouciante entre filles n'était pas le remède idéal, je savais aussi que retrouver mon appartement vide n'était pas la solution. Il me fallait un espace pour créer une distance avec cette conversation, lui donner des proportions objectives, réalistes. Un espace calme, respectueux, et une diversion calme, respectueuse.

Je m'arrêtai donc dans un petit fast-food dont la spécialité était les travers de porc et les frites, et je me rendis ensuite à la bibliothèque.

Il existait dans notre ville une association historique très active, et la bibliothèque principale mettait à la disposition du public une base de données riche et bien organisée sur l'histoire locale. Il y avait déjà un certain temps que je prévoyais de m'y rendre pour recueillir des renseignements sur la famille de Gerda, dans l'espoir de donner une structure plus concrète à la trame décousue de ses histoires.

La base de données, qui recouvrait la période comprise entre l'arrivée des premiers pionniers dans la ville en 1860 et l'année 1960, était divisée en trois parties. La première était constituée purement de statistiques : les naissances, les mariages, les décès, l'acquisition des terres, les chiffres du développement commercial et ainsi de suite. La deuxième était une collection de photos issues de différentes donations ou reproduites à partir de collections privées. La troisième était intitulée « Histoires de grand-mères » et était composée de souvenirs personnels glanés dans les récits que les membres de la Société d'histoire avaient réunis au fil des années en interrogeant les résidents âgés de la région.

Ce que je cherchais était l'histoire de la famille de naissance de Gerda, mais je ne connaissais pas son nom de jeune fille. Je m'attendais à des difficultés pour localiser cette information, mais je me trompais. Elle s'était mariée dans les années trente et son mariage figurait dans la base de données. A partir de ce détail, il me fut facile de retrouver son nom de jeune fille. Je remontai ensuite tout droit jusqu'à sa famille de naissance, car c'était un nom typiquement allemand.

J'éprouvai une curieuse sensation en voyant sous mes yeux les noms désormais familiers des récits de la vieille dame – Louisa, Willie, Alfred – mentionnés dans les statistiques sans âme de la base de données. C'était comme de se retrouver en face du certificat de naissance de Peter Pan ou de l'adresse de Frodon Sacquet.

Je ne pus déterminer si les parents de

Gerda étaient des immigrants eux-mêmes ou des Américains de la deuxième génération attirés par la grande communauté allemande implantée dans la région, au sein de laquelle l'allemand était toujours communément parlé dans certaines écoles publiques jusque dans les années cinquante. Le couple avait une histoire intéressante. Ils s'étaient mariés en Pennsylvanie, et, peu après, avaient entrepris un long voyage vers l'ouest pour prendre possession de ce qui était décrit comme une « terre de donation ». La terre était offerte par le gouvernement fédéral aux particuliers qui acceptaient de s'y établir et de l'exploiter. Un peu plus bas sur la page, je lus qu'ils n'étaient restés que quatre ans dans cette exploitation et étaient retournés dans l'Est.

L'histoire devint encore plus curieuse, car, au bout de huit ans, ils rebroussèrent chemin et revinrent dans l'Ouest. Cela m'étonna beaucoup, car la distance pour un seul trajet approchait les quatre mille kilomètres et cela à l'époque des chariots. Effectuer quatre voyages pour traverser le pays dans ces conditions paraissait une entreprise incroyable. Pourquoi n'étaient-ils pas restés dans l'Ouest la première fois ?

Je retournai aux statistiques pour vérifier les dates de naissance de Gerda et de ses frères et sœur. Elle était née dans le *homestead*, ainsi que Louisa, Willie, Alfred et Karl. Mais ce n'étaient pas les seuls enfants. Il y avait cinq enfants plus grands, deux nés en Pennsylvanie et trois durant la période où la famille vivait dans l'Ouest. Tous les cinq étaient morts pendant leur enfance. En vérifiant les dates, je constatai que quatre d'entre eux étaient morts à six semaines d'intervalle.

Il n'y avait pas d'autres détails. Des statistiques, et c'était tout. Les quatre enfants qui étaient morts les uns après les autres étaient trois filles et un garçon âgés de six, quatre, trois et un ans à l'époque de leur mort. L'autre était une fille, âgée de quatre ans, qui mourut à l'époque où la famille s'apprêtait à retourner dans l'Ouest pour la deuxième fois.

Je vérifiai les noms et les dates. Mais je n'avais aucun moyen de savoir comment et pourquoi tant d'enfants étaient morts à des périodes si rapprochées. La maladie ? C'était la conclusion logique, car, s'il s'était agi d'un accident, ils seraient sans doute morts en même temps. J'imaginai quelque chose comme la diphtérie, car je savais qu'il s'était produit deux épidémies catastrophiques au début de l'existence de la communauté. A moins que ce ne fussent la pauvreté et la dureté des conditions de vie. Impossible de le savoir.

L'histoire de ce couple continuait, même sous la forme sèche des statistiques. Un mariage, un nouveau départ vers l'Ouest, avec, sans nul doute, des rêves de richesse. Une terre à eux. Une terre de promesses. Et ensuite, le malheur. Loin de chez eux et de leurs familles, ils perdent tous leurs enfants. J'y regardai de plus près. Oui. Tous. Il s'était passé cinq ans entre ces décès et la naissance de la cinquième enfant destinée à mourir, une petite fille nommée Elfie. C'est alors que le couple avait plié bagage et était retourné à la maison, en Pennsylvanie. Et ensuite ? Qu'est-ce qui les avait décidés à refaire le long chemin qui les ramenait au *homestead* ? Le manque d'argent ? Pas de travail dans l'Est ? Ou quelque chose de plus audacieux ? Avaient-ils voulu échapper aux griffes de l'une des nombreuses communautés religieuses de Pennsylvanie, composées en majorité d'Allemands d'origine ? Ou avaient-ils eu l'intention d'y retourner depuis toujours ? Peut-être avaient-ils simplement besoin de se remettre sur pied, de retrouver la force de prendre un nouveau départ. Elfie était née au moment où ils avaient entrepris le voyage de retour. Les frères et sœur de Gerda et elle-même avaient vu le jour dans les années qui avaient suivi leur arrivée.

Dans une autre partie de la bibliothèque, je trouvai la confirmation de ce dont j'étais pratiquement convaincue, c'est-à-dire que la ferme où Gerda vivait avec ses chats et ses poules était effectivement la terre de donation où s'étaient installés ses parents près de cent ans auparavant.

Ma soirée à la bibliothèque me permit de marquer la transition avec l'intensité des émotions générées par la situation de Cassandra, mais elle fit lever en moi d'autres pensées. Pendant mon enfance dans le Montana, nous allions souvent nous promener en famille dans les villes fantômes voisines, et j'adorais les vieux cimetières abandonnés. Souvent situés à flanc de colline, isolés et battus par les vents, ils offraient des point de vue panoramiques d'une beauté à couper le souffle. Depuis, l'herbe à bison avait recommencé à recouvrir la terre, les tombes envahies par la végétation servaient désormais de refuge à des nuées de sauterelles vrombissantes et les serpents à sonnettes nichaient au milieu des pierres tombales effondrées. Une sorte de douce tristesse, presque une curieuse nostalgie, me submergeait alors et j'essayais de ressusciter dans mon imagination les personnes qui se cachaient derrière les noms gravés, les anges de pierre, les agneaux effacés par le temps.

Ce fut ce même sentiment qui m'envahit ce soir-là à la bibliothèque. Je fus étreinte par une émotion poignante qui me rappela que tout ce qui paraît d'une importance primordiale aujourd'hui est appelé à disparaître ainsi que les ombres du crépuscule, et à être oublié.

Le lendemain, je fis un crochet par le centre pour aller voir Gerda. Armée à présent de quelques informations concrètes sur son passé, j'espérais pouvoir la stimuler et engager la conversation. Une vraie conversation, un échange où l'on donne et où l'on prend.

J'attirai la chaise de plastique orange et je m'assis pour raconter à Gerda mes aventures à la bibliothèque. Elle suivit attentivement mes explications sur la manière dont j'avais procédé pour trouver les données concernant sa famille et la ferme. Je dis que je m'intéressais beaucoup à ce genre de choses. Je lui racontai que, pendant mon enfance, j'allais explorer les *homesteads* de ma région et que j'adorais entendre l'histoire des gens qui vivaient dans l'Ouest à cette époque.

Gerda m'écoutait, un doux sourire aux lèvres, un sourire très léger, mais elle ne parla pas.

— J'ai vu que vos parents étaient venus

de très loin, de Pennsylvanie, mais qu'au bout de quelques années ils y étaient retournés. Et ensuite, ils sont revenus. J'ai regardé sur l'atlas ce matin, et c'est à quatre mille cent quarante-cinq kilomètres d'ici.

Gerda ouvrait sur moi ses yeux bleu pâle.

— Vous saviez tout cela ?

Elle confirma d'un hochement de tête.

— C'est vraiment étonnant ! Ils ont sans doute marché presque tout le temps… avec des chariots, des bœufs… à travers les Rocheuses.

A nouveau, Gerda acquiesça.

— Est-ce qu'on en parlait, chez vous, de ces voyages ?

Gerda détourna les yeux. Dans une autre chambre, une patiente appelait. Sa voix était frêle et tremblante. « Infirmière ! Infirmière ! » appelait-elle, d'un ton plus plaintif que pressant. Pendant quelques instants, ses appels semblèrent détourner l'attention de Gerda.

— Laudanum, murmura-t-elle, les yeux toujours dirigés sur la porte.

— Pardon ?

Elle se retourna, mais sans me regarder.

Ses yeux se fixèrent sur un point invisible au bout du lit.

— Elle avait voulu goûter le laudanum. Maman le mettait dans une jarre en terre avec un bouchon. C'était précieux. Le laudanum, c'était précieux. C'était pour faire passer la douleur.

Je savais que le laudanum était une drogue à base d'opium qui avait été en vogue chez les poètes dépressifs du dix-neuvième siècle. Je me demandai ce qu'il venait faire ici, et qui était cette « elle ».

— Les gens n'en avaient pas, du laudanum, c'était rare. Maman elle l'avait apporté. Elle l'avait fabriqué elle-même. Elle mettait les paniers de fleurs de pavot sur la boîte. La boîte avec le revolver. Le revolver de papa. Complètement desséchées. Les fleurs de pavot desséchées, ça ressemblait à rien, mais elle, elle les tâtait pour vérifier et elle les faisait chauffer sur le feu. Maman disait qu'elles sont précieuses. Elles font passer la douleur.

— Votre mère faisait du laudanum elle-même avec des pavots ?

Gerda me regarda fixement. C'était un

regard extraordinairement inquisiteur. Elle scruta mon visage comme si elle prenait ma mesure, comme si elle cherchait à savoir si j'étais digne de ce qu'elle avait à me dire. Mais il y avait aussi une légère incertitude sous-jacente dans son expression, comme si elle avait oublié un instant qui j'étais. Puis, à nouveau, elle tourna les yeux vers la porte.

— Cet après-midi-là, elle était fatiguée, poursuivit-elle. Elle dormait. Maman elle n'arrivait pas à la réveiller. Et après, maman elle a trouvé la jarre de laudanum. Elle a vu qu'elle y avait touché. Qu'elle y avait goûté. Et puis comme c'était sucré, elle a tout mangé.

— Qui était-ce ? m'enquis-je.

— Ils ont pas pu la réveiller. Ils l'ont mise près du feu la nuit, mais elle dormait trop profondément.

— C'était l'une de vos sœurs ?

— Elle a dormi pendant deux jours. Après, elle est morte.

— Qui était-ce ? Vous pouvez me le dire ? Est-ce que c'était quelqu'un de votre famille ? L'une de vos sœurs ?

— Elle est morte. Quatre ans, elle avait. Et il y avait même rien qui disait qu'elle était née. Ils ont dû la laisser là. Enterrée là avec rien d'écrit. Personne pour se souvenir. Sauf maman.

— Et vous, dis-je.

Gerda me scruta et nos regards se croisèrent. Elle hocha la tête.

— Oui, je me souviens.

— Et moi aussi, maintenant.

28

J'annulai mes rendez-vous et m'arrangeai pour me rendre à Quentin le jeudi. J'étais très inquiète à l'idée que Lucia, ayant recouvré ses esprits après notre coup de fil, ne change d'avis, d'autant plus qu'elle prenait le risque de fâcher son beau-père. Cela pouvait très bien la refroidir et l'inciter à me poser un lapin. Inutile de dire que la perspective d'accomplir un voyage de sept heures pour un rendez-vous manqué ne me souriait pas particulièrement.

Je décortiquai cette conversation téléphonique avec Harry, dans tous les sens. Il était évident que quelque chose affectait Lucia, à en juger par son émoi et par le côté clandestin de la rencontre qu'elle m'avait proposée. La conclusion qui s'imposait était qu'elle avait d'importantes informations à me transmettre. Harry pensait qu'elle envisageait de quitter son mari, en emmenant Drake avec elle, bien sûr, et qu'elle s'exposait à une terrible fureur. Il me raconta que dans les familles de son Inde natale, fortement dominées par les mâles, la femme se trouvait souvent en grand danger quand elle essayait de prendre la fuite. La situation de Lucia était peut-être similaire.

Moi, de mon côté, je m'attendais à recevoir la révélation de la cause du mutisme de Drake. Lucia était désormais prête à divulguer ce qui s'était passé en secret, et qui avait affecté son fils aussi gravement.

Je discutai avec Harry de la manière de traiter cette sorte de révélation. En choisissant de me parler dans un endroit public, Lucia indiquait qu'elle ne voulait pas être chez elle. Etait-ce parce que l'auteur des abus était susceptible de nous surprendre ? Craignait-elle d'être écoutée ? De qui s'agissait-il ? De Mason Sloane lui-même ? Ou de son mari, Walter ? Jusqu'alors, ce dernier était resté un personnage très mystérieux.

S'il s'agissait de violences domestiques, comment venir en aide à Lucia ? Il serait capital de faire une déclaration à la police, mais elle pouvait très bien ne pas accepter immédiatement cette démarche. Malheureusement, Quentin était trop loin pour que Harry ou moi-même puissions avoir un contact personnel avec les services sociaux locaux. Existait-il un centre pour femmes violées ? Une maison d'accueil pour femmes battues ? La police était-elle sensibilisée à ces problèmes ? Dans quelle mesure les Sloane avaient-ils infiltré les infrastructures de la ville ? Etait-ce la ville décrite par le vieux tyran, propriété de sa banque, construite avec l'argent de la famille et, de ce fait, très peu encline à procurer à Lucia la confidentialité ou le refuge dont elle avait peut-être besoin ?

Et que se passerait-il si elle révélait des violences et ne souhaitait pas être aidée ? Si elle refusait que je m'en mêle, si elle souhaitait simplement que je l'écoute ? Et si elle révélait que Drake avait subi des abus tout en me recommandant de garder le secret ? J'avais déjà été confrontée à ce genre de situation et c'était l'enfer pour s'en occuper. Compte tenu de ma position, quelles étaient mes obligations légales en pareille situation ? Devais-je l'informer avant qu'elle ne se mette à parler, en l'avertissant que je ne pourrais maintenir la confidentialité si la santé de Drake était en jeu ? Devais-je dire que je serais tenue de faire un rapport, et prendre ainsi le risque qu'elle ne parle pas ? Ou devais-je me taire et trahir sa confiance en cas de besoin ?

Il y avait tellement d'inconnues ! Nous parlâmes pendant des heures, Harry et moi, essayant de passer en revue toutes les possibilités, essayant de nous préparer à toutes les éventualités.

La route était longue jusqu'à Quentin, et je ne m'y rendais pas avec autant d'insouciance que la première fois. A côté de moi, sur le siège, j'avais posé une feuille comportant les numéros que j'avais recherchés, ceux de tous les organismes d'aide que j'avais pu dénicher. J'apportais également des brochures sur la violence domestique et les agressions sexuelles sur les enfants et la manière de les traiter. J'avais même inclus des informations sur la séparation et le divorce et les problèmes de sévices et de harcèlement, au cas où.

En arrivant, je m'aperçus que j'étais nerveuse, ce qui ne m'arrivait pas souvent. C'était une affaire étrange. Certes, je soupçonnais depuis un certain temps qu'on nous cachait des choses, mais l'aspect clandestin de cette équipée, la perspective de rencontrer dans un café quelqu'un qui me révélerait les secrets de la vie privée de certaines personnes, tout cela me mettait à cran. A cela s'ajoutait le fait qu'au bout du compte, inévitablement, il y aurait une décision difficile à prendre et que la résolution du problème me reviendrait.

Il ne faisait pas aussi beau que la première fois. L'air était froid, et le ciel chargé de nuages. Le printemps était en retard, alors que nous étions en mars. Mais, début mars, l'hiver était encore trop proche dans cette partie du monde. Nous aurions de la neige avant la fin de la journée.

Je trouvai facilement le Starbucks. Lucia y était déjà. Elle avait choisi une petite table d'angle. Je lui fis signe, agitai la main, puis j'allai commander le plus grand, le plus fort café *latte* disponible, mettant le plus de temps possible à la rejoindre.

— Bonjour, bonjour ! fis-je d'un ton un peu trop joyeux, en m'approchant de la table.

Je tendis la main.

Lucia la prit mollement. Déjà, les larmes pointaient aux coins de ses yeux.

Je m'assis.

Un silence pénible s'installa, le genre de silence horrible, dérangeant, aussi tonitruant qu'une obscénité hurlée à pleins poumons.

— Je suis heureuse que vous ayez accepté ce rendez-vous, dis-je pour tenter de le rompre. J'étais tellement désolée de voir Drake partir comme cela. Je me fais du souci pour lui, depuis.

Les larmes jaillirent sur ses joues.

Voyant qu'elle ne faisait pas un geste dans ce sens, je sortis un petit paquet de mouchoirs en papier de mon sac.

Elle le laissa posé sur la table. Je saisis un mouchoir et le lui tendis, de manière à lui faire comprendre que ses pleurs ne me gênaient pas.

— Ne vous inquiétez pas, dis-je. Je sais que c'est difficile de parler de ces choses.

Trop difficile, apparemment, car, avant de me laisser le temps de comprendre ce qui se passait, Lucia se leva et courut aux toilettes.

Hum, hum.

Je restai assise un moment, nerveuse moi-même et maintenant un peu embarrassée, car les gens alentour avaient tout vu. Je me levai et allai la rejoindre aux toilettes.

Lucia était en train de vomir.

Je restai à l'extérieur et attendis qu'elle

ressorte. Elle finit par arriver, pâle et défaite. Elle avait toujours les yeux humides.

— Ça va ? m'enquis-je.

Elle hocha la tête. Elle tourna le robinet et se rinça la bouche. Elle prit une serviette en papier et s'essuya le visage.

— Oui, ça va très bien, répondit-elle.

Il y avait longtemps que je n'avais pas entendu un aussi gros mensonge.

Nous regagnâmes la table et nos cafés devenus froids.

Elle recommença à pleurer.

— Prenez votre temps, dis-je doucement. Je sais que ce doit être dur.

Elle ne se décidait pas à parler. Non, elle se contentait de pleurer, prenant les mouchoirs les uns après les autres.

Dans l'espoir de lui donner un petit coup de pouce, je posai la documentation que j'avais apportée sur la table. Au sommet brillait une brochure bleue sur papier glacé, éditée par notre police métropolitaine à destination des victimes de violence domestique. Nos policiers ne faisaient pas dans la dentelle. Aussi discrets que le logo d'un groupe de rock, les mots

VIOLENCE DOMESTIQUE s'étalaient en lettres rouges à travers la couverture, non pas sur une seule ligne, mais en double.

Lucia posa dessus ses yeux noyés de larmes.

— Je sais que ce sont des sujets très difficiles à aborder, dis-je à voix basse. Je comprends très bien. Et je vous en prie, comprenez que je suis venue jusqu'ici pour vous aider. Je sais à quel point c'est dur à vivre.

Un nouveau flux de larmes.

Je poussai discrètement la brochure bleue vers elle. Quelques instants passèrent encore.

Elle pleurait toujours. Nous avions épuisé tous les mouchoirs du paquet et en étions à présent aux serviettes du café. J'avais dépassé le stade de l'embarras, cessé de m'inquiéter à l'idée que les autres consommateurs pussent s'imaginer que j'étais la cause de son désespoir. Mais je n'en étais pas moins consciente que nous attirions l'attention sur nous. Si Lucia avait choisi cet endroit pour être plus tranquille qu'à la maison, elle ne faisait rien pour sauvegarder notre intimité. Je me penchai en avant, tentant de nous cacher un peu à la vue, mais les gens nous observaient – quelques-uns même sans vergogne – et je me demandais si elle n'était pas trop facilement reconnaissable dans cette petite ville, si trop de gens ne seraient pas tentés de dresser l'oreille, uniquement parce qu'elle était une Sloane.

Aussi lançai-je une nouvelle amorce, dans l'espoir de faire progresser l'affaire :

— Je sais que c'est très difficile de parler de ces choses. Il n'y a pas de problème, je suis venue en toute connaissance de cause. J'ai eu beaucoup d'autres parents dans la même situation, et je comprends donc très bien. J'ai tout mon temps. Alors ne vous dépêchez pas. Ne vous sentez pas obligée de faire vite. Nous allons y arriver.

De nouvelles larmes.

Je rapprochai la brochure encore un peu plus.

— Est-ce que c'est de cela qu'il s'agit ? demandai-je très doucement.

— Non, émit-elle dans une sorte de plainte.

— D'abus ?

— Non.

Je me reculai.

Elle se moucha dans une serviette, essuya son visage rougi. Le mascara laissa une trace noire dans le coin de son œil.

— Comment, « non » ? interrogeai-je. Vous parlez de… Drake ? De vous ?

— Non. Non, pas ça. Rien de tout ça.

Elle repoussa la brochure comme si c'était un objet souillé.

— Ce ne sont pas… des sévices ?

— Non.

Les larmes reprirent le dessus.

Je ne savais comment interpréter ses dénégations. Pensait-elle vraiment ce « non » ? Etais-je sur une mauvaise piste ? Ou disait-elle non pour se défendre, parce qu'elle voulait m'éloigner du sujet ? Ou était-ce un non spécifique, comme non, ce n'est pas le genre d'abus pour lequel on va à la police, mais il se passe tout de même une autre sorte d'abus ?

— Ce n'est pas ça, finit-elle par avouer. Ce n'est pas une chose comme ça. C'est moi.

— Vous pouvez expliciter ?

— C'est moi.

Je la regardai, perplexe.

— J'ai inventé.

— Inventé quoi ?

— Il ne peut pas parler.

Ses pleurs redoublèrent. Enfouissant son visage dans une serviette, Lucia se pencha sur la table, la touchant presque avec sa tête. Je ne bougeais pas, sentant le regard des autres clients s'enfoncer dans mon dos.

Elle releva la tête pour reprendre sa respiration, et j'en profitai pour m'engouffrer dans la brèche :

— C'est bien de Drake que vous parlez ? Vous pouvez expliquer ce que vous venez de dire ?

— Drake ne peut pas parler.

— Qu'est-ce que vous voulez dire ? Il ne peut pas parler ?

— Il ne peut pas parler. J'ai inventé.

— Je suis un peu perdue, dis-je. Qu'est-ce que vous avez inventé ? Par rapport à quoi ? Quand vous dites que Drake ne peut pas parler, que voulez-vous dire ?

— Qu'il ne peut pas parler. Je l'ai inventé.

— Vous avez inventé qu'il pouvait parler ? Comment avez-vous fait ? Je ne comprends pas bien, Lucia. Est-ce que vous voulez dire qu'il n'arrive à parler à personne sauf à vous ? Ou qu'il ne peut pas parler beaucoup ? Par exemple, quand j'ai écouté la cassette que vous avez enregistrée, vous n'avez dit que des comptines. Est-ce que vous essayez de me dire qu'il ne peut pas parler en dehors de ce genre de choses ?

— Ça, ce n'est pas Drake, gémit-elle, c'est mon neveu.

— Quoi ? Qu'est-ce que vous voulez dire ? demandai-je, abasourdie.

— Sur la cassette. Quand je l'ai gardé je l'ai faite pour ma belle-sœur. J'ai fait la cassette avec lui. Ce n'est pas Drake.

Je la regardai fixement, incrédule.

— Drake a un problème dans ses gènes. Son larynx ne marche pas.

Elle prononça ces paroles en sanglotant, d'une voix trop chargée de douleur pour être discrète. Les autres consommateurs étaient trop gênés à présent pour nous dévisager.

— Attendez, dites-moi si j'ai bien compris, repris-je. Vous me dites que Drake a un problème génétique qui le rend physiquement incapable de parler ? Que ce n'était pas lui sur la cassette ? Qu'il est dans l'incapacité de parler ?

Elle hocha la tête.

— Mais... dis-je, et le rapport de la Mayo Clinic ? Il dit qu'il n'a aucune incapacité physique...

— Je l'ai réécrit.

— Quoi ?

— Quand il est arrivé, je l'ai réécrit. J'ai photocopié les pages et j'ai réécrit par-dessus et j'ai fait de nouvelles photocopies pour avoir l'en-tête. Tout le monde a cru que c'était l'original, mais ce n'était pas vrai. Il parlait des gènes. Il disait que ses cordes étaient mal formées. Et il a d'autres problèmes, avec ses jambes.

— Qui est au courant de cela ?

— Personne, dit-elle d'une voix ténue.

— Et son père ?

— Non. Je n'ai pas pu lui dire. Il se fait tellement de souci parce que lui, il n'est pas parfait pour son père. Comment voulez-vous que je dise que je lui ai donné un fils qui a une malformation ? Ce serait trop dur à supporter pour lui.

Elle s'écroula à nouveau, en larmes.

Je me levai pour aller chercher d'autres serviettes, pour me commander un autre café et pour reprendre un peu ma respiration.

Je n'en croyais pas mes oreilles. Lucia avait été prête à sacrifier le bonheur de son petit garçon pour protéger son mari et se protéger elle-même de la désapprobation du tyran. J'avais besoin d'une petite distance physique pour accepter la vérité.

Quand je retournai m'asseoir, je vis que Lucia s'était un peu reprise. Elle m'attendait, la tête enfoncée entre les épaules, comme si elle craignait que je ne la frappe.

— Cela a dû être très dur à raconter, dis-je en prenant place. J'apprécie votre franchise. Pour le bien de Drake, nous devons connaître la vérité à ce sujet.

— C'est tellement important pour son grand-père que tout soit parfait, murmura-t-elle. Il est tellement dur avec Skip ! A cause de ça, Skip est sur les nerfs. Il prend des pilules tous les matins. Pour éviter… Il ne peut pas affronter son père. Il ne peut même pas être dans la même pièce.

Et elle s'effondra de nouveau.

— Donc, tout cela… si vous avez déguisé la vérité… c'est à cause de M. Sloane ? Du père ? Vous avez fait cela à cause de… quoi ? La pression ? La pression à propos…

— Je ne pouvais pas lui dire que mon fils était mal formé ! Pas à lui ! Lui dire que j'avais de mauvais gènes qui m'ont fait faire un enfant anormal ? Je n'en dors pas la nuit, de savoir que j'ai fait un fils pareil, parce que Père sera tellement furieux quand il le découvrira. Il va renier Drake. Il insistera auprès de Skip pour qu'il divorce.

— Certainement pas, répliquai-je. Ce sont des idées d'un autre âge. J'ai rencontré M. Sloane, et j'imagine très bien dans quel état il se mettra, mais il ne pourra pas vous obliger à divorcer si vous et son fils n'êtes pas d'accord. Les hommes n'ont pas ce genre de pouvoir dans notre pays.

— Ce n'est pas si simple. Ce que disent les lois d'un pays, et ce que disent les lois dans une famille, ce n'est pas pareil.

C'était vrai. Il existe bien des formes d'abus. Et ce n'est pas parce que la loi les interdit qu'ils ne se produisent pas.

Je pensai à ce pauvre petit Drake, portant sur ses épaules un poids qui s'était révélé trop lourd à porter pour ses deux parents.

29

Nous étions dans ce café depuis plus de deux heures, et je me sentais peu à peu gagnée par l'anxiété. Je craignais que Lucia ne puisse rester plus longtemps, qu'elle ne s'échappe sans que nous ayons pu avancer.

Et maintenant, que faire ? Je jetai un coup d'œil sur la brochure traitant des violences domestiques, toujours sur la table. Ce n'était pas le meilleur moyen. En fait, rien de ce que j'avais apporté ne servirait à grand-chose. A près de trois cent cinquante kilomètres de mon réseau d'aide, sachant que je serais beaucoup trop loin pour envisager de revoir régulièrement Lucia ou

Drake, il me fallait me débrouiller toute seule et tout de suite pour trouver quelque chose. J'avais peur. Je me sentais mal préparée pour cette tâche.

Entre-temps, Lucia avait fini par se reprendre un peu. Maintenant qu'elle avait réussi à sortir son histoire, elle semblait épuisée, mais visiblement plus détendue.

— Nous sommes devant un dilemme, dis-je. Le temps passe. Vous allez bientôt devoir rentrer à cause de Drake, ou parce que Skip ou M. Sloane vont se demander où vous êtes. Je suppose aussi que vous êtes très fatiguée.

Elle hocha la tête avec conviction.

— Notre dilemme, c'est que nous sommes très éloignées l'une de l'autre. Si nous vivions dans la même ville, je vous aurais proposé de nous rencontrer encore quelques fois pour explorer la situation plus à fond et trouver la meilleure solution. Malheureusement, ce n'est pas possible.

— Non.

— Mais il faut absolument la résoudre. La situation actuelle est très injuste pour Drake. Premièrement, il ne reçoit pas le traitement dont il a besoin. Deuxièmement, et c'est encore pire, quand il travaille avec des personnes comme moi, on lui demande quelque chose qu'il est dans l'incapacité de faire. Pendant tout son séjour dans l'unité, j'ai beaucoup travaillé avec lui pour le faire parler, et ma méthode aurait été acceptable s'il avait vraiment été atteint de mutisme électif. Mais ce n'était pas le cas, et j'exigeais de lui une chose qu'il lui était impossible de faire. Il a dû être très malheureux.

A nouveau, les larmes jaillirent des yeux de Lucia.

Je tendis la main et lui touchai le bras.

— Non, non, ce n'est rien. Je n'essaie pas de vous culpabiliser, je sais que vous êtes déjà assez mal comme ça. Je sais que ça a dû être dur pour vous et votre mari. Quand on en arrive à des extrémités pareilles, c'est qu'on est acculé. Donc je sais que, même si cela a mal tourné, vous ne le faisiez pas pour faire du mal à Drake.

Elle se mordit la lèvre inférieure et secoua la tête.

— Mais maintenant que nous savons,

poursuivis-je, le moment est venu de dire stop. Il est temps d'arrêter de se conformer aux critères de M. Sloane pour se ranger aux côtés de Drake. Il nous faut simplement trouver comment procéder.

— Je ne sais pas, dit-elle avec des larmes dans la voix. C'est ça, le problème. Je ne sais pas quoi faire.

— C'est bien pour cela que nous sommes ici toutes les deux. Nous allons voir cela ensemble. Je ne vais pas repartir en vous disant de vous débrouiller toute seule, non. Je vais vous aider. Il nous faut trouver un moyen, parce que nous sommes quand même séparées par un certain nombre de kilomètres, mais nous y arriverons.

Je lui souris.

Lucia s'essuya les yeux en mouillant une énième serviette. Elle hocha la tête.

— Bien sûr, il faut dire la vérité au grand-père, maintenant, poursuivis-je. Ce sera le plus dur. Mais il faudra bien en passer par là.

Elle fit la grimace, mais acquiesça faiblement de la tête.

— Peut-être faut-il commencer par tout

raconter à Skip. Dites-lui que vous avez falsifié le rapport de la clinique, et que c'est avec votre neveu que vous avez enregistré la cassette.

Lucia ne répondit pas.

— Vous pensez en être capable ?

Il y eut une longue pause, suivie d'un long soupir. Elle s'agita un peu sur sa chaise.

— Je n'ai pas envie de lui causer d'autres problèmes, dit-elle. Il prend déjà ces pilules. Elles sont là pour éviter qu'il ne se suicide. (Une petite pause.) Parce que c'est déjà arrivé. L'année dernière. Il était dans la voiture, dans le garage.

— Je vois.

— Je n'ai pas envie de lui causer d'autres problèmes.

— Oui, je comprends, dis-je. Et je comprends mieux pourquoi vous avez préféré garder le secret concernant le handicap de Drake, si votre mari se trouve lui-même sous une telle pression familiale qu'il a essayé de se suicider. Mais lui cacher le problème n'est pas la solution. Je sais par expérience que ce qu'on nous cache est souvent plus destructeur que ce qu'on nous dit.

Lucia hocha la tête.

— Donc, peut-être vaut-il mieux commencer par parler à Skip. Vous pensez en être capable ?

Lucia prit une grande bouffée d'air.

— Je vais essayer, dit-elle.

— Bien. Ensuite, appelez-moi. Quand Skip sera au courant, vous m'appellerez et nous verrons comment en sortir. Entretemps, j'aimerais voir l'original du rapport de la Mayo Clinic. Vous êtes d'accord ? Vous me donnez la permission de leur écrire et de leur demander une copie ?

— Oui.

Un bref silence s'installa, aussitôt comblé par le tintement de la vaisselle, le sifflement des machines à café et le brouhaha des conversations.

— Bien sûr, ajoutai-je doucement, à un moment ou à un autre, vous aurez une confrontation pénible. Inutile de se voiler la face. Mais il est plus facile d'encaisser ces moments durs quand on se fait aider, quand on sait que d'autres personnes s'intéressent à votre sort et qu'on peut partager avec elles. Et c'est aussi plus facile quand on a conscience de bien agir. Donc, quoi que dise ou fasse M. Sloane, vous ne serez pas seuls. Aucun de vous, ni vous, ni Skip, ni Drake. Si M. Sloane estime intolérable que Drake ne soit pas le petit-fils parfait auquel il pense avoir droit, eh bien, ce sera peut-être le moment de le laisser avec ses idées et de changer de vie. Il y a d'autres villes au monde que Quentin. Vous trouverez ailleurs des gens qui comprendront et vous accepteront, vous, Drake et Skip, tels que vous êtes. Et soyez convaincue que vous avez bien fait de me parler aujourd'hui. Et que vous avez déjà accompli le plus dur en reconnaissant que vous avez commis une erreur.

— D'accord, dit Lucia. (Avec un long soupir, elle regarda sa montre.) Il faut vraiment que j'y aille, maintenant. Mais merci. Merci beaucoup.

— Appelez-moi quand vous aurez parlé à Skip.

Elle hocha la tête et se leva.

— Oui. Au revoir.

Je ne fus pas de retour chez moi avant vingt heures trente. J'avais passé la dernière heure du voyage à faire des projets pour ma soirée. Après un après-midi aussi exténuant, je n'avais besoin que de paix, de tranquillité et de ma seule compagnie. Aussi avais-je envisagé d'ouvrir une bouteille de vin, chose que je faisais rarement quand j'étais seule. Ce serait donc vraiment la fête. D'ailleurs, j'avais dans mon casier une bonne petite bouteille de cabernet-sauvignon qui m'appelait, tentatrice comme une sirène. Ensuite, je me préparerais un bon plat de pâtes avec des tonnes d'ail. Et, avant, je m'arrêterais au vidéo-club pour me prendre quelque chose d'intéressant. Comme ça, une fois les pâtes cuites et la bouteille ouverte, je pourrais m'effondrer dans un fauteuil et me la couler douce.

Grâce à ce scénario idéal, la dernière partie du trajet passa vite. Je me régalais d'avance. C'était une chance, car ce fut la seule détente qui me fut accordée ce soir-là.

Sitôt rentrée, je vis clignoter la lumière de mon répondeur. J'appuyai sur le bouton.

C'était l'unité. La correspondante était l'une des infirmières, prénommée Carrie. Elle m'apprenait que Cassandra avait « pété les plombs ». Et elle me demandait si je pouvais venir.

Le vin resta donc sur le casier, les pâtes dans le placard, et la tresse d'ail suspendue au-dessus du plan de travail.

Sans prendre la peine d'enlever mon manteau, je remis le répondeur en route, j'éteignis la lumière, fermai la porte à clé et mis le cap sur l'hôpital, ne m'arrêtant que pour prendre un bout de poulet chez KFC et le manger dans la voiture en conduisant.

Dans un monde idéal, non seulement nous aurions le loisir de manger des pâtes et de boire tranquillement un bon vin après une journée de dur labeur, mais les difficiles percées psychologiques se solderaient par de véritables résultats concrets. Dans un monde idéal, Cassandra, ayant reconnu oncle Beck pour ce qu'il était – non plus une personne réelle, mais un démon à l'intérieur d'elle-même –, aurait été magnifiquement et immédiatement récompensée de cette difficile victoire remportée de haute lutte.

Mais non. Pas dans le monde où nous vivons.

Au contraire, les choses semblaient prendre une tournure complètement différente pour la petite fille. Pour survivre aux terribles circonstances de son enlèvement et aux épouvantables sévices qu'elle avait subis, elle avait emmuré ce qui était trop douloureux à supporter. Mais, ce faisant, elle avait emmuré des pans complets de sa personnalité, à tel point qu'ils avaient développé des identités séparées : le pasteur Serpent, qui passait en jugement l'horrible enfant qui avait accepté ces choses ; le cow-boy Serpent, qui exprimait sa peine de ce qui avait eu lieu, qui essayait de couvrir de sa voix les expériences douloureuses en poussant des cris de cow-boy ; et une fée Serpent, pure et innocente, tenue à l'écart des horreurs. Mais ainsi, oncle Beck lui aussi avait été emmuré dans le processus.

On pouvait penser qu'aider Cassandra à reconnaître son « Endroit agité » et ce qui s'y passait lui permettrait de libérer tous ces terribles sentiments, d'être délivrée d'oncle Beck et de ce qu'il lui avait fait subir. J'espérais que tel finirait par être le cas, mais le moment n'était pas encore venu. Car reconnaître qu'oncle Beck était avec elle, était toujours en elle, n'était pas libératoire. En effet, en faisant tomber ce mur, elle déstabilisait tous les autres murs de son esprit.

Cassandra, presque littéralement, tomba en morceaux.

Dans les deux jours qui suivirent notre entretien, son comportement devint tout à fait imprévisible. Elle avait paru très calme et songeuse juste après la discussion. Après mon départ, elle avait mangé et parlé ouvertement avec plusieurs soignants d'oncle Beck et de son « Endroit agité ». Cette terminologie avait paru réellement trouver un écho chez elle. « Endroit agité » devint son expression personnelle.

Mais, dès le lendemain matin, son comportement commença à fluctuer. L'anxiété la gagna à l'idée qu'oncle Beck puisse encore rôder, qu'il arrive quelque chose à sa mère, qu'elle soit de nouveau enlevée à sa sortie d'hôpital. Puis la colère prit le relais et elle se mit à insulter le personnel, envoyant valser son plateau au petit déjeuner. Puis elle pleura.

Pendant notre séance, elle avait été impossible. Ce fut une bataille de chaque instant pour le contrôle des opérations, et il n'en sortit rien de bon. Je comprenais et acceptais. J'étais celle qui avait révélé l'existence d'oncle Beck et de son « Endroit agité », et ma présence lui faisait peur : dans quoi allais-je encore fourrer mon nez ? En conséquence, il lui fallait me contrôler, ce qui était une réaction compréhensible et sans doute nécessaire.

Le reste de la journée ne fut pas plus calme. Elle passa par des phases d'anxiété, de colère, de manipulation et de désespoir total, stressant le personnel et se rendant malheureuse elle-même. Ce comportement se poursuivit jusqu'à la nuit, car, dès qu'elle se mettait au lit, elle était tourmentée par des visions d'oncle Beck. A la fin, on lui administra un sédatif pour l'aider à dormir.

Et je ne pus assurer la séance suivante, puisque j'étais à Quentin.

30

Quand j'arrivai à l'hôpital, Carrie me mit au courant de ce qui s'était passé.

A l'heure du repas, l'un des enfants était venu trouver les infirmières pour leur signaler que Cassandra avait réussi à s'introduire dans un placard attenant à la salle à manger. Ce placard était muni d'une petite lucarne d'environ soixante centimètres sur quarante-cinq disposant du système de sécurité commun à toutes les fenêtres de l'hôpital, c'est-à-dire que l'ouverture était très réduite et qu'une moustiquaire était apposée à l'extérieur. Mais elle n'était pas munie d'un grillage métallique, comme les autres fenêtres de l'unité psychiatrique. Le garçon en question était venu avertir les infirmières que Cassandra était en train d'essayer de casser la vitre pour sauter dehors.

Le personnel accouru sur place trouva la fillette en train de taper sur la vitre avec un plat métallique subtilisé dans la salle à manger. Elle était dans un état de grande détresse, et il ne fallut pas moins de trois personnes pour la sortir du placard et lui enlever le plat des mains. Elle fut mise en isolement. Il était environ six heures et demie du soir.

Carrie m'expliqua qu'ils l'avaient laissée sortir de l'isolement parce qu'elle paraissait avoir repris le dessus et pour lui permettre de regarder l'une de ses émissions préférées à la télévision. Carrie espérait que cette émission l'aiderait à se détendre.

Revenue surveiller les enfants dans le foyer, Carrie ne trouva pas Cassandra parmi eux. Elle partit à sa recherche et la trouva dans sa chambre, juchée sur une chaise au milieu de la pièce. Elle était en train de taper sur le globe du plafond avec sa chaussure pour récupérer le verre brisé et s'ouvrir les poignets. Le globe en verre sécurit était recouvert d'un grillage métallique, mais cela n'arrêtait pas la fillette.

Avec deux tentatives de suicide en quelques heures de la part d'une enfant de neuf ans, Carrie se dit qu'il était temps de sortir la grosse artillerie. Elle m'appela à la rescousse, ainsi que Dave Menotti. Dave rappela en prescrivant un sédatif à plus forte dose. Et à vingt et une heures, j'arrivai.

Cassandra était en pyjama et en robe de chambre, mais, comme tous les patients suicidaires, elle ne portait rien aux pieds et n'avait pas de ceinture.

J'entrai. Il y eut un léger cliquetis quand on referma la porte à clé derrière moi.

— Salut, dis-je.

Cassandra était debout à l'autre bout de la petite pièce. Ses yeux étaient rouges, comme rougis de fatigue. Leur expression était vague, tourmentée. Elle ne répondit pas.

— Viens ici.

J'ouvris les bras.

Elle vint vers moi. Je l'entourai de mes bras et l'attirai contre moi.

— On m'a dit que tu as passé une très mauvaise journée, commençai-je.

Elle hocha la tête.

— Tu peux m'en parler ?

Elle se blottit contre moi, enfouissant son visage dans mon pull, et ne répondit rien.

— Viens, on va s'asseoir.

Je m'installai, aussi confortablement qu'il est possible dans une cellule capitonnée, moelleuse, certes, mais entièrement nue et trop brillamment éclairée. Cassandra s'assit tout contre moi. Je passai mon bras autour d'elle.

— Alors, qu'est-ce qui se passe ?

Un long silence suivit.

La fillette tripotait le bas de sa robe de chambre en tirant sur quelques fils.

— Tu n'étais pas là aujourd'hui, finit-elle par dire d'une voix très ténue.

— Non. Mais j'avais quelque chose à régler ailleurs. Je t'avais prévenue hier, tu t'en souviens ? Mais je suis vraiment désolée. Je vois que tu as passé une très mauvaise journée.

Elle hocha la tête.

Un nouveau silence. J'écoutai le silence. Il n'y avait pas grand-chose à entendre dans la petite pièce, en dehors du système de ventilation. Et de la respiration de Cassandra, qui était un peu bruyante.

— Tu peux me dire ce qui se passe ? répétai-je doucement.

— Je veux mourir.

— Oui, je m'en rends compte. Pourquoi ?

— C'est trop le bazar dans ma tête.

— Qu'est-ce que tu veux dire ? Tu peux m'expliquer ?

Elle fit signe que non.

— D'accord, dis-je.

Nous restâmes côte à côte sans rien dire pendant quelque temps.

— Je suis trop fatiguée, déclara-t-elle.

— Oui, le médicament va t'endormir. Quand tu seras vraiment prête à dormir, on ira dans ta chambre.

— Je veux pas aller dans ma chambre.

— Je vois.

— Ma tête, je sais pas ce qui se passe là-dedans. C'est comme si ça discutait à l'intérieur.

— Ce sont des voix différentes ?

Un petit silence.

— C'est comme des voix, reprit-elle ensuite. Mais c'est pas des voix. C'est comme si tout le monde parlait à la fois, s'ils discutaient tous à la fois. (Elle renifla.) J'ai pas envie d'être comme ça, ça fait trop mal.

— Oui, je comprends.

— J'ai envie que ça parte. Je veux être comme avant.

— Avant quoi ?

Elle haussa les épaules.

— Comme avant. Avant maintenant. Avant aujourd'hui. Ou hier. Avant que je me mette à penser à tout ça.

— Oui, dis-je. Je vois où tu as mal quand tu penses à tout ça.

Cassandra hocha la tête et se blottit encore un peu plus contre moi.

Un silence s'établit alors, profond et un peu ensommeillé. Il flottait dans l'air une légère odeur salée. Je pense qu'il provenait du capitonnage de la cellule, et qu'il ne venait pas de Cassandra. C'était une odeur profondément humaine. De larmes, je pense.

— Je vais faire quelque chose, annonçai-je.

Je me contorsionnai pour atteindre la poche droite de mon jean, car je savais que j'y avais mis un feutre dans l'après-midi, quand j'étais avec Lucia. Je le sortis et enlevai le capuchon.

Pour bouger ainsi, j'avais dû m'éloigner de Cassandra, blottie contre mon côté gauche. Elle pencha la tête pour suivre mes mouvements des yeux.

— Ces pensées que tu as dans la tête, dis-je, je veux que tu me les donnes pour cette nuit. Comme ça, tu pourras dormir.

Elle me regarda d'un air interrogateur.

— Qu'est-ce que c'est, ces pensées ? On va faire une liste. Je veux que tu entres dans ta tête. Tu vas écouter de quoi ça discute là-dedans, et tu vas me le dire. Dis-moi une chose que tu entends.

— Je comprends pas ce que tu fais, objecta la fillette.

— On va dresser une liste de toutes les choses que tu entends tout le temps, comme ça, je pourrai les emporter chez moi. Je les garderai pour cette nuit. Après, tu n'auras plus besoin d'y penser, parce qu'elles seront en sécurité chez moi. Comme ça, tu pourras dormir.

— On n'a pas de papier pour faire la liste.

— On n'a pas besoin de papier. Tu me dis simplement ce que tu entends à l'intérieur de ta tête. Tout le monde discute. De quoi ils discutent ? Dis-moi l'une des discussions.

— Ils discutent pas, c'est juste des vilaines voix. Des voix qui font peur. Je sais pas.

— D'accord, mais qu'est-ce qu'elles disent ? Dis-moi une chose.

— Je comprends pas ce qu'on fait.

Je souris doucement.

— Tu ne comprends rien à ce que je te dis, hein ?

Elle hocha la tête.

— Tu vois le tableau d'affichage dans la salle de soins infirmiers ?

— Oui.

— Tu as vu, il y a plein de bouts de papier dessus, non ? Ce qui est écrit dessus, c'est ce que les gens veulent se rappeler. Par exemple, le menu de la semaine, ou les jours de telles ou telles réunions, ou les rendez-vous à l'extérieur, etc. Tu comprends ?

Cassandra fit un signe affirmatif.

— Eh bien, dans ton Endroit agité, toi aussi tu as un tableau d'affichage. Dessus, il y a toutes sortes de pensées vraiment beurk, vraiment atroces. Et comme personne n'a envie de voir continuellement des choses atroces, c'est tout à fait normal si tu t'es efforcée de ne jamais aller là-dedans pour aller regarder le tableau d'affichage. Mais ce qui s'est passé, c'est qu'on a ouvert l'Endroit agité en parlant d'oncle Beck, et que maintenant tu ne peux plus éviter de voir toutes ces pensées épouvantables qui sont affichées là.

— Ouais, renchérit Cassandra.

— Donc, ce que je veux que tu fasses, c'est que tu enlèves ces pensées et que tu me les donnes pour la nuit, et moi, je les mettrai à l'abri et tu n'auras plus à les voir tout le temps. Un jour, quand ce sera le moment, on jettera toutes ces pensées atroces qui font peur, et on le fera en les sortant une par une et on les regardera et on parlera d'elles jusqu'à ce que ça nous ennuie trop et que ça n'ait plus d'importance. Quand quelque chose n'a plus d'importance, on peut le jeter tranquillement. C'est ce qui va arriver un jour à toutes ces choses beurk, mais on n'y est pas encore, parce que pour l'instant, tout ça, ça a encore trop d'importance. Ça te fait encore très peur. Donc, pour l'instant, je veux simplement que tu me donnes ces pensées beurk qui t'embêtent. Je les emporte chez moi, parce que moi, elles ne peuvent pas me faire du mal. Je suis une adulte. Je suis très forte. Et si c'est moi qui les ai, elles ne pourront pas te faire du mal.

Cassandra fronça les sourcils.

— Je ne comprends pas comment on fait.

— Ne t'inquiète pas, je vais t'aider. Et on fera une chose à la fois. Une pensée beurk à la fois. Maintenant, tu vas écouter toute cette discussion que tu as dans la tête. Et dis-moi une chose beurk que tu entends. Juste une.

Elle pencha la tête pour regarder et écouter à l'intérieur d'elle-même. Elle haussa légèrement les épaules comme pour répondre à quelqu'un, puis elle me décocha un regard de biais.

— Oncle Beck va venir pour me prendre.

— OK, bien. C'est une pensée qui fait très peur, une pensée beurk, hein ? Je parie que ça fait longtemps qu'elle est accrochée sur le tableau d'affichage de ton Endroit agité, non ?

Elle confirma de la tête.

— Alors, repris-je, regarde ce que je fais : « Oncle Beck va venir pour me prendre. »

Je pris le feutre et écrivis dans la paume de ma main droite.

— Waouh ! s'exclama Cassandra avec incrédulité. Tu écris sur toi !

— Oui. Parce que c'est moi qui vais emporter ces pensées avec moi en partant. Voilà, on en a une. Prends-en une autre sur le tableau d'affichage et donne-la-moi.

— Oncle Beck va mettre un tas de merde dans ma bouche.

— OK. Je l'écris là.

J'écrivis les mots à l'intérieur de mon majeur.

Me voir écrire sur ma propre main était

un spectacle captivant pour Cassandra. Elle se pencha pour examiner mon doigt.

— Ouais ! C'est vrai ! Tu as écrit « tas de merde » sur ton doigt !

C'était presque l'ancienne Cassandra que je retrouvais, avec son sourire qui révélait un plaisir sensuel devant le gros mot.

J'étais contente de constater que Cassandra n'avait pas perdu sa malice, mais je n'en avais pas pour autant envie de voir détourner mon propos. Je m'empressai donc de poursuivre :

— Bien, tu peux me donner autre chose ?

— Je veux que ma maman sache comment je vais.

Elle prononça ces mots de façon si convaincante que je crus un moment qu'elle voulait dire « maintenant ». Je crus qu'elle voulait que sa mère sache qu'elle était en isolement et en si mauvais état qu'elle était suicidaire. Je captai ses yeux noirs et les scrutai.

Cassandra secoua la tête, répondant à la question que je n'avais pas formulée.

— C'est sur mon tableau d'affichage. Je voulais que ma maman sache, quand j'étais avec mon papa. Je voulais qu'elle sache que j'avais très peur. Je voulais…

Ses mots restèrent en suspens.

J'opinai du chef.

— D'accord, dis-je avant d'écrire « Je veux que ma maman sache comment je vais » à la base de mon annulaire.

— Et encore : « J'ai très peur. »

J'écrivis ces mots sous mon petit doigt.

— Parce que c'était toujours comme ça. J'avais toujours très peur et c'est pour ça que c'est dans mon Endroit agité, sur le tableau d'affichage. Parce que je vais peut-être de nouveau avoir peur comme ça. Et c'est de ça que j'ai peur. J'ai peur d'avoir de nouveau peur comme ça.

Je hochai la tête.

— Et j'ai peur d'aller me coucher. Mais pas pareil. Mets-le sur ce doigt, mais c'est pas pareil que celui-là, précisa-t-elle en indiquant mon petit doigt. Quand je vais me coucher, j'ai peur d'entendre les voix. Ça, c'est maintenant. C'est ça qui me fait peur maintenant. Mais avant, j'avais peur d'aller me coucher parce que peut-être qu'oncle Beck il allait venir. Ou peut-être que papa allait oublier de rentrer et qu'un voleur ou quelqu'un comme ça allait venir me chercher. Un voleur pouvait très bien venir me chercher, parce que ça arrive. Et je me disais que ça pouvait m'arriver et que personne me trouverait plus jamais. Alors il faut que tu mettes ça sur ce doigt-là, parce que c'est vraiment un très très grand papier sur mon tableau d'affichage.

Et nous continuâmes ainsi, et la liste s'allongea. Les derniers ajouts étaient peut-être un peu tirés par les cheveux. Je soupçonnais Cassandra de s'être prise au jeu et d'avoir pour objectif de voir ma main entièrement recouverte de feutre, mais cela l'occupait et, finalement, la détendit suffisamment pour qu'elle se mette à bavarder joyeusement et à rire en voyant l'état de ma paume.

— Très bien, dis-je à la fin. Ça y est. Viens, aide-moi à enrouler mes doigts.

Je tendis la main et pris la sienne, et ensemble nous pliâmes mon index droit dans la paume. Je lui fis ensuite plier chacun de mes autres doigts. Puis je serrai bien fort le poing.

— Tu vois tous les trucs beurk qui sont sur ton tableau d'affichage ? Ils sont tous ici.

Cassandra hocha la tête et sourit.

Je me levai.

— Et je vais les emporter avec moi. Moi, ils ne me feront pas mal. Je suis trop forte. Et maintenant, comme c'est moi qui ai tous ces messages, tu n'as plus besoin de les lire. D'accord ?

— D'accord.

— Et toi aussi tu vas finir par être trop forte. A la fin, ils ne voudront plus rien dire du tout. Un jour, ils seront bons pour la poubelle et on les jettera.

Elle opina du chef.

Je donnai un petit coup à la vitre pour qu'on vienne nous ouvrir.

— Tu crois que tu arriveras à dormir, maintenant ? lui demandai-je.

Elle acquiesça.

— Ouais, je suis très, très fatiguée. C'est comme si j'avais des bouts de verre dans les yeux.

La porte s'ouvrit.
— Très bien. Bonne nuit.
— Bonne nuit, répondit-elle. Et à demain.
— Ouais, à demain.

31

A notre séance du lendemain, les premiers mots de Cassandra furent pour demander à voir ma main. Je n'avais fait aucun effort particulier pour enlever les inscriptions, mais les soins d'hygiène normaux les avaient en grande partie décolorées. Néanmoins, elles étaient toujours largement lisibles.

— Eh ben dis donc, constata Cassandra avec satisfaction. T'as vu, tu as toujours tout ça d'écrit sur ta main.

— C'est vrai.

— Il y a des tas de trucs. Ta main est vraiment sale.

— Oui.

— Les gens, ils vont le voir. Ils vont te

demander à quoi ça sert, toute cette écriture sur ta main !

— Et qu'est-ce que je dois leur répondre ?

Cassandra sourit.

— Il va falloir que tu leur dises pourquoi tu as écrit « tas de merde » sur ta main !

— Ah, ça t'excite de penser à ça.

— Ouais, c'est vrai, reconnut-elle.

— Tu sais, c'est normal. Il y a certaines choses qui sortent de notre corps, certains mots que nous utilisons pour décrire ces choses, qui nous excitent un peu quand on en parle. C'est comme ça qu'on est faits. Tout le monde est comme ça.

— C'est sale.

— Eh oui, justement, c'est le problème. Une partie de nous trouve que c'est sale de penser aux choses qui ont rapport au sexe et à ce qui sort de notre corps, comme le pipi et le caca. Et voir des mots comme « tas de merde » écrits sur ma main, ça fait penser à quelque chose de sale et de honteux. Mais une autre partie de nous trouve que c'est excitant. Ça nous donne des picotements et ça nous intéresse beaucoup.

C'est pour ça qu'en même temps voir un mot comme ça écrit sur ma main, c'est assez excitant. Tout le monde ressent ça, tu n'es pas la seule. C'est parce que ce sont des sentiments normaux.

Au début de mon petit discours, Cassandra avait écouté mes paroles en se tortillant avec une gêne mêlée de curiosité. Mais elle s'était détendue progressivement et s'était reculée loin de ma main ouverte sur la table.

— Tu te souviens des exercices avec les sentiments et les jetons de poker ? poursuivis-je. Parce que c'était ça, le sujet. Presque toujours, il y a plusieurs sentiments qui se rattachent à ce que nous faisons. Il n'y a pas qu'un seul sentiment. Et parfois ce sont même des sentiments opposés. Quand tu vois « tas de merde » écrit sur ma main, ça peut t'exciter et t'intéresser, mais tu peux aussi avoir honte ou te sentir coupable. Tu peux sentir les deux en même temps. Ça peut te faire peur, aussi. C'est bien pour ça que nous avons écrit « tas de merde » hier soir, non ? Parce que c'était l'une des pensées qui te faisaient peur. Voir « tas de merde » écrit sur ma main peut te rappeler ce que faisait oncle Beck et tu peux avoir peur. Ou alors tu peux te sentir sale, parce que avoir sur soi quelque chose qu'on met dans les toilettes, ça donne envie de se laver. C'est pour ça que j'ai voulu te faire faire cet exercice avec les jetons de poker. C'est pour t'aider à comprendre que nous éprouvons souvent plusieurs sentiments à la fois, parce que, souvent, nous ne nous en apercevons pas. Nous ne savons pas que c'est normal d'avoir plein de sentiments différents en même temps, que ça arrive à tout le monde, pas seulement aux gens qui ont des problèmes. C'est important de comprendre que ce n'est pas bizarre, ni mal, de se sentir un peu excité par une chose qui te fait honte en même temps.

Je pris deux feuilles de papier vierge posées derrière moi, sur les étagères.

— Tiens, je vais te montrer quelque chose. Je vais te montrer ce qui arrive parfois.

En haut de la feuille j'écrivis « tas de merde » et je fis une illustration correspondante, ce qui amusa follement Cassandra. Elle rit aux éclats.

— OK, voilà un tas de merde. Maintenant, qu'est-ce que j'ai dit ? Comment on se sent devant un tas de merde ?

— Bête, dit Cassandra, toujours en riant.

— Ouais, bête. (J'écrivis ce mot.) Et excitée. (J'écrivis ce mot à côté de « bête ».) Et quoi d'autre ? Qu'est-ce que j'ai dit encore ?

— Sexuelle, répondit-elle d'une voix un peu rauque.

— Ouais, sexuelle.

J'écrivis cela à côté d'« excitée » et je tirai des traits en dessous reliant ces mots au dessin.

— Quoi d'autre ? ajoutai-je.

— On a peur.

— Oui, c'est bien. Quoi d'autre ?

— On a honte.

— Bien. Autre chose ?

— Furieuse. (Elle leva les yeux sur moi.) Furieuse ? Ouais, style, si quelqu'un te faisait manger de la merde, toi aussi tu serais furieuse après lui. Parce qu'il devrait pas te faire faire ça.

— Tu as raison. Donc il y a un autre sentiment. Donc, quand on voit ce tas de merde, on a tous ces sentiments différents

– on se sent bête, sexuel, on a peur, on a honte, on est furieux – et parfois on ressent tout ça à la fois. Tu as encore d'autres choses qui te viennent en tête ?

— Contente. Comme quand on est contente quand la merde, elle sort. Quand on a vraiment envie. Quand on se retenait et que personne voulait vous laisser aller.

— OK. Contente.

J'écrivis ce mot.

— Et on a mal. Parce que ça m'est arrivé. Quand oncle Beck il m'enculait, après, des fois, j'avais vraiment mal en faisant caca. Très, très, très mal. Un jour, j'arrêtais pas de pleurer et il y avait du sang qui coulait. Je voulais pas faire caca. Mon papa, il m'a fait prendre un laxatif.

— OK. On a mal.

J'écrivis ces mots, et, comme pour les autres, je traçai un trait rejoignant le dessin au sommet de la page.

Cassandra ne riait plus. Elle s'était reculée et avait détourné du papier, de la table et de moi son petit visage pâli et dénué d'expression.

— Je vais te montrer quelque chose d'intéressant, annonçai-je.

Je dessinai trois petits bonshommes sous les mots.

— Tu vois ça ? Ces petits bonshommes ?

Elle hocha la tête.

— C'est difficile d'avoir ces sentiments-là, ceux qu'on a écrits, tous à la fois. Quand on éprouve tout ça à la fois, on trouve qu'il y en a trop et on s'embrouille complètement. Parce que si tu es excitée, par exemple, et si tu as honte et si tu as peur, tout ça en même temps, c'est difficile de savoir exactement ce que tu ressens vraiment, non ? Ces sentiments, ils sont tous très forts, ils crient pour se faire entendre. Alors, s'ils crient tous en même temps, c'est difficile de savoir à combien ils sont ou qui est qui.

— Ouais, approuva Cassandra avec conviction, mais sans se rapprocher de la table pour autant.

— Parfois, quand nos sentiments sont trop nombreux pour qu'on puisse les supporter, on se met à fabriquer différentes personnes à l'intérieur de nous-mêmes pour porter les différents sentiments. Par exemple, je me souviens d'une petite fille. Elle avait à peu près ton âge, et elle s'appelait Susan. Elle avait eu un très grave accident de voiture à cinq ans. Sa petite sœur avait été tuée et sa maman avait été très gravement blessée et avait dû rester longtemps à l'hôpital. Plus tard, beaucoup plus tard, quand sa maman a été complètement guérie et que les choses étaient redevenues normales, Susan ne pouvait pas se mettre en colère contre sa maman, parce qu'elle se souvenait toujours qu'elle avait failli la perdre. Tout allait bien, mais elle avait tout le temps peur que quelque chose arrive encore à sa mère. Elle se faisait du souci aussi parce qu'elle avait peur que sa mère soit malheureuse parce que sa sœur était morte. Elle se demandait si sa maman n'aurait pas préféré que ce soit elle qui soit morte à la place de sa sœur. Des choses comme ça. Donc elle n'osait pas se mettre en colère, parce qu'elle avait peur que sa mère ne veuille pas d'elle, ou que sa mère s'en aille. Alors Susan a fabriqué une personne à l'intérieur d'elle pour qu'elle garde sa colère. Cette personne, elle l'a appelée Mme Jones. Et Mme Jones se mettait toujours dans des rages pas possibles. Elle faisait des tas de bêtises, des méchancetés, que jamais Susan n'aurait faites elle-même parce qu'elle aurait eu trop peur. Tu sais ce qui s'est passé ?

Cassandra secoua la tête.

— C'est devenu un gros problème, parce que, très vite, Mme Jones a pris toute la colère. Et quand il s'était passé quelque chose de grave et que la maman de Susan était furieuse après elle, Susan disait : « C'est pas moi, c'est Mme Jones qui l'a fait. » Mais la maman de Susan ne pouvait pas voir Mme Jones, parce qu'elle était à l'intérieur de Susan. Alors la maman de Susan était de plus en plus en colère contre Susan, parce qu'elle pensait que sa petite fille mentait. Mais comme Mme Jones s'occupait de toute la colère, Susan n'avait pas l'impression que c'étaient ses sentiments à elle. Donc elle ne pensait pas mentir.

— Est-ce que Susan savait qu'elle avait inventé Mme Jones ? s'enquit Cassandra.

— Susan savait que Mme Jones était là,

en elle, mais le plus souvent elle avait l'impression que c'était quelqu'un d'autre qui éprouvait ces sentiments, pas elle. Et ces sentiments lui faisaient tellement peur qu'elle ne pouvait pas supporter de les ressentir. C'est pour ça que Mme Jones les ressentait à sa place. Mais, naturellement, elle se faisait toujours punir, parce que personne ne comprenait ce qui se passait avec Mme Jones, et c'était Susan qui se faisait punir pour les bêtises de Mme Jones.

Cassandra m'écoutait attentivement.

— Je crois qu'il t'est arrivé la même chose, ajoutai-je. Maintenant que nous avons commencé à en parler, tu peux te souvenir de ce qu'a fait oncle Beck, mais tu as ressenti beaucoup d'émotions très fortes à propos de ce qui s'est passé. Je crois que peut-être, quand tu étais petite et que tu ne pouvais rien faire contre ce qui t'arrivait, c'était trop difficile de vivre avec, et tu as eu besoin d'inventer d'autres personnes à l'intérieur de toi pour t'aider à supporter ces sentiments.

Les larmes se mirent à couler le long des

joues de Cassandra, qui restait assise sur son siège, immobile, figée, tendue.

— Ne t'inquiète pas, Cassandra. Si tu l'as fait, c'était pour te protéger. Parfois, quand on est en difficulté, on est obligé de faire des choses qu'on n'aurait pas faites autrement, et c'est ce qui t'est arrivé. Tu as été forte et courageuse, tu as voulu te protéger. Mais maintenant, il est temps d'arrêter. Ces moments difficiles sont passés, et ces moyens de te protéger ne te servent plus à rien dans ta vie actuelle. Alors le moment est venu de voir qu'oncle Beck, il est comme ce tas de merde, là. Il n'a plus rien à faire à l'intérieur de toi. Il est temps de le jeter dans les toilettes et de tirer la chasse.

Le cas d'urgence que représentait Cassandra m'avait empêchée de rencontrer Harry Patel à propos de mon voyage à Quentin. J'avais simplement pu l'entrevoir dans le couloir de l'hôpital le lendemain matin pour lui transmettre la dernière nouveauté. En apprenant que Lucia avait travesti la vérité, Harry m'avait écoutée, les yeux écarquillés de surprise, puis nous étions partis dans deux directions opposées.

Lucia m'appela dans le courant de l'après-midi.

Elle pleurait.

— Non, non, vous ne me dérangez pas, la rassurai-je. Non, bien sûr, vous faites bien de m'appeler.

— Je n'y arrive pas, dit-elle en sanglotant.

Mon cœur se serra.

— Je n'arrive pas à le dire à Skip. Ça va le bouleverser. Son père va... Je suis désolée. Je n'y arrive pas.

Je poussai un soupir. Au moins, elle avait téléphoné.

— Je ne sais pas quoi faire, poursuivit-elle d'un ton plaintif.

Je l'entendais pleurer.

— Attendez, on va examiner les solutions...

— Il n'y a pas de solutions. Je ne sais pas quoi faire.

— Ecoutez, on va partir du principe que tant qu'il y a de la vie, il y a de l'espoir. Il y a sûrement quelque chose à faire, dis-je en affichant un optimisme que je n'éprouvais pas.

Et la conversation se poursuivit ainsi pendant près d'une heure. Lucia passa une grande partie du temps à sangloter, en gémissant plus qu'elle ne parlait quand elle réussissait à articuler.

Elle se trouvait dans une grande détresse. Elle n'exprimait pas ouvertement ses idées suicidaires, mais il n'était pas difficile de les imaginer. J'imaginais également sans peine l'impact que pouvait avoir une telle détresse sur le père de Drake, dont je savais qu'il était dépressif et suicidaire. Quelle situation !

Et que faire ? Je ne voyais pas davantage de solutions que Lucia. La seule différence était que je ne pouvais pas l'avouer. Aussi l'écoutai-je. J'essayai de conserver une voix rassurante. Je répétai les mêmes choses à l'infini, disant qu'il existait une solution, que je savais combien c'était difficile pour elle mais qu'elle en était capable et, que, pour y arriver, elle devait révéler la vérité sur Drake à d'autres personnes.

Je lui proposai de parler moi-même à

Skip, ou de venir me voir avec lui. Non, répondit-elle. Non, non, non. A tout.

Nous nous contentâmes donc de parler sans arrêt. Ou plutôt je parlai pendant qu'elle pleurait.

A petits pas, nous en revînmes au point où nous nous étions quittées à Quentin. Il était impossible pour Lucia d'envisager que je parle à Skip, aussi, à la fin, convint-elle que c'était à elle de s'en charger et qu'elle en aurait peut-être la force. Epuisée par l'émotion, elle s'exprimait d'une voix basse et atone. Oui. Elle allait essayer. Et c'est ainsi que notre conversation se termina.

Dès que j'eus raccroché, je partis à la recherche de Harry Patel. Il était en séance et occupé jusqu'à cinq heures. Je demandai donc à sa secrétaire de le prier de m'attendre avant de repartir.

En retournant au Septième Ciel pour aller le voir après cinq heures, je le trouvai dans le petit espace cuisine situé derrière le bureau du secrétariat. L'étage était vide et les secrétaires déjà parties.

« Espace cuisine » était un terme ronflant

pour désigner une simple pièce nichée derrière la réception, contenant une table et des chaises, un évier minuscule, un petit bar, une machine à café et un four à micro-ondes. Harry avait sorti une théière microscopique – à peine assez grande pour accueillir le contenu d'une tasse – et il était en train de faire chauffer un bol en pyrex rempli d'eau dans le micro-ondes.

— Pas facile de se préparer du thé là-dedans, marmonna-t-il en surveillant le micro-ondes. Y a trop de buveurs de café.

— Tu ne pourrais pas utiliser la machine à café ? lui suggérai-je.

En bas, pour faire du thé, nous mettions simplement le sachet dans le verseur et laissions couler l'eau dessus.

Harry fit une grimace de dégoût disproportionnée, le genre de grimace que vous récoltez quand vous proposez à un œnologue de goûter un excellent vin en carton que vous avez ouvert deux mois plus tôt et conservé dans le placard au-dessus de la cuisinière.

— C'est du thé que je veux boire, répliqua-t-il. (Il souleva une petite boîte posée sur le bar.) Tu vois, comme ça. C'est ma sœur qui me l'envoie. C'est du vrai thé.

La boîte était fabriquée dans une matière ressemblant à de l'osier, mais je ne pus déchiffrer aucun renseignement, car l'étiquette était rédigée en bengali.

Le micro-ondes tinta. Harry versa de l'eau dans sa mini-théière.

Enfin, nous prîmes place autour de la table pour parler.

Je fis à Harry le récit complet de l'entrevue de Quentin. Je lui répétai aussi l'entretien téléphonique de l'après-midi. Et je lui avouai l'ampleur du choc que j'avais ressenti et dont je ne saisissais pas bien la raison. J'étais habituée à traiter à la fois avec les victimes et avec les auteurs d'agressions sexuelles sur les enfants. J'étais en effet capable d'écouter Cassandra me raconter les abominations que lui avait imposées son oncle Beck, et, tout en étant horrifiée pour elle, je n'étais pas choquée moi-même. Mais le cas de Lucia me choquait. Car il s'agissait de la mère de l'enfant, une mère qui avait volontairement sacrifié son propre fils pour se protéger ainsi que son mari. Elle était prête à faire souffrir un enfant de quatre ans pour épargner les adultes. Je pensais sans cesse à ce que Drake avait subi inutilement – les examens médicaux, les interventions psychologiques, l'hospitalisation dans l'unité – et j'étais choquée.

Je souhaitais m'ouvrir de tout cela à Harry pour recueillir son avis, non seulement parce que je me demandais avec perplexité pourquoi cela m'affectait aussi profondément, alors que j'acceptais des cas d'abus bien plus graves en les considérant comme faisant partie de mon travail au quotidien, mais aussi parce que je craignais que mes sentiments n'influencent ma capacité à travailler avec Lucia si je n'y prenais pas garde. Intellectuellement, je n'avais pas de problème. Intellectuellement, j'étais capable d'apprécier le degré de crainte et de confusion qui l'avaient poussée à agir ainsi, et j'étais capable de répondre d'une manière rationnelle. Mais si je voulais éprouver une compassion sincère pour elle, il me fallait comprendre ce qui avait déclenché en moi une telle subjectivité.

Nous évoquâmes donc ce sujet pendant un moment. Harry, comme toujours, parlait lentement en pesant ses mots, faisant de longues pauses en étudiant le fond de sa tasse, comme pour lire des informations dans les feuilles de thé. Il évoqua la perception psychiatrique de la maternité, les archétypes jungiens, soulignant que nous reliions tout cela à notre propre vécu, et, de là, dériva vers une discussion sur la manière dont étaient décrites les mères dans la mythologie. Je ne sais pas s'il répondit spécifiquement à mes inquiétudes, d'autant que, pour moi, les théories qui étayaient sa perspective en tant que psychiatre n'étaient que cela : des théories, qui n'avaient guère plus de substance que les mythes qu'il me racontait. Néanmoins, ce fut une conversation utile. Je pense que ce dont j'avais besoin, c'était d'évoquer ces sentiments à haute voix, d'exprimer mon inquiétude quant à ma capacité à apporter une réponse appropriée, car je me sentis mieux ensuite, même sans réponses.

A la fin, nous en vînmes à Lucia et au problème qui se posait. Nous passâmes en revue les actes auxquels elle s'était livrée pour cacher le handicap de son fils. Nous discutâmes de Drake, des possibilités de l'aider. J'avais déjà contacté la Mayo Clinic pour obtenir un nouveau compte rendu, mais je ne l'avais pas encore reçu. Nous ne connaissions donc pas l'étendue complète de ses problèmes physiques, mais il était évident que, pour progresser, il avait besoin d'une aide particulière pour acquérir une méthode non verbale de communication, et il avait déjà perdu quatre années cruciales.

Harry fronça les sourcils d'un air pensif.

— Plus j'y pense, plus je me demande si Lucia ne souffre pas d'une sorte de Münchhausen par procuration, déclara-t-il.

Le syndrome de Münchhausen par procuration est un trouble psychiatrique étrange qui consiste à attirer l'attention sur soi par l'intermédiaire de la souffrance d'un autre. Il met en scène un responsable

– généralement un parent ou un soignant – commettant des actes qui mettent en danger la personne dont il a la charge, parfois en inventant, en exagérant ou en provoquant des symptômes. Ces actes sont perpétrés dans le but d'attirer l'attention, quelquefois simplement celle de personnes que le responsable perçoit comme puissantes et détenant une autorité, tel le corps médical. Il arrive également qu'ils soient commis dans le but de valoriser leur auteur. Dans ce cas, un individu affecté par ce syndrome peut mettre le feu à un immeuble pour sauver ses occupants, ou se livrer à n'importe quelle autre mise en danger d'autrui de manière à pouvoir faire preuve d'héroïsme.

Je n'avais pas envisagé cette possibilité – que Lucia mît tout en œuvre pour éviter que Drake ne bénéficie d'un traitement adéquat dans le but de s'attirer l'attention du fait de la « particularité » de son enfant – et je dois reconnaître que cette éventualité me paraissait encore plus odieuse.

Lorsque je redescendis du Septième Ciel, ce soir-là, je me sentais encore plus mal qu'en y montant. Que Lucia et son mari pussent être faibles au point de faire souffrir leur fils à leur place plutôt que de tenir tête à Mason Sloane était déjà assez grave. Mais l'idée qu'elle pût le faire pour attirer l'attention sur elle me donnait envie de vomir.

32

Tous les quinze jours, le centre de rééducation organisait des réunions d'évaluation sur les progrès des patients pour vérifier si les objectifs étaient tenus et si des changements étaient nécessaires. Lorsque c'était possible, le patient assistait à la réunion, ainsi que ses proches parents. Joy Hansen m'appela le lendemain matin pour me signaler la réunion qui se tiendrait dans l'après-midi pour Gerda.

A mon arrivée, je remarquai la présence d'un homme qui m'était inconnu à l'autre bout de la table. Grand et osseux, le cheveu gris et raréfié, il paraissait âgé d'environ cinquante-cinq ans. Sans être véritablement élégant, il portait des vêtements de bonne qualité et son aspect soigné lui donnait belle apparence.

Je jetai un regard interrogatif à Joy, ma voisine. « Fils », griffonna-t-elle sur le coin de son bloc-notes.

Quelques minutes plus tard, Gerda fut amenée dans la pièce en fauteuil roulant. Enveloppée dans une robe de chambre en polaire rose, elle était si fraîche, si astiquée que sa peau avait un aspect vaguement translucide et qu'elle paraissait sortie de quelque musée de cire. Ses longs cheveux jaunis avaient été brossés et lâchés sur ses épaules ; elle était très belle, d'une beauté passée. Mais je ne pus m'empêcher de songer que ce n'était pas une coiffure pour une dame de quatre-vingt-deux ans, et que jamais Gerda n'eût décidé par elle-même de garder ses cheveux dénoués. Mais, contrainte de s'en remettre aux aides-soignantes, elle n'avait pu que s'incliner et en était peut-être gênée. Nous ne le saurions jamais.

L'infirmière en chef la salua :

— Bonjour, Gerda, nous nous réunissons à votre sujet.

Puis il se fit un tour de table, et tous ceux qui travaillaient avec la vieille dame – les infirmières, le psychothérapeute, le thérapeute occupationnel – firent leur rapport.

Ces réunions étaient cruciales et, en tant que professionnelle, je connaissais l'importance de la présence du patient. Non seulement elles lui permettaient de participer, mais elles lui assuraient également le droit à l'information. Et pourtant, j'étais embarrassée de la présence de Gerda à cette conférence. L'idée de lui donner accès au processus de décision était louable, mais ce n'en était pas moins du blablabla. Elle était incapable de parler de manière à communiquer : c'était aussi simple que cela. Aussi, même si on décidait de son avenir devant elle, quelle que fût son opposition à cette décision, elle était dans l'incapacité de la manifester. Sa présence l'autorisait uniquement à assister au fait accompli, et non pas à changer le cours des choses.

Malheureusement, il n'existait pas

d'alternative réaliste. Aucune des personnes présentes n'était inhumaine ou indifférente, mais il fallait reconnaître que nous n'avions pas la maîtrise des événements, nous non plus. Les conditions en elles-mêmes – l'âge, la santé, les revenus, le réseau d'aide – décideraient de tout.

Toutefois, y intégrer la vieille dame donnait au procédé un aspect humiliant qui me gênait. En face de nous, elle en était réduite au statut d'enfant mineur. Par inattention, certains allaient jusqu'à utiliser la troisième personne en parlant d'elle, non pas pour l'exclure, mais simplement parce qu'elle n'était pas en position de prendre une décision. Et cette situation m'attristait.

Joy exposa ses conclusions, puis arriva mon tour. Seule Joy avait songé à m'inclure. Pour les autres membres de l'équipe, je jouissais toujours d'un statut indéterminé. Ce qui était normal, compte tenu du fait que je n'étais pas rémunérée et que la gérontologie n'entrait pas dans le champ de ma spécialisation.

Gerda me parlait désormais spontanément et régulièrement, même si sa parole restait cantonnée à ses souvenirs. Elle communiquait. J'étais surprise de la somme d'informations qu'elle avait fait passer par cette forme de langage curieuse, symbolique. En dehors des aspects de son enfance à la ferme, elle m'avait livré un aperçu du territoire émotionnel d'une enfant solitaire et marginalisée. Et je connaissais aussi, par ses échanges avec Drake, son intérêt pour les enfants solitaires et marginalisés comme elle, sa capacité à les reconnaître, ses efforts pour leur répondre en dépit de l'immense fossé de l'âge et du handicap.

Et pourtant, je n'avais rien à ajouter à un rapport officiel sur sa rééducation. Si Gerda communiquait de cette manière, c'était parce que l'AVC qu'elle avait subi l'avait rendue incapable de communiquer comme les autres, et, même si c'était de la communication, elle restait incapable de passer un coup de téléphone ou de parler avec un médecin ou de signaler une situation d'urgence.

Je récitai mon petit couplet, sous le regard de la vieille dame qui ne me quittait pas des yeux. Si la télépathie existe, elle se produisit à ce moment-là. J'entendais son silence plaider sa cause. Je sentais son désespoir de ne pouvoir poursuivre la route dans laquelle elle s'était engagée. Son chagrin résonnait dans ma tête. Mais je n'y pouvais rien. Il me fallait dire ce que j'avais à dire.

A la fin de la réunion, la décision fut prise. Gerda serait transférée dans une maison de retraite médicalisée.

Lorsqu'on eut reconduit la vieille dame dans sa chambre et que la plupart des intervenants furent retournés à leurs activités, son fils, Edward, vint me trouver alors que je buvais un café, toujours assise à ma place.

— Je voudrais vous remercier de vos efforts, dit-il. On m'a dit que vous veniez spécialement pour voir ma mère.

J'acquiesçai de la tête.

— Je vous en prie. Je l'ai fait avec plaisir.

— J'aurais bien voulu qu'on trouve une autre solution pour elle. Je sais qu'elle ne se plaira pas dans une maison.

— C'est vrai, répondis-je.

Edward haussa les épaules.

— Mais elle a toujours été difficile.

— Comment cela ?

— Ma mère est une agressive passive.

Cette déclaration me sembla extraordinaire.

— Que voulez-vous dire ? m'étonnai-je.

— Elle fait partie de ces gens qui ne font rien de leur vie, mais qui en veulent à tous ceux qui essaient de faire quelque chose de la leur.

— Ah bon ? C'est ce que vous pensez ?

— Oui, absolument. C'est ce qu'on pense tous. Vous auriez dû connaître mon père. Il était fantastique, un vrai battant. (Edward sourit et s'assit à côté de moi.) C'est drôle, la famille, quand on regarde en arrière, quand on vieillit, quand l'âge donne une distance. On se pose des questions, on se demande comment ça fonctionne. On se demande pourquoi les choses ont pris cette tournure.

Je hochai la tête.

— Mon père, à sa façon, c'était quelqu'un de très évolué. En tout cas pour l'époque. Il venait de Philadelphie, c'est très loin d'ici, dans tous les sens du terme. Sa famille n'était pas riche, mais elle a tout de même réussi à lui faire donner une bonne éducation. Il était cultivé, mon père. Très calé dans des choses comme la mythologie grecque, la botanique, la musique et la peinture. L'art. Ah, pour ça, il aimait l'art, mon père. Et l'opéra. Il connaissait les opéras, vous imaginez ? Dans ce coin... Ma mère, elle, elle n'a jamais dépassé la quatrième. Quand ils se sont rencontrés – pendant la Dépression, personne n'avait de boulot –, mon père était au chômage et il acceptait tous les jobs qu'il pouvait trouver par-ci par-là. Il a trouvé un travail temporaire à la scierie, et c'est comme ça qu'il l'a rencontrée, parce que son père travaillait à la scierie. Il a loué une chambre chez eux et ils ont commencé à se fréquenter. Et mon père s'est marié avec elle, et il a passé le reste de sa vie comme travailleur manuel. Quand même, c'était un type qui avait passé deux ans à l'université ! Il était capable de vous parler de tous les grands artistes qui vivaient à Florence pendant la Renaissance, et de vous expliquer que toute cette créativité avait pu s'épanouir grâce à l'argent de la famille Médicis, et de vous dire ce que signifiaient leurs peintures. Et pourtant, il est resté là-bas, dans cette petite ferme merdique, à élever des cochons et des poulets pour compléter le salaire de misère qu'on lui donnait à la scierie. Il avait une forte personnalité, mon père, pour ça oui. Il nous a influencés tous les deux, Anna et moi. Il nous a transmis l'amour de la culture.

Il eut un sourire admiratif.

— Mais ma mère, elle, elle n'a jamais voulu se donner la peine d'apprendre. Quand elle nous racontait des choses, c'était pour nous dire que, quand elle était petite, ils étaient obligés d'étaler la graisse de la poêle à frire sur leur pain parce qu'ils n'avaient pas assez d'argent pour acheter du beurre ou qu'elle avait élevé un agneau qui s'était perdu et qu'il la suivait partout. C'était la seule chose qu'elle connaissait, cette petite vie étriquée où on voit les choses par le petit bout de la lorgnette. Mais elle faisait faire ses quatre volontés à mon père. Il refusait de quitter la ferme. Il refusait d'aller où que ce soit, il ne voulait même pas aller en ville. Il disait que ça la tuerait, que ça la tuerait de vivre ailleurs qu'à la ferme, parce que c'était là qu'elle était née et qu'elle avait été élevée. Mais à la fin, c'est lui qui en est mort. Il a fait une crise cardiaque deux jours avant la date de sa retraite. Le travail l'a tué.

— Il devait l'aimer énormément pour avoir fait ça, commentai-je.

Edward fit la grimace.

— Je suppose qu'ils s'aimaient, d'une certaine façon. Mais c'était un amour sans respect. Un couple comme il y en avait beaucoup à l'époque, quand il fallait rester ensemble pour des raisons économiques. Parce que, enfin, je me demande comment mon père aurait pu avoir du respect pour quelqu'un qui n'avait pas d'autre ambition que de vivre en pleine cambrousse au milieu de ses bestiaux. Ma mère est têtue comme une mule. Elle a l'air douce et humble, mais c'est comme ça qu'elle nous a toujours eus. Pas en agissant, non, mais en n'agissant pas.

— C'est vrai, la famille, ce n'est pas toujours facile.

— Il ne faut pas croire que je ne m'en occupe pas, ce n'est pas ça du tout ! Mais elle est têtue, vous ne pouvez pas savoir. Elle ne veut rien entendre. Le nombre de fois où je lui ai dit : « Maman, il faut que tu viennes t'installer en ville. Tu devrais vendre ici et tu pourrais prendre un beau petit appartement dans une maison de retraite. » Il y en a deux près de chez nous, à Detroit, ç'aurait été l'idéal. Comme ça, j'aurais pu m'occuper d'elle. Je lui ai proposé de l'aider. Mais tout ce qu'elle a trouvé à me répondre, c'est : « Et mes chats ? » Je lui ai dit qu'ils n'allaient pas pouvoir prendre des douzaines de chats, et que, de toute façon, elle n'avait pas besoin d'autant de chats. Je lui ai conseillé d'en garder un, je lui ai dit qu'on trouverait peut-être un endroit où ils en accepterait un. Mais bien sûr, elle préfère les chats aux gens. Ça prouve bien son caractère. Et elle a toujours été comme ça. Elle a toujours préféré les chats. Quand il y en avait trop, je les abattais. C'est comme ça que j'ai appris à me servir d'une 22 long rifle, en abattant ces saloperies de chats, parce que de toute façon il y en avait la moitié de sauvages. Mais ma mère est comme sa sœur Louisa. Elles adorent déprimer.

Je l'écoutais parler, les yeux rivés sur le fond de ma tasse de plastique vide. Il n'y avait rien à dire.

Je n'avais pas le courage d'aller voir Gerda après cette réunion. Je n'avais pas envie de la regarder dans les yeux. J'avais la vague impression de l'avoir trahie. Ce n'était évidemment pas le cas. Les choses m'avaient échappé autant qu'à elle. Mais j'avais assisté à cette réunion en tant que professionnelle, je m'étais trouvée parmi les décideurs, et je me sentais donc coupable par association.

Mais avait-on le choix ? Comment prendre une autre décision ? Incapable de marcher, de parler, de se lever, de se baigner seule, d'aller aux toilettes seule, elle était entièrement dépendante. Même une aide à domicile serait insuffisante. Donc c'était une décision juste, raisonnable et inévitable.

Malheureusement, elle confirmait que la vie n'était pas drôle.

Après une autre tasse de café pour me donner du courage, je finis par me décider.

Après avoir emprunté le long couloir étroit, j'ouvris la porte, l'avant-dernière au fond à droite.

Elle était assise dans le fauteuil près de son lit, seule dans la chambre.

J'approchai la chaise de plastique orange, la chaise des visiteurs.

— Je suis désolée de la décision qui a été prise. Vous ne pouvez pas rentrer chez vous, c'est triste.

Elle se contenta de me regarder fixement. Du fait des lésions consécutives à l'AVC, il lui était difficile de communiquer directement, même par gestes, aussi ne répondait-elle que rarement par un mouvement de tête.

— Peut-être que ça viendra un peu plus tard, poursuivis-je. Peut-être, si vous continuez à vous donner beaucoup de mal. Parce que vous avez fait beaucoup de progrès depuis votre attaque.

Elle continua à me dévisager pendant

quelques instants, plongeant ses yeux bleus dans les miens. J'observai leur couleur d'azur, et j'y vis le voile de l'âge. Je me demandai vaguement si les yeux bleus devenaient plus bleus avec les années, car cela me semblait être le cas.

— Assise au crépuscule, dit Gerda.

Je lui souris.

Ses yeux se détournèrent de moi et allèrent se fixer ailleurs, au loin.

— Il y avait eu le feu dans la grange, cet automne-là, dit-elle doucement. Il y avait plus de foin pour l'hiver. Maman dit qu'il faut vendre le cheval, on peut pas nourrir le cheval et nous. Papa dit : « Ce cheval il vaut pas un clou, il est plus bon que pour la fabrique de colle. Personne nous achètera ce cheval sauf eux. »

Gerda se tut. Puis elle reprit :

— Assise dehors au crépuscule. Il fait très froid. Le gel arrive. La lune se lève. Une lune d'automne, posée sur la colline. Tim est dans le corral, en train de mastiquer. Je lui dis : « Mange pas comme ça, mon gars. S'il te plaît, mange pas comme ça. » Je lui dis : « Je vais m'occuper de toi. Je vais aller travailler. » Je dis ça à papa. Papa dit : « Tu sais rien faire, ma fille. »

— Vous aviez quel âge ? demandai-je.

Elle ne répondit pas. Elle ne semblait pas capable de répondre directement aux questions quand elle était plongée dans le récit de ses souvenirs. A chaque fois, elle poursuivait sans tenir compte de mon interruption. Mais je ne me décourageai pas.

Je repris :

— Cela a dû être dur pour vous, cette menace de vendre Tim.

— Maman elle avait trop de bouches à nourrir. Assise dehors sur la marche, personne me remarque. C'est le crépuscule. Personne me remarque.

— C'est terrible quand on est petit et que personne ne veut vous écouter. Surtout quand on a un chagrin et que personne ne s'en rend compte, intervins-je. Je me souviens, quand j'étais petite, on avait une chatte qui faisait tout le temps des petits, et à chaque fois mes parents s'en débarrassaient. J'essayais de les en empêcher, mais ils ne m'écoutaient pas. Je pleurais à chaque fois.

— Assise sur les marches de la galerie, c'était le crépuscule, dit Gerda. Il faisait ni jour ni nuit. Rien. On voit rien au crépuscule. C'est comme s'il y avait rien. Papa peut pas voir que je suis là. Il dit on va vendre Tim. Moi, ce que je voulais, ça comptait pas. Il voyait pas que j'étais là.

33

Pour une fois, quand je vins chercher Cassandra pour notre séance, elle n'était pas en isolement. Qui plus est, elle n'était pas dans le foyer, où elle m'attendait d'ordinaire. Elle était en salle de classe avec les autres enfants, tous assis autour d'une grande table, en train de travailler sur les exercices que leur faisaient parvenir leurs écoles respectives.

Cette scène ordinaire tout à fait inattendue me frappa et j'eus conscience du peu de fois où il m'avait été donné de voir Cassandra dans un contexte « normal ». J'en fus ravie. Compte tenu de la semaine chaotique et traumatisante que nous avions passée, il était clair que nous faisions des progrès.

Cassandra m'accompagna de bonne grâce. Elle portait à nouveau sa tenue de danseuse – caleçon noir et tee-shirt à manches longues et tee-shirt à manches courtes de couleur vive par-dessus – et, pour quelque obscure raison, elle était en chaussettes, sans chaussures. Dans le couloir, elle me dépassa d'un bond et fit la roue, trois fois de suite.

— Tu es en grande forme aujourd'hui ! constatai-je.

— Ouais, je sais.

Elle fit une quatrième roue.

Mon premier mouvement fut de la rappeler à l'ordre en lui signalant que le couloir n'était pas l'endroit idéal pour faire de la gymnastique, que le sol était dur et qu'en se promenant en chaussettes elle risquait de glisser et de se faire mal, qu'il y avait des portes tout le long et que quelqu'un risquait de sortir, et alors bing ! Mais je tins ma langue. Certes, ce couloir n'était pas vraiment indiqué pour les acrobaties, mais mieux valait voir cette enfant faire la roue que se transformer en ptérodactyle ou se jeter contre les murs d'une cellule capitonnée.

Je souris donc et passai mon bras autour d'elle quand nous fûmes arrivées à la hauteur de la salle de thérapie.

— Viens par là. On est arrivées.

Cassandra franchit le seuil d'un bond.

— Aujourd'hui, on va faire quelque chose de nouveau, annonçai-je.

J'éteignis les lumières et fermai la porte. Le ciel étant chargé et la pièce orientée au nord, nous nous retrouvâmes plongées dans une atmosphère lugubre.

Entre-temps, Cassandra avait grimpé sur la table. Elle la parcourut au pas de course puis sauta par terre.

Sur l'étagère se trouvait un petit magnétophone. Je le mis en route. Un air de musique classique doux et lent emplit la pièce.

— Ouais, trop cool ! s'écria Cassandra en remontant sur la table.

Elle courut à l'autre bout et sauta.

— Tu es en forme aujourd'hui. J'ai un peu peur que tu ne finisses par te faire mal si tu continues. Viens par ici. On va faire autre chose. Tu vois ces coussins, là, par terre ? On va s'asseoir dessus. Et on va s'allonger sur le dos et on va vraiment se détendre.

— Pourquoi ?

— Parce que, aujourd'hui, on va parler. Et je veux qu'on soit très paresseuses, très relax.

— Pourquoi on va parler ? On va parler de quoi ?

Tout en entreprenant une nouvelle ascension de la table, elle objecta :

— Moi, j'ai pas envie de parler. J'ai envie de dessiner.

— Oui, sans doute. Mais aujourd'hui, on ne va pas dessiner.

Je m'approchai de la table et la rattrapai au moment où elle se préparait à foncer à l'autre bout. Je ne voulais pas lui donner l'impression de la restreindre, aussi, par jeu, la serrai-je très fort contre moi en attrapant ses cuisses. La tenant contre moi, je la soulevai et la descendis de son perchoir.

— Waouh ! T'es forte ! s'écria-t-elle tandis que je la transportais en direction des coussins. Waouh ! Encore ! Attrape-moi sur la table !

— Non. Maintenant, on va s'asseoir et on va faire autre chose.

Je la tenais toujours fermement par les cuisses. Je ne la posai pas.

— D'accord ? insistai-je.

Cassandra tambourina sur ma tête pour jouer.

— D'accord ? répétai-je sans desserrer mon étreinte.

— D'accord, dit-elle d'une voix un peu déçue.

Je la posai par terre. Après un instant d'hésitation, elle s'assit avec moi sur les coussins.

— Qu'est-ce qu'il y a de si important à dire ? demanda-t-elle.

— D'abord, on va se détendre. On va se laisser complètement aller. On va écouter la musique, entendre comme elle est douce.

On va respirer à fond pour se sentir vraiment bien. Après, je voudrais que tu me racontes ce qui s'est passé quand tu étais avec ton papa.

— Pourquoi tu veux toujours me faire parler de ça ?

— Parce que c'est le seul moyen de se débarrasser de ton Endroit agité, en l'ouvrant et en le nettoyant bien, pour qu'il n'y ait plus rien dedans.

— Le docteur Marron, jamais elle m'a fait parler de ça.

— Je ne suis pas le docteur Marron.

— Le docteur Marron, elle te dirait de pas faire ça.

— De pas faire quoi ?

— Me faire parler de mon papa quand il m'a prise. Le docteur Marron, elle a dit à ma maman : « Ne la faites jamais parler de ça. Elle aurait des dommages psychologiques. »

Cassandra me regarda d'un air très grave.

Je haussai un sourcil.

— Oui, elle a dit ça ! insista-t-elle. Je l'ai entendue. J'étais dans la chambre à côté, mais j'étais assise tout, tout près de la porte. Et elle a dit ça.

Je ne répondis pas.

Cassandra m'observait, résolue et sûre d'elle comme elle savait l'être. Elle s'était redressée afin de m'avoir encore mieux dans sa ligne de mire.

— Tu sais, répondis-je enfin, si j'entendais quelqu'un dire ça à propos d'une chose que j'ai vécue, ça me ferait peur.

Cassandra me regarda avec un petit air de supériorité. Un léger sourire se dessinait même sur ses lèvres.

— Moi, j'ai pas peur. Le docteur Marron, elle essayait seulement de me protéger. C'était un meilleur docteur que toi.

— Pour moi, répliquai-je, quand elle dit ça, le docteur Marron dit que parler de ton enlèvement, c'est très dangereux. Non ? Si j'étais à ta place, je me dirais : « Waouh, ce qui m'est arrivé, ça a un énorme pouvoir. Rien que d'en parler, ça peut me faire du mal. Et moi, j'ai été obligée de vivre ça, alors je dois avoir déjà beaucoup de dommages. » Si j'étais à ta place, je me dirais même : « Je ferais mieux de ne jamais rien dire à personne, sinon j'en aurai encore plus. Et, pire, si j'en parle, peut-être que ça fera aussi du mal aux gens à qui j'en parle. Peut-être que je ferai du mal à ma maman et aux gens que j'aime si je leur en parle. Il vaut mieux que je les enferme bien en moi, comme ça, ça ne fera du mal à personne. »

Le sourire avait disparu des lèvres de Cassandra. La petite fille m'écoutait sans me quitter des yeux, immobile.

— Tu es une petite fille très intelligente, Cassandra. Tu fais très attention à tout ce qui se passe, et c'est bien. Mais je vais te confier un grand secret, une chose que tu dois absolument savoir. Ecoute bien : tout ce que tu entends dire n'est pas forcément vrai. Et, en l'occurrence, ce que tu as entendu n'était pas vrai.

— Mais c'est le docteur Marron qui l'a dit ! Elle l'a dit à ma maman. Je l'ai entendu.

— Oui, je te crois. Mais ce n'est pas vrai pour autant. Tu peux l'avoir entendu pour plusieurs raisons. La première, c'est que le docteur Marron, elle s'est tout simplement trompée. Ce n'est pas parce que les gens sont des adultes, ou instruits, ou importants, qu'ils ont toujours raison. Peut-être qu'elle n'avait pas très bien compris le sujet, et qu'elle pensait que c'était la vérité, mais ce n'est pas la vérité. Une deuxième solution, c'est que le docteur Marron a dit quelque chose du même genre, mais que tu n'as pas très bien entendu, parce que parfois les enfants ne comprennent pas très bien ce que disent les adultes. La troisième possibilité, c'est que le docteur Marron répondait à une question spécifique que posait ta mère et que pour cette chose spécifique, il valait mieux ne pas en parler davantage, ou pendant une période spécifique, mais le docteur Marron ne voulait pas dire pour toujours. Une autre possibilité encore, c'est que le docteur Marron et moi, nous ne faisons pas les choses pareil, que nous arrivons au même point à la fin, mais que nous avons des idées différentes sur le moyen d'y parvenir. Et comme tu travailles avec moi, maintenant, nous le ferons à ma manière, parce que je la connais mieux. Et ma manière dit que ça, ce n'est pas vrai. Parler de ce qui s'est passé ne te fera pas de mal. Et c'est très important pour que tu ailles mieux.

Cassandra fit la grimace.

— Je ne vais jamais te forcer à parler de ces choses, poursuivis-je. Je te l'ai déjà dit, mais il est bon de le rappeler. A tout moment, s'il y a quelque chose qui te fait trop peur ou si c'est trop dur, il te suffira de me dire « stop », et nous arrêterons. Nous ferons autre chose, en attendant que tu sois prête. Je te le promets. Mais parler simplement de ton enlèvement, dire comment il s'est passé, ce qui s'est passé, qui y était, tout cela – c'est important d'en parler. Tu sais pourquoi ?

— Nan, fit-elle en secouant la tête.

— Parce que ce ne sera plus un secret. Tu n'auras plus à garder un Endroit agité dans toi pour cacher toutes ces choses. Tu sais, nos têtes sont bizarrement faites. Quand il nous arrive un très gros problème, ce problème a tendance à rester très gros dans notre tête et il ne devient vraiment un souvenir qu'à la condition qu'on en parle. Notre tête n'est pas capable de se débarrasser toute seule des grands événements en les réduisant à la même taille que nos autres souvenirs. Nous avons besoin d'en parler. En parlant, nous aidons notre tête à ordonner ce qui s'est passé, à faire le tri : cela nous aide à comprendre comment c'est arrivé, et ce que nous éprouvions, et ce que nous avons fait. C'est comme si tu avais un grand panier plein de linge propre au beau milieu de ta chambre. Il prend beaucoup de place. Tu le vois chaque fois que tu entres dans la chambre, et peut-être même que tu te prends les pieds dedans quand tu ne fais pas attention. Mais si tu ordonnes ce qu'il y a à l'intérieur, si tu fais le tri – tu plies les serviettes, tu enroules les chaussettes –, tu peux tout ranger proprement. Voilà ce qu'on fait avec ses pensés, si on parle. Cela nous permet de ranger ce qui nous est arrivé, et après, ce n'est plus au milieu du chemin à chaque fois que nous pensons.

« Ce n'est pas valable uniquement pour les mauvaises choses. C'est vrai pour tout ce qui est important, même les choses vraiment bonnes. Si tu gagnais un million de dollars par exemple, la première chose dont tu aurais envie, c'est de le raconter à tout le monde, tu ne crois pas ? Tu aurais envie d'en parler et de revivre ce moment et de te souvenir de chaque petit détail jusqu'à ce que tu finisses par t'habituer à être une personne qui a gagné une forte somme. C'est pareil quand il arrive quelque chose de mauvais. Quand, par exemple, tu tombes de ton vélo en te faisant très mal, tu as envie d'en parler à tout le monde. Tu as envie de raconter ce que tu as ressenti, où tu t'es blessée, où l'accident s'est produit. C'est comme ça qu'on surmonte les événements importants. Nous en parlons jusqu'à ce que notre tête ait fini d'ordonner ce qui s'est passé. Et après, ce n'est plus aussi important. Au bout du compte, ça devient des souvenirs ordinaires et nous pouvons arrêter d'y penser tout le temps. Nous ne les oublions pas. Nous n'oublions jamais que nous avons gagné cet argent ou que nous sommes tombés de notre vélo, mais ce sont maintenant des souvenirs ordinaires. Ils arrêtent de prendre toutes nos pensées, comme le linge qui est dans le panier arrête de prendre toute la place dans notre chambre, une fois qu'il a été rangé dans les tiroirs.

« Mais c'est exactement le contraire qui se passe quand nous sommes obligés de garder un grand secret. Tout d'abord, il nous faut créer un endroit spécial dans notre tête pour le garder, et c'est ce qu'est l'Endroit agité. L'Endroit agité est bourré à craquer de choses qu'on ne peut pas raconter. En général ce sont des choses mauvaises. Des choses qui font peur. Et on est obligé de ruser et de jouer au plus fin avec sa tête pour verrouiller la porte de cet Endroit agité, pour que toutes ces choses mauvaises et effrayantes ne viennent pas se glisser tout le temps dans nos autres pensées. On est obligé de la boucler en fermant à double tour pour rendre l'entrée difficile. Si on ne le fait pas, on n'a plus de place dans sa tête pour les autres pensées.

« Quand on l'a fait, qu'on a fabriqué un Endroit agité et qu'on a réussi à le verrouiller, on croit qu'on les a fait partir. Mais en fait, et c'est ça qui est bizarre avec ces Endroits agités, c'est juste l'inverse qui arrive. Un Endroit agité, ça marche comme un congélateur. Tout ce qu'on y met reste très frais, comme si ça venait de se passer. Alors si on ouvre accidentellement la porte et qu'on regarde quelque chose à l'intérieur, cette chose recommence à faire horriblement mal.

Cassandra, étendue sur les coussins, m'écoutait sans me regarder.

— Si tu as entendu le docteur Marron dire que personne ne doit parler de ce qui s'est passé, tu as dû avoir très peur, poursuivis-je. Je crois que si moi, j'avais entendu ça, j'aurais pensé que ce qui m'était arrivé était tellement affreux que même les adultes autour de moi en avaient peur. Et j'aurais été vraiment terrifiée parce que j'aurais pensé qu'il était vraiment très important que je garde mon Endroit agité bien verrouillé. J'aurais eu très peur qu'il se passe des dégâts terribles si ça sortait, si moi, je disais quelque chose, même sans le faire exprès.

Les larmes s'étaient formées au coin de ses yeux. Elles commencèrent à s'échapper et, de chaque côté, une première larme se mit à couler le long de ses tempes.

Je la regardai, et, très brièvement, son regard croisa le mien. Elle hocha la tête.

— Si j'avais entendu quelqu'un dire ça, cela aurait mis des mots sur ce que je sentais déjà, c'est-à-dire que j'étais sûrement une très méchante fille pour que ça me soit arrivé, à moi, que ces choses-là n'arrivent pas aux personnes gentilles et qu'à cause de ça, on me prend pour quelqu'un de sale et de dangereux à fréquenter.

A nouveau, elle approuva de la tête.

Puis un silence suivit.

Je ne dis plus rien. J'écoutais la musique. C'était l'adagietto de la *Cinquième Symphonie* de Mahler, une musique indéfinissable, pareille à une musique de fond, tellement subtile qu'on ne la remarquait pas. Je tendis l'oreille pour mieux la suivre.

Devant mon silence, Cassandra leva sur moi des yeux interrogateurs.

— J'ai fait une petite pause, lui expliquai-je alors, parce que je voulais te permettre de réfléchir à ce que j'ai dit avant de continuer à parler. C'est un sujet très important, et j'ai voulu attendre que tes pensées soient bien concentrées dessus. Et maintenant, je tiens à te dire ceci, Cassandra : j'ai évoqué l'idée que tu étais une méchante fille ou quelqu'un de sale ou de dangereux à fréquenter à cause de ce qui t'était arrivé. Mais c'est faux. Je sais que c'est ce que tu ressens, mais souvent, ce qu'on ressent ne correspond pas à la vérité. On peut très facilement tricher avec ses sentiments, et il est donc important de ne pas prêter trop d'attention à ce qu'ils vous disent, parce que, bien souvent, ils se trompent.

« Ce qui t'est arrivé est arrivé, tout simplement. Si ça t'est arrivé, ce n'est pas parce que tu étais une mauvaise fille. Et si ça t'est arrivé, cela ne fait pas de toi quelqu'un de mauvais. C'est arrivé, voilà tout. Et maintenant, il est temps de passer à autre chose. Il est temps d'ouvrir la porte de l'Endroit agité et de sortir toutes ces vieilleries. Pas de les jeter, parce qu'elles font partie de tes souvenirs, elles font partie de ce qui fait que tu es toi. Mais il est temps de les rendre ordinaires, de parler d'elles jusqu'à ce que tu comprennes ce que tu ressentais, ce que tu faisais, ce que faisaient les autres. De parler d'elles jusqu'à ce qu'il ne reste plus aucun secret dans ton Endroit Agité qui puisse rester frais et effrayant, d'en parler jusqu'à ce que ça finisse par être ennuyeux. Cela en fera des souvenirs ordinaires, comme les autres souvenirs de la vie.

34

— Le problème, dit Cassandra, c'est que je me souviens pas bien de ce qui s'est passé.

Elle était couchée sur les coussins. J'avais éteint les lumières du plafond, et nous étions plongées dans une douce pénombre. Nous avions fait les exercices de respiration pour la relaxation. Je remis la musique en route.

— Ce n'est pas grave, répondis-je. On va prendre les choses par petits bouts. Parfois, je dirai : « Raconte-moi un souvenir », et tu me raconteras ce que tu auras envie. D'autres fois, je dirai : « Tu as un souvenir précis de cette chose-là ? » Quelquefois, tu te souviendras peut-être de certaines choses que tu auras envie de raconter. Mais ce ne sera qu'une partie de nos séances. On fera autre chose aussi.

— Style les sentiments avec les jetons de poker ?

— Oui, exactement.

— Ouais, cool, dit-elle, j'aime bien ça, moi. Et on pourrait peut-être faire des jeux ? Le docteur Marron, elle faisait des jeux. Elle jouait souvent aux dames avec moi.

— Sauf qu'il faut que tu te mettes bien dans la tête que je ne suis pas le docteur Marron.

— Oui, oui, je sais.

Nous nous tûmes, et j'écoutai le silence, percevant, derrière la douceur de la musique, les bruits du quotidien hospitalier.

Curieusement, ainsi allongée par terre sur des coussins, je vis resurgir dans ma mémoire des souvenirs de camping. Il m'était arrivé d'emmener mes élèves en camping et nous avions passé de nombreuses soirées couchés ainsi sur le dos, sous les étoiles. Je retrouvais la même ambiance ici, dans la pénombre.

— Mais, aujourd'hui, repris-je, je vais te demander de me raconter l'histoire de ton enlèvement. Ce sera la seule fois où je te demanderai directement de me raconter toute l'histoire. Les autres fois, nous ne parlerons que de certains moments. Et si tu ne te souviens pas de tout, ce n'est pas grave. Mais je veux savoir de quelle façon tu t'en souviens.

Cassandra ne répondit pas. Nous avions étalé les coussins à plat, de sorte que nous étions couchées pratiquement sur le sol. Elle s'était placée un peu en biais, et nous étions un peu éloignées l'une de l'autre. Seules nos têtes étaient proches.

Je l'entendis prendre une grande inspiration. Puis elle expira lentement. Mais elle ne dit rien. La musique comblait le silence. Je ne reconnaissais pas l'œuvre. Peut-être était-ce du Schubert.

Cassandra se taisait toujours. Je la vis mettre la partie inférieure de son pouce contre ses lèvres. Au bout de quelques instants, elle mit son pouce dans sa bouche.

C'était la première fois que je la voyais sucer son pouce. Elle émettait un léger bruit de succion.

— Tu te souviens de quoi ? l'encourageai-je à voix basse.

— J'étais à l'école. On faisait de la peinture avec le doigt. Ça, je m'en souviens. Je faisais un dessin avec de la peinture bleue et je peignais, et je peignais. Et à côté de moi, il y avait un garçon qui faisait du rouge. J'ai voulu avoir une autre couleur, je voulais du rouge. Alors, quand la maîtresse est venue près de nous avec le pot de peinture rouge, j'ai demandé : « Je peux en avoir ? » et elle m'a mis une tache rouge sur ma feuille et mon dessin est devenu violet. Moi, j'étais petite encore, je savais pas que le rouge et le bleu, ça faisait du violet, et j'ai trouvé ça cool. J'ai levé mon dessin pour le montrer à la maîtresse et il y a une goutte de peinture qui a coulé. Je me rappelle. Je me rappelle qu'elle est tombée sur ma blouse de peinture et sur la table et je n'étais pas contente, parce que je voulais montrer ma peinture à ma maman…

Elle réfléchit quelques instants, puis reprit :

— Je me rappelle que... je me rappelle que... c'était juste avant l'heure de rentrer. La peinture, c'était toujours à cette heure-là. Je me rappelle que la maîtresse a mis les dessins sur le radiateur pour les faire sécher. Et après, je suis sortie. J'avais mon manteau marron. Je me rappelle de ce manteau. Et mon papa était là, il était dans une petite voiture rouge. Je me souvenais pas qu'il avait une voiture rouge. Ça faisait longtemps que j'avais pas vu mon papa, et je savais pas que c'était lui. Mais il m'a appelée. Il m'a dit : « Tu aimes toujours les Barbie, Cass ? » J'ai dit oui. Il a dit : « Il y a des Barbie à toi ici, tu veux que je te les donne ? Elles sont très jolies. » Je me souvenais pas que j'avais des Barbie ailleurs que chez moi, mais c'était mon papa. Alors je suis allée voir mais il y avait pas de Barbie dans sa voiture. Il m'a dit : « Elles sont chez moi. Il y en a trop pour les mettre dans la voiture. Monte, je t'emmène les voir. »

Cassandra se tut. La cassette s'était arrêtée. Je n'avais pas envie de me lever pour la remettre en route, de peur de rompre le charme.

— Je suis montée dans la voiture, dit-elle d'une voix chargée de tout le regret du monde.

Un nouveau silence.

— Je voulais attendre Magdalena, elle n'allait pas tarder à sortir. C'était comme ça qu'il fallait que je fasse, parce que moi, j'étais au jardin d'enfants et nous, on sortait avant le primaire. Il fallait que j'attende Maggie pour qu'on rentre ensemble à la maison. Mais je suis montée dans la voiture parce que c'était mon papa, et moi, je croyais qu'il voulait me montrer mes Barbie. Et alors, il a fermé la porte. Il m'a assise devant. Ma maman, jamais elle me mettait devant, alors j'étais tout excitée. Et il a attaché ma ceinture et on est partis. Je ne savais pas où il habitait, mais c'était loin, parce qu'il a roulé longtemps. Et j'ai demandé : « On est bientôt arrivés ? » Il m'a répondu : « Bientôt. » Et il m'a répondu ça à chaque fois que j'ai demandé. Et j'ai dit qu'il fallait que j'aille aux toilettes et il m'a dit que pas de problème, parce qu'on allait s'arrêter pour manger un hamburger parce que c'était l'heure du dîner. On s'est arrêtés, et il m'a acheté une glace, et pourtant je n'avais pas fini mon hamburger, et on est remontés dans la voiture, et moi, je commençais à m'inquiéter un peu parce qu'il commençait à faire un peu nuit. J'ai dit : « Je crois qu'il faut que je rentre », parce que j'avais peur que maman se mette en colère contre moi. Il m'a dit : « T'inquiète pas. Elle sait que tu es avec moi. Y a pas de problème. » Et on est repartis. C'était vraiment très loin, parce que je me suis endormie et quand je me suis réveillée, on était toujours dans la voiture. Et j'ai demandé : « On est bientôt arrivés ? » Il a répondu : « Oui, bientôt. » Et moi j'ai dit : « J'ai pas envie d'aller chez toi. » Et il a répondu : « On y est presque. » Mais j'en avais marre. Je voulais rentrer chez moi. Je voulais pas aller chez lui. Alors je me suis mise à pleurer...

Elle s'interrompit. Elle remit son pouce dans sa bouche. Elle le suça doucement pendant quelques instants. Puis :

— Je pleurais. Je sais plus ce que je

disais, mais je sais que je lui demandais de me ramener chez moi, parce que je voulais rentrer, et mon papa, il m'a dit... il m'a dit... « Ça m'embête beaucoup de te dire ça, Cassandra, mais ta maman elle veut plus de toi. » Il m'a dit : « Elle m'a appelé et elle m'a dit de venir te prendre et c'est pour ça que je suis venu te chercher à l'école. » Là, je me suis mise à pleurer très fort. Je croyais pas ce qu'il me disait. J'étais sûre que ma maman, elle me l'aurait dit avant, si elle avait voulu qu'il me prenne, et elle me l'avait jamais dit. Mais il m'a dit que si, c'était vrai. Il m'a dit : « Maintenant, ta mère, elle a un nouveau bébé. Elle te veut plus. Elle a dit que trois enfants, c'est trop. Elle voulait garder Magdalena, alors elle m'a dit de venir te prendre parce qu'elle allait te donner à moi. Elle a dit que tu aurais la vie plus belle avec moi. »

Cassandra se mit à pleurer.

— C'était épouvantable d'entendre une chose pareille, dis-je.

Elle hocha la tête.

— Et ce n'était pas vrai, poursuivis-je. Tu le sais, n'est-ce pas ? Jamais ta maman ne t'aurait donnée. Elle t'aime tellement, elle était tellement inquiète quand tu as disparu ! Elle n'a pas arrêté de te rechercher. Ton père t'a dit ça uniquement pour que tu viennes avec lui…

— Stop, dit Cassandra.

Je lui jetai un regard interrogateur.

— Stop, j'ai dit « stop ». (Elle avait mis ses mains sur ses yeux.) Tu as dit que si c'était trop dur, j'avais qu'à dire « stop »…

— Oui, c'est vrai. On arrête.

Elle se mit à pleurer pour de bon, en se roulant sur le côté pour s'écarter de moi.

Je me redressai.

— Cassandra, viens ici, dis-je en tendant les bras.

Elle vint me rejoindre à quatre pattes. Je la pris tout contre moi.

Elle pleurait à gros sanglots.

— Merci, dis-je. Je sais que c'est très dur d'entrouvrir la porte de ton Endroit agité, et je te suis très reconnaissante de l'avoir fait. Je comprends mieux, maintenant. Tu as travaillé très dur aujourd'hui.

Elle pleurait toujours. Plusieurs instants passèrent.

Quand, enfin, elle put respirer, elle déclara :

— Et ce qui était affreux, ce qui était vraiment affreux, c'est que quand je suis arrivée chez lui, enfin, enfin, après tout ce temps, il y avait pas de Barbie. Pas une seule. Il m'avait menti. En vrai, il y avait pas de jouets du tout chez lui.

35

Le duplicata du véritable compte rendu des examens de la Mayo Clinic arriva au courrier du mardi. Je m'installai pour le lire attentivement après mes séances du matin.

Drake souffrait d'une série complexe de problèmes génétiques incluant l'atrophie des cordes vocales et une légère ataxie, c'est-à-dire un défaut de coordination de certains muscles. Cela expliquait la légère brusquerie que j'avais remarquée dans ses mouvements. Je n'avais pas réellement noté qu'il était mal coordonné pour son âge ; j'avais eu très peu affaire à des enfants de maternelle, et il existe à quatre ans une telle inégalité dans le développement moteur que je n'avais pas cherché plus loin. Mais, en lisant le rapport, je repensai à son refus de faire des bulles, à son insistance pour avoir une barquette de glace au lieu d'un cornet, et je compris alors que cela résultait probablement d'un défaut de coordination des muscles de sa bouche.

Le compte rendu soulignait que ce groupe de problèmes en particulier faisait quelquefois partie d'un syndrome dégénératif rare, mais que Drake ne présentait pas le marqueur que l'on trouve généralement dans le sang pour ce syndrome. Cependant, cela ne signifiait pas pour autant qu'il n'existait pas, et il était important, de ce fait, de procéder régulièrement à de nouveaux examens avant d'écarter cette perspective.

Les recommandations concluant ce rapport insistaient sur l'importance de l'apprentissage d'autres moyens d'expression afin de ne pas affaiblir les capacités de communication de l'enfant. N'ayant aucun problème auditif et jouissant d'un QI élevé, Drake avait de bonnes chances de vivre une vie normale malgré son handicap. Mais il demeurait capital de lui donner les outils nécessaires le plus tôt possible, afin, comme le disait le rédacteur, qu'« il ne loupe pas le coche » de l'acquisition du langage, qui s'effectuait pendant la petite enfance et avait tendance à devenir plus difficile au moment de l'âge scolaire. Le rapport estimait également que Drake serait certainement un bon candidat pour l'acquisition d'un synthétiseur vocal lorsqu'il serait plus grand.

Cette lecture déclencha en moi une nouvelle bouffée de répulsion envers les Sloane, envers Mason Sloane, ce vieux bonhomme si despotique qu'il parvenait à mettre tout le monde sous sa coupe, envers Skip Sloane, cet être si faible qu'il était incapable de se dresser contre son père et si centré sur lui-même qu'il ne s'apercevait pas que son fils avait un vrai problème… Mais c'était Lucia, naturellement, qui me dégoûtait le plus. Car c'était elle la coupable. Les deux autres avaient laissé leur personnalité prendre le dessus, sans en avoir véritablement conscience ou sans chercher à la contrôler, mais Lucia avait cherché sciemment à tromper son monde. Elle avait choisi de falsifier les données, de monter un bateau pour se mettre à l'abri ainsi que son mari, elle avait agi volontairement aux dépens d'un enfant innocent. Ce compte rendu donnait des indications précises non seulement sur le traitement qui convenait à son fils, mais aussi sur l'urgence qu'il y avait à l'appliquer. Et il datait de dix-huit mois. C'est à l'âge de la maternelle que l'on a les meilleures chances d'acquisition du langage, et avec sa supercherie, elle avait gaspillé au moins un quart de ce temps si précieux. Volontairement. Cela allait à l'encontre de l'idée que je me faisais d'une mère.

Je fus une fois de plus frappée par la vigueur de mes sentiments, mais la question était : comment déployer la logistique qui me permettrait d'empêcher des sentiments personnels aussi puissants d'interférer dans mon travail ?

Et il était important qu'ils n'interfèrent pas. Harry Patel et moi-même avions désormais un aperçu du problème, mais nous n'avions pas encore réussi à accorder à Drake l'aide dont il avait besoin. De plus, le seul moyen dont nous disposions pour l'aider, puisqu'il n'était plus notre patient, était d'aider ses parents. Donc, pour obtenir un changement effectif, il me fallait convaincre Lucia et Skip de faire traiter l'enfant. Et ce ne serait pas possible si j'éprouvais de la répulsion envers eux.

Ce matin-là, je passai un long moment à réfléchir. Je me demandai ce qui poussait les gens à agir, et je me posai également la question de notre responsabilité en tant qu'intervenants en pareille situation. Je me dis que le monde eût été bien plus simple s'il avait été noir et blanc, s'il s'était agi de récompenser les bons et de punir les méchants, d'aider ceux qui le méritaient.

Confrontée au problème du comportement difficile des autres, j'avais découvert qu'il était important de ne pas perdre de vue que personne ne choisissait d'être malheureux. Les gens malheureux étaient réellement incapables de faire mieux. Selon moi, c'était une vérité qui se vérifiait y compris dans les situations où, vues d'une perspective plus objective, leurs erreurs étaient évidentes.

Arrivée au terme de mes réflexions, je fus en mesure de reconnaître que Lucia avait fait ses choix parce qu'elle ne voyait pas d'autre solution. Aussi valait-il mieux ne pas m'abandonner à mes émotions et ne pas attendre d'elle ce qu'elle ne pouvait donner. Mieux valait saisir le taureau par les cornes et l'aider à trouver ces autres solutions.

J'avais bien fait de réfléchir à tout cela le matin, car, l'après-midi même, je dus mettre ma théorie en pratique. Lucia rappela. Et cela devint une habitude. Elle m'appela quatre après-midi de suite. A chaque fois, elle était en larmes. A chaque fois, elle était prête à se dérober, incapable d'affronter la perspective de parler à son mari, de lui avouer la vérité sur Drake et sur ses propres agissements.

Je considérais comme un bon signe le fait qu'elle me téléphone. Je me répétais qu'elle ne pouvait avoir décidé de rester en l'état, car, dans ce cas, la logique eût voulu qu'elle évite tout contact avec moi. Par conséquent, si elle maintenait le lien, et même si nous ne faisions aucun progrès notable, c'était signe qu'elle continuait à réfléchir à la question.

Néanmoins, ces appels étaient pénibles. Nous rabâchions, encore et encore. Je lui exposais combien il était important de procéder à ces changements ; je soulignais qu'elle et Skip avaient des devoirs envers Drake avant tout, et non envers Mason Sloane ; qu'il était anormal que ce dernier eût le pouvoir de saccager leur existence. Et je l'écoutais, la rassurais, lui répétais que je comprenais à quel point cette situation était difficile pour elle, l'encourageais en lui affirmant que je savais qu'elle et Skip avaient la force nécessaire. Mais en même temps, j'essayais de lui faire comprendre sans ambiguïté que ce changement était obligatoire et que, s'ils ne s'y décidaient pas, je ferais intervenir les services sociaux ou tout autre organisme extérieur. Je lui expliquais avec tout le doigté possible que, si son comportement envers Drake n'était pas à considérer comme une maltraitance dans le sens traditionnel du terme, c'était néanmoins une forme de sévices, car il était extrêmement dommageable pour l'enfant. C'était la raison pour laquelle il fallait y mettre un terme. Je lui répétais que j'avais été particulièrement inquiète en lisant que le handicap de Drake nécessitait un suivi médical régulier, que ses problèmes pouvaient être de nature dégénérative. Et j'exprimais mon inquiétude, sachant que les chances d'assurer au petit garçon un avenir normal diminuaient avec chaque jour que nous laissions passer sans lui donner un support de langage spécial.

Il me fallait jouer serré. Même si j'avais réussi à surmonter les sentiments difficiles que m'inspiraient les actes de Lucia, j'avais beaucoup de difficulté à me retenir de ne pas hurler dans l'appareil : « Allez, vas-y, et grouille-toi ! » Je comprenais qu'elle avait besoin d'être écoutée, qu'elle avait été étouffée et qu'elle était silencieuse depuis aussi longtemps que Drake. Je comprenais qu'elle avait autant besoin de sympathie et de compassion que son fils. Et, naturellement, je lui savais gré d'avoir trouvé la force d'accomplir ce pas, car dans le cas contraire, nous aurions perdu l'enfant de vue définitivement et nous aurions tout ignoré de son sort. Mais il m'était impossible de continuer à compromettre la santé du petit garçon pour soutenir Lucia. Il était grand temps de cesser cette pantomime.

A chaque coup de fil, nous passions en revue les différentes manières de présenter la vérité à Skip et à Mason. Entre deux appels, Lucia paraissait avoir perdu la mémoire. Elle semblait n'avoir pas plus tôt raccroché que déjà les diverses solutions lui sortaient de la tête, car quand je les évoquais, elle réagissait comme s'il s'agissait d'une nouveauté.

Aussi tentai-je une tactique différente. Au lieu de lui donner des idées, je lui demandai d'en soumettre de son côté. Qu'en pensait-elle ? Quelle était la meilleure manière, à son avis ? Qu'est-ce qui pouvait marcher, selon elle ? Elle a entendu mes propositions trois ou quatre fois, elle va enfin me sortir quelque chose, me disais-je. Mais non. Les conversations avec Lucia ressemblaient furieusement à mes dialogues avec Cassandra. « Je ne sais pas » et « Je ne me souviens pas » étaient ses deux phrases favorites.

J'avais suggéré de montrer à Skip la bonne version du compte rendu de la Mayo. La lui donner à lire était peut-être un bon moyen d'introduire le sujet, à défaut de l'aborder directement. J'avais aussi proposé de lui écrire une lettre, car il était parfois plus facile d'écrire que de dire les choses de vive voix. J'avais même pensé au courrier électronique. Peut-être pourraient-ils dialoguer par courriel, si le face-à-face était trop difficile ? Et que pensait-elle d'un dîner romantique accompagné d'un bon vin pour se détendre ?

Oui, peut-être. Telle était la réponse invariable de Lucia. « Oui, peut-être. Je pourrais peut-être faire ça. » Mais à son appel suivant, rien n'avait bougé. Elle avait oublié. Elle paraissait découvrir les diverses solutions pour la première fois.

Je proposai alors de parler à Skip moi-même. La réponse immédiate de Lucia fut non. Elle qui passait son existence à faire de son mieux pour protéger Skip des malheurs de la vie n'envisageait pas une seconde de le laisser à merci. Ah non, elle n'était pas disposée à aller jusque-là. Après que ces propositions dans toutes leurs variantes eurent échoué pour la quatrième ou la cinquième fois, j'eus une nouvelle idée : et si nous nous retrouvions tous les trois ? Pour éviter de faire perdre une journée supplémentaire à mes autres patients, d'autant que Drake ne figurait plus officiellement dans nos registres, je proposai le samedi. Ce jour-là, Skip serait disponible lui aussi.

Non. Un non ferme et définitif de Lucia. Quand je lui en demandai la raison, elle commença par saisir le prétexte de la présence de Drake. Mais ce n'était pas un problème pour moi, car je trouvais qu'il était temps d'inclure Drake dans le processus, de lui apprendre la vérité. Lucia répondit alors que les samedis étaient dangereux. Pourquoi ? m'enquis-je. Parce que Mason

Sloane se trouverait sans doute dans les parages. Il surgirait sans crier gare. Il demanderait à Skip de l'aider à faire ceci ou cela. Il voudrait voir son petit-fils. Et il ne manquerait pas de demander ce que je faisais là.

Je suggérai une rencontre à l'extérieur, au Starbucks, comme l'autre fois, mais ma proposition buta elle aussi sur une fin de non-recevoir. Mason Sloane retrouverait Skip dans n'importe quel endroit. A entendre Lucia, on imaginait un essaim d'espions pistant le couple, les yeux et les oreilles aux aguets, pour prévenir toute tentative de fuite devant Mason Sloane.

J'en vins donc à suggérer une rencontre loin de la ville. Ce n'était pas une proposition nouvelle. Aucune de mes propositions n'était nouvelle à ce stade. Jusque-là, elle l'avait rejetée, prétextant ne pas pouvoir s'éloigner. Mais le samedi, c'était possible, non ? Elle et Skip avaient tout de même le droit d'aller faire des courses ailleurs ? Sloane n'était tout de même pas soupçonneux à ce point ? Il suffisait de partir de bonne heure, de lui couper l'herbe sous le pied.

Je lui rappelai que, tôt ou tard, son beau-père devrait être confronté à la vérité : ce serait peut-être un bon début. Simplement partir sans le prévenir. Passer une journée en famille sans l'inclure dans leurs projets.

Lucia hésita.

Cette hésitation fut assez longue pour me permettre de discerner qu'elle réfléchissait effectivement à mes paroles. Je rebondis donc immédiatement. Pourquoi pas à Melville Crossing ? C'était une petite ville à mi-chemin entre mon lieu de résidence et Quentin, à deux bonnes heures de route pour chacun de nous. Il y avait un grand McDo disposant d'une aire de jeux à l'intérieur. Je le connaissais pour y avoir emmené des enfants. Drake pourrait s'amuser là pendant que nous en passerions par notre épreuve.

Il y eut un long silence. Puis Lucia demanda :

— Si Drake vient, vous lui direz… vous lui direz… la vérité ?

— Oui.

Elle se mit à pleurer.

— Vous lui direz que je ne l'ai pas fait exprès ?

36

Je n'eus plus la possibilité de travailler avec Gerda après son transfert. Sa maison médicalisée était située à près de vingt kilomètres de l'hôpital, et ce n'était apparemment qu'une solution temporaire. Car Edward avait décrété qu'une fois la propriété vendue et les autres affaires mises en ordre, il ferait venir sa mère à Detroit et la placerait dans une maison là-bas.

De même que je ne pouvais continuer à aller la voir pour des raisons d'éloignement, je n'avais plus non plus aucune raison professionnelle. Les problèmes de langage de Gerda étaient véritablement dus à son AVC et, n'ayant aucune formation ni expérience en la matière, je n'avais que peu de compétences à offrir.

En conséquence, lorsqu'elle quitta le centre de rééducation, je cessai de travailler avec elle.

Mais je n'avais pas envie de disparaître de sa vie sans lui dire un dernier au revoir.

J'avais prévu d'aller la voir avant son départ, mais je ne trouvai pas le temps. Entre Lucia et Cassandra qui me prenaient tout mon temps libre, plus ma charge de travail habituelle, je fus trop occupée durant la semaine qui suivit la fameuse réunion pour pouvoir mettre mon projet à exécution. Et le centre de rééducation, toujours à court de lits, ne perdit pas une journée pour transférer la vieille dame après la prise de décision. Aussi, lorsque j'appelai Joy le vendredi après-midi, celle-ci m'apprit que Gerda avait déjà quitté les lieux.

Cela ne m'empêcha pas de maintenir mon projet. Ce ne serait pas simple, du fait de la distance, mais je résolus de faire un crochet le samedi suivant, en me rendant à Melville Crossing, où j'avais rendez-vous avec Lucia et Skip. L'établissement n'était pas sur la route, mais le détour ne serait pas bien grand. J'écrivis l'adresse dans mon agenda.

Cela se passa le mardi. Le mercredi soir, Joy m'appela chez moi. Gerda avait refait un AVC massif le matin et se trouvait maintenant en soins intensifs à l'hôpital. Le jeudi matin, en arrivant, je fis une halte dans l'unité concernée pour aller prendre de ses nouvelles. Gerda était morte pendant la nuit.

L'infirmière me demanda si je voulais voir le corps. Je trouvai cette formulation extraordinaire. Puis je compris qu'elle m'avait prise pour une parente et pensait que j'étais venue pour les dispositions nécessaires. Je répondis par la négative, expliquant qui j'étais et lui parlant d'Edward, dont je supposais qu'ils avaient les coordonnées. Elle me répondit que oui, qu'Edward avait été contacté et qu'il allait venir de Detroit. L'infirmière, ayant appris que Gerda avait aussi une fille, m'avait prise pour elle. Non, répondis-je. Et, soudain, je me surpris à lui expliquer le fonctionnement intime et déconnecté de cette famille que je connaissais à peine. Puis je m'éclipsai et montai dans l'unité.

La mort de Gerda m'affecta profondément. En partie à cause du choc que l'on ressent toujours devant un décès brutal, et également à cause de la confrontation avec la mort et sa toute-puissance, qui lui permettait d'éteindre irrévocablement toute étincelle de vie, même la plus brillante. Il y avait tant de vitalité en Gerda lorsque nous parlions ensemble ! Lorsqu'elle évoquait son passé, le métamorphosant en une étrange, une symbolique représentation de son présent, elle transformait des souvenirs anciens en événements actuels. La jeune fille, le cheval attelé au fourgon, le *homestead* devenaient pour moi aussi vivants que la chambre où nous nous trouvions.

Et tout à coup, le silence était revenu. En l'espace de quelques heures, tout était redevenu de l'histoire, des souvenirs qui terniraient et passeraient, pour finir par être oubliés, emportant maintenant Gerda avec eux.

Sa mort m'attrista aussi pour une autre

raison. Comment, tout au long de sa vie, tant de gens avaient-ils pu passer à côté de la personnalité profonde de cette femme, la côtoyer sans la comprendre ? Par bien des aspects, sa mort entrait dans la catégorie de celles dont on dit : « C'est mieux comme ça. » Sans doute cela valait-il mieux que la maison de retraite à Detroit, car, selon toute probabilité, la vie qui l'y attendait n'était pas celle qu'elle eût souhaité mener. Peut-être était-ce la détresse ressentie à l'idée de ce changement d'existence qui avait déclenché sa deuxième attaque.

Tout cela, je le comprenais et l'analysais rationnellement, mais dans ma tête subsistait toujours la question : « Pourquoi ? » Pourquoi y avait-il eu toute cette incompréhension ? Pourquoi Edward connaissait-il si peu sa mère ? Où se situait Anna dans tout cela ? Comment expliquer que Gerda avait échoué à communiquer avec ses enfants ? Désormais, il était trop tard pour y remédier, et c'était très triste.

Les séances avec Cassandra étaient poignantes, maintenant qu'elle me racontait les souffrances endurées pendant son enlèvement. Elle n'en gardait que peu de souvenirs, aussi n'était-ce pas vraiment un récit continu mais plutôt une énorme somme de détails autour d'un seul incident, suivi de blancs. Or cela rendait les séances encore plus cruelles, car ces moments isolés prenaient une réalité stupéfiante, nette au détail près.

A présent qu'elle s'était lancée dans sa tâche, Cassandra était désespérément avide de la poursuivre. Elle tenait à tout me dire et, souvent, passait la majeure partie de son temps entre les sessions à réfléchir à ce qu'elle avait à me raconter. Bien souvent, elle commençait son récit dès le moment où nous nous rejoignions au foyer, bien avant que nous ne soyons arrivées en salle de thérapie.

Et ce besoin de raconter ce qu'elle avait vécu se mit à rejaillir sur son entourage dans l'unité. Elle se livrait maintenant à Nancy, aux soignants de l'unité, et jusque dans la salle de classe, où il lui arrivait, parfois pendant un simple exercice de calcul, d'être soudain ramenée vers le passé.

Lors de cet épisode, l'enseignante, voyant réfléchir Cassandra, en avait déduit qu'elle hésitait sur la façon de résoudre l'exercice. Elle s'arrêta près d'elle pour l'aider. C'est alors que Cassandra lui raconta spontanément ceci :

« Un jour, j'ai fait un rêve. Je le faisais tout le temps, ce rêve. Là-bas. Quand j'étais avec mon papa. On était dans un bateau et on traversait un grand lac. Mon papa était dans le bateau. Mais il y avait aussi ma maman et ma sœur. Alors, quand on a été au milieu du lac avec plus de terre autour, le bateau s'est renversé et on est tombés dans l'eau. Dans ce rêve, ma maman sauvait ma sœur, parce que ma sœur savait pas nager. Et mon papa nageait vers le rivage. Mais moi, personne ne me sauvait. J'allais me noyer. Et après, je me voyais dans le cercueil et il était dans la pièce de devant de notre ancienne maison. Mais en fait, j'étais vivante et personne le savait. Tout le monde croyait que je m'étais noyée et que parce que j'étais dans un cercueil, j'étais morte. Et moi, j'essayais tout le temps de dire : “Non, je suis vivante !” Mais il y avait quelque chose qui me paralysait. Alors personne ne me croyait. Personne ne croyait que j'étais vivante et ils fermaient le couvercle sur le cercueil et ils allaient m'enterrer.

— Oh, dit la maîtresse. C'était un rêve effrayant !

— Oui », répondit Cassandra.

Puis elle prit son cahier et se mit au travail.

Au fur et à mesure que ces récits proliféraient, la tendance de Cassandra à inventer des histoires fantaisistes en accusant son entourage d'abus sexuels diminua à grande vitesse. J'étais d'avis que ces mensonges étaient préventifs, qu'ils étaient destinés à maintenir les gens à distance pour éviter que ces choses ne se reproduisent. En même temps, ils représentaient un moyen de relâcher sa tension interne résultant du prix atrocement élevé qu'elle payait pour étouffer son vécu, de manière à pouvoir vivre au quotidien. Ces affreux mensonges étaient simplement le pus qui suintait pour alléger la pression de ses secrets empoisonnés.

Nos séances de thérapie appartenaient désormais à Cassandra, qui arrivait tous les matins brûlante d'envie de raconter. Souvent, le désespoir bridait sa capacité à exprimer ce qui se bousculait dans sa tête. En d'autres termes, elle arrivait chargée d'émotions très fortes, mais avait peu de souvenirs réels à y rattacher. En général, je la laissais raconter ce qui lui occupait l'esprit et je partais de là pour travailler.

Par exemple, elle commença un matin en déclarant :

— Mon papa m'a donné un jouet, un petit lapin.

Nous étions confortablement installées sur les coussins. C'était devenu notre « parloir ».

Elle n'en dit pas plus, mais elle me dévisagea avec, dans les yeux, une expression d'attente.

— C'était quand ? m'enquis-je.

— Je sais pas. Je me rappelle pas.

Je hochai la tête.

Un silence.

— Je crois que c'était au début. Parce que j'avais pas de jouets.

— Et il était comment, ton lapin ?

— Marron avec un petit ventre blanc. Et il était très mou et très doux.

— Il avait l'air très mignon, ton petit lapin.

Elle fit oui de la tête.

Comme elle était entrée dans la pièce avec le désir de parler de son jouet, j'en avais déduit qu'il avait une signification pour elle, qu'il avait joué un rôle dans la destruction de son enfance. L'enjeu était de l'aider à ouvrir les portes de ces souvenirs sans mettre les mots dans sa bouche ou sans faire pression pour qu'elle retrouve la mémoire.

Je commençais généralement par la questionner doucement, mais en lui laissant également beaucoup de temps pour lui permettre d'explorer ses souvenirs.

— Ce petit lapin, tu lui avais donné un nom ?

— Oui, Petit Lapin. Je crois que je l'avais appelé Petit Lapin, c'est tout.

Elle se tut et se concentra, les sourcils froncés. Une ou deux minutes s'écoulèrent.

Je prêtai l'oreille à la musique. Je continuais en effet de passer de la musique classique, lente et douce. Je le faisais en partie pour créer une atmosphère propice à la relaxation, et également pour favoriser l'association entre la musique et la conversation à cœur ouvert, car j'avais découvert qu'en couplant certaines activités avec certaines musiques il devenait plus facile de provoquer des comportements identiques. Et, par ailleurs, la musique était pour moi un endroit incomparable où reposer mon esprit pendant ces longs silences. En me laissant bercer par elle au lieu de rester suspendue à la fin de la dernière phrase, j'évitais de me laisser gagner par l'impatience qui apparaît souvent durant les silences d'une conversation.

— Jeannot, dit-elle enfin. Peut-être que son nom, c'était Jeannot. Tu connais, Jeannot Lapin. Peut-être que c'était ça. Ou alors non. Peut-être que c'est parce que c'est le nom qui me vient maintenant. Je sais pas.

Si Cassandra se livrait en parlant de ce qu'elle avait subi au cours de son enlèvement, je n'en oubliais pas pour autant qu'elle avait lutté en grande partie contre le traumatisme par le truchement de la dissociation — c'est-à-dire qu'elle avait caché le vécu trop écrasant derrière des murs d'amnésie ou qu'elle avait protégé des pans précieux de sa personnalité en les désavouant.

Le temps nous avait manqué pour explorer ces sujets en profondeur. Je voulais poser d'abord les fondations du travail par la reconnaissance et le récit de l'enlèvement, de manière à lui ôter un peu de sa puissance d'effroi. Mais en même temps, j'essayais de reconnaître ces autres Cassandra, de continuer à les incorporer dans nos conversations. Il était clair à présent qu'au cours de nos précédentes séances Cassandra avait « zappé » à plusieurs reprises, et je ne savais pas si ces changements de personnalité étaient conscients ou non. Mais lorsque nous évoquions les « autres », surtout le pasteur Serpent, le cow-boy Serpent et la fée Serpent, mais aussi Bicky et Becky, deux autres membres de la famille Serpent, ainsi qu'une personnalité plus vague simplement qualifiée de « la Méchante », dont Cassandra maintenait qu'il ne s'agissait pas d'elle-même, je savais qu'elle pouvait avoir accès à ces personnalités à volonté.

Tout cela était très troublant pour moi de l'extérieur, car il m'était difficile de discerner à quel moment elle contrôlait le cours des choses et à quel moment elle ne le pouvait pas. Et le fait que la littérature sur les troubles de la personnalité multiple fût peu abondante et mon expérience pratiquement nulle ne me facilitait pas la tâche. Je découvris néanmoins que si j'interrogeais directement Cassandra sur l'un de ses alter ego, elle était généralement capable d'accéder à l'information, même si elle me la transmettait comme si elle venait de quelqu'un d'autre plutôt que de « zapper » sur cette personnalité elle-même.

Notre objectif final étant de réintégrer ces différentes personnalités pour n'en refaire qu'une seule, je trouvais qu'il était important d'encourager Cassandra à accéder à ces alter ego pour recueillir des informations complémentaires sur l'enlèvement. C'était un moyen de garder ces alter comme une partie de son esprit conscient, et également d'exprimer non seulement que j'acceptais ces différentes parties d'elle-même mais aussi les informations secrètes que ces alter détenaient. Une fois de plus, il me fallait passer le message que rien n'était trop insupportable, trop effrayant ou trop sordide pour moi, que j'étais capable de faire face à tout.

En conséquence, tandis que, couchées sur les coussins, nous discutions – ou plutôt, nous ne discutions pas – de son petit lapin, je lui posai la question :

— Il y a quelqu'un d'autre qui est peut-être au courant, pour ton petit lapin ?

Cassandra me jeta un regard interrogateur.

— Est-ce que le cow-boy Serpent est au courant, pour Petit Lapin ? précisai-je.

Pour toute réponse, elle émit cette vocalise obsédante que je reconnus comme étant le chant portant la signature du cow-boy Serpent :

— Ow, ow, ow-owww !

En entendant ce son sortir de la gorge de cette petite fille, je sursautai immanquablement.

— Ow-ow-ow-oww, hurla-t-elle, plaintive comme le coyote. Ow-ow-ow-owww !

Puis elle secoua négativement la tête.

— Qui d'autre, alors ? Qui est au courant pour ton petit lapin ?

— La fée Serpent, annonça-t-elle.

— Est-ce que la fée Serpent peut nous raconter ?

Ce fut une petite voix douce et haut perchée de très jeune enfant qui me répondit :

— Petit Lapin est tout doux. C'est mon papa qui me l'a donné. Il l'a acheté chez Toys "R" Us, passque là-bas, il y a un Toys "R" Us au travail de mon papa. C'est mon papa qui me l'a acheté. Pour moi. Et Petit Lapin, il est tout doux. Et moi je l'emmène dans mon dodo avec moi.

Elle me sourit.

— Oh, c'est mignon, ça, commentai-je.

Elle hocha la tête.

— C'est passque je suis bien sage. Papa il me l'a acheté passque je suis bien sage. Et papa dit que tous les deux, on ira chez

Toys “R” Us un jour et il prendra une carte d’achat et on la remplira avec des jouets !

— Eh bien, tu en as, de la chance !

— Oui, et un jour, un jour, tu sais quoi ? interrogea-t-elle, le visage barré d’un sourire ravi.

— Non, quoi ?

— Mon papa, il a rapporté des habits, des habits de poupée. Mais moi, j’ai pas de poupée. Mais mon papa il a dit qu’il les a apportés pour Petit Lapin et moi je lui ai mis les habits et Petit Lapin, il était en robe !

Sa voix haut perchée était montée dans les aigus. C’était celle d’une enfant surexcitée.

— Ton papa a été gentil avec toi, pas vrai ?

Elle hocha vigoureusement la tête.

— Ton papa t’a montré qu’il t’aimait très fort, pas vrai ?

Elle approuva de nouveau.

Puis il y eut un petit silence. Elle m’observait.

— Mon papa, il m’aimait beaucoup, reprit-elle d’une voix redevenue très douce.

Une autre pause.

— Mon papa, il m'aimait.

C'était presque un chuchotement.

Un silence s'installa alors. Je détournai les yeux. Tendis l'oreille vers la musique. Essayai de l'identifier. C'était la Méditation de *Thaïs*, de Massenet.

— C'est difficile à comprendre, hein, dis-je enfin, quand on éprouve des sentiments différents à propos de la même chose. Quand on ressent de la haine, et de l'amour, et de la joie et de l'excitation en même temps.

Cassandra hocha la tête. Des larmes se formèrent dans ses yeux. Elle ne me regardait plus.

— Mais, tu sais, c'est normal de ressentir ça, poursuivis-je. Ça arrive à tout le monde. On a tous des moment où on déteste quelqu'un et où on l'aime en même temps. Où on a peur de lui mais où on a quand même envie qu'il soit là. Où on éprouve des tas de sentiments différents, et même opposés, en même temps. C'est normal, parce que c'est comme ça qu'on est faits.

Les larmes roulèrent sur ses joues. Elle rattrapa les larmes les unes après les autres avec son index et les essuya sur sa chemise.

— Moi, ce que je veux savoir, c'est pourquoi, dit-elle à voix basse. Pourquoi, si mon père m'aimait, il a permis qu'on me fasse ces choses ?

Le récit de ce qu'elle avait vécu véhiculait tellement d'émotions que j'essayais de nous réserver quelques activités différentes au cours des séances. En effet, je voulais, d'une part, permettre à Cassandra de se remettre avant de retourner dans l'unité et, d'autre part, lui donner des outils qui l'aideraient à retrouver son équilibre lorsqu'elle aurait eu à affronter des sentiments et des événements écrasants.

Ainsi, cette discussion à propos de Petit Lapin, que j'avais vue comme une exploration des relations avec son père, une tentative pour comprendre que c'était un homme qui l'aimait tout en lui faisant subir des sévices, se termina-t-elle dans le calme par l'exercice avec les jetons de poker.

Nous sortîmes les feuilles aux sentiments.

Je lui proposai d'abord de me montrer tous ceux qu'elle ressentait en pensant à Petit Lapin.

— Quand je pense à Petit Lapin, je me sens bien, dit-elle en parcourant les feuilles. Ah, mais tu as vu, on l'a pas, celui-là. On a même pas « se sentir bien ».

— Et « contente », ce n'est pas bon ?

— Non, c'est un sentiment trop grand. C'est juste « bien ».

— Alors, ton sentiment, c'est un sentiment de chaleur, chaleureux ? proposai-je.

— Ouais, « chaleureux », c'est ça. Un sentiment chaleureux. Un sentiment agréable. On les a pas, ceux-là.

Elle se leva d'un bond pour aller prendre la boîte de feutres. Elle tira un nouveau trait pour former une nouvelle colonne et inscrivit « bien » au sommet.

— Voilà. Une autre.

Elle s'arrêta pour parcourir des yeux les autres pages posées côte à côte sur la table.

— T'as vu tout ça ? Tu te rappelles quand j'ai fait des dessins et que j'ai mis les noms sur les sentiments ? T'as vu, ici ? « Dégueulis de chien ». Et « bébé ».

Je souris et hochai la tête.

— Je sais pas pourquoi j'ai voulu mettre ça, mais je l'ai fait. Aujourd'hui, je trouve ça bête. Et mes dessins, c'est une vraie cochonnerie. T'as vu ?

Elle gloussa.

Avec un sourire, je remarquai :

— Tu vois, les choses changent, non ?

Cassandra approuva de la tête.

Il y eut une petite pause.

— Je vais mieux, hein ? dit-elle à voix basse.

— Oui, je pense.

Il y eut une nouvelle pause. Elle attrapa les jetons de poker et en versa une petite quantité sur la table. Elle entassa soigneusement un, deux, trois jetons bleus sur la colonne « bien ». Elle en rajouta deux.

— Tu sais ce qu'il m'a dit, le docteur Menotti ? demanda-t-elle.

— Non.

— Que si je peux passer dix jours sans aller en isolement une seule fois, je peux rentrer chez moi.

— Oh, c'est génial !
— Et tu sais ce qu'il y a d'autre ?
— Non, quoi ?
— Ça fait déjà trois jours de passés.

37

Le samedi matin arriva et je pris la route de Melville Crossing. La journée était ventée et grise, l'une de ces journées où le ciel reste obstinément morne et triste. Il ne pleuvait pas mais la pluie eût été préférable, finalement, pour donner un peu de mouvement et aussi une amorce de vie à ce paysage encore hivernal.

Je trouvai le McDo de Melville Crossing encore vide de clients et plongé dans une lumière si crue par contraste avec la grisaille ambiante que cela surprenait désagréablement en entrant. Le bruit n'arrangeait rien non plus. Les haut-parleurs diffusaient beaucoup trop fort une musique criarde à vous faire grincer des dents. Pour couronner le tout, le personnel s'en donnait à cœur joie dans la cuisine, y compris en se lançant des casseroles, à en juger par le vacarme.

Mais nulle trace des Sloane.

Je commandai un Seven-Up et allai m'installer dans un grand box près de l'aire de jeux. J'attendis.

Je vérifiai ma montre. Nous avions pris rendez-vous pour l'heure du déjeuner, et, à cause de la distance, nous nous étions mis d'accord sur midi pour manger à midi et demi. J'étais arrivée à midi moins dix. Midi arriva et passa. Puis il fut midi et demi.

Les familles commençaient à remplir les tables, et moi je commençais à ressentir un certain malaise à l'idée d'occuper à moi seule un box pour famille nombreuse. C'était un restaurant assez vaste, destiné à attirer les clients de l'autoroute proche, mais la salle n'était pas immense. Une femme entourée d'une tribu de cinq enfants me fusilla des yeux. J'étais d'autant plus mal à l'aise que je n'avais qu'une boisson devant moi. Mais je savais que si je me levais pour aller chercher un hamburger, je perdrais ma place. Aussi restai-je stoïque et lui rendis-je son regard.

Une heure moins le quart. Jusqu'à quand allais-je attendre ? Je me raisonnai en me disant que ce retard pouvait s'expliquer, compte tenu de la distance. Mais je ne pouvais m'empêcher, dans un coin de ma tête, de craindre qu'ils ne viennent pas. Lucia avait flanché, une fois de plus.

Qu'est-ce qui allait se passer, maintenant ? Je me posai la question en voyant l'aiguille de la pendule dépasser une heure. Lucia me rappellerait-elle ? Continuerions-nous à passer des après-midi au téléphone pour en arriver à reprendre un rendez-vous en espérant qu'il aurait lieu ? Et combien de temps pouvais-je raisonnablement continuer ainsi ? Où s'arrêtait ma responsabilité, quand convenait-il de passer le relais à une personne vivant plus près de Quentin ? Comment s'opérerait la transmission ? La seule solution envisageable à mon sens, si Lucia refusait de suivre mes conseils, serait de faire appel aux services sociaux, et cela signifiait des poursuites pour une forme de maltraitance. Si j'en arrivais là, j'agitais le spectre d'une action en justice et l'implication d'avocats et de travailleurs sociaux, et donc un traumatisme beaucoup plus important que nécessaire pour Drake.

Mécontente, je restai vissée à ma place jusqu'à ce que la foule du déjeuner se disperse. Il était maintenant une heure vingt. Je me levai et allai commander un beefburger et des frites.

C'est alors que je les vis arriver. Au moment où je rejoignais ma table, j'aperçus Skip, Lucia et Drake descendant d'une voiture bleu foncé. Il était une heure et demie.

Lucia scruta les visages à l'intérieur du restaurant. Elle leva une main hésitante pour me faire signe.

Qu'avait-elle fait jusque-là ? Lui avait-il fallu tout ce temps pour trouver le courage ? S'était-elle disputée avec Skip parce qu'elle ne lui avait pas dit exactement ce qu'ils venaient faire ? Ou avait-elle espéré qu'avec un tel retard je serais repartie, pour pouvoir affirmer légitimement « Je suis venue » sans avoir à affronter le problème ?

Drake m'aperçut sitôt qu'ils eurent

franchi le seuil. Pendant que ses parents allaient commander le repas, il traversa la salle en courant pour venir me rejoindre, accompagné de Copain, bien entendu.

— Salut ! Et salut, Copain ! m'exclamai-je.

Puis je fis également le signe « bonjour ».

Il sourit jusqu'aux oreilles et grimpa sur le siège pour s'installer en face de moi.

— C'est sympa, non ? Tu savais que tu allais venir me voir ? demandai-je.

Drake hocha la tête avec vigueur.

— Et je suis vraiment contente de te voir, ajoutai-je. Tes parents t'ont dit pourquoi vous êtes venus ?

Il secoua la tête.

— C'est parce que j'ai de bonnes nouvelles. Je comprends maintenant pourquoi tu ne peux pas prononcer de mots. On se rencontre pour que je puisse aider ta maman et ton papa à tout comprendre. Comme ça, nous pourrons découvrir de nouvelles façons de parler. Comme avec nos mains.

Je fis le signe « Je t'aime ».

L'expression joyeuse de Drake s'était

évanouie quand je m'étais mise à parler. Il me dévisageait maintenant en ouvrant de grands yeux attentifs.

— Maintenant, on comprend, expliquai-je. Fini les « Drake doit parler », c'est fini, ça, parce que maintenant on sait pourquoi tu ne peux pas. On sait que ce n'est pas toi qui es vilain. Ce n'est pas ta faute. A partir de maintenant, je vais essayer d'aider ta maman et ton papa – et ton grand-père aussi – à comprendre que Drake n'est pas obligé de parler comme nous, mais que Drake a sa manière à lui de parler.

Je lui souris. Timidement, il me rendit mon sourire.

Lucia et Skip vinrent nous rejoindre. Un seul regard sur Lucia me suffit pour refréner mon besoin de m'enquérir de la raison de leur retard. Elle était pâle, hagarde.

— Voici mon mari, Walter, annonça-t-elle alors qu'il posait le plateau sur la table.

— Appelez-moi simplement Skip, dit ce dernier en me tendant la main.

Il ne ressemblait pas à ce que j'avais imaginé. Physiquement, Mason Sloane était un homme solidement bâti, et cela contribuait à l'impression de puissance qui se dégageait de sa personne dès lors qu'il se trouvait dans une pièce. Skip, au contraire, était grand et dégingandé, comme si, à trente-cinq ans, il était toujours pris au piège de l'adolescence. Ses cheveux étaient clairs, son teint maladif, presque gris. Cela ne l'empêchait pas, par ailleurs, d'être d'une beauté stupéfiante, d'une élégance et d'une délicatesse de traits dignes de Hollywood. Ses yeux, en revanche, gâchaient cette bonne impression. Il ne croisa les miens que brièvement, puis détourna le regard, le baissa, le dirigea sur Drake, puis le baissa de nouveau. Des yeux pas francs, aurait dit ma grand-mère.

Skip et Lucia s'assirent. Un long et très embarrassant silence s'installa pendant qu'ils déballaient leurs repas. Lucia se pencha sur son fils pour l'aider à ouvrir son Happy Meal. Le jouet s'avéra être un petit Lego quelconque, qu'il exhiba, tout content. Ses deux parents lui sourirent. Puis Lucia, armée du manche d'une fourchette en plastique, coupa le hamburger de

Drake en deux et lui tendit l'une des deux moitiés.

Je les observais en silence, j'attendais. Je priais. Je me préparais pour l'épreuve.

Je pense que c'est à ce moment, plus qu'à tout autre, que je pris conscience de l'étendue du handicap de Drake. Non à la suite d'une maladresse quelconque, mais en raison du tableau offert par la superposition surréaliste de cet enfant absolument silencieux contre le bruit agressif d'un fast-food, le vacarme des casseroles à l'arrière, la musique, le brouhaha des bavardages, le joyeux tapage des enfants dans l'aire de jeux.

Lucia se leva brutalement et bondit, se frayant un passage entre son mari et son fils. Skip se leva pour la laisser sortir du box puis se rassit.

Je la suivis des yeux.

Skip m'expliqua :

— Elle a besoin d'aller vomir.

Je lui jetai un coup d'œil interrogateur.

Il haussa les épaules sans rencontrer mon regard.

— Elle ne va pas bien. Quand elle ne va

pas bien, elle n'arrive pas à garder ce qu'elle mange.

Nous mastiquâmes dans un silence embarrassé.

Skip se pencha vers son fils.

— Tu as fini, petit gars ? Tu veux aller jouer ?

Drake ne se fit pas prier. Il se laissa glisser par terre et se faufila sous la table, puis disparut, me laissant en tête à tête avec son père.

Silence.

— Je suis au courant, commença Skip à voix basse.

Un nouveau silence.

— Lucy m'a tout raconté avant-hier soir. Elle voulait me convaincre de venir jusqu'ici, mais moi je ne voyais pas pourquoi. Je ne comprenais pas où elle voulait en venir… Alors elle m'a tout dit.

Je hochai la tête.

— Je le savais sans doute, poursuivit-il. Je le savais sans doute depuis le début…

Je n'avais aucun mal à l'imaginer.

— Est-ce que vous comprenez que, pour

le bien de Drake, il faut changer tout ça ? demandai-je.

Il opina du chef.

— Vous avez vu le compte rendu de la Mayo ?

— Non, pas encore.

— Je vous l'enverrai, si vous voulez, parce que j'ai reçu la version originale. Dans ce compte rendu, on parle de la nécessité de procéder à de nouveaux examens au cas où il y aurait d'autres problèmes non décelés. Il est très rare qu'un enfant soit tout à fait incapable de parler, donc il faut effectuer de nouvelles investigations. Il y a des risques de maladies dégénératives... d'autres problèmes... Par sécurité, Drake doit être revu par un spécialiste pour évaluer ces risques.

Skip baissait obstinément la tête. Il prit une longue inspiration, et je m'aperçus que ses yeux s'étaient remplis de larmes. Il essuya le coin de son œil droit avec sa main. Je vérifiai rapidement que Drake était bien occupé à jouer.

— Excusez-moi, murmura Skip.

— Je vous en prie. Je comprends que vous soyez bouleversé.

— Il faut que vous compreniez, pour Lucy. C'est une femme très bien, je vous assure. Et c'est une bonne mère. Elle ne voulait pas faire de mal à Drake.

— Non, j'en suis persuadée. Parfois, nous agissons sans en avoir l'intention. Nos actes échappent à notre contrôle avant que nous ne nous en apercevions, et ils se mettent à courir tout seuls. Je suis sûre que c'est le cas. Je suis sûre que personne n'avait l'intention de faire le moindre mal à Drake. Mais maintenant, il est temps de rectifier tout cela, parce que Drake ne mérite pas ça.

La tête toujours penchée, Skip s'essuya à nouveau les yeux. Lucia restait enfermée dans les toilettes.

— Vous pensez en être capable ? m'enquis-je. Vous serez capable d'emmener Drake consulter, pour le faire réexaminer ?

Il hocha lentement la tête.

— Et il est tout aussi nécessaire de voir ce qu'on peut faire pour l'aider à communiquer. C'est un petit garçon adorable,

Skip, vraiment mignon, très intelligent. C'est l'un des enfants les plus attachants que j'aie jamais rencontrés. Il mérite qu'on lui donne les moyens de mieux faire partager ce qu'il pense. Que ce soit par le langage des signes, ou en envisageant éventuellement une chirurgie et un synthétiseur vocal, ou autre chose, il faut absolument qu'il commence maintenant, sous peine d'être handicapé pour toute sa vie.

Skip fit la grimace et appuya une main contre ses yeux.

Je me tus pour lui permettre de se reprendre. J'avais à présent largement surmonté les sentiments pénibles que m'inspiraient Lucia et son rôle. Je m'aperçus que j'éprouvais en fait de la sympathie pour ce couple. Il était tellement évident qu'ils s'aimaient et aimaient aussi leur fils, en dépit du traitement qui lui avait été infligé ! J'étais convaincue qu'ils voulaient son bien. Mais je reconnaissais en même temps que jamais je n'avais eu affaire à un couple de parents aussi difficiles. Ils étaient tous deux extrêmement timides, faibles, émotionnellement instables. Il était clair également que Mason Sloane était une brute malfaisante, mais, comme c'est souvent le cas entre les brutes et leurs victimes, le comportement de ces dernières jouait un rôle égal à celui des brutes dans les persécutions.

Le silence menaçant de s'éterniser, je repris les rênes de la conversation :

— Il faut que nous nous attaquions au problème sans plus attendre, réaffirmai-je.

Skip approuva.

— Est-ce que vous pensez pouvoir vous en charger vous-mêmes ? demandai-je. Ou aurez-vous besoin d'aide pour trouver des spécialistes ? Pour voir avec l'école ? Parce que je serai très contente de vous aider au début, même si vous êtes très loin et même en sachant qu'il me faudra transmettre le dossier à quelqu'un de la région très rapidement.

Il secoua la tête.

— Vous préférez le faire vous-mêmes ? repris-je.

Skip avait secoué la tête comme pour dire non, mais il y avait quelque chose dans son mouvement que j'avais du mal à interpréter.

— A moins que vous ne vous sentiez pas d'attaque ? insistai-je. C'est ce que vous voulez dire ?

Nouveau signe de dénégation.

Un long silence s'installa. Je soupirai, luttant contre l'envie de le secouer. Je remuai sur ma chaise. Poussai un nouveau soupir.

— Nous allons être obligés de déménager, finit-il par lâcher. (Il leva enfin la tête vers moi et croisa mon regard un bref instant.) Nous ne pouvons pas rester à Quentin. C'est fini pour nous, là-bas.

— Je comprends très bien. Votre père sera furieux. J'imagine parfaitement la scène. Mais il s'agit de son unique petit-fils. C'était très difficile à supporter, certainement, mais il est clair qu'il aime Drake tendrement. Malgré ses manières plutôt... disons... fermes, tout ce qu'il a fait, il l'a fait pour lui. Il va être furieux, mais je suis sûre qu'il va surmonter cela. Il va accepter Drake. Vous ne croyez pas ?

— Je... je ne peux pas rester là-bas, c'est tout. Je ne veux plus y retourner. Pas ce soir. Plus jamais. Puisque nous sommes déjà arrivés jusqu'ici, je vais continuer à rouler.

Il me faisait face, la tête rentrée dans les épaules, les yeux fixés sur la table.

— Alors c'est ce que nous avons fait ce matin, Lucy et moi, poursuivit-il. Nous avons mis tout ce dont nous avions besoin dans la voiture. Je suis passé à la banque et j'ai retiré tout ce qui m'appartenait en propre, et on est partis. Et on va continuer, on va continuer, pour aller le plus loin possible d'ici.

Je le dévisageai, abasourdie. Jamais je n'avais envisagé une réaction aussi extrême, et je me sentis à la fois alarmée et coupable, car j'avais une bonne part de responsabilité dans cette décision. Je ne savais que dire.

C'est à ce moment que Lucia vint nous rejoindre. Skip recula pour la laisser s'installer à côté de lui. Elle posa sur moi de grands yeux inquiets.

— Je lui ai tout dit, annonça son mari, la tête toujours baissée.

— J'avoue que je suis un peu… inquiète, dis-je. Surprise. Parce que cela semble être une réponse vraiment radicale. J'admets que je me fais un peu de souci…

— Nous allons nous occuper de Drake, répondit Skip, je vous le promets.

— Oui, mais… vous partez, tout simplement ? Vous n'avez pas de maison à Quentin ? Des choses qui vous appartiennent ? Un travail ? Comment pouvez-vous simplement… partir ?

Il haussa les épaules et, pour la première fois, se redressa et s'assit bien droit.

— Il y a des problèmes qu'on arrive à résoudre dans les relations avec les autres, et d'autres qu'on ne résout jamais. Nous en avons parlé pendant deux jours, Lucy et moi. Non ? (Il se tourna vers elle.) Et nous savons que nous ne résoudrons pas ce problème. J'ai donc pris mes dispositions. J'ai transféré les comptes à mon nom seul. J'ai annulé les services publics. Nous avons prévenu l'école. Et voilà, nous partons. Nous reviendrons plus tard pour vendre la maison, prendre ce qui reste. Plus tard.

J'avais du mal à croire ce que j'entendais, et mon incrédulité devait se voir, car il ajouta :

— Vous pensez peut-être que nous nous défilons, que nous nous enfuyons comme des enfants. Ce n'est pas ça. Si mon père m'a appris une chose, c'est que, quand on s'aperçoit que l'affaire est mauvaise, il faut arrêter les frais et se retirer.

Je hochai la tête. J'attrapai une serviette inutilisée à côté des restes du repas de Drake.

— Tenez, dis-je en écrivant mon nom et mon adresse sur la serviette. Quand vous serez installés, envoyez-moi une carte, d'accord ? Faites-moi savoir comment les choses auront évolué.

Skip prit la serviette, la plia et la mit dans la poche de sa veste.

— D'accord, dit-il.

Et, pour la première fois, je le vis sourire.

38

En arrivant au foyer pour la séance de Cassandra, je ne l'y trouvai pas. Je fis le tour de la pièce, déconcertée, et me rendis à la salle de soins infirmiers pour me renseigner. Nancy passa la tête dans le couloir.

— Elle est déjà en salle de thérapie.

Cela me surprit, car les enfants n'étaient pas autorisés à se rendre seuls dans certaines parties de l'unité, dont la salle de thérapie.

Nancy sourit.

— Je sais, ce n'est pas vraiment permis, mais c'est son dernier jour. Et elle a quelque chose de spécial pour toi.

A la salle de thérapie, j'aperçus la porte close. Je donnai un petit coup.

— Entrez ! cria une voix.

J'ouvris.

— Surprise ! s'écria Cassandra en bondissant de joie.

— Waouh ! fis-je.

La salle était décorée de guirlandes de papier pareilles aux décorations fabriquées en classe par les enfants. Elles avaient été découpées dans toutes sortes de papiers : des pages de magazine, des enveloppes, des journaux, des cartes.

— Que c'est joli ! m'exclamai-je. Quand est-ce que tu as fait ça ?

— Je les ai faites dans ma chambre surtout. Avant, je les faisais en classe, parce que Joe dit que c'est un bon truc pour se relaxer, et il nous faisait toujours faire des guirlandes quand on était énervés. Il veut qu'on les fasse de différentes longueurs suivant comment on est énervé. Moi, je trouve que c'est bête. Mais quand le docteur Menotti il a dit que je pouvais rentrer si j'allais plus en isolement, j'ai demandé à Joe si je pouvais avoir les miennes. Et après, j'en ai fait d'autres pour ici. Comme ça, c'est joli, c'est comme une fête.

— C'est vraiment bien, Cassandra. Et puis il y en a beaucoup ! Tu as beaucoup travaillé !

— Et viens voir. Viens par ici, regarde, je t'ai fait une carte.

Elle se précipita vers la table et me la montra.

— Et attends de voir ce que ça fait quand on l'ouvre !

C'était une réalisation assez étonnante. Quand on l'ouvrait, une partie en relief se dressait au milieu, jaillissant de la carte. C'était une forme abstraite, en travers de laquelle il était écrit : « Au revoir. Je t'aime. »

— C'est génial ! Comment as-tu appris à faire ça ? m'enquis-je en examinant la carte attentivement.

Cassandra sautait d'un pied sur l'autre à côté de moi, au comble de l'excitation.

— Je sais faire des tas de trucs que tu connais pas, répondit-elle d'une voix aimable. Toi, tu connais vraiment qu'une seule chose sur moi, c'est que mon père m'a emmenée. Mais j'ai des tas d'autres choses aussi.

— C'est vrai, reconnus-je. C'est très, très vrai. Et c'est un très, très bon point pour toi.

Cette journée étant la dernière, j'annonçai à Cassandra que nous pourrions jouer aux jeux de son choix pendant la séance, si elle le souhaitait. Il était toujours délicat de terminer une relation thérapeutique car, même si l'hospitalisation s'achevait, il restait presque toujours un gros travail à faire. Toutefois, en marquant la fin d'une manière ludique, non seulement nous ne nous laissions pas entraîner dans des conversations qui ne pourraient être menées à leur terme, mais cela faisait également ressortir les acquis de l'enfant pendant la période passée dans l'unité. D'autre part, le jeu offrait une structure sécurisante derrière laquelle on pouvait se dissimuler pour se dire les dernières choses importantes, y compris au revoir.

Cassandra avait choisi de jouer aux dames, et elle s'y mit avec ardeur. C'était la première fois que je jouais avec elle, et je découvris à quel point elle avait l'esprit de compétition. Elle était même sans pitié ! Et elle déployait une astuce étonnante à ce jeu, auquel je n'étais pas vraiment bonne moi-même. Elle me battit à plate couture.

Nous disputâmes quelques parties en devisant de tout et de rien. Cassandra me fit profiter des cancans de l'unité : l'un des garçons aimait l'une des filles et il avait essayé de l'embrasser pendant que les infirmières avaient le dos tourné. Ensuite, elle me raconta qu'un éducateur avait apporté des CD et que les enfants avaient dansé dessus dans le foyer, la veille au soir.

Puis elle se tut et parut se concentrer sur son prochain coup. Enfin, elle me déclara :

— Je te verrai plus quand je serai partie.

— Si, tu me verras pendant un certain temps, répondis-je. Quand tu retourneras à l'école, je viendrai te voir une fois par semaine pour savoir comment ça va. Et on passera un peu de temps ensemble à chaque fois.

— Ouais, mais tu seras plus ma thérapeute.

— Non, c'est vrai. Tu verras le docteur Ruiz. Elle est très gentille, j'ai souvent travaillé avec elle. Et tu verras toujours le docteur Menotti une fois par mois.

— Et pourquoi c'est pas toi qui le feras ?

Je souris légèrement.

— J'aimerais bien, mais je ne fais de la thérapie qu'ici, à l'hôpital. Quand les enfants rentrent chez eux, mon travail, c'est ce qu'on appelle la « liaison ». C'est parce que, avant, j'étais institutrice, alors je sais comment ça marche à l'école. C'est pour cette raison que mon travail à l'extérieur de l'hôpital est d'aller voir les enfants à l'école et de m'assurer qu'ils vont toujours bien.

Comme ça, si ça ne va pas, ils peuvent me le dire.

— J'aimerais bien qu'on puisse continuer à travailler ensemble.

— Oui, moi aussi. J'aimais bien travailler avec toi. Mais tu vas aimer le docteur Ruiz. On peut lui parler et elle sait comment résoudre les problèmes compliqués. Elle connaît beaucoup de choses sur les enfants qui ont des Endroits agités.

— Elle va savoir des choses sur moi ?

— Oui. Elle saura tout. Le docteur Ruiz sera là pour toi, quand tu iras la voir. Ce sera comme si tu allais voir une amie que tu connais depuis longtemps.

Le silence s'établit alors, et nous jouâmes sans mot dire pendant quelques minutes.

— Tu sais quoi ? reprit ensuite Cassandra.

— Non, quoi ?

— Tu sais, quand je parlais du docteur Marron ?

— Oui ?

— C'est pas vrai, je l'aimais pas. Je disais ça comme ça.

— D'accord.

— Je faisais semblant, précisa-t-elle.

— Oui, très bien.

Une pause.

— Elle arrêtait pas de me dire : « Fais ce dont tu as envie. » C'était cool, parce qu'elle avait des trucs trop bien. Style des activités, de la terre glaise et de la peinture. Et elle avait un vrai chevalet. Mais… moi, je savais bien que je venais pas pour faire des activités. Je trouvais ça drôle.

— Comment ça ?

— Ben, style je me disais : Pourquoi il faut que j'aille chez elle ? Parce que c'était pas une école et c'était pas une église et c'était pas un centre de loisirs et tout. Et moi, je voulais savoir pourquoi je devais y aller. Ma maman, elle arrêtait pas de me dire : « Tu y vas pour aller mieux après ce que ton père t'a fait. » Je me disais : D'accord, mais c'est quoi, ça ? Qu'est-ce qu'elle va me faire ? Je m'attendais toujours à ce qu'il m'arrive quelque chose. Et puis je commençais à devenir vraiment nerveuse, tu comprends ? Comme quand on attend quelque chose. Parce que je me disais : Peut-être qu'elle va me demander des conneries. Je savais pas ce qu'elle allait me demander. Alors quand elle me disait : « Fais ce que tu as envie de faire », j'avais peur qu'elle me dise ça pour qu'après je me laisse avoir, quoi. Ou… j'sais pas, moi. J'sais pas pourquoi, mais ça me plaisait pas. Parce que si elle était là pour que j'aille mieux, pourquoi il se passait rien ? Pourquoi elle attendait ?

— Je suppose que c'était frustrant.

— J'y comprenais rien, ça m'embrouillait, quoi.

Cassandra prit l'un de ses pions, m'en piqua deux et se retrouva de mon côté. Me reprenant un pion, elle en fit une dame.

— Voilà, c'est ce que je voulais te dire, dit-elle.

— Merci, répondis-je.

— Enfin, c'est pas que j'aimais venir ici… (Elle me jeta un bref regard et sourit.) Mais je voulais que tu saches que je disais ça comme ça pour le docteur Marron.

Cassandra remporta cette partie. Nous passâmes quelques instants à discuter de l'importante question de savoir si nous devions continuer ou changer de jeu et jouer aux cartes. Cela nous conduisit à évoquer les jeux de cartes. La fillette se mit à m'expliquer en long et en large un jeu appelé « nigaud », dont je n'avais jamais entendu parler, et qui paraissait incroyablement compliqué. Puis elle se rappela qu'il fallait un minimum de quatre joueurs. A la fin, nous retournâmes au jeu de dames.

En avançant son premier pion, elle questionna :

— Ça sera comment ?

— De quoi parles-tu ?

— Ce docteur. Celui que je verrai quand je serai sortie. Elle est comment ?

— Je te l'ai dit tout à l'heure. Tu te rappelles ?

Une pause.

— Euh… fit-elle, il y a une partie de moi qui se rappelle, et il y a une partie qui se rappelle pas.

— Elle s'appelle le docteur Ruiz. Et elle est très gentille. On peut lui parler de tout et elle a travaillé avec beaucoup d'enfants qui ont vécu des choses comme toi. C'est pour cela que le docteur Menotti l'a choisie.

— Elle sera comme toi ?

Je souris.

— Elle sera comme elle. Mais elle aura autant envie de t'aider que moi. Elle s'intéressera autant que moi à tout ce qui t'arrive.

Cassandra opina du chef.

Il y eut alors une longue pause. Cassandra se recula au fond de sa chaise. Elle gardait les yeux baissés sur le jeu et sur les pions, comme si elle réfléchissait à sa tactique, mais elle ne bougea pas.

Finalement, elle leva les yeux.

— Je peux avoir ton numéro de téléphone ? s'enquit-elle.

Nos regards se croisèrent. Elle pencha la tête sur la droite et me regarda de biais.

— Juste au cas où.

— Bien sûr, répondis-je en souriant. Attends, je prends un papier et je te l'écris.

— Non, ici.

Elle se leva et alla chercher un feutre dans la boîte posée sur l'étagère, puis vint se poster à côté de moi.

— Ici, dit-elle. Ecris-le sur ma main. (Elle me sourit.) Comme ça, je peux l'emporter avec moi.

J'écrivis le numéro de téléphone de mon bureau en travers de sa main.

Cassandra referma la main quelques instants. Puis elle s'empara du feutre.

— Viens, donne-moi ta main. Je vais t'écrire quelque chose.

J'ouvris ma main.

En s'appliquant, elle écrivit « Cassandra », puis dessina un cœur à côté. Elle le coloria.

— Tiens, dit-elle en me souriant. (Elle replia mes doigts sur ma paume.) Tiens. Comme ça, tu l'emportes avec toi.

Epilogue

Je reçus une carte de vœux à Noël de la part des parents de Drake. C'était la première fois qu'ils me faisaient signe depuis que nous nous étions séparés en cet après-midi sinistre, au début du printemps.

La carte avait été postée dans une grande ville, à près de mille six cents kilomètres. Elle ne disait pas grand-chose de Skip ou de Lucia, ni de leur nouvelle vie. Il ne me restait qu'à supposer qu'ils avaient un nouveau travail et une nouvelle maison. En revanche, elle contenait une abondance de nouvelles de Drake.

Pendant l'été, Drake avait été réexaminé par un grand hôpital universitaire de la ville où ils vivaient. Il fut établi que son handicap n'était pas le symptôme d'une maladie dégénérative évolutive, mais qu'il s'agissait d'une malformation congénitale rare.

Pendant le mois d'août, Drake avait subi la première de plusieurs chirurgies reconstructrices destinées à rendre ses cordes vocales plus fonctionnelles, et dès à présent, selon Lucia, il commençait à émettre quelques sons. Cela ne remplacerait cependant pas le langage des signes, de même qu'il était peu probable qu'il parle un jour normalement. C'est pourquoi Lucia et Skip apprenaient tous les deux le langage des signes. Mais Drake était beaucoup plus rapide qu'eux !

Il était entré au jardin d'enfants à l'automne, dans l'école de leur quartier, et il adorait cela. Une assistante à temps complet l'aidait à effectuer la transition avec le monde parlant. Drake se montrait déjà un écolier très brillant, et bientôt il aurait moins besoin de soutien. Comme toujours, il était populaire. Ses petits camarades recherchaient sa compagnie et souhaitaient apprendre à « parler en code ».

Et pour couronner le tout, la grande

nouvelle : Drake aurait un petit frère ou une petite sœur en avril.

Ce fut mon seul contact avec la famille après qu'elle eut quitté notre région. Et je n'entendis plus jamais parler de Mason Sloane, ni directement ni indirectement.

Cassandra fut diagnostiquée comme souffrant de troubles dissociatifs après identification de ses « multiples identités ». Elle fut suivie par le docteur Ruiz, spécialiste des traumatismes de l'enfance, pendant près de trois ans, au terme desquels elle fut considérée comme ayant « réintégré » ces parties de sa personnalité. Je suivis de près ses progrès durant cette période, la voyant une fois par semaine pendant l'année qui suivit sa sortie de l'hôpital et une fois par mois ensuite.

Le père naturel de Cassandra purgeait déjà une peine de prison pour enlèvement et pour d'autres délits principalement liés à la drogue. A la suite des déclarations de Cassandra, « oncle Beck » fut arrêté lui aussi. Il est actuellement en prison.

Mais le rétablissement de Cassandra fut

un long voyage et certains troubles persistent. Le mensonge, en particulier, reste un gros problème pour elle et, dans les périodes de stress, elle a tendance à revenir à des mensonges à caractère sexuel. Alors qu'elle était âgée de douze ans, ses accusations d'agression sexuelle envers un enseignant aboutirent à un malheureux procès après lequel elle fut soignée.

Cependant, depuis cette époque, les choses se sont beaucoup améliorées. A quatorze ans, Cassandra devint membre du théâtre pour les jeunes de sa ville et trouva enfin dans ce milieu à exprimer sa grande créativité. A l'âge de dix-sept ans, non seulement elle écrivit mais aussi monta et joua trois pièces en un acte ayant pour thème l'adolescence. Ces pièces remportèrent un grand succès local, et plusieurs lycées sollicitèrent sa petite troupe pour donner des représentations. Grâce à ce succès, on lui octroya une bourse pour étudier le théâtre à l'université. Cassandra écrit toujours des pièces à l'heure actuelle.

Je n'ai plus jamais entendu parler de la famille de Gerda et j'imagine que ses deux enfants continuent à vivre éloignés l'un de l'autre. Je pense souvent à la vieille dame, notamment quand je suis chez moi, dans le Montana. Particulièrement quand les cerisiers de Virginie sont en fleur.

Achevé d'imprimer par Printer Industria Gráfica
en octobre 2005
pour le compte de France Loisirs, Paris

N° d'éditeur : 43833
Dépôt légal : novembre 2005
Imprimé en Espagne